最完美的谎言

ZUI WANMEI DE HUANGYAN

苏墨白 著

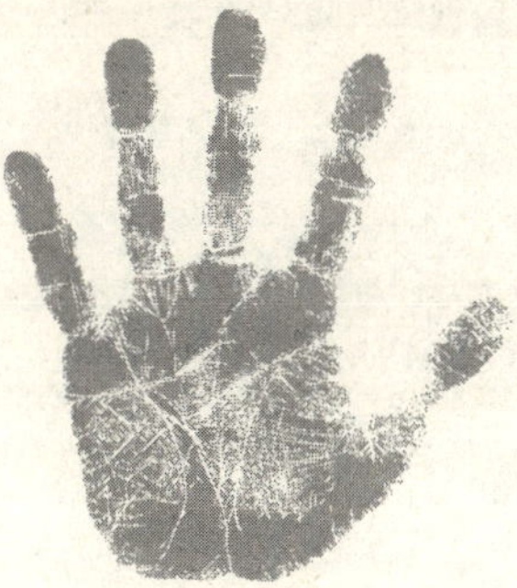

百花洲文艺出版社
BAIHUAZHOU LITERATURE AND ART PRESS

图书在版编目（CIP）数据

最完美的谎言 / 苏墨白著. -- 南昌 : 百花洲文艺出版社, 2019.3
ISBN 978-7-5500-3176-0

Ⅰ. ①最… Ⅱ. ①苏… Ⅲ. ①长篇小说 - 中国 - 当代
Ⅳ. ①I247.5

中国版本图书馆CIP数据核字(2018)第295234号

最完美的谎言

苏墨白 著

责任编辑 袁 蓉
美术编辑 仙 境
制　　作 鲤 伴
出版发行 百花洲文艺出版社
地　　址 南昌市红谷滩新区世贸路898号博能中心1期A座20楼
邮　　编 330038
经　　销 全国新华书店
印　　刷 环球东方(北京)印务有限公司
开　　本 670mm × 970mm 1/16 印张 24.5
版　　次 2019年3月第1版 2019年3月第1版印刷
字　　数 243千字
书　　号 ISBN 978-7-5500-3176-0
定　　价 42.00元

邮购联系 0791-86895108
网　　址 http://www.bhzwy.com
图书若有印张错误，影响阅读，可向承印厂联系调换。

目录

最完美的谎言是连自己都相信的谎言，
最完美掩藏真相的方式就是忘记真相。

第一章
众生相

1

北方小城西京，早年因为钢铁业的发展，曾经风光一时。随着时代变迁，曾经的钢铁帝国不复存在，取而代之的是一座座已成废墟的工厂和无数需要另谋生计的下岗工人。

随着下岗率逐年增长，人们没办法从正路赚钱，只能走歪路，原本风气良好的城市，犯罪率逐年上升。尤其最近年关将至，抢劫案频发。可和抢劫盗窃案比起来，这段时间钢厂实验小学女老师被杀的案子，算得上轰动一时的新闻。

下过雪的早上，西京的温度很低，从楼道走出来的边潇潇把脖子缩进羽绒服的帽子里，埋头前行。边家楼下十分萧条，曾经喧闹的早市早点摊全都不见了，取而代之的是一条寂静的长路和零星的路人。

天气不好，小区外的车站聚满了人，大家谈论着彼此的生活。因为寒假去学校值班不用准时，边潇潇也没着急，过去了几辆车，才跟着人流上了那趟927。

人挤人上了车，边潇潇随着人流停在车内规划放置轮椅的角落，而距她不远是提着布兜的两个女人，车门一关上，两人便小声议论起了老师被杀的案子。

“那老师才二十三，刚到实验小学一年。”

“不是一年，我大姑爷在教育局，听说刚去半年，还是托了二钢王厂长进去的。”

“王厂长，王贵成？要托别人也就算了，能托他，那姑娘肯定也不是什么好茬子。”

西京人好热闹，听她们这么说，边潇潇身后不熟悉的人也来搭话：“我听二钢的人说，那姑娘是跟王厂长儿子处对象，才被安排进实验小学的，说是过了年就订婚，谁想到，婚还没有结，人就死了。”

“还是不安分，这年头安分一点的女孩，怎么也不能让人在家里给杀了。”

“不安分是肯定的，我听说那姑娘跟过好几个男的，估计是哪个男的知道她在外面乱搞，一气之下就给杀了。”

叹了口气，边潇潇对面的女人道：“你们说杀了就杀了，多大的仇，还给分了尸。家里人看见得多心疼啊。”

几个人七嘴八舌，话题从死者转到死过人的房子怎么办，继而又转到西京的房价上，触动大家利益的话题，聊的人越来越多，语气也越来越激动。对这种事情从不感兴趣的边潇潇，拿起手机看起了朋友圈，翻阅到凌晨的时候，一条状态闯入她的视线。

署名王攀的人发了一条消息：所有人都说，你是我的一场劫，可我不后悔遇见你。只后悔没早点遇见你。今生无缘，我们来生再见。

看到那条消息，边潇潇的手微微颤抖起来，她满脑子都是那句“今生无缘，来生再见”。气愤之下，边潇潇给王攀留言，发泄一样打了一大串骂人的话后，她突然平静了下来。边潇潇将所有的字删除，关掉手机望向车窗外。窗外的西京小城几十年都没有变过，依旧是俄式风情的建筑，漫天的大雪，车开过教堂的时候有鸽子飞起落下，城市虽然还是那个城市，但是城市里的人不再是以前的人了。

边潇潇望着窗外发呆，直至公车在实验小学停下，她才挤下去。实验小学曾是西京最好的小学，当年建校的时候市政府特地批了这块环境稍好的地段。前些年随着钢厂的投资，这里一度是周边发展最好的学校，可是随着钢厂的倒闭，也直接影响了这里。教学环境每况愈下，斑驳老旧的教学楼无人修葺，操场上的杂草要老师带着学生定期清理。即便如此，还是能从占地面积百亩的校园及建造得颇为宏伟的俄式教学楼上，看出这里往日的辉煌。

下车之后，边潇潇顺着主路向着远处灰色的教学楼走去，从大门侧边的小门进入学校。因为是寒假，学校里格外冷清。她照旧先去门卫看是否有新报纸，门卫大爷见是她来，笑道："边老师来了。"

"嗯，今天新报纸来了吗？"

将报纸找出来递给边潇潇，门卫道："正好，那边一个警察同志等好久了，说要看看宋老师办公室，我这两天腿脚不好，您带着去吧。"

警察和宋老师。边潇潇顺着大爷手指指着的方向看去，就见校门口的宣传栏前站着一个穿着绿色军大衣的男人。

见她回头，吸烟的男人将烟蒂丢在脚下踱灭，向她抬手示意。

轻轻点头回应，没有上前的边潇潇问门卫："校长知道吗？"

"我刚给校长打电话了，说让他看，宋老师的事儿闹得不小，赶紧查清楚了对学校也好，您要害怕，就等等李老师。"

拿起桌上的钥匙，边潇潇道："我去吧。"

传达室往教学楼去的路，被清理出一条一人宽的小道，剩下的地方还被雪覆盖着。踩着薄薄的积雪带着警察往教学楼去，年纪不大嘴角挂着胡楂的警察道："麻烦您了。"

"不麻烦，反正也是我值班，宋老师的案子有线索了吗？"

"有点，不多，所以来学校查查。您认识宋老师吗，平常关系怎么样。"

打开教学楼的大门，长时间没有学生的楼道，吹来一股阴风，往楼上走的边潇潇道："实验小学八十多个老师，三十多个后勤，我不可能都认识。"

"但宋老师不一样，不是吗？"

被那句话问得一愣，回头看对方的边潇潇道："你不是来调查宋老师办公室的？”

点了点头，年轻警察伸出手递给边潇潇道：“市刑警大队刑警刘卓，知道边老师今天值班，我是特意来找您的。不介意的话，咱们聊聊。”

宋晓雅生前的办公室里，边潇潇和刘卓面对面坐在一起。彼此无话，屋子内除了一旁小柜子上的水壶烧水发出的细微响声，再没半点声音。许久，还是刘卓先打破僵局：“您和宋老师以前关系不错，后来是因为王攀才闹僵的？”

显然之前已经了解过，所以对方说出的话也是一语双关的，边潇潇道：“是王攀跟您说的？”

“不是，是别处的线索，我们还没找王攀了解情况。先说说你认识的人里面，谁会恨不得杀了宋老师？”

“我。”

边潇潇的话让刘卓有些意想不到，虽然他来的原因也是怀疑这女孩，却没想到她承认得这么痛快。

“我知道她死，肯定会有人找上我，可我没杀她。”

“这个我们会查清楚，说说您和宋晓雅是什么时候认识的。”

“从哪里说？”

“从头。”

屋子里的热水烧开，边潇潇为刘卓倒了一杯茶，放在他跟前道：“我和宋晓雅很小就认识了。我爸和他爸都在三钢厂的轧钢二组，我们俩小学同校，初中同班。初二那年，她爸妈离婚，她被她妈妈带走了，我们才断了联系。我们再见，是大学时候，我和她都考上了哈北大，我学艺术，她学教育。那时候我已经和王攀在一起，但宋晓雅一直单身，再见之后，都是好朋友，我们经常在一起玩。大三那年，我为了追求梦想去了北都市，王攀和宋晓雅都留在了西京。走的时候，我让宋晓雅一定帮我看好王攀，可是让我做梦都没想到的是，最后抢走王攀的就是她。”

“你是什么时候知道王攀和宋晓雅在一起的？”

“一年前。”

一年前，还在北都市为演员梦奔波的边潇潇收到一条短信，对方告诉她，看好王攀，但她没放在心上。后来还是西京的朋友给她打电话，让她没事儿多关心王攀，她才察觉不对，联系王攀的时候，王攀竟然直接提出分手。

边潇潇和王攀从高中就在一起，到他提出分手，两人走过七年时光，她不知道为什么王攀突然就要结束这段感情。所以接到王攀的电话，她整个人都慌了，她甚至以为这是王攀开的玩笑，王攀却说他是认真的。那时候边潇潇还不知道王攀的出轨对象就是宋晓雅，她还联系宋晓雅，问她是否知道王攀的事情，即便那时候宋晓雅也没说，让王攀提出分手的就是她。

失恋加之在外发展得并不顺利，边潇潇在王攀提出分手的第二个月回了西京老家。回来之后，她就去找了王攀，希望两人复合，可是王攀却拒绝了。那时候边潇潇已经知道是宋晓雅的原因才导致两人分手，她也去找了宋晓雅，宋晓雅却拒绝见她。边潇潇因为这段感情的结束颓废了很久，后来还是在家人的安排下，进了实验小学当老师，她才缓了过来。或许就是冤家路窄吧，那一年实验小学新一批报到的老师中也有宋晓雅。

边潇潇、宋晓雅和王攀，三人再见是学校开学的时候，王攀送宋晓雅去学校，三人重逢，人还是那些人，关系却再不是以前的关系。边潇潇并不是拿得起放不下的女孩，她并没在乎这件事儿。反而是王攀害怕边潇潇对宋晓雅做些什么，单独找边潇潇谈，说出轨的是他，一切都和宋晓雅无关。其实对那时候的边潇潇来说，分不分手已经不重要了，让她寒心的是，分手的时候连一面都不肯见的男友，为了现任竟然频频来找她。

说到这里，边潇潇看向刘卓道：“可惜王攀也是个瞎子，根本就看不清楚宋晓雅的本质。宋晓雅看起来清纯可爱，可是她比谁都明白自己要什么。我到学校没多久，就听一起的老师说，宋晓雅和王攀交往的同时还和另一个男人暧昧不清。”

微微皱眉，记录的刘卓抬头道："另一个男人？"

"对，我在学校门口也见过一次，那男人跟她拉扯，她死活不走，回头看见我在，她马上上了男人的车。刘警官，虽然我讨厌她，但是为了杀她，毁了我自己，太不值得。"

刘卓合上笔记本，笑道："这么想就对了，感情这种事儿，就得拿得起放得下。既然你这么坦白，我也不怕告诉你，宋老师这案子有点复杂。"

"嗯？"

"现场除了大片可查的被害人血迹，以及被凶手刻意留在现场的被法制晚报包裹的死者头颅之外，死者的躯干部分目前全部下落不明。所以我们怀疑这是有目的性的仇杀。"

"所以你们怀疑是我？"

从椅子上站起来的刘卓在笔记本上写了一串号码后，将纸条递给边潇潇道："不止是您，我们怀疑所有和她有关系的嫌疑人。这是我的电话，如果您还有别的关于这个案子的线索，可以直接联系我，今天就不打扰了。"

接过电话，边潇潇送刘卓出门。两人走到楼道口，早上才停的雪又下了起来。大雪中，边潇潇目送那个绿色的身影消失在她的视线里，低头看看手里刘卓留下的纸条，她没有将纸条收好，等到想起什么再联系这个警察，反而将纸条揉成团扔进了雪地里，然后才转身回了教学楼。

2

西京棉服厂位于西京城东，这几年随着各大羽绒品牌进入市场，这家老牌的国营棉服厂效益越来越差，每年都在裁员，如今留下的都是建厂时就在的老员工，姚美兰就是其中之一。

老人对厂子都是有感情的，做什么都做到最好，姚美兰就是如此。以前为了给年轻人做表率，她都是厂里最早一个上班，最晚一个下班的，走前自己的操作柜台也收拾得干干净净。可是最近，她不仅不再加班，还开始请假，理由一天一个样，要么是去接儿子，要么是母亲生病，可这几天她并没接儿子，她妈妈也根本没生病。

周三下午，西京再度落雪，姚美兰请假离开棉服厂，走到路口的她看了看四周，拦了一辆出租。丈夫张建军癌症过世之后，独自带儿子生活的姚美兰特别节省，平常连公交都舍不得坐，打车更是几年前的事儿了，可今天她不仅打车，还是从城东到城西。

天气不好，也没有多少人拦车，本想着拼车还能赚一笔的司机一直在骂人，车开了半小时才停在西京的老城区。车费是八十二块钱，姚美兰给了对方九十。

“不找了。”

正等找钱的姚美兰听司机如此说，厉声问：“为什么不找了。”

“这么老远，我空车回去。”

“你空不空车跟我有什么关系，找钱。”

因为八块钱，两人在车上僵持起来，司机坚持不给，还扬言姚美兰不下车就把她拉回去。看着耍无赖的司机，再看一旁的家属楼，姚美兰骂了一声无赖，怒气冲冲下了车。司机根本不在乎，直接就开车走了，看着远去的出租车，再看眼前的家属楼，信命的姚美兰突然有种不祥的预感，她觉得此行或许不会像她想的那么顺利。

这是西京的老城区，这片家属楼还是当年西京发展钢铁产业的时，政府为来西京搞建设的知识分子建设的福利房，因为年代久远，各种设施不齐全，这里大部分住户都已经搬走，只留下一些上了年纪的老人。老旧的厂址，荒废的住宅楼，毫无生气的居民，让这里仿佛鬼城一般存在着。

姚美兰按照地址找到10号楼五单元的时候，单元门口坐着一个老人，雪很大，他也没有回家，而是杵着拐杖，仿佛已经死了一样坐在那里，任大雪落满他全身。姚美兰看到老人有些踌躇，可是想了想，还是迈步走进了楼道里。

沿着灰暗的楼梯上到三楼，302的门上贴着一个小木牌，上面写着：

陈明诚。

姚美兰看看手中字条上写着的“陈明诚律师事务所”，她将纸条攥在手心里，见没有门铃，她抬起手拍响防盗门。几秒钟后，屋里传出声响：“谁啊？”

隔着防盗门的纱窗和一扇门，姚美兰道：“是我，刚打电话的。”

姚美兰话音落下，防盗门内的木门被打开，隔着薄薄的纱窗，姚美兰第一次见到了陈明诚，一个穿着白衬衣，打着肩带，显得很老派的男人。

将防盗门也打开，陈明诚道：“进来吧。”

随着陈明诚走进客厅，房子十分昏暗，不着光的客厅被分为两部分，一部分是处理日常工作的地方，一部分被封成一个独立办公室。大办公室的墙角是待客的沙发，沙发旁倒放着一块牌匾，上面写着：陈明诚律师事务所。

给姚美兰沏茶的陈明诚，从厨房出来，见她还站着，便开口道：“坐吧。”

姚美兰接过陈明诚递来的茶，坐在一旁的沙发上。

而陈明诚坐在姚美兰对面道：“有什么要咨询的就说吧，我是按小时收费的。”

紧紧攥着手里的杯子，走投无路的姚美兰道：“陈律师，事情是这样的。”

姚美兰家最近发生了一件事情，她的邻居实验小学老师宋晓雅在家中被杀了。作为邻居，姚美兰被警方例行询问，可就在尸体被发现的当天，警察询问她是否听到过什么奇怪的声音，见过什么奇怪的人的时候，怕麻烦的姚美兰说了谎话。

“说谎？”

点姚美兰了点头，把那天的事儿讲给陈明诚。

宋晓雅的尸体是在早上被发现的，那天是周三。按照往常的习惯，姚美兰本该起来给儿子买早点，可那天天气不好，她又是难得休息，就没有起来。如果那天她按时起来，第一个发现尸体的肯定是她。

那天早上，沉睡的姚美兰先听到一声尖叫，以为是谁家孩子恶作剧，她没放在心上，又睡了一觉。七点半的时候，楼道的人开始多了起来，吵闹的声音越来越大，甚至有人开始敲她的门，她才披了一件外套去开门。

打开门，姚美兰就看到窄窄的楼道口站着好几位警察，而对门的门上已经被贴上封条，敲门的警察看着茫然的姚美兰厉声道："怎么这么晚才开门。"

正常人对警察都有畏惧，姚美兰也一样，她结结巴巴开口："我刚起，您有什么事儿吗？"

"你一直住这儿？"

姚美兰点了点头，从警察身边的空隙往邻居屋里看。两家的格局是相同的，姚美兰只能看到玄关，但就是那一小片地方，也有一大片血。看到血她脑袋嗡的一下就大了，她急忙问警察："警察同志，怎么了？"

"你对门在家里被杀了，现在找你了解点情况。你最后见她是什么时候？"

没想到会发生这么大的事儿，姚美兰一口气噎在嗓子里，她努力平静下来道："谁被杀？宋晓雅？"

"对，你最后一次见她是什么时候？"

警察再次强调了一遍，被吓了一跳的姚美兰道："警察同志，我什么都不知道，我真的什么都不知道。"

"我问你，最后一次见她是什么时候，不是问你知不知道。"

"最后一次见她？最后一次见她是在大前天，不是，是大大前天，她把垃圾放在楼道好几天都不扔，我叫她扔掉，那是我最后一次见她。那时候她还好好的。"

"在事发之前，这楼里有什么可疑人出入吗。"

"我，我不知道。我平常都是上班的，晚上很晚才回来，我们很少见到面的。"

“你知道，你对门平常都有什么人来吗？”

“我真的不知道，我就见她男朋友来过两三次。”

“三天前的上午，你在哪儿？”

已经被吓傻，姚美兰嗑巴半天才道：“那天我是上大夜班，早上起来把儿子送去我妈妈家，就没回来。警察同志，这事儿跟我真没关系，我们就吵过几次嘴。”

警察看她一眼，道：“跟你有没有关系我们会调查清楚，死者……”

警察还要再问什么，姚美兰家里，她儿子在卧室叫妈妈。怕孩子看见凶杀案，姚美兰急忙回去把儿子卧室门关好，等她再回来警察已经走了。

就是从那天开始，姚美兰寝食难安，倒不是对面女孩的死给她造成了怎样的麻烦，而是她跟警察说谎了。

“到底是什么谎？”

在陈明诚的追问下，姚美兰的思绪再度回到三天前，她邻居宋晓雅被杀当天。那天，她的确是大夜班，但是把儿子送到母亲家后，因为弟妹在，她不好留下，就回了自己家，她本打算睡个午觉再去厂里。

也就是那天中午，睡得正熟的她被拍门声吵醒，原本气呼呼地想要开门骂人，但是走到家门口，姚美兰想起昨天新闻里说，西京已经有好几户人家因为只有女人在家被抢了。她没敢开门，而是从猫眼向外看。

这一看不要紧，对门的门前站着一个黑衣人，那人似乎正把什么送进了屋里，所以他背对着姚美兰家。就在姚美兰要开门问问是不是对方拍她家门的时候，黑衣人突然回头，姚美兰似乎能感觉到，他透过猫眼看到了她。

那一瞬间，姚美兰急忙闪到一旁，可是靠着门板的她还是听到了渐渐走到她门前的脚步声。就像刚刚一样，她的门再度被拍响，只是不同于刚刚的急促，这次的拍门声显得很小心。

黑衣人拍了好半天，才像是确定没人一样回去。他关上门，姚美兰才将手放在把手上，她本想开门看看外面是什么情况，可就在她开门的瞬间，她看到门口鞋架的缝隙夹着她儿子早上怎么都找不到的练习册，弯腰将练习册捡起来，放在柜子上，姚美兰就要去开门。瞬息之间，对门的门先一步打开。姚美兰从猫眼再度看到那个黑衣人，忙从门前躲开了。

对门门口，戴着帽子的黑衣人盯着姚家的门看了好久好久。直至楼道有邻居上楼的声音传来，他才开门回去。那天不知道为什么，姚美兰总觉得很害怕，怕那男人是去宋家偷东西的，她怕她开门，对方听到声音，以为她目睹什么，再杀了她。因为害怕，知道这两天领导都不在厂里的姚美兰给同事打电话，让对方帮忙盯着，而她在家里待到隔天早上才敢出门。

隔天，门口的走道上，昨天还放在对门门口的垃圾袋不见了，两家之间的洋灰地也被清理过了。姚美兰知道这绝不是对门老师干的，干这件事儿的，应该是那个黑衣人，也就是从那天开始，姚美兰再没见过那个叫宋晓雅的邻居。

第一次说了谎，之后也没机会和警察说有关黑衣人的事情，姚美兰就将事情隐瞒了下来，本以为时间长了事情就过去了。可这几天，实验小学老师被杀分尸的新闻传遍整了个城市，不知道是做贼心虚还是真有阴魂不散一说，姚美兰总感觉晚上有人拍她家的门。而她再次回想当天拍门的声音，总觉得不是一个人拍的，姚美兰越想越害怕。她想办法摆脱这件事儿，为此拜观音，找算命的看。其中一个算命先生看她第一眼就说了一句冤有头债有主，让她自己悟。冤有头债有主，如果那个黑衣人真的是凶手，除了已经死了的邻居，知道这件事儿的只有她。如果她帮对门找到凶手，对门是不是就不会缠着她了。

为了减轻心理负担，姚美兰想要去报警，但是没胆量，所以她把这件事告诉她弟弟，想让她弟弟陪她去警察局。可她弟弟听完整件事儿却说，因为之前说了谎，现在再找警察说真话肯定被抓，死都不跟她去。

两人为此吵了一架，他弟弟也觉得自己做得有些过分，在姚美兰离开之后，打来电话和她商量要不找个律师问一下，然后就介绍了这位陈明诚律师给姚美兰。

听完姚美兰的话，陈明诚放下烟斗道："你这事儿，还真不能盲目自首，因为你已经涉嫌了伪证罪。"

"伪证罪？什么叫伪证罪？"

"伪证罪就是在刑事诉讼中，证人、鉴定人、记录人、翻译人对与案件有重要关系的情节，故意做虚假证明、鉴定、记录、翻译，意图陷害他人或者隐匿罪证的，处三年以下有期徒刑或者拘役；情节严重的，处三年以上七年以下有期徒刑。"

听到要判刑七年，姚美兰瞪大眼睛道："说句谎话就要判七年？

见了太多这种不懂法的中年女人，陈明诚道："如果这条线索早点告诉警察，没准这会儿凶手都抓到了。所以，你说谎直接影响了办案进程。"

"陈律师，您帮帮忙，我就是怕麻烦，才没说。我没有害人的心，我还有个八岁的儿子，陈律师求您想想办法。"

重新又把烟斗拿起来，陈明诚吸了一大口烟道："我在市局有几个学生，可以帮你问问，不过……"

"您放心，只要能救我，多少钱我都出。"

"那就好说了。"

"这是我电话，您有什么事情尽快联系我。"留下电话，姚美兰战战兢兢离开陈家。

姚美兰离开，陈明诚从客厅走到后阳台的厨房，看着她的身影彻底消失，才回到客厅将笔筒里的录音笔关掉。

下午六点的老城区，天已经彻底黑了，往主路去的姚美兰，就觉得心口特别堵，似乎这一层层的大雪不是落在了地上，而是压在了她的心头。强烈的压抑与窒息感，让她委屈地抽泣起来。

3

马致远从城西修车厂把出租车开出来已经六点十分，往常一到晚高峰就要赶进市中心的他，这个晚上却没着急。他慢悠悠地在城西的老城区逛荡，时不时从后视镜看看后座的椅垫，不管洗得多干净，那一小块落在蓝色布面上的污渍还是看得出。略微发黄，就像老婆大姨妈后不小心落在沙发上的印记一样。对出租车来说，这样的印记很寻常，但从前几天开始，这一小块污渍让他如鲠在喉。

前几天，也是这样一个晚上，开车在市区拉活的马致远在电影院拉了一对情侣。一上车女孩就说想听音乐，要马致远打开收音机，以往怕听收音机分心，马致远几乎不听，可客人提了要求，他就打开了。

那天，西京下着雨夹雪，市区的路十分拥堵，就在马致远不慌不忙前行的时候，收音机的音乐戛然而止，随之而来的是一条插播新闻。

“广大市民朋友晚上好，现插播一条新闻：西京正阳小区今早发现一具女性尸体，死者被残杀家中，凶手手段残忍，犯罪情节恶劣，警方现在向知情人征询线索，如 11 月 30 日到 12 月 3 日之间，有人在正阳小区附近发现可疑人出没，请务必与西京警局联系，提供有效破案线索者，警方将根据线索重要性予以奖励。联系人刘警官，联系电话……”

新闻过去，音乐再度响起，坐在车里的小情侣因此说起凶杀案：“你听说没，那小学老师不仅被杀了，还被分尸了。”

“我在警察局的同学说，就找到一个脑袋，还被法制晚报包着，现场什么胳膊腿都没了，客厅里面都是血。”

“你别说了，听着我都觉得恶心。”

小情侣正闹着，车头突然传出一声巨响，回过神，马致远才察觉他追尾了。

下车查看情况，对方是新车，车主迎上来就给了马致远一个嘴巴，问他到底长眼睛没有。这一下直接把马致远打得一愣。才要还回去，他就被周边的人拉住了。

等着交警来处理的工夫，马致远车上的两个客人要走，男孩不计较车祸，女孩却说撞了脖子，让马致远赔偿。好说歹说，马致远拿了四百块钱，女孩才肯离开。

那天西城的路堵了半小时，警察才开进来，对方是新车，马致远全责，走保险还要向公司交罚款。马致远便商量和对方私了，对方要四千，周边的出租车司机都知道这是对方狮子大开口，但遇见了没办法。大家都劝马致远拿钱了结这件事儿。其实那时候对马致远来说，车祸让他搓火儿，还有一件事儿更让他搓火儿。那就是刚刚新闻里说的女孩被杀死那天，下午五点，他在正阳小区家属院门口拉了一个男人。

马致远记得那个男人，不仅仅是因为男人一身黑衣，还有上车之后，除了马致远问他去哪儿，他说了一句话之后，就一动不动坐在车后座。马致远觉得这人很奇怪，开车间隙一直从后视镜打量他。这一看不要紧，就看到他右手似乎粘着什么，正在往椅垫上擦。椅垫是媳妇新洗的，马致远见状赶快拿卫生纸给他。

男人没有拒绝，接过来，将手上的脏东西蹭干净。男人去的地方距离正阳小区不远，再过一条马路就是火车站。

下车的时候男人结账，拿出来的却是女士钱包。男人走后，马致远把车停到一个小区门口，下车查看后坐垫被蹭上的东西能不能洗掉，污渍是深褐色的，像是酱油，也像油漆。

马致远倒了一点点热水在椅垫上，热水将痕迹化开，颜色没有变淡，反而变成一团更脏的黄色。暗骂一句倒霉，马致远弯腰拿了卫生纸准备把有水的地方垫好，再出车。就在他拽开椅垫的时候，刚刚被客人塞在松紧带处的脏纸团掉了出来。他捡起来就着车灯一看，白纸上都是艳红的手指印。即便是个老实淳朴的人，马致远也认出那是血。

那一瞬间，也不知道是什么血的马致远脑袋像是炸了一样，他连忙把纸扔掉，快速整理好之后，赶快开车离开了。

出租车被弄脏不是什么大事儿，即便有那个带血的纸团，马致远也没把事情放在心上，而实验小学老师在家里被杀的事情，他也听说了，他怎么都没想到，今天偶然听广播，会听到这么一条消息。时间吻合，人物的怪异举动也吻合，手上还有血。如果不是联想到这些，他也不会在慌乱之下出了车祸。

车祸处理完已经是晚上八点多，马致远一个人在车上坐了好长时间，把所有的结果都想了一遍。报警，知道他的车拉过杀人犯，他以后肯定没法做生意，没准公司还要赔偿。他本来挣得就少，孩子还在上学。不说，这事儿或许会被他记一辈子。

马致远正不知道怎么办的时候，手机突然响起来，来电话的是车队的队长，队长骂了马致远一顿之后，给他找了便宜的修车厂修车，之后又劝马致远小心点，毕竟有老婆孩子。想到老婆孩子，再看后座的血迹，马致远决定不说。他挂断电话之后，将座套全部取了下来，他想烧了座套毁尸灭迹，没想到血迹在热水的湿润下已经浸到了椅子里。

实在没办法，座套也没烧，马致远将车开去城西的修理厂。三天后的今天，车厂老板打电话，车修好了，让他开走。

马致远坐公交车在最近的一站下车，还走了一公里才走到修理厂。查看了车的修理情况，一旁的老板说为了省钱帮他换了便宜的保险杠，又喷了新漆，外表和没出过事一模一样。可是马致远关注的还是后座那团黄色的污迹，结账的时候他特意问老板换一个后座要多少钱。

“五千。”

“五千？”

“我还得给你拆一个旧的，新的得一万多。”

两次赔偿，别说五千块钱，马致远五百都拿不出来，给了修车钱，他灰溜溜开车离开了。车没开出多远，就有人拦车，马致远停下。从陈明诚家出来，沿街走了半天，都没找到车站，姚美兰才拦下这辆出租车。

上车之后，心情不是很好的姚美兰，报了目的地便不再说话。也可能是总觉得自己只不过瞒了一件事儿，就招来这么大的祸事太冤枉，姚美兰主动开口问司机：“师傅，您是西京人？”

车上了主路，周边的人渐渐开始多了起来，马致远道：“是，老西京人了，以前在正阳钢厂上班，后来厂子倒闭才来开出租。”

没想到司机是正阳钢厂的，姚美兰道：“您也是正阳钢厂的，原来我男人也是。”

“你男人叫什么。”

“张建军，您认识吗？”

提到熟人，马致远一扫刚刚的颓靡，张口就道：“老张，怎么不认识，我刚进场的时候我们还是一组的。下岗的时候他好像比我晚一年，他怎么样了，在哪儿上班呢？”

“天上，厂子倒闭没多久，就查出癌症，没有半年就不行了。”

马致远叹了口气：“可惜了”

“可惜又能怎么样，还不是短命鬼一个。”

“嫂子，话可不能这么说，人好坏，身边人看不见，老天爷可都看着呢。”

轻哼一声，一肚子气的姚美兰道：“老天爷要长眼，也不能让我们孤儿寡母这么被欺负。”

往后，两人又说了几个之前一样在钢厂上班的旧交。车开到姚美兰的娘家已经七点多，下车的时候姚美兰要给钱，马致远死活都不要，踩了一脚油就走了。

看着车离开，姚美兰转身上楼。姚美兰的娘家距离正阳小区不远，宋晓雅死了之后，她怕儿子害怕，就把孩子送来母亲家，自己每天下班来看一看。姚美兰往三楼走的时候，一个女孩下楼，女孩一身厚厚的羽绒服，脚底下踩着一双白色的护士鞋。因为丈夫死的时候，姚美兰天天泡在医院里，所以她闻得出，女孩身上散发的是一股很重的消毒水的味道。

这小区比姚美兰家的小区还老，是钢厂系统仅次于老城区的家属楼，住的都是她父亲那个年岁的钢厂工人，姚美兰结婚之前也住在这儿，却从没见过那女孩。她没多想，直接敲响母亲家的门，拿着筷子的弟弟来开门。

“姐，来了？”

“文文呢？”

指了指屋里，姚美兰的弟弟姚亮道：“吃饭呢。”

她换鞋随着弟弟进屋，儿子正在吃饭。

见她来，儿子要下桌，姚美兰不许，从厨房出来的母亲见状问她：“你吃了没有，没有吃点？”

看了一眼正在给小侄女喂饭的弟妹，姚美兰道：“吃了，你们吃吧，我就是来看看文文。”

和许多普通人家一样，晚饭时间，电视节目都停在新闻联播，姚美兰进门的时候，新闻联播结束，天气预报开始，播到西京的时候，姚美兰听到：晴间多云，中雪转小雪。气温：零下23摄氏度。

姚美兰像在家里一样习惯性嘱咐儿子：“文文，明天下雪，你出去的时候多穿点。”

“嗯。”

天气预报后，电视播放起西京的地方新闻，姚美兰的妈妈也吃完饭坐到客厅的沙发上。弟弟和弟妹去收拾厨房，姚母小声和姚美兰说：“孩子都多大了，还用你操心，多顾虑一下自己。”

向小客厅看了看，见文文没听到，姚母又道：“上次我跟你说的那事儿，你想清楚没有，对方也没孩子，你嫁过去文文也不会吃苦。”

“我再想想。”丈夫张建军死后没多久，家里人就劝姚美兰趁年轻再找一个。她总怕文文委屈，所以一直没点头，直至半年前，姚母一个老朋友给她介绍了一个在铁路上班的乘警。对方丧妻，条件特别好，对姚美兰也满意。两人见过几面，本想明年确定一下关系，偏偏这时候出了宋晓雅这件事儿。如果警察从宋晓雅的事儿查到她，事情会更麻烦，还不如先等事情了结再说。

“我觉得不合适。”

“美兰，你让我说你什么好。这么好的条件，人家不挑你，你还挑人家。”

姚美兰的儿子文文吃完饭下桌，走到姚美兰身边坐下。文文今年八岁，在西京附小上学，原本孩子把户口放在娘家，能上更好的实验小学，但是弟妹怕文文占了侄女的名额，坚决不同意。那会儿丈夫正生病，姚美兰也没强求。比起同龄的孩子，幼年丧父的文文明显成熟得多。

窝在母亲怀里，文文用脑袋蹭着姚美兰的胸口道："妈，我什么时候能回去？"

"过几天，妈妈这段日子忙，等过了这段就接你回去。"

虽然不高兴，文文也没闹脾气追问为什么，只是静静地躺在姚美兰怀里。从厨房出来的弟媳看着文文的举动，笑道："文文和妈妈这么好，还不和妈妈回家。"

说完，弟媳就抱着孩子进了卧室。姚美兰看着关上的卧室门，扭头去看姚亮，姚亮自知理亏，小声嘟囔一句："姐，她不懂事儿。"

本来气儿就不顺，姚美兰道："她不懂事儿，那你呢？"

"我，你还不知道，我更不懂事儿。"

看着没出息的弟弟，姚美兰一肚子火没处发，她从包里拿了几百块钱给母亲，就离开了。姚美兰刚出门，姚亮就追了出来。

家属院小区的路灯下，姐弟俩站在一起，姚美兰以为弟弟是来给自己道歉的，一直没说话，还是姚亮看了看四周道："姐，那事儿，怎么着了？"

"什么事儿？"

"就是你对门那姑娘的事儿，你不是说看见有人杀她了吗？你打算怎么着。"

想到下午陈明诚的话，姚美兰道："能怎么办，没人问我，我就不说，反正杀人的又不是我，我怕什么。"

"人虽然不是你杀的，但你不是看见了吗？"

"看见怎么了，我长眼还不能让我看见。"

四下看了看，姚亮凑到姚美兰跟前道："我倒有个主意。"

疑惑地看着弟弟，姚美兰道：“什么主意？”

“这两天广播里，西京公安局一直在悬赏能提供案子重要线索的人，还给奖励，姐，不然你……”

听姚亮这么说，姚美兰脑袋嗡的一下就大了，她抓着姚亮的胳膊道：“是不是你跟你老婆说了。”姚亮没结婚之前很老实，也很听姚美兰的话，但是结婚之后，因为弟媳的关系，两人的关系就没那么好了。姚美兰相信，这不是弟弟的想法，而是弟妹的。

“姐，晨晨也是为你好。”

“为我好，姚亮，我是没亏待过你，要是我对不起你，是不是你都敢报警说人是我杀的。”

“姐，你说这话就没意思了。你那律师还是我给你找的呢。”

“以后我的事儿，你甭管。”

推开弟弟，姚美兰走出家属院小区，一下午担惊受怕，晚上连饭都没吃，还被弟弟怂恿去自首，姚美兰委屈地坐在马路沿上哭了起来。就在她感慨世事不公的时候，一辆高尔夫从她身后的小区开出，车直接开向西京医院。

4

柴韵的男友方毅赶到西京医院的时候，已经是晚上八点。他抄近路从急诊科去住院部，晚上的医院，除了零星的家属，大多都是徘徊在走廊的病人。不知道是灯暗的缘故，还是晚上的医院真的有不干净的东西，方毅看着那些人，觉得他们的脸上都是不正常的青灰色。但是他现在顾不得这么多，因为他有一件急事儿要办。

西京医院是整个西京最好的医院，原本钢铁业发达的时候，这里有钢厂赞助，上到设备，下到大夫，都是附近最好的医院。不仅西京的人来这里看病，就连周边地级市的病人也会慕名前来。虽然钢厂倒了，但是人总要生病，医院非但没被拖累，反而经营得越来越好，所以想来这里工作，要不然花大钱，要不然要托到有用的人。

柴韵就属于后者，护校毕业之后，在社区卫生所干了一年助理护士之后，才因为方毅的关系，被调职到西京医院的住院部。

匆匆赶到住院部主任办公室，一开门，方毅就看到脸上带着伤的柴韵，披头散发站在角落里，而她对面站着一个伤势更重的女孩。

“陈主任，这是怎么回事儿？”

方毅在东关区教育局工作，柴韵来西京医院工作之后，好几位医生的孩子去实验小学上学的事情都是他帮忙解决的，其中就包括陈主任的外甥，所以两人之间并不陌生。

“小方，大晚上还让你跑一趟。我也是刚了解完情况，不是什么大事儿，就是误会了。”

听主任这么说，和柴韵打架的女孩道：“不是误会。”

柴韵抬头看向对方，瞪着眼睛道：“有种你再说一遍。”

“说就说了，怎么着吧，敢干，还怕人说。”

眼看俩人又要打起来，方毅挡在两人跟前，他厉声问柴韵：“到底怎么回事儿？”

柴韵觉得她最近真的是撞邪，干什么都不顺。昨天在住院部给病人输液，因为找不到静脉被对方各种刁难，还被投诉到了护士科。昨天下午又有警察因为宋晓雅的案子找她谈话，事情说了一下午，她本以为说清楚就过去了，谁想到今天来上晚班，一个看她不顺眼的同事就在单位造谣，说西京小学老师被杀的案子与她有关。她一下就火了，直接就找对方，没说几句，两人就打了起来。因为对方不依不饶，医院出面解决这件事，柴韵不想联系家里，就给男朋友方毅打了电话，让他来医院解决。

看着方毅，柴韵的眼圈渐渐红了起来，其实说到底，如果没有那个警察，事情或许发展不到这个地步。想到那个警察，柴韵耳边仿佛又响起了他问话的声音。

“宋晓雅的通话记录显示，在12月1号的晚上，她曾经跟你通了很长时间的电话。能跟我说一下，你们说了什么吗？”

面前的年轻警察自称刘卓，下午三点打电话到护士科找她，表示想就宋晓雅被杀的事情找她了解点情况。往常下午住院部不会太忙，她有时间，所以直接就答应了。可是昨天下午，刘卓来电话之后，急诊科临时接到一波集体食物中毒的病人，她被临时调去帮忙，本以为警察来了，联系不到她就会先离开。可下午六点多，她回到住院部，护士长告诉她，护士台前的男人已经等了她一下午。

走过去，柴韵还没开口，对方就抬起了头，那是一张很年轻，下巴挂着青须的脸。柴韵不会看人，但是刘卓给她的第一感觉是这个人气势很弱，唯独那双眼睛放着寒光。

“你好，我是刘卓，西京市局的，柴韵是吧？”

不知为何，被那双眼睛盯得有些畏惧，柴韵道：“抱歉，让您等了这么久，急诊那边接了一起车祸，我被临时叫过去帮忙了。”

“没关系，本来就是我突然约的。现在您方便吗？”

住院部没有空病房，柴韵从护士长那借了小会议室的钥匙。

会议室里，两人坐定，刘卓问她的第一个问题就是：“宋晓雅的通话记录显示在12月1号的晚上，她曾经跟你通了很长时间的电话。能跟我说一下，你们说了什么吗？”

知道宋晓雅死，还是被杀死，柴韵已经觉得很不舒服，却没想到警察会因为这件事儿找到她。

手紧紧地攥着护士服的下摆，柴韵道：“我可以不说吗？”

刘卓并未拍案要她想清楚事情的利害关系，只微微一笑将一张纸推到柴韵面前道：“和这次化验有关吗？”

刘卓推来的是一张在西京医院的孕检化验单，检查人是柴韵。按常理说自己的孕检单被警方拿到，柴韵应该很诧异，但是此时的她眼神中却不只是诧异，而且多了许多慌张。

“这张检查单是我们在死者家中发现的，且不说，你的化验单为什么会出现在死者的家里，因为这里面有太多可能。但是从你的工作来看，早上通常是医院最忙的时候，一般从事医务工作的人都不会选这时候做检查，这一天却有一张写着你的名字的孕检化验单，我联系过当时为你做检查的医生，但是他不记得来的是谁了。”

刘卓话音落下许久，柴韵都没说话，他又道：“按理说，早上这样不合时宜的时间，又是单位的同事，她不该不记得。除非，有人在事前拜托过她不要说出去。至于真相是什么，我还是希望你来告诉我。”

看着眼前写着自己名字的化验单，低着头的柴韵沉默许久，才开口：“晓雅怀孕了。”

像是并不意外，刘卓道：“能说一下具体情况吗？”

柴韵和宋晓雅是在高中时认识的。两人既不同班，也不同年级，但因为都是文艺爱好者，她们一起被选进了校办的健美操队，十几岁的女孩子凑在一起聊聊电视剧，说说明星八卦，就会变成闺蜜，她们也一样。

高中毕业，柴韵考进当地护校，宋晓雅则去了哈师学教育，两人起初还有联系，时间久了，大家有了新圈子，彼此也就不再当对方是多好的朋友。

两人再见，已经是柴韵毕业之后了，她被分到城南一个老小区的社区卫生所当护士，整个卫生所除了一个老大夫，只有她一个人，所以不仅要给病人输液，还要负责取药。而那次，宋晓雅就是来卫生所拿药的。当时她们谁都没认出彼此，还是接过她的社保卡去登记的时候，柴韵才发现对方是宋晓雅。

两人没想到会在这里再见，都觉得这是冥冥中的缘分，当天宋晓雅就没走，等着柴韵晚上下班，两人一起吃了晚饭。

从那之后，两人就渐渐有了交集，彼此之间也尽其所能帮助对方，就连柴韵的工作都是托柴韵的男朋友解决的。

“你男友？”

刘卓抬头看向柴韵，柴韵点头道：“对，我男朋友，他在西京教育局工作。晓雅毕业本来是被分配到附小的，但是因为离家远，她也不喜欢，所以就让我男朋友帮忙，分到了现在的实验小学。”

刘卓在本子上二钢王厂长后画了一个大大的问号，道：“继续。”

“工作的事情办好之后，晓雅很感谢我，一直想请方毅和我吃饭，但是大家时间总是凑不到一起，后来好不容易有一次凑到一起，晓雅又说她临时有事，就取消了，因为这件事儿方毅对她印象特别不好。”

“你知道宋晓雅突然取消是因为什么事儿吗？”

“好像是和王攀的前女友有关。那女孩那会儿正回到西京，刘警官，没准晓雅的死和她有关系，仅仅我知道的，两人就吵过很多次。”

“这个我们会查清。宋晓雅死后，王攀来找过你吗？”

“嗯。”

刘卓的眼神犀利有神，他道：“说了什么？”

“没说什么，他很伤心，来找我是想拿回一些宋晓雅的东西，我把东西给他，他就走了”

“宋晓雅怀孕的事情，王攀知道吗？”

“不知道，晓雅检查出怀孕后，与我说的第一句话就是不要告诉王攀，所以那天她打电话联系我是想询问流产的事情，还要以我的名义在我们医院做，我不同意，就和她吵了起来。我怀疑……”

“孩子并不是王攀的？”

柴韵咬牙点了点头，道：“晓雅高中的时候玩得就很开，男友一直没断过，大学的时候本来也交了几个男朋友，但是遇见王攀之后就老实了。她总说自己太喜欢王攀，王攀肯定是她最后一个男朋友。其实她说是这么说，她看中王攀还是因为王攀有钱，如果王攀没钱，对她来说什么都不算。”

“为什么这么说？”

“因为宋晓雅除了王攀，还有男朋友。”

“还有男朋友？”

柴韵点了点头，道：“我也没见过，不过我们高中群里面的人见过，说是瘦瘦高高，比王攀帅多了。”

“这个男朋友的事情，你听宋晓雅说起过吗？”

柴韵摇了摇头道：“她从不跟我说这些的。刘警官，我和晓雅是好朋友，你一定要帮她抓到凶手。”

“这个你放心，凶手和真相，我们不会放过一个。”

之后刘卓又了解了一下宋晓雅平时的交际圈子，以及宋晓雅和那个所谓的神秘男友之间的关系。

例行问询结束已经是八点多，柴韵送刘卓出了住院部，看他消失在夜幕里，她才敢回去，之后像往常一样刷卡下班回家。可是柴韵没想到隔天再来上班，医院就已经开始有人传西京实验小学老师被杀的案子与她有关。

方毅听明白事情的始末，道：“这根本不是什么大事儿，就这么过去吧。”

一旁的陈主任也道：“是呀，都在一个单位，以后抬头不见低头见，算了吧。”

对方的家人也是通情达理的人，彼此道了歉后，事情就过去了，之后为了让两人和好，陈主任给了几天假期，让两人调整好再来上班。

事情解决，方毅送柴韵回家，刚上车，一直忍着眼泪的柴韵就哭了起来。

“真的不是我。”

拉住柴韵的手，方毅道：“我知道不是你。”

“方毅，我真的很后悔，如果那时候我问问晓雅孩子是谁的，没准儿她就不会死。即便她死了，我要是知道对方是谁，也能帮她找到凶手，都怪我，都怪我。”

柴韵在车厢内悲伤哭泣，而拉着她手的方毅却没看她，他随着红灯停车，看了看后视镜中的自己。那张脸很白，眼神中有着藏不住的慌张。

晚上八点半，西京南华二中。第二节晚自习刚结束，还有一节课就放学了，不同教室里的孩子要么安安静静写作业，要么瞎胡闹。教室里靠窗位置坐着一个男孩，随着下课铃声响起，他将桌子里面的小说捧到了桌子上看。

小说讲述了一个男孩和女孩的故事，故事结局女孩和男孩在一个下雪的日子分别，整个世界都是白色的，小女孩上了火车之后，男孩沿途追着火车奔跑，可是他的速度终究还是赶不上火车的速度。

书中作者在这一刻写道：雪每年都在无声无息落着，可我从那之后，再没遇到过一个，像是十二岁那年一样的女孩。

看到这里，边晟放下书望向窗外，玻璃窗外是西京的夜色。冬天，望不到尽头的黑暗中，有小雪伴着微风缓缓落了下来。

边晟正发呆，一只手拍在他肩膀上。边晟回头看，他同学高翔道："今晚有事儿吗，没事儿跟我一起去组队吧。没你，我们战斗力明显下降。"

"有事儿。"

边晟再度拒绝的举动让高翔有点恼火，他道："你到底什么事儿啊？平常打得比我都积极，这两天去都不去。"

"没事儿，你自己去吧。"

不等高翔再说什么，上课铃声响起，出去透气的同学纷纷回来，其中一个梳着短发的女孩径直走到边晟一旁的位置坐下，女孩是边晟的同学林雅美。坐好的林雅美看了看边晟的方向，此时的他正看着手机屏幕，被他打在搜索栏的一行字是"西京实验小学老师分尸案"。

那天四周的环境是嘈杂的，边晟这里像是另一方世界，他翻阅着那些高中生并不感兴趣的社会新闻，而他一旁的这些学生，学习好的抱着参考书，一页页做，以求用勤奋刻苦改变命运，离开这个日渐没落的城市；学习不好的，要么写纸条逗女孩子，要么看闲书。虽然以前边晟也不怎么学习，也是经常抱着手机或者悬疑小说一看就是一整天，但是一直喜欢边晟，总是偷偷观察他的林雅美发现，他这几天变得不一样了。

那晚放学已经九点多，高翔走前又问了收拾书包的边晟，要不要去网吧。边晟再度拒绝，在所有人都离开之后，才提着书包回家。

在学校门口的926车站，边晟上车，一直跟着他的林雅美也跟了上来，车是始发站，人不多，林雅美直接坐在了边晟身边的位置上。

感觉身边有人坐下，戴着耳机听歌的边晟抬起头，才发现对方是林雅美。

边晟什么都没说，车开起来，林雅美问他："你怎么了。"

"啊？"

指了指自己的耳朵，边晟下意识将耳机从耳朵上拿下来："怎么了？"

"我问你怎么了？"

微微一愣，看着眼前女孩的脸，边晟道："没事儿。"

"你肯定有事儿，我看得出来。你要有事儿可以跟我说，可能我帮不了你，也好过你把事情堵在心里。"

林雅美和许多普通的高中女孩一样，长得古灵精怪，笑起来眼睛弯得像月亮，两颊落着可爱的雀斑。她全身上下都没有一丝攻击性。亦如很多年前的另一个人一样。

即便林雅美已经这样说，边晟还是道："没事儿。"

有些尴尬的林雅美不再问，边晟也重新戴回耳机，可是他耳机里响的却不是音乐，而是即时新闻，内容是：西京实验小学老师被分尸案。

边晟很喜欢悬疑小说，对很多日本小说中的古怪杀人案都很感兴趣。两年前在机缘巧合下，他加入了一个悬疑推理的QQ群，群里的人既讨论最新的小说，也会根据当下的案子进行讨论。上周，也就是西京小学老师被分尸案发生之后，群里就有人讨论这起案子。这案子没凶手，没嫌疑人，没目击证人，被害人和凶手还很可能共处过，所以显得有些微妙。如果以前听到这种寻常的凶杀案，边晟不会好奇，但这起案子发生在西京，他难免多关注一些。群里有关系硬的人，搞到了被害人宋晓雅的照片，并且发到群里。边晟看到照片是某一天的晚自习，他回看聊天记录时看到了那张一寸照，照片上的女孩子很秀气，有一双笑眼。出现被害人的照片之后，群里的讨论声明显增加了，他们谈论这个漂亮的女孩是被仇杀的还是被情杀的，还是遭遇了变态杀人狂。因为没有西京警方的关系，又无法联系到被害人家属，所以大家只是根据被害人的作息时间及被杀这件事儿本身进行了分析。因为对这种案子不太感兴趣，边晟只是将群里的聊天记录翻看完，并没发表自己的见解。让他对这案子改变看法的，还是看到死者照片的当天晚上，他跟着高翔去网吧，所发生的一件事情。

蓝天网吧位于西京城西，紧靠火车站，在那里上网的大多都是要赶早班火车，又不想破费再去旅店的旅客，当然这其中也不乏边缘人物。从边晟的学校到这里最快也要半小时，但这是附近网速最快的网吧，所以即便离得远，南华二中和周边学校的孩子还是喜欢去那里刷夜。

两天前，下了晚自习，边晟和高翔像往常一样去网吧。边晟给高翔钱，让他去登记交押金之后，他先去了固定的位置等待开机上网。老位置上，上一位客人像是刚走没有多久，他查阅的信息还在，边晟坐下随意翻看他之前的查询记录，意外地发现他所查询的竟然都是西京实验小学老师被杀案的新闻。

这案子在西京的影响很大，普通人查查也没什么，所以边晟并没在意，可就在他因为手机没电，打算用U盘插口为手机充电时，他发现U盘口已经插了一个U盘。

作为一个喜欢悬疑小说的高中生，边晟几乎本能地把手放在鼠标上点开U盘，想要看看里面是什么。挂着流苏挂件的U盘里面只有一个文件夹，署名为12·3。双击文件夹，页面瞬间弹出几张照片，就在边晟看清的瞬间，屏幕突然一黑，反应过来的他回头，一个黑衣人正要离开。是的，就在刚刚，他完全没察觉有人接近的时候，一个走到他身边的人粗暴地将U盘拽走了。

虽然文件夹里的照片他只扫了一眼，却清楚地记住了里面有一张一寸照，照片上的女孩和那天群里发布的被杀死的实验小学老师一模一样。

而文档里其他的照片，边晟一时之间分辨不出是什么东西，但无一例外每一张都是红色的。宋晓雅被杀后，西京日报曾经报道过，宋晓雅死前曾被刻意放血并且肢解，而且死相极为凄惨。被杀小学老师的新闻，U 盘的照片，还有神秘的黑衣人，突然间出现的大信息量，让边晟有些消化不了。办完登记回来的高翔叫他，他才缓过神，推开椅子追到网吧外，黑衣人已经消失在夜色里，不知道他抽什么风，高翔将他拉回去继续打游戏，可看着那台电脑，边晟满脑子都是 U 盘里的画面，怎么都玩不下去的他勉强坐到十二点，就打车回家了。

之后两天，边晟试图开解自己，那或许只是个对凶杀案好奇的人，出于自己的爱好，才收集了各种各样的照片，宋晓雅只是其中一个。但这种想法，就连他自己都没办法说服自己。老师被杀的案子并非大案，虽然造成一定社会轰动，但只是区域性的，很少有人会因为一时的兴趣保留这么多资料，况且被害人的照片一直处于保密状态。他不仅拿到，还有目的性地将资料归档。这人在心理上要么就是变态杀人狂，要么就是某些异样癖好的爱好者，还有一种可能，这人也是他们群的成员，但是这种概率简直太小了。分析完所有的因素，边晟给出对方要么是警察，要么是凶手两个判断。

见边晟发起呆，林雅美推了推他道：“边晟，如果有事儿，你可以和我说，我一定不会告诉任何人的。”

被林雅美叫着回过神，边晟听到公车报站，站点正好是距离蓝天网吧最近的一站。

边晟立刻从座位上站起，给林雅美留下一句“没事儿”之后就匆匆下车离开了。边晟没办法靠自己想通这件事儿，也没法说服自己，所以他还是决定再去看一看。

黑夜里，下车的边晟穿过漆黑的马路，西京火车站的黑马路在西京都是有名的，因为马路一边是一个街道管理，另一边是另一个街道管理，两个街道因为管理费的问题，谁都不肯安装路灯，所以这条路常年都是没灯的，晚上交通事故频发。

小心穿过马路，边晟走进网吧。和前天一样的时间、一样的地点，高翔没有过来，两人经常包的包房是空的。站在包房入口，边晟环视四周，不远处的A区，监视器正对他的方向。再看B区，也有一个监控能扫到角落里。

观察完四周之后，边晟返回收银台，网管直接开口："还是老位置，刷夜？还是包小时？高翔呢？"

因为高翔总是赊账买泡面，每次都是边晟帮他结账，所以老板对这两个人都很熟悉。

"他今天有事儿，我也不是过来玩的。"

"那来干吗？"

指了指网管头上的摄像头，边晟道："我想看看摄像头。那天走的时候，丢了一个U盘，我看A区有监控，所以想是不是被谁拿走了。"

"要U盘不有的是，我这儿一堆呢，你随便挑。"

网管抬出来一个置物箱，里面放着各式各样的U盘，边晟是要借着看U盘的名义看监控，所以他对这些U盘没兴趣。本打算象征性随意扫几眼，没想到会看到那个流苏穗。他急忙拨开挡住流苏的U盘，从箱子里将那只U盘拿了出来，他做梦都没想到，那个黑衣人的U盘会出现在这个箱子里。

把U盘拿出来，边晟问网管："这U盘是谁的？"

像是听了笑话，抬头看边晟的网管道："这屋里三百多台电脑，我哪儿记得住，是你的，你拿走，不是你的，你喜欢也拿走。"

U盘的事情打乱了边晟看监控的计划，他将U盘带走，开了柜台附近一台电脑，查看起了U盘里的内容。如那天一样，里面只有一个文件夹，却没了血腥照片，里面存有各式各样的东西，小说，学习资料，点到最后一个文件夹边晟已经没了耐心，他开始觉得自己很蠢，竟然为了根本不可能发生的事情，来查什么监控。

但是看悬疑小说养成的习惯，还是让他没有中途放弃。耐心点开最后一个文件夹，正是那个文件夹让边晟彻底呆住。那里藏着四张模糊不清的照片，和那天他看到的模糊的红色照片一模一样。那晚对边晟来说，找到想要的照片并不可怕，可怕的是，这只重新回到他手上的U盘里，似乎是凶手的人，为每一张现场照片重新做了署名，分别是：休、管、闲、事。

被吓得浑身一凛，边晟紧张兮兮地看向四周，在这一瞬间，让他觉得好像每个人是在偷偷观察着他。那个人知道他会来查，所以才会故意将U盘留下，他一直等着他出现，可能现在还看着他。

想到这里，边晟拿着鼠标的手忍不住抖起来，从没亲身经历过这种事情的他，在椅子上僵了许久才颤抖着站起来。带着那个U盘回到收银台，事已至此，如果那个人看着他，查不查对他来说已经不重要了。所以想明白的边晟还是决定要查下去。

网吧收银台，刚刚的网管已经不在，值班的新网管与这些高中生不熟，所以一张公事公办的脸："查监控？"

"对，我丢东西了，想看看是谁拿走的。"

"查也没用，也找不到。"

边晟咬着牙，坚持道："那我也想看看。"

指了指一旁的旧电脑，新网管道："那就看呗，就那台电脑，一礼拜清理一次内存。要丢了好几个礼拜，我劝你也别找了。"

没理会网管的话，边晟走进吧台，打开监控电脑，里面只有三个小视频。

"只有这些？"

一边吃着酸辣粉，一边打游戏的网管道："一个网吧，又不是安全部，谁没事儿弄那么多摄像头。"

"可是A区、B区，不都有？"

"早坏了，也没人查，就留了一个门口的，你还看不看，不看就走。"

"看。"

把时间调到遇见黑衣人的时间，可是网吧大门口，却并没有一样的人离开。

反复看了十几遍，确定离开的人里没有那个黑衣人，边晟问网管："只有这一个门口吗？"

"不然呢，还给你弄七八十个门。你烦不烦。"

网管话里带刺，边晟也十分不爽，才跟网管吵。有人来收银台买烟，网管查看之后发现对方要买的烟正好没了，就要对方去隔壁小超市买。听到超市，边晟才想起网吧隔壁还有一个二十四小时营业的超市。超市和网吧之间有一扇相连的门，如果黑衣人没有从网吧门口离开，很可能是从超市离开的。

抓住救命稻草的边晟跑去超市，十分不巧，当天超市没营业。就在边晟以为前功尽弃的时候，他发现，超市的监控线并没有全部连接到超市里面，还有一条线是连接到网吧的。

顺着线返回网吧，边晟找到一台电脑，他知道，这很可能是超市监控的终端机。

边晟再度返回吧台，询问网管是否能打开超市的监控，网管被他吵得不耐烦，扔了一把主机钥匙给他，让他自己去查。超市监控终端机前，边晟将监控时间调整到三天前的九点四十，然后一秒一秒地看，就在九点四十五的时候，一个黑色的身影从网吧走到超市里，他戴着鸭舌帽，低着头，他在超市里转了一圈之后，就离开了，从超市门口的摄像头看，他径直穿过马路，向对面的火车站走去。

边晟将男人的背影拍下来，再度回到吧台问网管："这人常来吗？"

扫了一眼他手机上的人，网管道："哪个？"

"穿黑衣服的。"

"看不清楚。"

见对方心不在焉，边晟拿出一百块钱放在桌上，新网管看到钱才嘻嘻一笑："这么看倒是有点眼熟。你要是找人，可以看登记记录，晚上来网吧都有登记，不熟的还得登记身份证才能上网。”

“记录呢？”

新网管明显没有下一步动作，边晟又掏了一百块钱，网管这才把登记册放在桌面上，让他喜欢怎么查就怎么查。

边晟本来对这种随意可以造假的手写记录并不怎么感兴趣，可是现在他手上除了这些模糊不清的视频影像，再没一点线索，所以他只能寄希望在这些册子上。他来上网那天是晚上九点半，按照时间推算，对方应该是八点左右来的，找到当天所有的记录，逐条查看。距离高翔给他取的名字“小边边”上面不远的地方，写着一个名字：宋晓雅。

虽然电视、网络都以宋某称呼被杀的小学老师，但边晟知道实验小学被分尸的老师就叫宋晓雅。吓得后退两步，边晟的手碰到网管的水杯，杯子跌在地上，水洒了一地，玻璃杯也四分五裂，而那一刻，边晟的心犹如地上的一片污浊一样，乱得一塌糊涂。

“不会的，不会的。”

见边晟如此，网管道：“不会什么？”

没理会对方的话，边晟推开网管，跑出网吧。

5

冬天，晚上十点钟，黑马路上车很少，因为柴韵心情不好，方毅没有把她送回两人的新房，而是送她回了住处。柴韵父母都在西京的乡下生活，她和方毅订婚之前一直租房住，为了筹备婚礼，柴韵妈妈特意从乡下来西京陪女儿。见方毅将女儿送回来，柴韵妈妈一直要方毅留下坐一会儿，方毅表示还有事儿，就匆匆离开了。

那天，方毅的心始终都是乱的，他从柴韵家离开之后，本打算回家，可是车开到火车站附近的时候，一个黑影突然闯进行车道。

一声急刹，跑到马路上的边晟跌在车轮下。完全没准备的方毅连忙下车查看，就见一个穿着校服的男孩倒在地上，还好人距离车轮还有些距离。

本来心情就不好，方毅厉声道："过马路不知道看车！"

从网吧跑出来的边晟仍旧沉浸在刚刚那种惊恐中，见他没反应，一旁的路人上前将边晟扶起来，一边为他掸落他身上的雪，一边问他："碰到没有，有没有哪儿疼？。"

"没……没事儿。"

刚刚还脾气极大的方毅就着车灯，看到被撞的男孩磕破了手。想着对方还是个孩子，也觉得自己有些过分，他转身回到车里拿出纸巾和钱包，他本来想给男孩一点钱，解决这件事儿，可是等他拿回来，刚刚还站在车头的男孩已经不见了。

"人呢？"

周围人指了指远处，道："说自己没事儿，就走了。小伙子，你也是，大黑天的开车不打大灯，幸亏人没事儿，要是人有事儿，你不得后悔一辈子。"

"以后我注意一些。"

四周的人群散去，方毅走到车前想要看看刚刚撞男孩的时候，车是否剐坏了，检查一番，车头什么事儿都没有，可就在方毅要上车离开的时候，他不经意看到车轮下压着一张纸条，纸条没被雪覆盖，应该是掉落不久的。担心是刚刚被撞的男孩留下的，方毅将纸条捡起，那张断裂的纸条正是边晟刚刚在网吧惊慌失措下，从登记册上扯下来的，方毅第一眼就在那些乱七八糟的名字中看到了"宋晓雅"三个字。

看到那个名字的瞬间，方毅整个人都呆住了，他站在马路中间，拿着纸条，环顾四周，惊恐地寻找刚刚的那个男孩子。可是边晟早已消失在了茫茫的大雪之中。

这个城市叫宋晓雅的女孩，可能不在少数，可是对方毅来说，这一刻，他所能想到的只有实验小学被分尸的小学老师。那天晚上，方毅不知道自己是怎么开车回的家，他觉得那条路好像变得特别长。将车开到家楼下，他没上楼，一个人坐在车里吸烟。方毅烟瘾不大，但那个晚上，车载烟灰缸却被他塞满。历来严谨的他，踌躇半晌后，再度掏出口袋里的纸条看，纸条上的确是“宋晓雅”三个字。那一刻，一直压抑的方毅懊恼地用头撞击方向盘，平静的夜里，被触碰的喇叭发出刺耳的鸣笛声。

“有病吧，大晚上还让不让人睡觉了。”

“你再按喇叭，信不信老子下楼抽你。”

……

小区各种骂声传来，方毅没有下车，他将座位放平，透过天窗，看起了天上的星星。曾经同一辆车里，陪着他看星星的是宋晓雅。可是如今一样的浪漫场景，留给他的只剩恐惧。

方毅和宋晓雅的事情，柴韵不知道，所以她还一门心思帮助那位老同学。

宋晓雅第一次独自去找方毅，已经是一年多前了，那时候她从实习的乡镇小学回到西京没有多久。原本教育局将宋晓雅分配到附小，但是附小的教育水平和待遇都赶不上实验小学，所以她迟迟没去学校拿派遣证。也正是空闲的那段日子，她和柴韵重逢。两个女孩闲聊，知道柴韵男朋友在教育局上班，宋晓雅就缠着柴韵非要认识一下。那时柴韵也忙，大家时间凑不到一起，见面的事情就被耽搁了。或许是因为家境原因，宋晓雅是那种目的很明确的女孩子，她想要什么就一定要得到。

初次见面，是方毅去省委开会回到单位，门卫大爷探出头告诉他，有个女孩等了他好久。

那时候西京也是冬天，顺着大爷指的方向看去，方毅看到不远处，一个穿着白羽绒服，戴着红围巾的女孩正站在大雪里，她被冻得红红的脸，在围巾的衬托下更显得明艳漂亮。

走过来，笑吟吟的女孩道：“你就是方毅吧。”

或许是老师的原因，宋晓雅一点西京口音都没有，念出他的名字字正腔圆。

点头，宋晓雅伸出自己的手道：“我是柴韵的朋友宋晓雅，她和你提过吧。”

那时候方毅对这名字真的没一点印象，但出于礼貌他还是点了头。那天，他将宋晓雅带进办公室，女孩直言不讳说出来意。

“可是据我所知，分配名额已经都确定了，要是你提前几天来，没准儿我还能找找关系。”那时，方毅不愿意帮忙，一是觉得太突然，二是对方仅仅是柴韵的朋友。他没有一定要帮忙的必要。

“是否确定，还不是你们这些领导一句话的事情，要是你为难，我也不勉强。吃个饭总可以吧。”

方毅不是那种善于表达的男人，和柴韵在一起都是家人介绍。他不回答，宋晓雅嗔怪道：“怎么我也等了你好几个小时。”

那时，正好是中午饭点，再拒绝未免太不男人。方毅开车带宋晓雅去了一家吃鱼的小店，两人要了一间包房。

宋晓雅很善聊，一顿午饭就把彼此之间的生疏打破了。正因如此，临别的时候，把她送到车站的方毅答应她，会帮她问问能否重新被派遣。

之后，宋晓雅常联系方毅问事情的进展。那时局里还有指标，不知是谁又帮她和上面说了话，方毅暗中又推动了一下，事情就这么成了。

春节前，拿到新的派遣的宋晓雅激动地给方毅打电话，一定要请他吃饭。那时候正是过年，彼此都要拜访亲戚，方毅就回绝了，宋晓雅却没放弃，从年前等到年后。

直至没法拒绝，两人才又见了面，还是一样的馆子。两人进去，宋晓雅就和来送菜单的老板说：“今天不要问这先生要钱，我结账。”她孩子气的语调逗笑了方毅，或许是太开心，那天宋晓雅和方毅都喝醉了。方毅将她送上出租车的时候，宋晓雅怎么都不让他走，方毅只得将宋晓雅送到附近的酒店，到了酒店宋晓雅就开始哭，然后抱着方毅叫爸爸，然后那天晚上，方毅没有回家。

后来方毅从柴韵口中得知，宋晓雅是单亲，她父母早年离婚之后，她就开始自己生活。一个女孩十几岁开始自己生活，在男人眼里可以说是十分可怜了，但是女人都明白，宋晓雅能活到现在，还活得这么好，一定是不简单的。

之后教育局举办新老师培训，因为是后面被安排进来的，宋晓雅什么都要补办，教育局食堂没有饭卡不能吃饭，培训老师午休时间又短，方毅就把自己的饭卡借她。宋晓雅也没客气，直至培训结束才把饭卡还给他，只是他借给她的时候只是一张卡片，还回来的时候她将卡放在了一个小盒子里，盒子下是一条领带。方毅不懂女人送男人礼物的意义，后来看一篇微信推送的文章才知道，领带和腰带都是缠人之物，如果是暧昧对象赠予，她潜意识的目的是想要做他的情人。

就这样，两人断断续续开始交往，之后有一次柴韵又约了大家一起吃饭，其中还有宋晓雅的男朋友，那是方毅第一次见那男孩，有些微胖，但是很忠厚老实的样子。那晚他和宋晓雅显得并不那么熟悉，但是桌子下，宋晓雅却一直在撩拨他。好不容易忍到饭局结束，他扯谎还有事儿要忙就先走了，十几分钟后，他们吃饭对面的酒店房间里，宋晓雅来了，那晚他们背着柴韵干柴烈火。之后一来二去，在柴韵完全不知情的情况下，他和宋晓雅暗地里走到了一起。

宋晓雅有男朋友，方毅也有女朋友，但感情的事情一旦开始，不是说收就能收住的，两人就这么断断续续在一起半年多。开始出现摩擦，还是宋晓雅要他和柴韵分手。方毅跟柴韵在一起三年，马上就要结婚，况且错的又是他这一方，方毅没理由提分手。可是他不分手，宋晓雅就没办法名正言顺与他在一起，闹起脾气来她就以仕途威胁他。随着两人之间的争吵越来越多，本来就不牢固的感情也开始出现裂痕。秋天的时候，方毅直接和宋晓雅提出分手，知道宋晓雅的为人，他提出拿一笔钱当补偿。可宋晓雅不要补偿，只要方毅帮她做一件事儿。

“什么事儿？”

在楼下待了整整一夜，方毅终于还是因为害怕来了西京市局。

清早，天还没亮，漆黑的路上落着小雪，就在附近租房住的刘卓赶了一夜的文件，看时间也没有睡的必要，索性来上班。大黑天，走到市局门口，就见一个男人蹲在墙边，脚下满是烟蒂。

不知道对方是谁，听到脚步声的方毅抬头，见对方一身便衣，却要进警察局，方毅道："请问您是警察吗，您认识西京实验小学分尸案的负责人吗？"

"你是？"

"我有点事情，想向他们反映一下。"

"跟我走吧。"

西京市局建于二十世纪三十年代，曾经是某一任驻军司令的办公地，地下室还有牢房。因为是历史建筑，所以一直没有重新修葺，还保持着三十年代的俄式建筑的外观，内里也是八十年代的装修。

带方毅走进大楼，沿途刷卡开门，刘卓带方毅走进重案组的办公室。他习惯性打开所有的灯，已经一夜没见光的方毅下意识抬手去挡。

从早上五点半到八点，方毅交代了自己和宋晓雅之间的所有经过，他数次提到这件事儿千万不能让柴韵知道。

说到宋晓雅拜托方毅的事情，他道："和实验小学一个老师有关。"

"是边潇潇吗？"

方毅震惊抬头，道："你们已经查到了。"

"算是吧，你先说。"

宋晓雅的男朋友王攀，除了那次聚会，方毅还见过一次。那次是他和宋晓雅偷偷约会，王攀打电话来急着要见宋晓雅，方毅开车送她过去的时候，王攀就在马路边等她。

说到这里，刘卓问道："王攀知道你们的事儿吗？"

"应该不知道，反正我觉得他不知道。"

刘卓在笔记本上记录下王攀的信息之后，示意方毅继续。

宋晓雅让方毅动关系把边潇潇调职到别的学校，随便哪里都可以，只要边潇潇离开实验小学，她就跟方毅分手。本来这件事儿对方毅来说不太难，偏偏边潇潇来实验小学也是托关系，对方还是自己的直属上司。而相比给边潇潇调职，方毅更好奇宋晓雅和边潇潇之间的关系。后来他试探问柴韵，柴韵才说出，宋晓雅的男友王攀，正是那位边老师的前男友。按柴韵的话说，宋晓雅不算第三者插足，之所以要想尽办法把边潇潇弄走，是因为边潇潇回到西京一直想找王攀复合。

解释合情合理，事情却并不好办，方毅一直找借口拖到今年十月，宋晓雅再来找方毅，已经快要和柴韵结婚的他怕宋晓雅把事情闹大，答应她十一月教委要确定一批去山里小学支教老师的名单，边潇潇会被他安排在其中，宋晓雅这才放心。

月底确定支教老师名单，边潇潇的确被安排了进去，出名单之后，教委就开始找老师谈话，谈到边潇潇所在的第四批已经是十二月初了。

“十二月初，具体时间呢。”

拿出手机，方毅翻看备忘录：“12 月 3 号，我记得这日子。”

“你确定是 12 月 3 号。”

“确定，我怕边潇潇不愿意去，所以教委谈话那天，我也过去了。”

刘卓将记录本翻到记录宋晓雅的页面，她尸体被发现的当天，就是 12 月 3 号。刘卓示意方毅继续说。

那次谈话，边潇潇同意上级分配，保留在实验小学的职位，去远处小学支教半年时间。如果一切顺利，支教时间将从明年三月开春的第一学期开始。边潇潇的事情确定，方毅心里的一块大石头也落下了。本以为生活马上就要恢复平静，当天下午他带着柴韵去婚庆公司，把婚纱都选了，却怎么都没想到，当天晚上就看到宋晓雅被杀的新闻。

方毅讲完，刘卓道：“所以边潇潇的事情有了结果，你没通知宋晓雅？”

“没有，那时候我不想再有太多牵扯，况且她也知道教委那天找边潇潇谈话，我以为她会主动联系我。”

西京警局，随着上班的人流，楼道里传来脚步声。有人走进办公室已经是八点半。和陌生警察说出一切的方毅依旧很紧张，光水就喝了三大杯，见有人来，他问眼前的刘卓：“警官，请问主管案子的警官来了吗，我想跟他再把事情说一下。”

合上厚厚的笔记本，刘卓伸出手道：“正式认识一下，我就是主管案子的警察刘卓。”

虽然极为诧异，方毅还是和刘卓握了握手，他不知道这个警察是无心隐瞒自己是负责人的事情，还是有意为之。但是这一刻，方毅有些害怕了。

随着屋子里的人越来越多，刘卓送方毅离开，走到楼下，踌躇的方毅道：“刘警官，晓雅的案子……”

知道他什么意思，刘卓道：“没查清之前，我们不会联系你们单位进行调查，这个你可以放心。”

这年头儿，混个公职都不容易，方毅忙道：“谢谢您，有什么事儿，您尽管找我。”话说出口，他才觉出不对，刘卓却没放在心上。

那天，直至方毅离开，刘卓仍旧好奇方毅为什么要把一件本可以隐瞒下来的事儿，这么急于向警方交代？而方毅也在开车回家的时候，看到那张被他放在车上写着宋晓雅名字的纸条。

送走方毅，一夜没睡的刘卓站在门廊望着落雪的西京。他以前在的城市四季分明，来了西京才明白，什么叫一年有半年都是冬天，大雪能不停地下一个星期，再过一个星期雪化了，下下星期继续下，轮回一般，生生不息。

发了一会儿呆，实习警察陈然跑下楼道：“刘哥，李队找你。”

深呼一口气，冰冷的气息从鼻子钻进鼻腔，还来不及暖热就闯进肺里，爽得刘卓直打寒战，扯了扯羽绒服，他转身上楼。

第二章
时间线

1

12 月 13 日，案发十天后。

陈明诚再次联系姚美兰，是两人第二次见面之后的隔天，姚美兰询问陈明诚案子的进展，陈明诚却不明说，只要姚美兰再来一趟。姚美兰表示自己没办法请假，两人将时间约在周六下午。而周五晚上，姚美兰下班回家，发现又有警察来勘察案发现场，只是这次不是浩浩荡荡一帮人，只有两个人。

开门的时候，姚美兰下意识从半开的门往案发现场看，虽然血迹已经被清理干净，但是她仿佛还能在地上看到大片血迹留下的轮廓。有关对门被杀的事情，小区的传言很多，姚美兰也听到一些，有说尸体已经被剁成泥的，有说尸体被肢解，现场只留下一个用法制晚报包裹的头，其他身体组织至今下落不明的。传闻各式各样，但听的人选的都是最害怕的。

“有什么事儿吗？”

正发呆的姚美兰被对门传出的声音吓了一跳，回过神，就看到眼前站着一位高瘦的警察。他脚踩鞋套，脸上戴着口罩，双眼略带疲倦，却透着一股仿佛能直慑人心的洞察力。

“没有，没有。”

慌乱地从包里掏出钥匙，姚美兰急忙开门进屋。关上门，她连鞋都没换，吓得整个人靠在门板上喘气。感觉警察已经走了，她才小心从猫眼往外看，这一看不要紧，刚刚的警察根本没走，他反而像那天那个凶手一样，走到了姚美兰的门前。

姚美兰被吓得倒吸一口凉气，人本能向后退了两步，之后敲门声响起。姚美兰把包放在鞋架上，理了理头发，才将门打开。

“有，有事儿吗？”

姚美兰慌张的表情让戴着口罩的刘卓微微皱了皱眉头，他看看姚美兰脚上还没换的鞋子，指了指放在楼梯上的购物袋道：“您忘了这个。”

购物袋里面是姚美兰买的日用品，刚她开门的时候放在脚边，因为慌乱忘记拿回家了。

姚美兰赶忙拿起购物袋道：“谢谢，谢谢。”

“不用。”

眼看姚美兰要关门回去，刘卓将口罩摘下来道：“请问，您有时间吗？我想问您几个问题。”

背对刘卓的姚美兰背脊一僵，知道这时候拒绝更麻烦，她将购物袋放回玄关，回头道：“您，您说。”

刘卓是跟着西京刑警大队副队长李亦萧来案发现场进行二次调查的，询问邻居并不是他此行的目的，但是在看到姚美兰的瞬间，他第一直觉就是这女人似乎知道什么。

“您和死者是邻居？住在一起多少年了？”

“从这栋楼建好，我就住在这里，对门是后搬来的，应该也住了两三年了。”

“你们两家关系怎么样？”

“嗯？”

姚美兰尴尬道：“她是年轻人，比较喜欢热闹。我好静，所以……”

“我明白。案发前后，您听到过什么特殊的声音吗？”

“特殊声音？什么特殊声音？那两天我都在上班，什么都没听到。”

点了点头，刘卓道：“您家有小孩子？”

低头看着玄关的鞋架上放着的儿童鞋，姚美兰道：“嗯？”

“孩子在家吗？”

“对门出事儿之后，我怕吓到孩子，把他送去我父母家了。”

“这样啊。”

刘卓还要再问什么，被问得越来越紧张的姚美兰打断他道：“那个，我一会儿还得出门，如果您没问题的话……”

“哦，抱歉打扰您了。”

姚美兰和刘卓互相点头之后，一个回了家，一个回了案发现场。

宋晓雅家的格局和姚美兰家的格局是一样的，只是方向相反，进门到客厅有个小小的门廊，穿过门廊就是相对开阔的客厅，因为是内厅结构，外面又下雪，整个客厅十分昏暗。刘卓进屋随手打开灯，却遭到同事兼上司李亦萧的呵斥：“关上，还嫌来看热闹的人不多。”

“看不清。”

戴着头灯的李亦萧回头：“又没戴眼镜？”

“今天早上出来得太匆忙，本来想着问完方毅回去拿，谁想到就被你叫到了这里。”

“这天，不戴眼睛，摔死你才活该呢。我包里有 LED 灯。”

现场是法医和证物员反复勘察过的，可以说，杀人手法完美，除了死者挣扎时的抓痕，以及少量的灰尘，没有任何线索。刘卓看完现场勘察报告，只有两种想法，要么自己人敷衍，要么就连这点线索，也是凶手故意留下的。

刘卓正发呆，李亦萧道：“你刚跟对门说了什么？”

“没什么，只是简单了解一下两家的关系。”

“了解到了什么？”

“什么都没有。”

摘下脸上的口罩，李亦萧看着刘卓道：“你有这工夫，问几个嫌疑大的，没准儿这案子都破了。”

刘卓是个内敛细腻的人，而李亦萧是个样貌英俊，性格十分外放的男人，两人是北都公安大学的同学，李亦萧毕业之后就回了老家西京做警察。刘卓则留在了北都。两人分别两地多年之后，刘卓才在李亦萧的力荐下，在今年十一月末被调职到西京。西京小学老师分尸案案发到现在十天，刘卓也正好来西京十天。

“我有我做事儿的方法。”

知道刘卓的脾气，李亦萧说：“行，您有您的办法，没有别的发现就走吧。”

两人从死者卧室走出来，李亦萧收拾东西的时候，刘卓站在客厅环视整个家，家里收拾得并不干净，四处乱七八糟地摆着女孩需要的各种用品，这之中能作为证据的都已经被取走，剩下的都是一些看似没用的东西，比如角落里的一堆名牌购物袋。刘卓看过死者的家庭情况，父母离异，母亲再婚，她是一个刚入职的小学老师，依照西京一个小学老师的工资去看，她所能购买的那些东西，远远不是她工资能支撑的。

刘卓并没将这些疑点告诉李亦萧，与他一同离开案发现场。

隔壁姚美兰家，一直关注对门动态的姚美兰，从猫眼看到两个警察锁门离开之后，仍旧不放心。她走到自家的厨房，从厨房的窗户向下看，看到两人真的走出小区，才松了一口气。

姚美兰从厨房回到客厅，一个人坐在沙发上发呆，她也不知道为什么，突然就觉得心很慌。因为早上开的窗户没有关，屋里越来越冷，被冷风吹得回过神的她站起来关窗户。那天风真的太大，穿堂风将窗帘吹起，落下的窗帘穗正挂在窗户边神台的观音上。观音的手被窗帘钩到，随着风倒在了神台上。

看着眼前的观音像倒下，姚美兰先是一愣，她连忙走过去将观音扶起来。原本什么事儿都没有的观音像，在姚美兰的手触碰的瞬间，突然断成两截。看着断了的观音像，姚美兰整个人都惊呆了，她抱着那些碎片，捂着脸哭了起来：“老天，你为什么要这么对我，为什么？”

可是那个问题，注定不会有人回答她。因为佛说：一切有为法，尽是因缘合和，缘起时起，缘尽还无，不外如是。

2

刘卓和李亦萧出了小区，天已经黑了，下午眼看小了的雪又大了起来。两个大男人站在街头吸了一会儿烟，李亦萧问刘卓："去哪儿？"

随意戴上羽绒服的帽子，已经逐渐习惯西京冰天雪地的刘卓捻灭手里的烟道："回家睡觉。"

"一起吃个饭。"

"困。"说完，刘卓转身向东走去。

见刘卓说完就走，李亦萧道："说走就走？那也不是往那边走，你们家在西边。"

完全不信李亦萧的刘卓依旧往自己认为对的方向走，没办法，李亦萧上车向刘卓的方向追去。李亦萧本想顺道把刘卓送回去，两人还能叙叙旧，可车过了转角，刘卓却不见了。

李亦萧之所以带刘卓出现场，相比要找到案子的线索，其实是更想跟刘卓一块吃饭，毕竟刘卓来西京快两个礼拜，他连风都还没给刘卓接。谁想到刘卓根本不领情，联系不上刘卓，李亦萧也没回局里办公的心思，他直接掉头往位于城南的父母家开。

西京街头，李亦萧的车和马致远的车相对开过，李亦萧是回家的，马致远则是去交车的。司机们晚班交车都有固定的地方，马致远去的地方，是距离西京火车站不远的春梅酒家。

虽说叫春梅酒家，其实就是个街边的小饭店，里面有七八张桌子。墙和桌子都是油乎乎的，但来的都是熟人，没人在乎这些。

马致远推门进去的时候，屋里已经坐了几个人，他要了一碗热汤面，就和大家凑着坐在一张桌子上。

“今儿怎么样？拉了多少？”

对面的司机随口问马致远，从桌上的大酒壶里面打了一杯人参酒，马致远坐下道：“不到三百，现在年轻人都是网络打车，活儿越来越不好拉了。”

“可不是。”对面司机一边说，一边将自己的凉拌菜往马致远跟前推，马致远也没客气，吃了起来。正是换班时间，马致远之后，又有司机陆陆续续来到小饭店。

马致远的热汤面上来的时候，司机玩笑道：“老马，怎么不吃西红柿鸡蛋面了，你不是就爱吃春梅做的鸡蛋面。”

扒了一瓣蒜放在碗里，马致远道：“换换口味。”

“嘿，还换换口味，老马你可谨慎点，别到头来，口味没换，嫂子换了。”

司机玩笑的话，逗笑了一屋子的人，马致远举起手里的筷子作势要打对方。马致远和春梅饭店的老板娘有点关系，已经在司机们之间不是秘密。听有人再次拿这件事儿开玩笑，从后厨送面出来的老板娘春梅道：“吃都堵不住你的嘴。”

夹了一口菜塞进嘴里，开玩笑的人道：“我堵上还不行。”

随着大家的玩笑，吃面的马致远发现碗底有个鸡蛋，抬头看向春梅，站在柜台后面的女人摇了摇头，马致远心领神会低下头。马致远和春梅之间其实没关系，只是一次有混混到店里闹事儿，马致远给她出过一次头，春梅一直记在心里，那之后总会似有似无照顾马致远的生意。时间长了大家就开始传他们之间有点什么，但是他们彼此都明白，两人之间是清白的。

大家吃东西无聊，有司机打开电视，节目是西京当地的法制频道，正在播放西京实验小学老师被杀的新闻。

“宋晓雅死前有什么反常举动吗？是否和您透露过，她和什么人结仇？”

“晓雅是个好孩子，她从不搬弄是非的，也不得罪人。”

“她的交往对象呢？”

“就王某某一个人，俩人都快结婚了。晓雅你走了让妈妈怎么办啊！”

采访中，宋晓雅的亲属对着镜头痛哭，因为还没找到凶手，作为死者的宋晓雅的遗像被打上了马赛克。

宋晓雅的案子迟迟破不了，天天听车载新闻的司机们耳朵都快听出茧子来了。看到电视采访，大家再度议论起了这个案子来。

坐在马致远对面的司机道：“你们说，女孩让人杀家里这么长时间了，还没找到凶手，是警方真查不出来，还是这里面有什么猫腻。”

“什么猫腻。”

“凶手是什么领导的儿子，我上次看了个香港电影，就是这么演的。”

“什么就电影，电影是电影，事儿是事儿。”

说话的司机捅了捅自己身边的司机，正发呆的司机回过神道：“啊。”

“你又想什么呢？”

发呆的司机马致远认识，姓周，人很老实，胆儿也不大，曾经一度靠绕路挣钱。

四下看了看，除了他们这一桌，店里只剩马致远背后桌前坐着的年轻客人，老周小声道：“我跟你们说啊，这事儿可不能外传。”

“你得先说是什么事儿啊？”

指了指电视，老周道：“就这事儿。”

“这事儿怎么了？”

“这姑娘死前，我见过。”

“真的假的？在哪儿见的？”

“在西京正阳街的酒吧，那天我晚班，她好像刚唱完歌，还喝了点酒，在酒吧后门拦了我的车。我当时马上就要下班了，看她喝多了，怕她找不到家，就没拉。”

面吃得人汗流浃背，被勾起好奇心的大家一边吃一边追问：“然后呢。”

“没然后了，后来我就去交班，隔了得有两三天，新闻就开始说，有人在家里被杀了。我一看新闻里的照片，就是那姑娘。我算了算时间，我差点拉她那天，估计就是她失踪的时候。”

“这事儿你都跟谁说了？”

“谁我也没敢说啊，再说了我就是碰巧遇见，她是让谁杀的，我也没看见，还跟谁说。”

“谁还不知道你，就怕自己身上沾事儿，这事儿真相指不定什么样儿呢。”

被人这么一说，老周立刻就急了：“我真看见了，后来还有一个姑娘追她到我车边，叫她，我听得真真的就是叫的宋晓雅。后来我看着她上了一辆正捷的车走的。”

正捷是出租公司的名字，和马致远所在的金星算是西京两家相对正规的出租车公司，虽然说是正规，其实也就是交点押金就能上车。

几个人正吃着，先吃完的老周刚结账离开，一直坐在马致远身后的年轻人突然站起身来。他走到老周跟前道：“您好，我是西京市的警员刘卓，这是我的证件，方便向您了解点情况吗？”

没想到闲聊几句还能招来警察，看过刘卓证件的老周紧张道：“了解什么，我什么都不知道。”

看了看桌边另几位司机，司机们不再看这边，各自埋头吃饭，有胆小的干脆没吃完就结账离开了。刘卓将老周带到小店角落的桌上。

两人坐在一起，刘卓将刚买的烟推给老周。老周没敢拿，怯生生道：“我真没看见。”

刘卓之所以会出现在司机之家，是因为他要在交班之前找一个叫吴爷的人，这人在西京的司机圈子里很有名儿，也有面子。他想请对方帮忙，从司机们的口中打听一下，是否有人从客人口中听过小学老师被杀的案子。因为城区老旧，治安设备跟不上，所以很多街道都没监控设备，但是这些行走在大街小巷的司机，无疑是天然的监控。而且司机与司机之间的交流会让只有一两个人知道的消息，迅速传播开来。

刘卓原本和吴爷定的是下午见面，但是李亦萧临时决定要去宋晓雅家，他就和吴爷改约晚上，这也是他急于甩掉李亦萧的原因。可是到了约见的地点，吴爷表示临时有事儿，还要忙一会儿，让他先去春梅酒家等着，他因此才找来春梅酒家，碰巧听到司机们对那起案子的议论。

晚上，高峰已经过去的春梅饭店里，除了坐在靠窗位置两个人细微的谈话声，店里只剩老板娘按计算器算流水的声音。

老周从春梅饭店出来，已经是半个钟头后，如果不被警察扣住，他这时候已经到家了。从饭店走出几百米，老周正抱怨倒霉，他身后就有车大灯亮了起来。

回过头，老周用手挡住车灯光，马致远从他身后出租车的驾驶室探出头道："上哪儿，我送你一程？"

笑着走过去，老周道："你不是都交班了吗？"

"老武刚给我打电话，说有事儿，让我把车开回去。"

"正好，不然我还得坐车回去。"

因为西京出租车少，很多客人都要拼车，但相比拼车，大家还是想自己坐自己的，所以副驾驶没人的出租车，拦车率更高。这是出租车司机们的经验，所以老周直接开门坐在了后座上。过了晚高峰，路很好走，开过第一个红绿灯之前，俩人一直没说话，过了第二个红绿灯，马致远才开口："刚那警察找你干吗？"

叹了口气，老周道："以后可不能乱说话，后悔死我了。那警察是来找吴爷的，他听见我说的了，就问我是不是真见过那女孩，问我记不记得正捷那辆车的车牌号。那我哪儿记得啊，后来他又问了点别的。"

"别的？"

"嗯，问西京能不能租出租车，出租车好不好开。"

"你怎么回答的？"

"当然不能租，不知道他问这些干吗。老马，你说我也没干亏心事，见那警察怎么那么害怕呢。"

因为红绿灯前面的车陆续停下，马致远将车开入便道，右转头往老周家的小区开。

“还是心里有鬼，没鬼你怕什么。”

“真不是，我跟那女孩无冤无仇，我有什么鬼。我觉得还是那警察眼神太厉害，看得我后脖子直发凉。”

老周这话说得没错，因为马致远也觉得那个警察有点让人害怕，明明看上去一副瘦弱的样子，那双眼睛射出的光却犀利有神。刚刚离开春梅饭店，马致远就那么随意和刘卓对视一眼，就记住了那双眼睛。

眼看马致远把车开过自家门口，老周急忙道：“到了，到了。”

马致远停车，老周道：“想什么呢？”

“我还以为是隔壁那小区呢。”

“我走了，你也快回去休息吧。”

离开老周家，马致远并没回家，他在这个城市漫无目地游荡。其实今天不是搭班司机来电话说要休息的，是马致远打给对方说车坏了，他要修车，对方才没上班。那一天，马致远也没回家，深夜，他开着车漫无目地在这城市游荡。

马致远没念过什么书，初二辍学之后就接了他爸的班去了钢厂工作。钢铁业发达的时候，他也风光过一段时间，可谁都没想到，在西京人看来的钢厂铁饭碗，也会有丢掉的一天。三大钢厂一年倒了两个，杂七杂八的小钢厂死掉的更是不计其数。那一年，全西京有十万人失业，破产自杀的人，尸体多到殡仪馆都来不及烧。那是他人生最灰暗的一年，那一年之后，他的世界再没有过光亮。

毕竟开了一天车，马致远转悠到十二点也累了，可他还是没回家，而是将车停在一个安静的路口，在车里睡着了。

3

姚美兰再去找领导请假的时候，车间主任道：“美兰，我知道你自己带孩子辛苦，但厂子毕竟不是我家的，所以你这假，我只能再批一回。”

“我明白，今天是周六，孩子学校有活动。庞主任，麻烦您了，我保证这是最后一次了，真的是最后一次了。”

主任将假条递给姚美兰，姚美兰连忙离开，她因为今天是周六所以才约了陈明诚，却没想到工厂加班。

顺着旧小区的楼道往上走，已经不需要地址就能找到地方的姚美兰，拍响陈明诚家的防盗门。随着拍门声，屋里传来拖沓的脚步声，开门的却不是陈明诚，而是个年轻的男孩子。

看到对方，瞬间就紧张起来的姚美兰道：“陈律师在吗？”

“师傅在接电话，您进来等吧。”

跟着男孩子进门，坐在客厅的陈明诚的确在接电话，拿着烟斗的他示意姚美兰坐下，对着电话那边道：“我知道这件事儿很为难，但也不是没有办法对不对，已经失去举证时间，也可以转为补证，这个我们都可以再聊。你上次不是说，主管的警察还是你一手提拔的，这种事情你关照一下。你什么时候有时间，我带她去见见你。好好，时间你定，我随时都可以……”

陈明诚打电话的时候，开门的男孩为姚美兰端了一杯茶水，接过来，连谢谢都没说，总觉得陈明诚在说自己案子的姚美兰紧张地看着他。

五分钟后，对方似乎终于在陈明诚的劝说下松口，答应考虑一下，陈明诚才挂掉电话。

“让你久等了。”

“是我的案子？”

陈明诚摆手要帮忙的小徒弟出去，而后缓缓开口：“所以说，这件事儿现在很麻烦。我要知道事情会这么麻烦，当初都不答应帮你托关系。”

陈明诚越这样说，姚美兰越紧张，她道：“怎么就麻烦了，我不就是看到没有说，再说案子，恶不恶性跟我有什么关系，不行我就去自首，大不了被判刑。我……”

陈明诚吐出一口浓烟，道：“你先别激动，我和你说一下这案子的最新情况，你就明白了。现在案子属于西京市局管，因为社会影响极其恶劣，所以这几天媒体一直在针对被害者被杀的情况，向社会各界征询线索，这件事儿你应该知道。但是线索征集这么久，根本没有一条是真实且有力的信息，所以上级特别重视，已经将案子升级，并且要求西京警方加快破案进度。”

“既然是这样，您帮我找找人，我把事情告诉警方，不就没有我的事儿了吗？”

“事情是这么说，舆论怎么办，现在的记者什么样子你知道吧，你不仅是碰巧看到对门的凶杀，还是凶杀案的第一目击人。而且在凶杀案发生的时候，你有足够的时间制止，即便你无法制止，也能直接报警，避免惨剧发生。但你没有，所以在法律看来，你涉嫌知情不报，且过失致人死亡。如果这之中还牵连你和死者之间的一些小冲突，那你们的矛盾会被记者无限放大，你希望你自己被传为有杀人嫌疑的嫌疑犯吗？”

陈明诚说得越来越严重，攥着茶水杯的姚美兰结结巴巴道：“谁知道当时那情况，我出去，那人会不会把我也害死，再说谁知道对门那丫头跟那男的什么关系，我怎么这么倒霉。”

放下烟斗，陈明诚道：“现在不是你懊恼和发脾气的时候，首先我们要想到解决的办法。因为已经错过了抓住凶手的时机，所以我不建议你找到警方将目击事实说出，所以正在为你申请补证。”

“补证？”对姚美兰这样的法盲来说，根本不知道什么叫补证。如果她知道，她就会从陈明诚这些话中，找到更多的漏洞。

“补充证据是一种适用于庭审的过程，一般很少在警方侦办刑侦案的时候提出或提到，但你的情况比较特殊，你错过了成为有力证人的最佳时间，只能成为第二证人，在警方破案之后以案件补充证据人的身份在庭审中做出证据补充，这么说你明白吗？”

“不明白，我去警察局说一句就能明白的事情，怎么又牵扯到法庭上了。”

烟斗中途熄灭，陈明诚又点了一次，他用的是西京老式的火柴，能够伸进烟斗里。西京天气阴冷，冬天的烟丝都会反潮，要将火柴塞进烟丝烘干一些，再用力嘬，才能点燃。再度吐出烟气，陈明诚道：“因为上次的伪证罪，无论你现在说不说，警方破案之后，审讯凶手的过程中，一定会找你进行正当途径的询问，比如你是否在家附近见过嫌疑人。并且要你当庭指认”

放下手里的水杯，姚美兰道：“我都没看清他长什么样子，我怎么指认。”

“姚美兰，法律不管你看没看清楚，说没说出来，它只注重证词的时效性和效果。很多杀人犯都说自己冤枉，是不得已才杀人，但法律看到的只是他杀人的本质。”

“我不懂这些，你就说怎么办吧，我不管是什么伪证，还是补证。我怎么才能没事儿，我还有孩子，我也有工作，我不能一趟趟跑来你这里。”

陈明诚拿过一张纸写下一串数字，将纸条递给姚美兰，陈明诚道：“下次来我这里，带上这些钱，我带你见一个人。”

看了看纸条上的数字，姚美兰道：“这么多。”

“疏通打点都是要钱的。”

“要是办不好呢？”

“办不好我退给你。”

紧紧攥住那张纸，姚美兰看了看陈明诚，提起手包起身离开了。这个下午对姚美兰来说，仍旧没一点进展，她甚至开始怀疑，这个律师会不会是个骗子，而自己根本没事儿，只是上了骗子的当。可是事已至此，她也没时间去相信别人，因为这个骗子后面，她遇见的可能还是骗子，她试不起。

出了陈明诚家，姚美兰无力地沿着机动车道前行，打算找到公车站，回西京市。

下午四点多，西京的天气还不是很好，举目望去，整个城市呈现出一种死寂的灰白色。城西的车站只有一趟车，每隔五十分钟一班。姚美兰抬手看表，距离下趟车还有半小时，姚美兰的表是老梅花表，是结婚的时候张建军买给她的。想到丈夫，姚美兰心头一酸，张建军死，她没哭，自己带孩子这么困难，她也没哭过，但这事儿实在太窝火。她已经不止一次抹眼泪了。

“您好。”

身后突如其来的声音吓了姚美兰一跳，回头，刚刚在陈明诚律师事务所帮忙端茶的男孩就站在她身后，男孩穿着黑色的羽绒服，戴着黑框眼镜。很书生气的样子。

姚美兰没说话，男孩递给她一张纸巾：“天冷，您用这个擦擦吧。”

接过纸巾，擦擦眼泪，只有两人的车站，男孩先开口道：“这种官司是很磨人，但师傅还是挺尽心的。”

“你也是律师？”

“明年才毕业，现在西京大学法学系念大四。”

“那我正好问你一件事儿，你帮我分析一下。”

城西大路上，有雪花缓缓从天空落下。姚美兰站在车站和男孩聊天，她问男孩的并不是关于宋晓雅被杀的问题，又或者是她官司的问题。而是法律如果有自首情节，法官是否会像电视里演绎的一样，会根据当事人的情况，予以轻判。

手机铃声响起，已经是隔天下午了，被大雪笼罩的车厢内没有一点光，马致远摸索到手机，来电的是他妻子。

“在哪儿呢？一宿不回来，屁都不放一个。”

睡得有些迷糊的马致远看了看手机才发现已经下午了，马致远道：“连班了。”

“连班、连班，天天连班，也没见你拿回多少钱。”

马致远不想再听下去，他问妻子："有事儿吗？"

"我晚上有事儿，你去接军军。"

根本不给马致远再说什么的时间，妻子直接挂掉电话。马致远在车里伸了伸身体，打开车门，清理了挡风玻璃上的雪。再回到车上，想要打着车，车却怎么都打不着，知道准是水箱冻住了，他下车走到马路对面的小饭店，要了一壶开水，将车盖打开，用热水浇在水箱上，慢慢将冻住的水箱融化。

马致远将车开到儿子学校，校门还关着，看了看手机，距离孩子放学还有一段时间。不想拉客人的马致远将车调成有客的状态之后，打开音响坐在车里听起了收音机。播到想听的节目，正赶上节目主持人念一部小说的结尾。马致远也不知道主持人讲了什么故事，就听到他念道："被雾霾笼罩的城市，黑色的人影渐渐消失在迷雾中，一如有些希望，随着恶的吞噬，消失得无影无踪。"

深沉的语调，让马致远仿佛回到那个晚上，一样是黑色的人影，一样像是被黑夜吞噬了一样。

节目结束，马致远很喜欢广播主持人陈佳做的总结："我想根据今天的故事和大家分享一下，我很喜欢的作家王小波，在《人为什么活着》中写过的一句话：假设我相信上帝，并且正在为善恶不分而苦恼，我就会请求上帝让我聪明到足以明辨是非的程度，而绝不会请他让我愚蠢到让人家给我灌输善恶标准的程度。听众朋友们，本期的《读故事》告一段落，明天同一时间再会。"

节目结束，之后是药品广告，许多患者打进电话感谢神医，马致远的丈人曾经也很迷恋那种药，差点把自己吃死之后，还觉得是自己服用的药量不对，而不是药物问题，后来还是家人强行给他换药，才没让病情恶化下去。

所以这世上还是愚人多一些，而这尘世间的愚人们，没有神力，只有一双污浊的眼睛，他们连对错都难以分辨，又何况是善恶。

马致远正想着，窗户突然被人敲响，他放下窗户，儿子马小军就站在车外，连忙将车门打开，儿子从副驾驶上了车。

马致远道：“今天怎么这么早，不是还有一会儿下课？”

上了车的马小军道：“今天下午有小测验，结束了就放学了。我妈怎么没来？”

马小军的年龄和姚美兰的儿子相仿，但是前者明显更活泼一些，将儿子书包放在后座上，马致远道：“你妈有事儿。”

“正好。”

皱着眉头，马致远道：“什么就正好。”

小孩子立刻哀求地看向马致远：“爸，我想买运动鞋。”

刚起步的马致远看向儿子道：“不是新给你买的？”

“那双都小了，我妈又不给我买新的。”

看出儿子不高兴，马致远道：“快过年了，等过年再买不成？”

“一月份还有篮球比赛，我穿这双破鞋怎么比。”

“我像你这么大的时候兄弟姐妹四个人穿一双鞋。”

“给我买一双吧，求你了。”

窗外的雪像是又大了，马致远道：“就知道花钱。”

“求你了爸。”

“去哪儿买？”

“商业大厦。”

虽然这么说，他的车还是开向了商业大厦，可是那天马致远却没给孩子买鞋，一是孩子要的鞋太贵了，商业大厦没货。二是柜台小姐查了，全西京只有千叶广场有货。马致远坚持不去，儿子闹脾气在车门口哭了好半天，才肯跟着马致远回家。

4

而同一天，因为宋晓雅的死，边潇潇被记者缠上，他们用宋晓雅和王攀，以及边潇潇之间的三角关系，当作头条。为此记者找到边潇潇上课的舞蹈班采访。舞蹈班负责人为了不影响孩子们上课，要边潇潇先停课，等这件事儿的风头过去再复课。

记者在舞蹈班找不到边潇潇，就找到家里，对这些小报记者的采访，边潇潇一直处于不回应，什么都不说的状态。但是舞蹈班停课之后她忍不了，面对采访的摄像机，边潇潇道："我知道你们想让我说什么，说宋晓雅是第三者，说我们之间有着不正常的关系，甚至你们想让我说出恶毒的话，将她的死炒热，但是我告诉你们，我没有你们想的那么不堪，我是个人，在一个年轻女孩被杀之后，我想要知道的是真相，而不是绯闻。"

当众说完这些之后，边潇潇就不再出门，而那些小报记者也因为边潇潇的话被舆论攻击，对于边潇潇的采访也就不了了之。工作不顺利，宋晓雅又死了，无法发泄自己的边潇潇只能拼命吸烟，她吸的是一种香港产的女士香烟，很淡，抽起来很舒服。

因为不能出门，也买不到烟，边潇潇偶尔犯了烟瘾，只敢偷父亲的烟下楼吸，等到风把身上的味道吹干净才敢回家。宋晓雅被杀案发生的第二周，边潇潇下楼吸烟的时候，一个人叫住了她。

本以为又是记者，边潇潇正想转身回去，背后的人又叫了她一声："潇潇。"

不是边潇潇，而是潇潇，这世上除了她父母和闺密之外，只有一个人会那么叫她。

拿着烟的边潇潇回头，站在她身后的正是王攀。

和报纸上被打了马赛克的照片一样，王攀是个个子很高，身材微胖，短发，皮肤很白的男人。他圆圆的脸上戴着一副黑框眼镜，天太黑，边潇潇看不清他此时此刻的表情。

见边潇潇回头，王攀道："我给你打电话，你没接。"

虽然等着彼此面对面说话的时机等了很久，但是真正面对王攀的时候，边潇潇反而没有想象中紧张，她释然道："骚扰电话太多，关机了，有事儿吗？”

“咱们谈谈行吗？”

将烟蒂扔在雪地里，用脚捻灭。边潇潇道：“我们之间没什么好谈的。”

上前挡住要走的边潇潇，王攀底气不足道：“潇潇，今天有警察找我了。”

“警察找你，就算宋晓雅找你，也与我无关。躲开！”

边潇潇要走，王攀却拉住了她：“潇潇，我知道，分手的事儿，是我对不起你，但晓雅……”

“王攀，你跟宋晓雅怎样，跟我无关。咱们早结束了，至于宋晓雅是怎么死的，那是你要调查的事情，也跟我无关。”已经不像分手时表现得那么歇斯底里，边潇潇的语调和表情都显得十分平静。

她越是这样，王攀越不知道说什么。

王攀不动，边潇潇将自己的手从他手里抽出来，转身就进了楼道里。老楼的声控灯没有及时亮起来，进楼道的边潇潇仿佛被一张空洞的嘴吞噬。

而并没跟上边潇潇的王攀在楼门口道：“可她死前，你们见过不是吗？”

上楼的脚步停下，隐在黑暗中的边潇潇并无畏惧，她道：“所以呢，王攀你还是觉得是我杀了她？”

边潇潇冷漠的声音让王攀有些心虚，不善言辞的他辩解：“不是。我只是……”

“只是什么？王攀，如果现在死的是我，你会不会像是来质问我一样，质问你女朋友跟我见面说了什么？还是从始至终你都觉得宋晓雅的死跟我有关？”

“潇潇，我没有，我只是想知道你们说了什么。晓雅死的那天约我见面，可我因为跟她吵架没去，那是我最后一次听她说话。潇潇，晓雅只有二十四岁，不管之前发生了什么，我都得帮她找到凶手。”

“王攀，别说死的是宋晓雅，就算死的是你，我也没有义务帮你找到凶手。别再来骚扰我了，不然我会报警的。”

边潇潇上楼，王攀一个人站在楼下。他像以前送边潇潇回家一样，一直仰头望着三楼那间小屋子，看着它亮起灯来。没遇见宋晓雅之前，王攀以为自己会一辈子守着边潇潇，会一直看着那盏灯亮起然后灭掉。可世事难料，他和宋晓雅走到了一起，现在宋晓雅死了，他和边潇潇也不能回到从前了。

西京的傍晚，风卷着雪打在身上，又给边潇潇打了几个电话，都是关机状态，王攀才不死心地转身离开。微胖的身影，一步一步消失在夜里。王攀并不知道，他和边潇潇争执的场景会在这个晚上，被另一个人看在眼里。

边潇潇回到家，从窗前就看到边潇潇在楼下跟人说话的边父道：“谁啊。”

“没有人。”

“潇潇。”

没有理会父亲，边潇潇道：“我累了。”

边潇潇开门回了卧室，整个人瘫倒在床上，门外边父和边母的声音变得越发小心翼翼起来。因为不能出门，睡了一天根本没睡意的边潇潇从床上爬起来，她打开抽屉，拿出日记本，开始写日记。而边潇潇的日记本上，日期栏上一个时间被特殊标记，时间正是 12 月 3 日。

王攀走后，这一天都在跟着王攀的刘卓从黑暗里走了出来。雪依旧下着，刘卓抬手看表，雪花落在表面上，日期显示今天是 12 月 14 号，案发第十一天，而这也是案发至今，王攀和边潇潇第一次见面。两个人为什么要隔这么久见面，而且气氛还如此诡异呢？

第三章
最冷的一天

1

王攀去见边潇潇的晚上，城南的边家，没去上晚自习的边晟站在窗前，他看看窗外的雨，低头看看手上的U盘，从拿到这个U盘开始，边晟就变得魂不守舍。他总怕有一天，有人会因为这个U盘找到他，但是他也很好奇，这个U盘和老师被杀案之间究竟有着怎样的联系。

敲门声传来，边晟将U盘攥到手心里道："进来。"

在边家当保姆的王阿姨开门进来道："晟晟，饭已经做好了，你热热就可以吃，如果没有别的事儿，我先走了。"

"嗯，您慢点。"

"你睡前关好门。"

王阿姨关门离开，边晟并没出门吃饭，他打开电脑登陆悬疑推理群。晚上七点多，讨论群的大咖们都不在。群成员列表，除了他自己，只有两个人的头像亮着。一个是悬疑小说爱好者，名字很有意思，叫贝拉特里克斯，如果他没猜错，这个名字应该是取自《哈利·波特》中的那个黑魔法师。而另一个是群的元老级人物，名字更为简单：解谜。边晟不熟悉贝拉特里克斯，却知道解谜，他虽然不常说话，但是个人逻辑推理能力极强，而且所有细节都极为经得起推敲，只和他接触过两三次的边晟能感觉到，那是一个心思十分缜密，又很谨慎的人。

没有主动和两个人中的任何一个人聊天，边晟查看群里近期的聊天记录。并没有关于实验小学老师被杀的消息，找不到自己想要的，边晟放下鼠标，靠在椅背上，开始按照推理的模式，回想那天在监视器中看到黑衣男人时，对方的样子。

一米八左右的身高，体态偏瘦，一身黑衣，黑发，手很长，垂直放能到髋骨。还有什么？边晟将所有的信息全都写在手边的一张白纸上，罗列完基本特征后，他开始罗列外部，棒球帽，看不出牌子的黑色套装，鞋是西京街头随处可见的运动鞋店出售的一脚蹬款运动鞋。这些特征拼凑起来，几乎等于没有特征。

不停在那些信息上画圈，思考，将这些信息变相重组。突然笔停在黑色套装四个字上，边晟大脑中闪过一道光，他像是想起什么。

他急忙拿出柜子里的相册，快速翻阅起来，直至翻到一年前南华二中的一张运动会的合照。照片上站着边晟和拿着铅球的高翔，而高翔身边站着一个男人，男人的五官和高翔几乎一样，只是显得更为粗犷，但是边晟所注意到的不是这些，而是男人身上的黑色制服。那件制服和黑衣人那天在视频里穿的一模一样。看到照片，边晟立即拿起照片和外套跑下楼，他一边拦车一边给高翔打电话。

“你在哪儿呢？”

“网吧，怎么了，你也要过来？”

一辆出租停下，边晟上车道：“你们家有人吗？”

“没有啊！有人，我能出来上网吗？我爸夜班，我妈去我姥姥家了，怎么了？”

“我现在去你们家，你也赶快回去。”

“干吗啊。”

网吧那边有人叫高翔赶快入队，边晟道：“有急事儿，你回来，明天我给你买宝箱。”

高翔跟人组团刷夜，就是想靠金币买个宝箱，所以边晟跟他说直接花钱买，他先是一愣，一再确认边晟真会给他买之后，高翔才甩下好不容易组好的队伍赶回家。

高翔是骑自行车回去的，他到家的时候，边晟已经在等他。

见高翔回来，边晟道："怎么这么慢。"

"谁让你大晚上来，以后你早点来，我一定夹道欢迎。"

"别废话了，我有事儿找你。"

"什么事儿？"

"我要从你家找东西。"

边晟跟着高翔上楼，老旧小区的楼道堆满杂物，走到六层，高翔掏出钥匙打开 601 的门。

高家是很典型的西京的工人家庭，装潢老旧的屋子里摆着几件破家具，脏衣服被团成团放在椅子上。高翔一边踢着放在玄关的鞋子，一边道："我们家就这样，我妈一个月都不收拾一回。你要找什么，要是找书，在我那屋。"

环视整个高家，边晟道："不是书，我记得有一次运动会你爸去学校看你，穿的是工服？"高翔父亲是一钢厂的，边晟曾经见过几次。

"别说去学校了，他去哪儿都是工服，这怎么了？"

"那衣服还在你们家吗，你给我看看。"

完全没想到边晟来就是为这事儿，高翔道："你就为件衣服让我大老远跑回来？"

"不为这事儿，大晚上约你搞啥？"

扔下书包，高翔抱怨道："也就是你，要别人，我早打丫了。"

一推高翔，边晟道："别废话。"

那天高翔找遍他父母的卧室都没找到边晟拿着的那张照片里的制服，为此高翔打电话给他妈。

在外面的高母也不知道儿子找衣服干吗，就说楼上没有就去楼下看看，要是都没有就没了。

两人又跑到楼下的车棚，两人一个打着手电，一个翻找箱子，半小时之后才在角落里翻到一件制服。让高翔举着，边晟将手电的强光打在衣服上，果然衣服袖口用银色的线绣着一个“一”字，那是一钢的标志。那天黑衣人拿走U盘，边晟回头时，眼睛扫到了这一丝的反光，但是因为太慌，他完全忘了还有这件事儿。今天回想黑衣人的体貌特征，他才想起来一样的反光，他曾经见过。

不解边晟的意图，高翔道：“你费劲找这件衣服干吗？”

“这制服是一钢厂的工作服？”

“是呀，前年建厂30周年，厂领导照着俄罗斯那边的样子给定做的连身衣服，我爸说上厕所都不好上。”

“你知道这衣服当时弄了多少件吗？”

“一钢厂多少人就多少件，你要喜欢就拿走，反正以后我妈也得扔了。”

拿了高翔爸爸的工作服，边晟也不说自己到底要干什么，直接就走了。弄得高翔一头雾水，游戏也不能玩了，只能回家睡觉。

而这一趟来来回回，边晟再回家已经九点半，卧室的电脑进入屏保状态，坐下的他晃动鼠标。页面恢复到刚刚的群聊，离开的这一个小时，群里依旧没人说话，看了一眼手边的工服，按捺不住的边晟打上自己的问题。

“哪位前辈知道，什么办法能最快在一万多个嫌疑人里找到真的嫌疑人。”

消息发出，边晟开始不安地等待，时间慢得更是近乎让人窒息，五分钟后，解谜回复他。

“呵呵，相比较这个问题，我更好奇你怎么能锁定一万个嫌疑人？？？”

咬着下嘴唇，感觉被羞辱的边晟道：“是一个公司，里面有一万个人，都有嫌疑。”

“你怎么能证明这一万人都有嫌疑？”

“我看到他了。”

“如果你看到了，最起码你能知道他是男人还是女人，这样一万人里就排除了一半嫌疑人。之后通过身高、体貌特征再排除一次，经过筛选之后，再核实嫌疑人在当时是否有作案时间，我想剩下的范围应该就会很小了。我再冒昧问一下，你是通过什么锁定一万个嫌疑人的？”

解谜的话让边晟觉得有些难看，他把已经打在屏幕上的工作服三个字删除。如果告诉对方他是通过工作服确定的，对方一定会说，衣服随时借来借去，根本无法当成确定证据。但是边晟的直觉告诉他，一个人如果要想伪装，会找普通且常见的衣服来掩饰自己的真实身份。但那个嫌疑人不是，他穿了钢厂已经淘汰几年的工作服，他一定是觉得，没人会因为一件很多人都会有的衣服找到他。每个犯案的人都会出现或多或少的错误，边晟相信这恰恰就是凶手留下的那一点点错。

可是他不想再和一个自视甚高的人说这些，所以没有说话，他直接下线了。

2

叫哈米特的小朋友不再回复，刘卓将之前猜测出的对方年龄从二十岁降到十七岁。

因为下午去见了王攀，又跟着王攀去了边潇潇家，刘卓回到局里已经快九点，正好李亦萧下班。两人都没吃饭，李亦萧打着接风洗尘的名义将刘卓叫到他家。等着李亦萧做饭的工夫，刘卓打开他的电脑，回看了推理群最近讨论的话题，正碰见群里哈米特的提问。

刘卓比边晟进群久，他是建群后的第一批元老，但他很少说话，更喜欢看和听。那些并非出自专业人士的推理，角度刁钻又怪异，理论又炫又可爱，结果更多的是往真相上硬靠。但群里也不乏大神级的推理专家，永远会在他陷入十字路口时，帮他把手里残缺不全的信息拼凑出来，告诉他，方向不止有东南西北，你从圈子里跳出来，以旁观者的姿态，往往能一眼洞悉真相。

哈米特不再回答，刘卓从座位站起来，走到窗前。李亦萧的玻璃不知道多久没擦，模糊得甚至看不清窗外的雪，一如挡在宋晓雅被杀案前，那层薄薄的纱。明明掀开这层纱，一切就会真相大白，但他每次伸出手，以为抓到的就是那层纱，可是用力一扯才发觉，那是一层迷雾。如果雾只有一层或许是巧合，但这么层层叠叠，无休无止，就不简单了。刘卓突然觉得听从李亦萧的建议，来到西京是一个正确的决定。

“吃饭。”

听到李亦萧叫吃饭，刘卓看着系着围裙，两手都没闲着的李队道：“李亦萧，下回要是吃泡面，就别说什么接风洗尘的。”

“我这不是没准备吗？等下回。”

接过泡面和火腿肠，两人坐在沙发上，一边吃一边说着有关案子的一切。

知道刘卓下午去见了王攀，李亦萧道：“你去见王攀，有什么结果。”

吃着泡面，刘卓道：“他很伤心。”

“然后呢。”

“没了。”

诧异抬头，李亦萧道：“这就没了？别告诉我，你去了一下午，就觉得他很伤心？”

刘卓没办法说清自己对王攀的第一感觉，这很可能跟他是最后一个去找王攀问话的警察有关。对他的问题，已经回答了太多遍的王攀显得很谨慎，而他这个人，也与刘卓从别的地方了解到的完全不同。因为宋晓雅的死，王攀请假在家休息，刘卓也没跟他约在外面，直接去了王攀家。

相比之前刘卓接触的边潇潇、柴韵，甚至方毅，王攀的家境明显好了很多，住在西京城南的别墅区，虽然有些破旧，但是家世殷实还是显而易见的。

因为提前约好，所以来开门的就是王攀本人，因为之前看过照片，刘卓直接道："我是刘卓。"

"请进吧，刘警官。"

迈过大门，玄关处还站着一位中年女人，女人很消瘦，精神不是很好。刘卓看她的时候，她面无表情，王攀见状介绍道："这是我妈，这两天在家照顾我，我没想到您约在家里，所以……"

"打扰了。"

刘母看了刘卓一眼道："不要太久，攀攀还要休息。"

"好。"

刘母离开，王攀尴尬地看看刘卓道："您别介意。"

"不会，我们在哪里聊？"

"去我卧室吧。"

王家二楼走廊第一间就是王攀的卧室，卧室的面积很大，摆着一个书桌、一个书柜和一张床。和很多男孩子一样，王攀的卧室贴着球星海报，角落里放着一摞限量版的球鞋，放在架子上常用的包，也是个不小的牌子，知道有人要来，所以房间提前整理过了。

刘卓进了屋子，王攀才发现屋子里只有一把椅子。他转身去拿，刘卓则站在他书桌前，看起了书架上的常用书。书基本都是名著和专业书籍，从中可以看出王攀是学习冶炼的。书柜的最下方，按照日期摆着一堆悬疑杂志，其中还夹杂着一本桥牌秘籍。而一旁则是一个已经没气的篮球。书架角落的小盒子里，摆放的像是药品，其中有一盒吃剩的药放在盒子上面，是一盒已经开封的安眠药，日期很近，但是剩得已经不多。这间屋子在刘卓看来太正常，就是一个青年男子的卧室，同时也显得太不正常，因为这间房间没有一点宋晓雅的影子。

王攀回来，两人面对面坐在一起，刘卓开口道："你学的是冶炼，为什么没去钢厂上班？"

微微一愣，已经准备好回答有关宋晓雅问题的王攀道："我爸就是钢厂的，我不想别人说我靠他。所以虽然学的是炼钢技术，却去了别的地方工作。说白了，我还是想靠我自己。”

“我也不喜欢被人说是靠着父辈才走上这条路的，毕竟事业这条路是要走一辈子的。”

“嗯。”

打破彼此之间的生疏感之后，刘卓道：“宋晓雅不常来你家？”

“我妈妈不是……很喜欢她。”

“嗯，她的事情还请节哀。”

“我好多了，刘警官，有关晓雅的事情，我知道的都已经告诉警方了，所以……”

“我知道，你所有的笔录我都看过了，之所以来找你，并非是为了宋晓雅的事情，而是想跟你谈谈边潇潇。”

不同于别的警察，在排除嫌疑人的时候，都会从最初动机开始，以及最亲近的人际关系开始。刘卓从不按常理出牌，他喜欢打乱一切，让凶手或者别有目的的人，按照他的节奏和方式来，所以从案发开始，他就已经决定，最后一个来找王攀。

显然没想到他会提到边潇潇，王攀道：“潇潇？她和这件事儿有什么关系？”

“据我所知，和宋晓雅在一起之前，你曾经是边潇潇的男朋友，你们在一起将近七年，能和我说说，你们为什么分手，以及你对边潇潇的评价吗？”评价，这两个字对前度男女朋友来说，真的太微妙了。说得好是对对方还有感情；说不好，就是分手之后连朋友都没得做。可是面对这样一个不按常理出牌的警察，王攀实在做不到将事情表述得圆滑且中肯。

“潇潇和晓雅的事情有关系吗？”

“这要我来判断，你只管说你知道的。”

刘卓的眼神虽然显得有些疲倦无光，王攀却觉得自己被他盯得背脊发凉。

“潇潇是个好女孩，是我对不起她。我们是在高中认识的，那时候她很漂亮，追她的人很多，她却成了我的女朋友。我曾问过她是不是因为我爸，但是潇潇说，追她的人里家里比我们家条件好的有很多，她喜欢我，是因为觉得我人好。就这样我们一直交往着，大二那年，我因为潇潇认识晓雅。那时晓雅因为家境原因，过得很苦，经常跟着潇潇蹭饭，因为是潇潇的朋友，我也自然而然接受了她。大三那年，潇潇突然提出想要去北都发展，可是我想毕业就结婚，所以不同意，但潇潇执意离开，所以与其说是晓雅介入我们之间，倒不如说是潇潇放弃了我们的感情在先。潇潇去北都之后，我们的联系越来越少。有一段时间她微博、微信多了许多和陌生男孩的合照，我问她那些人都是谁，她也不说，后来就连我家人都看不下去，让我去把她带回来。我坐了一夜的火车到了北都，找到她住的地方，却联系不上她。为此，我在楼下等了一夜。隔天早上，她才联系我，她告诉我，她在横店拍戏，要我先回去。我是为她才来的，面都没见，她就要我回去。我坚决不走，要去横店找她，她很不高兴，和我吵了一架。当时我也在气头上，就没再坚持，直接买了车票回西京，那时候是春节，车票极不好买，我在车站等了三天才买到回西京的票。因为水土不服，回来之后我就病了，那时候我父母都忙，晓雅知道我生病去医院照顾我。后来我又联系潇潇，问她是不是不回来了，潇潇一直没给我准确的答复，渐渐我们不再联系。我们彻底断了联系三个月后，我才和晓雅走到一起，所以我们之间根本不存在所谓的第三者。”

王攀的话在语序上有很多问题，这在心理学上有两种说法：一种是说谎出现心理暗示，一种是他本来的习惯。翻看之前的记录，刘卓确定他是第二种。但也不能排除王攀的内心格外强大，他故意用松散的语序藏匿自己真实的用心。

“这些情况我从你之前的笔录中已经有了了解，不用再重复。如果你曲解了我的问题，我可以问得明白一些，你觉得边潇潇有杀人的嫌疑吗？”

王攀抬起头，微胖的脸上，双眸错愕。宋晓雅被杀之后，他经历过七八个警察的问话，刘卓是第一个问得这么直白，并且将所有重点都集中在边潇潇身上的。

王攀不说话，刘卓道："不好回答吗？"

"我不知道。"

并非绝不可能，也不是你开什么玩笑，而是不知道。所以在王攀的内心，边潇潇是会干出杀了宋晓雅这种事儿的。他之所以说不知道，只是不敢确信，她真的会干。不管王攀的意思是否是这样，刘卓是这样理解的。

"你还爱边潇潇？"

被问到这个问题，王攀低下头，而他回答刘卓的仍旧是："我不知道。"

王攀的态度越来越消极，回答问题的态度也变得慌乱起来，这恰恰是刘卓要的。

"据你所知，宋晓雅和边潇潇之间的矛盾深吗？"

"我和晓雅在一起后，就很少和潇潇联系。她们联不联系，我真的不知道。"

"宋晓雅死后，你和边潇潇见过面吗，聊了什么？"

"没有见面，但是我想去见她。"

"为什么？"

王攀看向刘卓道："因为之前来问笔录的警察跟我说，晓雅死前联系过潇潇，我想知道她们说了什么？"

"所以相比边潇潇，你更信任宋晓雅？"

被逼问得有些走投无路的王攀道："我也不知道我相信谁，但是现在晓雅死了，能告诉我答案的只剩潇潇了。"

"王攀，你觉得在你们的感情上，宋晓雅对你有所隐瞒吗？"

"我不知道。"

那个下午，面对这个最后找到自己的警察，王攀说得最多的就是"我不知道”。而无数次询问之后，他第一次觉得时间过得慢，也是因为那个下午。

问话结束，窗外的天已经黑了，而屋子里因为刘卓问话的节奏，王攀根本就没有思考是否要去开灯，就连他手里拿的那杯水，他都没有意识去喝一口，刘卓的到来已经完全使他乱了。

王攀回答得越来越抗拒，刘卓也没再坚持，为王攀留下个电话就离开了。

王家的玄关，已经要出门的刘卓突然停住脚步道：“对了，少吃点安眠药，容易产生依赖。”

“谢谢。”

彼此告别，刘卓沿着王家门外那条路离开小区。那天，他已经快走到大门口，王攀突然追了出来。停在刘卓跟前的他气喘吁吁，平复了许久才道：“我忘了一件事儿，晓雅去世之前，有一段时间，我总能收到警告我她出轨的短信。但是我觉得这没什么用，就没有告诉之前的警察。”

“发消息的人你联系过吗？”

“打过电话，但是电话没人接。”

“有可能是边潇潇吗？”

王攀想都没想断然道：“不是她的语气。”

“好，我知道了，如果可以的话，把那些短信转发给我。”

“我已经删掉了，不过应该可以去电信局调查，你没时间的话，我可以去。”

“不用了，谢谢你。”

正因为和刘卓见面，刘卓一直在说边潇潇，王攀才会在刘卓离开之后去找边潇潇询问宋晓雅的事情。刘卓并没想要跟踪他，而是在小区外迟迟没拦到出租车，半小时之后才有一辆车停下，他刚上车，就看到在王攀家院子里的丰田车从小区里开了出来。刘卓直接就让司机跟上了那辆车，他也因此见到了王攀和边潇潇争吵的一幕。

说到跟踪王攀，李亦萧道：“你为什么会怀疑边潇潇？”

其实在没见过边潇潇之前，刘卓就已经开始怀疑她了。可是她没有作案时间，没有作案的能力，有的只是太寻常的作案动机。这让刘卓一度怀疑是他太过紧张，可是真正见过边潇潇之后，他觉得根本不是他的原因，还是因为边潇潇有问题。面对一起情敌被分尸的案子，她太淡定，在别人都争相洗脱自己的嫌疑时，她直白说出矛盾。这就代表，要么她真的无愧于心，要么就是她自信，即便是她干的，警方也查不到她身上。而刘卓在边潇潇身上找到了两种结果兼备的可能性，那是一个很聪明的女人，她完全明白在什么时候说什么话，能把调查的人引到什么方向，也正因如此，刘卓向她坦白这事情已经调查到什么进度，他想看看边潇潇会在之后有什么动作。

“边潇潇有什么动作吗？”

“没，可是她越是没动作，越可疑。”

“关于什么方面的？”

“很多方面，就好像我问她的问题，她是提前知道的，她是带着答案来见我的。”

想了想，李亦萧道：“你要觉得有问题就不能耽搁，越是这种事儿越得趁热打铁查下去。”

“一、如果这是一起简单的情杀案。案发至今已经过去近两周时间，无论凶手是谁，我们都完美避开了破案的最佳时机。所以根本不存在什么趁热打铁了。二、如果这起案子并不普通，即便我给出我的怀疑，对方也不会在短时间内乱了阵脚，因为我这种怀疑，应该在他决定做这件事的时候，已经被他考虑在其中。”

听刘卓如此说，李亦萧放下手里的泡面道：“刘卓，我不知道是不是你以前办案子太仔细了，但我觉得在这个案子上，你想得太复杂了。一个小姑娘在家被杀，无非就是情杀仇杀，分析完了，直接找嫌疑人，找到了直接抓。西京人彪悍，路上喝酒撞在一起都能砍死两个，你真不用考虑这么多方方面面。而且在这件事儿上，我们真耗不起时间，你知道多少眼睛盯着这案子，今天日报的人还打电话到局里，说这案子和‘南大碎尸案’有相似之处，要做个对比报道，这报道出去，还不得全国轰动。”

“所以整理手边的资料之后，我得再去找边潇潇谈一谈。”

见刘卓四处踅摸，李亦萧道：“你找什么呢？”

“有热水吗？”

将自己的碗递给刘卓，李亦萧道“没有，都泡面了，我还剩了点面汤。”

刘卓直接嫌弃躲开，李亦萧也不在乎，自己把汤喝完。

晚饭吃得差不多，李亦萧还想和刘卓谈下案子。

“刘卓……”

李亦萧刚开口，刘卓就回头对着他嘘了一声。

“你听见没有？”

“听见什么？”

屋子里安静下来，李亦萧走到刘卓身边，就听到刘卓对着的墙那边传来“咚咚”的砸墙声和小孩子的哭声。两人谁都没说话，直接心照不宣去开门。拍响对门的防盗门，一个小姑娘跑着来开门。她只开了里面的门，隔着防盗门谨慎地看着刘卓和李亦萧。

还是李亦萧问她：“怎么了？”

满脸眼泪的小女孩道：“奶奶摔倒了。”

刘卓从脏了的防盗门纱窗往里看，根本什么都看不见，他道：“你别着急，先把防盗门打开。我们都是警察，不是坏人。”

看着刘卓的脸，小女孩吸了吸鼻涕，转身回去拿钥匙将防盗门打开。刘卓和李亦萧一起冲进了屋子，卧室地上躺着一个老人，两人连忙将老人抬上床。老人似乎被吓坏了，缓了好半天哭着道：“我该死啊，该死，连累孩子，还拖累你们。”

李亦萧听老人如此说道：“您这么说就不对了，谁还没有老的时候，是不是？”

李亦萧问刘卓，刘卓却没回答，他扭头看刘卓，发现刘卓正看着清理玻璃碎片的小女孩。簸箕太大，扫把柄太长，她怎么也无法将地上的玻璃碴扫到簸箕里，刘卓见状蹲下帮她清理。

敏感的小孩子在接过簸箕的时候谨慎地说了“谢谢”，之后就端着垃圾去了厨房。之后又接了新的水，准备了新的药，再次照顾年老的祖母吃下。

而刘卓从始至终没有说话，刘卓以前办案的时候也遇见过这种女孩，很谨慎，很小心，乐于助人，在外人眼里很乐观，其实却不然，因为常年和长辈一起生活，担负起不该她这个年龄担负的责任，所以她内心十分压抑。刘卓遇见的那个女孩也是和外公一起生活，相依为命十六年后，因为一次争吵，外公坚持认为她不想照顾自己，女孩突然就觉得累了。她很平静地在一个夜里将外公杀死，然后换上寿衣，将外公放置在他常睡的床上，自己则隐姓埋名到了另一个城市生活。那时办案的警察是刘卓师傅，师傅找到女孩已经是三年后了，他带着刚开始查案的刘卓去距离案发地很远的城市找女孩，女孩已经是当地很有名的女播音员。她很漂亮，也能当主持人走到电视前，可她却不敢。后来女孩被抓，刘卓一直记得她反复和她师傅说的一句话，她说：“我外公也想死的。”那时刘卓有了微微的动容，所有人看到的都是她杀了外公，却没人知道，外公是否也想死。人看到的永远都是表面那一层，稍微深挖，便是更深层的意义。如果可以，这小女孩也不想小小年纪就担负起照顾祖母的责任吧。

刘卓不喜欢突然想起以前的案子，这会让他的思绪变乱，能让他从胡思乱想中脱离出来的，只有转移视线。小姑娘照顾祖母的时候，刘卓观察起打开门的两间卧室，卧室之间只隔了一道墙，装潢一样，唯一不同的是家具的位置，一间明显有人常住，角落里摆放着写字台，上面有书包和打开的作业，床底下有孩子的拖鞋，电热毯的线是插着的，功率调到最小，那应该是小孩子的房间。而另一间屋子很干净，床铺整整齐齐，枕头被盖在被子里，电热毯也没有使用，电线被卷好，垂放在床边。看到卷好的电线，刘卓脑袋里晃过无数电线的画面，新的，旧的，泛黄的，因为电流过大烧煳的，还有就是这种卷好的。

小姑娘照顾祖母睡着，也来到了客厅，她怯生生地感谢刘卓和李亦萧。李亦萧看了看这户人家家徒四壁，主动留了一个电话给女孩，要她有事儿联系他。

女孩感谢刘卓的时候，刘卓问她："家里平常只有你和奶奶住吗？"

点了点头，小女孩道："爸爸妈妈都出去打工了。"

刘卓指着电热毯的电线被卷好的房间，道："那间卧室现在是谁住？"

"我爸爸和妈妈，他们要过几天才回来，所以我简单地收拾了屋子。"

"电热毯是新的？"

小姑娘点了点头道："嗯？"

"那下面那层呢？"

随着刘卓指着的方向看去，小姑娘道："也是电热毯，坏了。我昨天铺床的时候试了试，发现坏了，就找了新的换上，那一层就当垫子铺在床上了。"

那晚，要小女孩看好家之后，刘卓和李亦萧回去，他第一时间找到笔记本，然后开始翻阅。在写着"12·3"这一天的记录上，刘卓零零散散记录了文字，画了宋家的户型图，还有一些物品的图像，其中就有一条电热毯的线。

见他盯着本子看，李亦萧凑上来道："怎么了？"

"我要去趟宋晓雅家。"

"这时候去？你又想起什么了？"

"希望东西还在。"

从大学到现在，只要是有关案子，刘卓的话，李亦萧基本不反驳，因为刘卓说出来的话，基本都是经过深思熟虑的。以前念书的时候，就有同学问李亦萧为什么对刘卓是无条件且百分百信任的，李亦萧当即表示，刘卓是不会轻易怀疑一个人和一件事儿的，因为他明白，他所说出的每一句话，不仅是要查出凶手，更是为死者和死者家属负责，一句话的错误，带来的后果，很可能比杀了一个人还可怕。正因为刘卓有准则，所以他在李亦萧心里是不一样的。

拿了钥匙和外套，两人直接下楼，去宋晓雅家的车是李亦萧的私人越野车。由于好久没开，车玻璃上被小孩子们写满了字，不是谁爱谁，就是谁是王八蛋。李亦萧一边清理挡风玻璃上的土，一边表示一定要抓住这些小王八蛋。

刘卓像是完全没听见他的抱怨，他所有的注意力都放在本子上，那根宋晓雅家也曾出现过的电线上。车从北向南，随着越来越大的雪，慢慢被黑夜吞噬。

3

晚上九点，躺在沙发上的姚美兰翻了个身，她手里的遥控器一直没有放下，随意换着电视频道。播了一圈也不知道看什么，她将台换到法制频道上。

节目是中午重播的，姚美兰去母亲家看儿子的时候已经看过一次，是子女争夺房产的，虽然吵吵闹闹，她却懒得再换台，便闭上眼睛，听着电视里吵架的声音。因为宋晓雅的事情姚美兰最近睡得一直都不好，时不时就会醒，耳边还会听到开门关门的声音，那些声音像她家的，也像是对门的，那种幻听让她很害怕。为此她买了安眠药，看了医生，医生说这是心理性失眠，要靠自己走出来。姚美兰知道对门的案子不破，她走不出来，就问医生有没有什么办法。医生表示，可以舒缓一下精神，每天泡脚，促进血液循环，也可以提高睡眠质量。

听了一会儿电视声音，姚美兰起身去接水泡脚。姚家的洗手间还是最老的装潢，四处是泛黄的水渍。拿起还是结婚时朋友送的洗脸盆放在水池里，姚美兰打开水龙头。那天随着水流的声音，一声轻轻的钥匙开门的声音，钻进姚美兰的耳朵，她整个人一愣，迅速将水龙头关上再听，声音又没有了。

以为是自己又幻听了的姚美兰再度把水开大，随着水声，又是咔咔两声。这次姚美兰确定，自己不是幻听，因为随着开门声，传来的还有关门声。这一次的声音比之前的声音都清晰。姚美兰关掉水龙头，小心走到门前，她确认不是自己家的门响之后，更加害怕，因为不是她的门响，就只能是对门的。

姚美兰越想越害怕，她透过猫眼向对门看去，对门的防盗门里，那个圆圆的小猫眼里绽放着丝丝的光，就好像有人知道姚美兰在看他，所以那人也在看着姚美兰。姚美兰吓得浑身一凛，急忙躲到了一旁，她大口呼气，想让自己平静下里。

这个案发现场昨天才有警察来过，应该不会是警察来，可是案子还没破，家属也不可能来。那会是谁？看了看表，姚美兰深吸一口气，往常这时间正是宋晓雅回家的时间，难道是她回来了吗？

想到这里，姚美兰像是想起什么，她急忙跑回客厅，打开抽屉，拿出万年历。万年历显示今天是 12 月 14 号。这个日期对别人来说没什么，但是姚美兰很害怕，因为宋晓雅的死期，从那天拍门声开始算起来的话，到今天正好是十一天，也就是西京人说的二七。别的地方都是头七回魂，但是在西京老一辈有说法，好死的人是一七回魂，枉死的人则是二七回魂，因为枉死之人大多都不信自己已经死了，所以头七是要缓魂，二七才是回魂。西京的二七也和别处不一样，别的地方要将死者的衣服烧掉，然后为死者准备贡品。但是西京不仅要这样，还要确保祭祀的屋子里不能有人，家人都要回避，据说是怕回家的亡魂看到家人，不肯再走，影响转世投胎。二七过了午夜十二点，家人要在祭祀屋外烧一个梯子形状的东西，让魂魄顺着天梯升天。

宋晓雅是枉死之人，所以她的二七就是头七，所以她回来了？姚美兰像是突然被抽光了所有力气，她拿着万年历，一点点，跌坐在地上。就在她无助，窒息，浑身因为紧张不住颤抖时，电视上，正在介绍节日防火防盗的节目被插播新闻打断。临时被叫到案发现场的西京电视台女主持磕磕绊绊念着刚刚送来的新闻稿。

“现插播一条新闻，今晚二十一点三十分，在我市千叶广场，发现被遗弃的女性残肢，残肢是否与近期实验小学老师被分尸案有关，尚不知情，有关案件进展，本台将持续报道。”

如果没有这条新闻，姚美兰或许会平静下来，她会安慰自己，一切都只是她想得太多，可是现在不一样了，宋晓雅真的回来了。在她二七这一天，她的一部分尸体被发现，那之后呢，她那些被丢掉的胳膊、脚、身体……是否也会被慢慢发现。那些掩藏在真相之后的罪恶也会随着这些残肢的出现浮出水面吧？

那一刻，明明该是很害怕、很悲伤，可是姚美兰却在绝望之后，笑了起来。似乎怕谁听到，她捂着嘴巴，笑得像个疯子一样。

李亦萧的电话响起，刘卓已经达到此行的目的，找到了宋晓雅电热毯的电线。电线虽然是被展开的，但从电线扭曲的形状还是能看出，这是一床新的电热毯，但是这床新的电热毯没插插座，反而是一床铺在新电热毯上的旧电热毯是使用状态。用戴着手套的手将新电热毯的电源线举起来对着光看，隐隐能看到电热毯内部，有一条电阻丝错位了。

刘卓常年生活在暖气充足的北方，对西京的天气状况并不那么了解。但是李亦萧说过，由于钢厂效益不好，这两年供暖远不及以前，尤其是钢厂的家属楼，后半夜，暖气充其量只是温的，所以很多上了年纪的老人，还有怕冷的女孩都会在床下铺上一层电热毯。刘卓来西京之前，问李亦萧要准备什么，李队长在要求了各种特产之后，特意叮嘱他带一床电热毯。他还说如果刘卓不买好来，到了西京也得准备。

按理说，西京已经入冬两个月，没人会放着新的电热毯不用，去用旧的，除非新的是坏的。但如果新的是坏的，她又没有退换，能解释这件事儿的只有，这床电热毯是别人送她的，她发现坏掉之后，因为某些原因没有将它丢弃，而是当作又一层毯子铺在床上。对一个 90 后的小女孩来说，这么做最大的可能就是，这条坏掉的电热毯是亲近的人送给她的。

刘卓正想着，就听到一旁接电话的李亦萧道："好，我马上就过去，不用通知刘卓了，我们在一起。"

李亦萧挂掉电话，刘卓回头看他："怎么了？"

"千叶广场发现了残肢。"

"宋晓雅的？"

"暂时还不清楚，冯思南和她师傅已经赶过去了，现场初步认定是女性的。孟局让我们赶紧赶到现场。"

因为情况紧急，两人离开宋晓雅家，走到玄关的时候刘卓回望整间屋子，没有任何异常，可越是这样，越不正常。一个陌生人到了一个陌生的环境，这个环境可以很旧很破，却绝对不会让他没有一丝新鲜感，宋晓雅家恰恰就是后者。

见刘卓突然不动，李亦萧道："走啊。"

刘卓道："派证物来一趟吧，宋晓雅家的电热毯有问题。"

停住脚步，李亦萧道："什么问题？"

"我暂时也不清楚，查查应该就知道了。"

没有多问，李亦萧下楼就联系警局，要人来宋晓雅家取证。

从城南开车去千叶广场，要经过很大一片棚户区。深冬，资源不够，棚户区的路灯开到九点就全部熄灭。黑暗中，只有零星几户人家还亮着灯。因为距离马路不远，随着警车鸣笛的声音从马路上飘过，棚户区养狗的人家，狗接二连三狂吠起来。

马致远的丈人家，就在城西这片棚户区中，那是一栋寻常的北方四合院，有三间上房，两间厢房，靠东是一间煤炉，南墙则是一个小棚子。棚子两侧栽种着碗口粗的香椿树，院中还有一个地窖，里面存储着过冬的蔬菜。天冷，原本早已在窝中睡觉的狗，也因为警车的声音叫了起来。

“小虎，再叫打你了。”马致远的丈人隔着玻璃训斥院子里的狗，往日十分听话的狗却没停止，仍旧吠着。

马致远妻子被吵得不耐烦，从儿子卧室发出抱怨：“马致远，你聋了，你听不见狗叫。”

窝在客厅沙发上看电视的马致远闻声，从沙发上站起来，他打开廊灯，顺手拿起墙根的扫把就出了卧室门，向院子里的黑狗走去。狗似乎感觉到要被打，呜咽两声退回窝里趴好。天气太冷，狗团成团，把鼻子埋在肚子上。黑暗中，乌黑的眼球目不转睛盯着马致远看。

狗不再叫，马致远回客厅。妻子也已经从儿子的卧室走了出来。家里三间上房，一间是客厅，一间是老人们居住，另一间由马致远夫妇打了隔断，带儿子一起住。老两口睡觉早，此时的客厅只剩马致远夫妇两人。

拿起果盘里一只冻梨，马致远的妻子一边吃一边吩咐丈夫：“换个台，天天看球，没见足球队踢得多好。快十点了，播七，有天气预报。”

把频道调好，没有吭声的马致远出门去厢房的卫生间洗脚。妻子叫丈人的声音传来不过几分钟之后的事情，洗手间里的半导体刚刚报过时，时间是十点整。由于洗手间和屋子距离比较远，马致远不知道两人说什么，但东屋的灯几分钟之后亮了，臃肿的丈母娘也披着外套走进客厅里。

没有擦脚，马致远趿拉着拖鞋走回正屋。他进去，难掩兴奋的妻子道：“老马，小云他们单位出事儿了。”

妻子口中的小云也是两人的弟媳，原本在钢厂工作，后来钢厂倒闭，家里动用不少关系才在城中的千叶广场为她谋了个销售的工作。凑过去，马致远看电视，新闻已经不是最初报道的，而是十点钟的晚间新闻。昏黄的灯光下，即便小荧幕上的残肢特写被打上了马赛克，主持人也闭口不谈到底是死者尸体的哪部分，马致远还是看出那是一只手，人的右手。看到那只手的瞬间，马致远立刻僵在当场，而一旁的丈人一家合计着是否要给儿媳打个电话。马致远的注意力像是被定在了电视上，即便新闻已经过去，广告开始，他仍旧是发呆的。

最终还是丈人决定，明天再打，毕竟孙子还小，不想打扰儿子一家。这让本想看热闹的马致远妻子颇为不满。

丈人和丈母娘离开，西屋关灯，已经是十一点多，妻子仍旧愤愤不平："当初我们厂出事儿，陈静云可没管什么早晚，直接让小强就把电话打家里来了，虽然嘴上说是担心我，谁还不知道她是想看好戏。"

马致远不说话，妻子捅他，道："问你话呢，你哑巴了？"

马致远被捅得回过神，道："太晚了，睡吧。"

"窝囊废，一天到晚就知道睡觉，怎么不睡死你。"

"钢厂破产，我有什么办法。"

"那么多破产的呢，谁像你混成这样。"

几不可闻地叹了口气，没有反驳的马致远闭上了眼睛。往常出车累，他基本都是沾枕头就睡，可是那天他一直没有闭眼，他瞪着眼睛，想着新闻里的一幕幕。马致远睡过去已经是后半夜，他做了一个很长的梦，梦里是一条很黑的路，他努力向前跑，想要从黑暗中逃离，可是跑啊跑，四周还是黑的，一切像是没有尽头一样。

晚上十一点半，西京最冷的时候，法证和法医都已经取证离开，刘卓站在树下仰望那棵装饰了一半的圣诞树，放在广场正中的圣诞树在这个晚上没有那么耀眼，反而被月光衬得多了几分诡异感。刘卓只想，如果那只手没有被发现，而是被粗心的工人装饰到圣诞树上，是否在圣诞节当天，那只手会和这棵树一起接受人们美好的愿望？

见他看着圣诞树发呆，一旁问话结束的李亦萧走过来道："这树，还没咱们学校那棵好看呢。对了，说到圣诞节，刘卓，我一直特好奇，咱们上大三那年的平安夜，你怎么就知道教导主任要查宿舍？"

刘卓转身往问笔录的地方去，懒懒道："那时候，张思琪在追我。"

“张思琪？哪个张思琪？不是，你说的不是教导主任的闺女吧？刘卓，你别走啊，跟我说说，她后来出国不是为了你吧。刘卓……”

刘卓不理李亦萧的追问，径直走进询问室。两人进屋的时候，陈然正好问到残肢被发现时的细节。

工人看了一眼一旁的领导道：“因为布置商场会影响营业，我们都是结束当天营业之后才开始布置。为了早点把活儿干完，所以没下班我们就把装饰品从仓库里面抬出来了。九点商场结束营业，我们就开始工作了。装饰到第二袋的时候，我把那只手从袋子里拿了出来，不是，我当时也不知道那是一只手，我以为是假的。前段商场什么万圣节，就做了好些手指头饼干送人。我就给上面扔了上去。上面的小吴觉得挺沉的，就用手机照着看了一眼。灰白的一只手，断面血肉模糊的，指甲上还有指甲油呢，小吴当时吓得腿就软了，连人带那只手从脚手架掉了下来。警官，我们都是老实人，这事儿跟我们真没关系。”

李亦萧开口道：“那些装饰品都是哪儿来的，你们拿出来之前由谁管理？”

知道李亦萧是头儿，值班经理恭敬道：“这些东西都是由后勤部管，半个月前，上面发下通知，让进行圣诞节装饰。原本说买新的，这批报废了，我们都已经联系车去仓库清理了。但后来上面又说今年效益也不好，让把旧的再用一年。”

“仓库在哪儿，这样的麻袋还有多少？”

“多少我也不清楚。”

合上值班室的值班表，李亦萧道：“带我们去看看。”

刘卓和李亦萧一起去了后院仓库。因为是综合仓库，仓库整个面积有上千平米，摆放着各种物品，光食品粮油就堆满一角。经理一边开灯，一边介绍：“这仓库是共用的，每个区装卸东西都是在这儿。我们后勤科的东西基本都是垃圾，都放在门口，隔一段时间清理一次。”

就在李亦萧和同事查看两袋废旧条幅时，刘卓站在一旁观察四周的环境，食品、衣帽、锅碗瓢盆、洗化用品、家具家电……这些东西聚集在一起，就代表有太多的人可以接触到这些麻袋，即便从宋晓雅法医鉴定死亡当天查，嫌疑人的范围也太过庞大。而能将自己的一切全部掩盖的凶手，将尸块遗弃在这里，也一定是确定了自己不会因此被抓的前提下。

刑警队的十几个人在仓库找到凌晨两点多，也没有找到别的残肢，而西京的气温已经降到最低，漆黑的天空没有星星，夹杂着雪的寒风在眼前飞舞，站在仓库门口换气的刘卓深呼吸，一股清冽的冷气一点点灌入他的身体，让他清醒了许多。

因为没有发现，李亦萧安排剩下的人继续调查之后，调取了仓库两个月内的监控录像。但是刘卓觉得情况并不乐观，因为依照目前监控录像分布的区域来看，放置后勤部东西的位置正处于监控死角。

“这些东西也等警方调查完，再集中销毁。还有，提供一份可以接触这个仓库的所有品牌的名单给我们。”

刘卓身后的仓库门口，一直跟着调查的经理道：“没问题，这本来就是我们该做的。不过李警官，这事儿不会影响我们营业吧。您也看见了，这马上就要圣诞节了。”

“如果残肢是在商场内发现的，会勒令你们停业整顿，但是现在残肢是在商场外发现的，所以不会强行要你们停业，但是得加强内部管理。”

“一定，一定。”

交代剩下的人将调查结果带回去，商品仓库暂时封存后，李亦萧带着两个同事回去查看监控。已经熬了几个晚上的刘卓没有同行，一个人走到街边打算拦辆车回家。李亦萧的车绕过广场在他跟前停下道：“到家给我打个电话。”

“好。”

看着那张没精神的脸，也没指望他记得打电话的李亦萧道：“算了，还是我给你打吧。”

李亦萧的车开走，刘卓才抬手拦车。晚上，西京的出租车很少，偶尔开过去的还是有客人的。站了一刻钟的时间，一辆打着大灯的出租才缓缓停下。司机探出头问他："去哪儿？"

"西风小区。"

路程不近，开过去估计也拉不到返程的客单，司机道："能多加点吗？"

"行。"

刘卓上车，司机看到广场周围还有人，问道："你也是来看热闹的？千叶广场的事儿是真的？"

"我只是路过。"

"路过啊，那我跟你说，就你刚出来那商场，发现了一只人手，说是前段时间被杀的小学老师的。你说这人胆子也够大的，把尸体仍在商场里，这不是公然挑衅警察吗？"

见刘卓对这话题没太大兴趣，司机道："你不是西京人吧？"

"才来没多久。"

"那就对了。这事儿西京的人都格外关注，你哪儿来的，来出差？"

"来工作。"

"长期的？干吗的？商场销售？"

心还在案子上的刘卓敷衍道："嗯。"

"要是这样，我劝你一句，赶紧换个地方。西京这地儿，钢厂倒了之后，一点发展都不会有了，只能这么耗着，时间长了就全完蛋了。我要是有办法，有个一技之长，我肯定也出去了，在这里就是等死。"

不知道说什么，又觉得不说太尴尬，刘卓指着车内的行驶证道："你姓马？"

"不是，我姓武，姓马的是我搭班儿。你说要是我命不好也就算了，我俩命都不好。"

"命这东西暂时不好也并非坏事。"

刘卓尽量开解对方，对方却道："你可算了吧，我们这样，只能越来越坏。我真的，我还真不是我瞧不起我自己的家乡，你看看这是什么治安，人杀家里两礼拜了还没查清楚，弃尸都这么大胆。真的，我长这么大，没见过这么没用的警察。”

没头没脑被指责了一番，刘卓有点尴尬道：“也许这事情，没您想的那么简单呢？”

“哎，我也没往复杂了想，但是你想想，这么长时间抓不到犯人正常吗？”

“没准儿他们要抓的不是犯人呢？”

好奇的司机从后视镜看向坐在后座的刘卓：“那是什么？”

刘卓本想随便说几句，让这事儿过去就算了，可是他向后靠的时候，手正按在一枚被客人落下的象棋子上。看着手里那个小卒子，刘卓道：“这是一场博弈，象棋里面虽然就十几个子，却要下出楚汉之争来。这案子如果从正常角度看，是一场有些难办的凶杀案，但是从另一个角度看，又何尝不是警方与凶手之间的一场博弈。棋局尚且有输赢之分，但是这个输赢却不在结果上，在于彼此试探的过程，以及事情的最终真相上。”

司机摇了摇头，道：“不懂。”

“这世上不是每件事儿都能让人明白。”

刘卓房子在西风小区12号楼，是他来西京之前李亦萧帮他租的。据说因为工作忙，李亦萧也没调查邻居的情况，只是到中介问有没有距离警察局近的房子，人家推荐了这个，他就付了定金。因为没实地考察，所以他不知道这房子格局很奇怪，进门就是一堵墙，而且两个房间都在阴面，屋子十分潮湿。后来刘卓才知道，这房子挂了一年都没人租，他是第一个也是唯一一个没看房子就租了的人。如果只是房子不好也就罢了，他邻居也不消停，邻居是一大家子，不管刘卓什么时候回家，那家的小孩子都在噔噔地跑。因为刚搬来，刘卓没去邻居家找过，所以他不知道，在中介口中邻居家三代同堂的小孩子，已经在夏末与家人一起去海边玩的时候溺亡了。那一家也搬走了，可是他奔跑的声音从没断过。这世间本来就有很多事情说不清楚，一定要查明白，到头来或许还是不清楚。

连轴转了三天，刘卓回去连灯都没开，直接倒在了床上。模糊的视线看向手表，时间是凌晨三点钟，而这一天是 12 月 15 号，他来西京后最冷的一天，也是案件稍稍有了进展的一天。

这个夜里，西京城西的陈明诚律师事务所，陈明诚拿了烟斗站在阳台吸烟，他手边的小桌子上放着一本姚美兰案的信息资料，资料是下午的时候来打工的大学生小舒整理的。其实这案子根本就不大，但是不卷得大一些，姚美兰就不会重视。这年头，大家的警惕性都提高了，无论是社会人士，还是家庭妇女，都已经不如早些年天真，说几句法律条文就能唬住。现在他们会追问，会跟踪案子进行到了哪一步，如果在赔偿金上有疑虑，甚至会略过律师直接找到对方。只为了节省那些在他们看来，完全是被律师剥削的律师费。

当下社会，大家都说医生、警察是高危职业，其实律师也如此，打交道的都是有钱有势的人，虽然法律以忒弥斯女神代表正义和公允，但天平存在的价值是为了衡量不公的。对于姚美兰的案子，陈明诚从没在乎过律师费，又或者想要靠着这个分尸案走到人前，在这个案子上，他为的从来不是这些。

烟斗的烟熄灭，陈明诚并没再抽，他拉了拉衣服回到卧室。这个寒冷的夜晚，不喜欢看电视的他还不知道，老师被杀的案子又有了新进展。如果他知道，这注定又是一个难眠的夜晚。

陈明诚回卧室不久，西京的雪彻底停了。但是天气更冷了，生活在这个城市中的人，有的无愧于心安稳睡着，有的却一夜未眠。可是对睡着的人和还睡不着的人来说，这个夜晚终将过去，明日的阳光将会照亮什么？

第四章
一切都是易碎品

1

李亦萧的电话是隔天上午打来的，刚从检验室出来的他拿着检测报告问刘卓："你怎么知道电热毯没用过，还是个新的？"

把脑袋埋在枕头里，根本不知道已经几点的刘卓道："除了这个还查出了什么？"

"证物科通过对电热毯的细致检查，发现这床电热毯被做过手脚，里面的电阻丝被人为切断过，极易造成漏电，让人触电而亡。还有一点很可疑，电热毯的电源处被人为二次破坏了，导致电热毯无法供电。导电功能破坏应该是在内部被破坏之后，因为电热毯内有烧焦的反应，应该是破坏之后还试过通电。"

勉强睁开眼睛，刘卓道："两处手脚应该属于不同的人做的，所以在宋晓雅死前，就有人要对她下手。"

"刘卓，这么说的话，要杀她的是谁？要救她的人又是谁？"

面对李亦萧的追问，刘卓道："现在你还觉得这问题简单吗？"

"你什么时候来？"

"有点感冒，还要一会儿。"

李亦萧还要再说什么，办公室里，陈然敲门道："李队，孟局找您。"

"知道了。"

要陈然将资料拿回去，李亦萧对刘卓道："来了先找我。"

李亦萧挂掉电话，被吵醒的刘卓在床上翻了几个身，都没办法起来。他半睡半醒眯到中午，才勉强起床。顶着乱蓬蓬的脑袋洗漱，又冲了澡，本打算找点吃的就去警局，可是家里除了饮用水，什么都没有。肚子一直叫，刘卓直接换衣服出门，打算吃点东西然后直接去局里。

开门关门的间隙，穿堂风从他的租屋吹过，将卧室的窗帘吹开，光漏进屋子里，被微光照亮的卧室内，地上摆着一个大行李箱。因为刚刚拿衣服，行李箱并没被关上，可是敞着的行李箱并没什么衣服，反而放了满满一箱档案。如果说刘卓是来西京工作的，倒不如说那才是他此行的目的，而那些档案上，为首的档案夹封面上写着 826 案。

又下了一场雪，即便已经是中午，天气依旧很冷。刘卓找了附近一家药店，买了一些感冒药，又去对面面馆要了一碗面。刘卓对吃并不是很在乎，更多的时候是到了身体极限，不得不吃。

中午小店人很多，要了一碗拉面之后，刘卓坐在靠角落的位置，因为屋里屋外冷热不均，刘卓坐下就开始打喷嚏，在他这桌的人全因此挪到了别处，等刘卓的面上来，桌上就剩下他一个人了。想着一个人还清净，刘卓低头吃面，没一会儿一个小女孩端着面坐在了他对面。

其实对方也不算是小女孩，十五六岁的年纪，很瘦，一双大眼睛显得古灵精怪的。女孩见刘卓看她，以为这里有人，便道："我以为没人。"

见女孩要走，刘卓道："本来也没人，但是我感冒了，你不介意的话，就座吧。"

听他这么说，林雅美扬起笑脸道："正好，我也感冒了。"

素不相识的两个人坐在一起，刘卓轻声咀嚼面条。对面的姑娘却大声吸溜，她一边吃饭一边用手机发信息，似乎要说的话太多，她后来干脆语音起来。

"我就在对面吃面，不然你也过来吧。"

对方似乎拒绝了，林雅美又道："那你吃了没有，用不用我带一些给你？"

消息发过去，对方迟迟都没回复，林雅美不爽道：“边晟，你听到没，听到给我个回复。”

似乎对方还没反应，林雅美丝毫不在乎面前是否还有人，自顾自道：“要来这么远地方补课的是你，现在不理人的还是你，爱理不理，谁稀罕。”

林雅美一气之下，将手机丢到书包里，书包失衡，书落了一地，刘卓弯腰帮她捡起来。

“谢谢啊。”

收拾好书包，女孩才恍然：“现在几点了？”

刘卓一愣，以为她是在问他，看了看表道：“一点半。”

“啊啊啊，他不是不回我，是已经上课了。”

话音落下，女孩匆匆忙忙跑着离开了。遇见这么个姑娘，刘卓觉得还挺有意思的，吃完面他正打算离开的时候，不经意间看到落在桌下的笔袋。想到刚刚粗心的女孩子，刘卓将笔袋送到柜台。

正忙着帮人点餐的老板道：“一个笔袋，没人来找，你拿走吧。我这儿忙着呢，你给我，我也是随手一丢。”

没办法强求对方把东西留下，刘卓将笔袋放在大衣里，想着如果能再遇见那姑娘，就把笔袋给她，如果遇不到就为她送一趟。

也是那个中午，牛肉面店不远处的便道上，马致远正来接班，清理车厢的时候，他在车上发现棋子，便打电话给搭班司机。

说到棋子，老武一下就想起昨晚上的客人，他道：“棋啊，我昨天在千叶广场拉了个客人，神神道道的，应该是他落下的，没用，扔了吧。”

马致远也没在乎，将棋子丢掉，可是丢掉的时候，他再次看到座椅上那块恶心的黄色印记，拽了个靠背垫将印记盖住，才开车上路。

西京的正阳街，离开拉面店的刘卓走到十字路口的时候，突然不知道哪条路是通往警察局的。他拿出手机导航，导航指了两个方向去警局，时间都差不多。正在选择的时候，刘卓在导航中看到了附近的店名：星星美容店、阿峰包子、味好美蛋糕店、小天使舞蹈中心。

看到小天使舞蹈中心，刘卓大脑里无数条信息轮番闪过，最终停在边潇潇三个字上。宋晓雅案发当天，边潇潇说过，参与完教育局的谈话，她来过这里，本来是要上课的，但是同事临时要与她换班，她才离开。

抬起头，十字路口，刘卓正对面的矮楼墙外挂着“小天使舞蹈中心”的霓虹灯牌。

虽然不知道这时候边潇潇是否已经复课，刘卓还是打算去碰碰运气。他关掉手机导航，穿过马路，走进那家位于手机店二楼的舞蹈中心。

上楼的楼梯很窄，迎面走来的两人要错身才能过去，走到二楼，刘卓的黑羽绒服外沾了一大片墙灰。继续往前走，穿过很长的走廊，尽头就是小天使舞蹈中心的教室。门口并没人管理，刘卓推门进去，十几个家长抱着孩子的衣服在走廊里等着。刘卓走到舞蹈教室的后门，从玻璃门往里看。

教室里，背对着门的边潇潇正在教小孩子们跳舞，她动作很优雅，有种独特的轻盈感。并没发现后门有人窥视，做完一个动作的边潇潇转身，开始为那些懵懂学习动作的小孩子矫正身姿。

“对，就这样，像一只天鹅一样，挺直腰，跟我来，一哒哒，二哒哒，三哒哒……”

只有五六岁的小孩子们，十分听话地随着边潇潇的话，抬头、低头，转一圈，然后犹如鸟戏水一样，半卧在地上。

刘卓看了一会儿，退到一旁，等着边潇潇下课。走廊里，无聊的家长们叽叽喳喳地说着话，无疑都是炫耀孩子的。刘卓无心去听那些话，他吸了吸鼻子，翻起了那本笔记。

同一时间，与小天使舞蹈中心相隔一条马路的补习班却没这么好的条件，补习班的老师坚持认为，贫寒的环境能激励学生的学习热情，所以这个补习班冬天是停暖的，被冻得睡不着的孩子们，只能强打着精神听课。

“这公式你们都要记住了，是每年高考的必考点，听见没有？”

“听见了。”讲台下，学生们喊得稀稀拉拉。

化学老师极为不满，大声喝道：“没听见。”

山呼海啸一般又喊了一遍，老师才满意，坐在角落里睡觉的高翔被吵醒了。

高翔爬起来，拿出水喝了一口，被凉水激了一激灵，才回过神，身后的林雅美看他坐了起来，用笔戳他后背。

“干吗？”

“边晟怎么还不来？”

扭头看到林雅美身边座位还是空的，高翔道：“不应该啊，上课之前给他打电话，他还说快到了呢。”

“给他打电话发短信都不回。”

“等下课我给他打吧。估计是看你打，他不接。”

高翔如此说，林雅美十分不高兴道：“为什么我打不接，你打他就接？”

“你说呢？林雅美你长得虽然丑点，但是也没必要这么倒追边晟啊。”

“谁倒追了。”林雅美一拳头打在高翔背上又道，“还有，谁丑？”

一边躲着林雅美的拳头，高翔一边小声求饶：“我丑，我丑还不行。”

这个距离南化二中并不近的补习班是边晟一定要来上的，就像很多爱情上的关系一样，因为边晟要来这里上课，所以林雅美追来了，又因为林雅美追边晟来，所以高翔也来了，在力学上三角形是最坚固的形态，可是在感情上，它却是最脆弱的。

下课铃声响起，林雅美就催促高翔联系边晟。补习班不远处的网吧里，昏暗的角落里，边晟将书包放在脚下，正忘情地打着游戏。页面上的人在他的枪击下一个个死去，时不时会有鲜血爆满屏幕，不同于普通人看到那些鲜红的颜色，只会觉得热血，边晟似乎能隔着屏幕感受到血喷涌出的粘腻与温热感，还有刺鼻的腥味。觉得有些恶心的他努力吞咽着口水，让自己显得平静些，而一旁的桌面上，手机屏幕一直闪动着，他却置若罔闻，仍旧目不转睛打着游戏。直至一场游戏结束，他才像是从那个世界里走出来，低头看手机，十几个未接电话，而他看到的只有屏幕上的时间，三点十五分。

抬起头，透过网吧脏兮兮的窗户向窗外看，这是一个没有下雪的日子，可是这个世界依旧阴沉昏暗。被网吧的气氛压得喘不过气来的他从座位上站起来，走到一旁的网吧侧门，将门打开。后门正对的是正阳街的十字路口，而边晟站的地方，楼下就是刚刚刘卓用导航找路的地方。在二楼的铁栅栏边站了几分钟后，边晟第二次看表，三点二十分。时间正好，但是他等的人始终没出来。又站了一刻钟，边晟显得有些焦躁起来，他脚下是一片快被踩平整的雪，还有几个烟蒂落在上面。

三点半，那个穿着卡其色大衣，梳着半长发的女孩才从玻璃门里走出来，而跟在她身边的是个陌生男人。看到男人的瞬间，边晟下意识后退两步回到网吧里，但是再关门已经来不及。

边潇潇没想到下课之后会在走廊见到刘卓，今天也不是她上课，如果不是舞蹈中心的负责人跟她说同事病了，让她来代课，她应该还是在家里休息的，没想到只有这一节课，就招来了刘卓。见边潇潇有些诧异，刘卓表示，他是路过的，顺便来向她了解一些情况。边潇潇对刘卓印象并不太好，所以她也并不相信他所谓的顺便，但是也没别的办法，只能随他一起下楼。

两人从中心走出来，边潇潇下意识地望向马路对面，似乎想到自己的某些举动会被警察看到，并且联想出什么，她急忙收回视线。可是她细微的反应还是被刘卓察觉，他随着边潇潇的视线看过去。马路对面是几家餐饮小店，而这些小店上面是一家名为绿洲的网吧，网吧正门并不在这条街上，但是有一条铁质的楼体从侧面二楼的墙上延伸到楼下，而此时楼梯上的门是开着的。

舞蹈中心附近的咖啡店，两人坐定，查看周边环境的刘卓开口道："你常来？"

"以前下课的时候都会来坐坐，最近很少了。你有什么事儿就问吧，我一会儿还有事儿。"

微微一笑，刘卓道："边潇潇，我的到来在你意料之中吗？"

刘卓突然间的问话让边潇潇一愣，她道："我怎么会知道你什么时候会来？"

"可是见到我，你没一点惊讶。"

刘卓如此说，边潇潇一点没慌，她轻笑起来道："对，我知道你会来找我。"

"为什么？"

"因为一大早，知道宋晓雅的残肢被找到，所有的亲戚都给我打电话，问我怎么办，就好像人是我杀的一样，可是这件事儿跟我无关。"

"我来也是想问问你，对宋晓雅残肢被发现这件事儿，有什么感受？"

"感受？我再说一遍，宋晓雅的尸体在哪里发现都与我无关，我没有杀她。"

"弃尸或许无关，但是如果你和死者的死有关呢？"

侍者端来咖啡，边潇潇却连接都没接，她看着刘卓道："你不能乱说话。"

似乎大喘气一般，刘卓又道："当然，这或许只是我的猜想。"

刘卓话音落下，边潇潇才发觉自己过于激动了，她端起咖啡喝了一口，试图让自己平静下来，可是她刚刚的慌张已经暴露出，她或多或少和这件事儿之间是有着关联的。但是就像刘卓和李亦萧说的那样，面对边潇潇的时候，他总有种感觉，她好像早就知道他什么时候会来，或者会问什么问题一样，所以对于每个问题，她都应对自如，像是在演戏一样。

彼此不说话，边潇潇却反而变得平静下来，她说："你是警察，如果你有证据，你大可以抓我。”

“边潇潇，宋晓雅死的时候，你并没有确定的不在场证明。”

“我说了，当天我在家，我爸爸可以作证。”

“你父亲作为亲属的证据，在法律上认可度极低。抛开这些，你父亲是当晚九点半回的卧室睡觉，据他所说，他在卧室看新闻看到十点钟就睡了，之后没听到任何异响，但是这不能证明你在之后没离开过家。”

边潇潇突然笑了起来，她道：“那怎么才能证明？一定要有人看到我是一整夜都在家，都没离开过才能证明吗？既然这样，你抓我吧。”

气愤之下，边潇潇抓起手包要走，刘卓道：“你不用生气，等我问完你再走不迟，我昨天去见了王攀。”

听到刘卓说王攀，边潇潇身体本能一顿，她道：“与我无关。”

“我问他，你是否有杀了宋晓雅的可能性，他说他不知道。”

边潇潇没说话，刘卓抬头看着站在座位旁的她道：“你不觉得这样很奇怪吗？无论你们是和平分手，还是有怨恨的分手，这都不是一个前男友该用来形容前女友的？何况，你们曾经交往七年，除非……”

“除非什么？”

四目相对，刘卓道：“除非他明白，这么说无功无过，既没有要将你排除在这件事儿之外的嫌疑，也没有将你卷入这件事儿的意图，你或许比我更明白这其中的意图。所以，我今天来是想问你，你觉得王攀有杀了宋晓雅的可能吗？”

边潇潇骤然抬头，看着刘卓道：“他，他为什么要杀她？”

“理由有很多，感情不和，被威胁，冲动之下犯罪种种，你不用去考虑这些原因，以你作为一个与王攀交往了七年的女人，以你对王攀的了解，你相信他会杀了她吗？”

“这个，你该去问王攀。”

“我现在问的是你。”

如王攀一般，面对刘卓的这个问题，边潇潇道：“我不知道。”

“好吧，那你最近见过王攀吗？”

“见过。”

“什么时候，谈了什么？”

想到昨天的一切，边潇潇道：“昨晚，他问我，宋晓雅的死是否和我有关。”

“你怎么回答的？”

“回答他的和回答你们的都是一样的话，她的死跟我无关。”

“王攀相信吗？”

“不管他相不相信，这件事儿就是与我无关。我不管你们反复来询问我到底是什么意思，如果你只是这么毫无理由地怀疑我，干涉我的私人生活，我也会报警，所以我希望一样的事情，不要再发生第二次，我走了。”

边潇潇气愤地离开，她转身的瞬间差点和送咖啡的店员撞在一起。面对突然发起脾气的边潇潇，刘卓并没有追，他依旧坐在原来的位置上。喝着咖啡，听着远处的女孩拉小提琴，而他正对着的方向是网吧的正门。虽然看不到网吧侧门，但是能看到什么人从楼梯口走出来。

警局里，开完会的李亦萧发现刘卓还没来，打电话联系他，刘卓直接把他约到了咖啡店。

李亦萧开车赶了过来，看刘卓面前一桌子点心和零食道：“上班时间，你好意思。”

抬手比了个嘘，刘卓道：“听琴。”

“哪有时间听琴，先说宋晓雅家的事儿，你是怎么知道的？”

“常识，电热毯的来源查出来了吗？”

叫服务生拿了个勺子，李亦萧吃起了刘卓的蛋糕：“整个西京的货源不多，我让陈然带人一家家排查呢。你觉得电热毯和宋晓雅被杀有什么必然联系吗？”

李亦萧话音落下，刘卓却没回答，抬头看他一直看着马路对面，一起看过去的李亦萧道："你看什么呢？"

随着刘卓的视线看过去，下午四点半，马路对面的绿洲网吧门口，一群孩子正从里面走出来，并不显得多特殊，但是看着那一群孩子的时候，可能是出于警察的敏锐，李亦萧看到的是与一帮孩子一起，却从侧门铁楼梯出来的男孩子。如果从正常角度分析，男孩可能是不想和大家一起从门口挤出来，所以选了侧门。但是从另一个角度去想，他选择在正门人多的时候从侧门出来。是想让大家的视线都集中在正门，忽略在侧门的他。

似乎冥冥之中有所感应，马路对面，被小店里的两个警察关注的男孩回过头，他正看向街角的咖啡店。就在他将要看到刘卓和李亦萧的时候，刘卓一把将李亦萧从窗前拉走，躲过了男孩的注视。

直至男孩离开，两人才恢复原本的坐姿，李亦萧道："谁啊？"

"不认识。"

"不认识你躲？"

"下意识的。"不想继续谈这个话题，刘卓问李亦萧，"给你限定破案时间了？"

随着千叶广场残肢的出现，案子再度造成大众恐慌，省厅、市局连续下发文件，限年前破案。

"年前。"

刘卓本以为是几天之内，上级应该也知道这个无头的案子比较复杂，所以给了年前破案的时间，还算仁慈。

刘卓不说话，李亦萧又道："有可能吗？"

"如果顺利的话，有可能；如果不顺利的话，还要查一段日子。"

靠坐在一边的沙发上，李亦萧抱着抱枕道："什么叫顺利，什么叫不顺利？如果这案子真的像你说的那么复杂，我还真挺好奇，这人不仅杀人，还玩布局，他为的是什么？"

"这也是我疑惑的地方。明明可以将尸体掩埋，全部带走，为什么要刻意留下尸体，并且将剩下的尸体随意丢弃。”

“所以这本身是矛盾的，要么是他心思难以捉摸，要么是你错了。”

咖啡店的窗外，街景显得十分萧索，而这个东北小城像是被国家遗弃的角落。刘卓从过往的人身上看不到一丝希望，似乎每个人都活得特别累。

沉了沉气，刘卓看着李亦萧道：“并非是他心思难以捉摸，也并非我错了，这件事儿只有一种可能。”

“说话别卖关子行吗？”

“他是第一次杀人。”

刘卓说出对方第一次杀人的表情十分肯定，这让李亦萧洞悉出了丝丝的异常，一个第一次杀人的人，就如此挑衅警方，就像刘卓说的，他的目的是什么？学那些影视剧中的变态向警方宣战？还是像那些故事里被命运无情碾压的人，企图用这种方式造成大众恐慌，让他得到社会的关注？如果是后者的话，那就太可怕了，因为如果这案子不产生影响，凶手会一直犯案，而且会越来越大。

彼此都想到了这种严重后果，李亦萧和刘卓都不再说话，一个吃着蛋糕思量，一个看着窗外的大雪思量。

两人又坐了一会儿，离开咖啡馆的时候，刘卓表示不舒服还得休息半天，李亦萧要送他回去，刘卓却道：“不用。”

“你不是说你不舒服吗？反正我晚上没事儿，有时间照顾你。”

“我有事儿，行吗？”

“你有什么事儿？你现在最要紧的事儿就是赶紧养好身体，把案子给我破了。你等我结完账，送你回去。太晚的话，我就住你那儿。”

刘卓十分反对和李亦萧共处一室，道：“不用。”

“还害羞，又不是没一起睡过。”

李亦萧声音极大，引来四周侧目，刘卓最烦他这样，出了咖啡店找个小胡同就钻进去了。李亦萧结账出来，人已经没影了。

就在刘卓再见边潇潇的下午，西京郊外，白雪纷飞的某俄罗斯风情园内，零下十几度的严寒里，两个年轻人穿着暴露，却热情不减地在严寒中拍摄婚纱照。

2

柴韵和方毅的婚期定在明年一月，请帖、酒席都已经准备好，双方的家属也都已经通知。现在只剩下一部分婚纱照的外景没拍完。原本这部分方毅想等到两人婚礼结束之后，春天再补拍，但柴韵不同意，联系了婚庆公司，挤了这周末的时间。

“新娘，把裙摆拉起来，新郎笑一笑，对，就这样。”

随着一声声快门声，画着红唇的柴韵笑得温婉漂亮，而方毅的嘴角虽然是上翘的，但整个人眉头似乎舒展不开。

拍摄过半，柴韵要换服装，跟着化妆师回了小巴车，方毅则留在现场。

点了一支烟，方毅靠在农场的围栏上，眸子有些深沉地望着远处的天。今天天气不错，虽然郊外下着雪，天却不暗，反而有光从云层里透出来，这种天气在西京算是很好的天气。他今天出门的时候，他母亲还说，天公作美。可方毅却并不这么觉得，宋晓雅死后，他经历了一段前所未有的慌张时期，那种感觉很迷茫，就像是踩着一块虚浮的板子，不知道哪一刻，板子倾斜，他所拥有的一切会随着失去平衡，变得灰飞烟灭。

“结婚累吧？”

抬头，问话的摄影师走了过来，方毅一笑道：“一点都不比上班轻松。”

“你这算好的了，我见过好几个新郎和新娘在拍摄现场吵起来，有一对，后来干脆连婚都没结。”

“那样也好，总比以后过了日子再离婚强。”

“也是，不过现在离婚也平常，现在小年轻的感情可不像我们那会儿了，忒淡。”

身边的方毅没有反应，摄影师恍然道：“看我，您新婚，我说这些。”

“没事儿，我不在乎这些。婚姻这种事儿，能不能走下去，看的还是两人的感情。”说那话的时候，方毅盯着车厢，没有关门的车里，露出柴韵的半张脸。

车那边，化妆师示意可以准备拍摄已经是半小时后，方毅和摄影师的脚下已经聚满烟蒂。摄影师去准备，方毅仍旧站在原地，直至柴韵下车，他才迎了上去。柴韵是很北方女孩的长相，丰满，白净。她的美是和宋晓雅的瘦弱可怜完全不同的。但男人对女人的爱，看得更多的并不是女孩身材多好，多漂亮，而是这女人是否能让他有种要去保护的欲望。在方毅看来，宋晓雅有，柴韵没有。

柴韵新换的衣服是一身豆沙色的晚礼服，下面是一层薄薄的纱，虽然造型师一直在强调那是豆沙色，但在方毅眼中，那种颜色更接近于赭红，很脏，像是黏在皮肤上，已经干掉的血渍。

见方毅看着自己发呆，柴韵道：“不好看吗？”

“挺好的。开始吧，天冷，早拍完早点回去。”

“你那么着急干吗。”

回头，方毅看着身后的柴韵道：“我只是想早点回去，不行吗？”

嘴角微微挑起，柴韵似笑非笑道：“行，你说什么都行。”

之后的拍摄异常缓慢，不是新娘表情不对，就是新郎动作僵硬，断断续续拍到四点多，整个行程才结束。

跟着婚庆公司的车回到市区，方毅等柴韵卸完妆，把她送回家。

圣诞节前夕，西京的街上难得热闹，超市和街头小店门口放着包装好的苹果，等红绿灯的时候，方毅摸索着下巴望着窗外。几个年轻的女孩子走过去，其中一个短发，笑得很开心，很像宋晓雅。

红灯变成绿灯，方毅的视线仍旧在车窗外，直至后车鸣笛，他才回过神来。方毅今年只有二十六岁，已经是教育局一个部门的小领导，完全可以用年轻有为来形容。这也是为什么经历了这么多事情，柴韵还愿意嫁给他的原因。毕竟有时候在感情上，彼此更在乎的并非是这个人，而是这个人所能给予自己的物质基础。很多人都说有情饮水饱，但是感情这种事儿，真是情如饮水，冷暖只有自己知道。

那一路，两人都没说话，车开到柴韵的住处楼下，柴韵却没下车，坐在副驾驶的她道："方毅，如果你不想结这个婚，我不勉强你，但你要是为了她，我不服……"

"柴韵，我不想谈这个话题，你先回去吧，后天我接你去定酒水。"

"方毅。"

"下车！"

方毅的吼叫，让人能感觉到他十分恼怒，并没继续问的柴韵打开车门，可是下车的瞬间她还是道："方毅，我只原谅你一次。"

在感情上，没有谁一定是傻瓜，更多的时候，要看是否有必要点破，是否有必要说出来而已。

圣诞节前一周，西京新闻后的天气预报再度传出低温预警，边潇潇醒过来已经是见过刘卓的隔天早上。窗外一片阴霾，第一时间打开手机，并没任何短信和留言，她在床上放空很久才爬起来。

从卧室去洗漱间的路上，边潇潇不经意去看自家的大门，昨天和刘卓见面的时候，因为他提到她爸爸是否能作证她一夜都在家，所以昨晚睡不着的边潇潇，夜里去厨房喝水的时候，特意去开关了家里的防盗门。她尽量放低声音，然后看向父亲的卧室，等待父亲的反应。时间一秒秒过去，就在她以为什么都听不到的时候，卧室里的父亲轻轻咳嗽了一声。那一瞬间边潇潇有些慌，她想到刘卓说的话，宋晓雅被杀的时候，她父亲是否能作证，她真的不在家。

再次想到刘卓，边潇潇不觉一阵胆寒。就在这时，边家的门从外被打开，买菜回来的边父看着边潇潇站在客厅，道："起来了，正好给你买了早点。"

"嗯？"

边父将早点放在桌上要离开，坐到餐桌前的边潇潇想到刚刚的事情，她突然道："爸……"

边父停住脚步回头，边潇潇的父亲是个很粗犷的男人，但是他眼神很温柔。边潇潇和王攀恋爱的时候，曾不止一次和王攀说，以后让王攀做她爸爸那样的父亲，把女儿捧在手心里养。

"怎么了？"

看着父亲的眼神，想到这些年的种种，边潇潇道："嗯……没事儿，天冷，以后出去多穿点。"

"知道了，你快吃吧，一会儿凉了。"

吃着父亲买的豆浆油条，边潇潇突然想起小时候在姥爷家生活的那段日子。边潇潇姥爷有俄罗斯血统，是某工程大学的工程教授，边潇潇的三观与她做人做事儿的方法，都是她小时候，她姥爷教她的。到现在她还记得，在她还尚且不知事的时候，问她姥爷：什么是对的，什么是错的？

那时候边潇潇的姥爷抱着她，跟她解释："潇潇，区分对错其实很简单。做了之后害怕的事情就是错的，做了之后无愧于心的事情就是对的。"

做了之后让人害怕的事情……什么事情做了之后会让人害怕，偷东西，隐藏着某种更为私密的感情，或者是杀人？

边潇潇手机响起来，正发呆的她回过神来。而家里客厅的电视上，父亲随意打开的频道正播放着，非洲鬣狗的纪录片，不同于别的高等动物，都是雌性更弱，非洲大草原上的雌性鬣狗完全占据着统治的主导权，它们决定幼崽的存活及雄性的去留，它们才是真正的强者，什么时候，人才能进化到由雌性去制定游戏规则。

声音不是电话，而是短信，一串复杂的电话号码发来销售短信：【洞庭华府】豪华大宅，三室两厅精装 180 平米送阳台，观景 LOFT24-57 平米超大开间！更有 2000 亩天然森林氧吧。国际化丰富配套一应俱全！4006741258，如需短信联系回复 QY。

看完短信，边潇潇放下没吃完的早点，回了卧室，简单换了衣服之后，她离开了家。

出门的时候，一直在厨房忙碌的边父提着菜刀追出来道：“出去？”

“嗯，一个人在家太闷了。”

“回来吃饭吗？”

边潇潇摇了摇头，边父又道：“刚我回来路上雪又大了，早点回来。”

“好。”

那天边潇潇离开家，边父没有继续忙，他将菜刀放回厨房，然后走到玄关，贴着门听着门外的声音，直至高跟鞋的声音消失，他才打开门查看起自家的门锁。边父反复关门，又将门打开，动作时而重时而轻。上楼的邻居看到边父如此，问道：“怎么了？”

扬起和善的一张笑脸，边父道：“家里锁松了，我修修。”

邻居离开，边潇潇父亲回家拿了工具箱，将松了的门锁又加固了一番。而这一次，门开关的声音变得大了一些，这声音不影响正常生活，却足以在深夜让沉睡的人听到。

看着门锁，想到不久之前接到的那通警察打来询问的电话：你是否能确定当晚，你女儿边潇潇就在家里。

电话那边冷静的声音和昨晚女儿深夜偷偷开门，小心翼翼试探他的声音，似乎就在耳边。看着眼前门锁的边父心想，如果再有人问潇潇那天在没在家，他用门声说话，如果出门会听到，警察或许会相信吧。想到这里，看着空荡荡的家，边父深深叹了口气。

3

也是这一天，姚美兰接到母亲打来的电话，之前她弟妹已经几次来电话问她什么时候能把文文接回去。姚美兰不想儿子在弟弟家过得不舒服，想着把屋子打扫干净，等事情再过去一周，就把儿子接回家，带着儿子过一个新年。她相信新年过去，一切都会变得不一样的。

电话那边，姚美兰母亲听她问是不是接外孙回去的事情，忙道：“不是，我看你这几天心情不好，叫你回来吃饭。你放心，他们都不在家。”

母亲的担心是不好直接说出来，姚美兰道：“不用，我不去吃了，下午去接文文回来。”

到底是自己的女儿，姚母道：“什么不用，过来吃饭，文文也想你了。接不接孩子，等你来了再说。”

电话那边，姚母问一旁的文文是不是也想妈妈了，文文在电话那边喊道：“妈妈，你来吧。”

儿子始终是姚美兰的软肋，她答应母亲一会儿就过去，然后停下手上的活儿，换了一身干净的衣服，把门窗都关好。姚美兰刚开门要离开，就看到她家门口，站着一个穿着黑色的羽绒服的男人。

姚美兰恍然回神，男人回过头，男人留着稍短的头发，五官很柔和，下巴上冒着微微的胡须。姚美兰记得几天前，他们在门口见过，还说过话。他是个警察。

听到开门声，正查看宋晓雅家防盗门的刘卓回过头，看到姚美兰的装扮，刘卓道：“出门？”

点了点头，姚美兰道：“嗯。”

“约了朋友？”

“去我母亲家吃饭。”

抬手看表，时间是十点半，刘卓道：“时间还早，方便和我聊聊吗？”

姚美兰攥了攥手里的包，她不知道拒绝一个警察的后果会是什么，只能道：“好……好吧。”

姚美兰家。姚美兰去冲茶的时候，刘卓走到客厅的多宝阁前，格子的架子上摆着姚美兰丈夫的遗像和几张合照。他拿起架子上姚美兰和儿子的合影。正要看，姚美兰端着水从厨房里走了出来：“家里没收拾，您将就一下。”

拿着照片回过头，刘卓道：“这是您儿子？”

姚美兰点了点头：“对。”

似乎很害怕，姚美兰上前将照片拿走。

刘卓和姚美兰面对面坐在一起：“既然您还有事儿，我就长话短说。上次您说您和宋晓雅做了三年邻居，您对她了解吗？”

“了解？”姚美兰急忙摇头，道，“不了解。”

“那她和您之间有矛盾吗？”

听刘卓如此问，姚美兰的双手放在膝盖上，手指下意识抠着膝盖上的布，那是一种极为不安的表现，她道：“按理说，人都死了，我不该背后说这些的，但是……”

“您可以放心说，我只是想了解一下她的生活。”

“她刚搬来的时候，我看是个女孩子，邻居说还是老师，我挺放心的，觉得应该是安安静静的。可是她不仅一点都不安静，生活习惯还很差，总是往楼道扔垃圾，我之前一直都是忍的，可有时候真的忍不了。”

“你们吵过架？”

姚美兰尴尬地点了点头，道：“她那时候真的是太气人了，不过现在想想，我也有不对的地方，可是怎么说，她的死都和我无关。”

“我来也没有怀疑您的意思，只是例行询问。”

看了看刘卓，姚美兰道：“她出事儿之前，我们还吵过。”

姚美兰想起那次见宋晓雅，那天宋晓雅又没扔垃圾，姚美兰拦住要出门的她将垃圾带下楼，宋晓雅却不肯，说晚上回来再扔。姚美兰知道她绝不会扔，直接提起垃圾塞在了宋晓雅手上，宋晓雅又将垃圾扔了姚美兰一身。两人因此打了起来，还是邻居出面将她们拉开。

那天，宋晓雅咒骂姚美兰这辈子注定孤独终老，而姚美兰则骂宋晓雅不得好死。老辈人都说祸从口出，可是姚美兰怎么都没想到，自己随口说的话会在不久之后应验，宋晓雅不得好死，而她是否会走到宋晓雅所说的孤独终老这一步，要用之后漫长的时间去见证。

听着姚美兰的讲述，刘卓问：“经常来找她的都是什么人？”

“这个我真的不知道，我平常都上班，除了早上偶尔在楼道遇见，几乎都看不到她，倒是有几次看到有男人大早上从她家里出来。”

刘卓将本子里王攀的照片递过去，道：“是这个人吗？”

拿着照片端详了一会儿，姚美兰道：“好像是。”

收回照片，刘卓道：“除了这男人之外，还有别人吗？”

刘卓说到别人，姚美兰满脑子都是那个黑色的人影，他敲门的声音，他从猫眼看她的样子，姚美兰都还记得清清楚楚，可是陈明诚的话似乎就在耳边：伪证罪，会被凶手报复，会被牵连。

“没……没有。”

“那这个月的3号晚上，您在哪里？”

“我……在家。”

“做什么？”

“那天我儿子最后一天上课，过了3号就要暂时放假，我在家里看着他做作业。”

“那3号之后到现在这么久的时间里，有什么可疑的人来过案发现场吗？”

想到二七晚上的阵阵阴风，还有猫眼里仿佛眼睛散出的光，姚美兰咽了口唾沫道：“没有。刘警官，时间真的不早了，我还要去看我儿子。”

合上本子，刘卓道：“抱歉，耽误您时间了。”

那天刘卓没和姚美兰一起出楼道，而是去了别的邻居家，似乎并不是每一户人家都和姚美兰一样好说话，几户都拒绝询问之后，刘卓走进姚美兰楼上那户人家。

离开家的姚美兰，第一次觉得从家门口走到小区外的路那么长，她一边前行，一边深呼吸，试图让自己平静下来。可紧张感却更加强烈，她不知道，这个三番四次出现的警察到底想干什么。她突然有些害怕，随着千叶广场的那只手的出现，一切都将浮出水面。

也是那个周末的中午，西京千叶广场，虽然发生了残肢事件，但是临近圣诞节，人们的购物热情不减。边晟和高翔出现在商场的时候，商场大厅正在举办活动，穿着圣诞色比基尼的女模特捧着红色的箱子，让台下的观众们从中选择幸运球。边晟对这种东西并不感兴趣，站在一旁看着，高翔却十分兴奋："一起去吧，还能赢大奖呢。一等奖是 iPad 呢。"

"这些都只是噱头，你中不了。"

"去试试，你要不喜欢，你拿一个给我，两人中奖概率大。求你了。"

"我……"

比边晟高半个头的高翔，像个孩子一样求着边晟，边晟无奈之下走向取幸运球的红箱子，从箱子里拿了一个球，号码是 62 号。

将写着 62 的幸运球扔给高翔，边晟看了看表，不耐烦道："怎么还不来。"

开心地看着手里的两个幸运球，高翔道："女孩都磨叽。再等会儿。"

边晟有些不耐烦："不然你等吧，我买完参考书还有事儿，再说我就约了你，没约她。"

听边晟说不等，高翔拉住他道："都是同学，一个羊也是赶，两个也是放，再等会儿，应该马上来了。"

两人正说着，远处一个穿着粉红色羽绒服的女孩跑了过来，来人正是边晟和高翔的同学林雅美。

似乎一直在赶路，女孩喘着粗气，仰着一张红扑扑的脸："对不起，堵车了。"

并没说什么刻薄的话，边晟道："走吧。"

边晟带两人走上商场的直梯，往四楼去的电梯上，上下打量林雅美的高翔道："是堵车迟到了，还是化妆迟到了。"

"堵车。"

"涂睫毛膏了吧，眉毛也画了，脸肯定擦粉了，还喷香水了。"

林雅美扭头看高翔，眼神恨不得将高翔吃了，她用口型比了两个字：

“闭嘴。”

高翔见状冲着边晟的方向抬了抬下巴道：“明白，明白。”

三人上到商场四楼，又转到另一趟电梯到了五楼的新华书店。边晟、高翔、林雅美三人之所以一起出门，是来买参考书的，边晟本来是想自己来的，但是高翔死说活说要跟他一起，两人到了商场高翔又说约了林雅美。

书店里，边晟直接走到教科书的书柜前面，拿了卖得最好的几套书，守在边晟身边的林雅美见他这么快就买好了，拉了拉高翔的袖口，正在柜台边上翻漫画书的高翔回过神道：“干吗？”

林雅美指了指边晟，高翔才发现边晟已经去结账了。高翔连忙跑到柜台边好说歹说把边晟拉了回来。

“你着什么急，这次出来主要是让你帮我和林雅美选。”

“我没时间。”

高翔是那种很皮的性格，你越是表现得不耐烦，他越是不在乎：“我们有时间，再说了，帮我们挑挑能用你多长时间。还有女孩呢，给我个面子。”

看了看站在一旁的林雅美，边晟微微叹了口气道：“你们需要什么样儿的？”

“你随便挑，只要能让人看懂就行。”

被高翔拉回去，边晟开始在书架上挑选适合中等生的练习册，时不时还会递给林雅美，问她是否能看懂。林雅美根本无心看书，都是看着边晟，边晟不是感觉不到一个少女对他的爱慕，但是他不想回馈，因为回馈就会有延续。

对林雅美来说，能和边晟一起买书的机会十分难得，即便再花多一点钱打通高翔也值得，其实问林雅美喜欢边晟什么，她也不知道。她只是觉得边晟很安静，很内敛，甚至全身上下还散发着一种生人勿近的气质，犹如《暮光之城》中的爱德华一样。可是林雅美并不懂书中所传达的真实意义，爱德华徘徊在世间百年，并非高冷和深不可测，而是因为他从始至终都是一个独特的存在，正因为独特，所以他要等到他命运中独一无二的伊莎贝拉。但是那个人不会像她一样，只是个寻常少女，那个人一定是与他有着救赎及命运的羁绊的。

就在林雅美偷偷看边晟的时候，高翔也在偷偷看着林雅美。高翔答应林雅美一起来买书，其实不止是为了林雅美小小的贿赂，而只是想让她开心，在这场你爱他，他不爱你，他爱你，你不爱他的大戏之中，唯独边晟像个局外人，因为他从始至终都不知道，他要的到底是什么。

帮两人买完参考书，边晟要走，却被高翔拦住道："都十二点了，你回家也没饭吃，不如一起吃，我请客。"

"我约了人。"

边晟还要走，高翔说："让他等等不行，毕竟咱们先约的。"

"我真的有事儿。"

高翔还要再说什么，林雅美突然拉住他，她看着边晟道："边晟，没事儿，你有事儿就先走吧。"

听林雅美要他先走，边晟抬头看向她。林雅美不漂亮，但是长得很有灵气，虽然高翔一路都在说她化了妆，但是边晟这一刻才看出来，她比在学校的时候漂亮了那么一点点。彼此对视，边晟的眼神显得有些局促，他没说话，而是看着林雅美身后走过去的女孩，那些女孩比林雅美更为年长，却也更为漂亮。边晟相信，几年之前，她们也不过是像林雅美一样的少女，小心翼翼憧憬着未来，想要在喜欢的男孩跟前展露最美丽的一面。而她们也势必在成长之后明白，并不是所有喜欢都可以叫作爱情。

将书递给高翔和林雅美之后，边晟直接离开了。看着他的背影消失在电梯口，高翔看着林雅美道："活该，好不容易把他约出来，你就这么给放了，边晟面子薄，你要留他，肯定能留下。"

林雅美深深叹了口气道："留得住他的人，也留不住他的心。何必呢。"

感觉到林雅美的失落，高翔也没再打击她："那现在怎么办？七楼有电影院，不然我请你吃饭，吃完饭，我们去看电影？"

"算了，我想回家了。"

没了边晟，林雅美也没了兴致，高翔也没办法，只能跟着她一起离开商场。两人走到商场外的车棚的时候，林雅美才发现自己的围巾不见了。

知道林雅美围巾不在了，高翔道："别是出门就没带。"

"不可能，我去书店的时候，摘下来放在胳膊上的，应该是落在书店了，我上去找一下。"

"你去吧，我在这儿等你，一会儿把你送回去。"

林雅美没拒绝，急于找回围巾的她跑回商场，高翔则靠在自己的自行车上等着她。

赶回书店的林雅美找到服务员询问是否有围巾，服务员去柜台帮她拿回来，谢过对方，她系好围巾顺着电梯下楼。正从五楼下去的时候，站在电梯边的她突然看到三楼拐角处，边晟和一个女孩匆匆走了过去。

几乎是下意识，林雅美加快下电梯的脚步，追了上去。

追到四楼，林雅美看到两人上了直梯，连忙追到电梯前，电梯门刚好关上。看着电梯去了七层，林雅美在电梯外焦急地等待着，等不及电梯再上来，她直接从步梯往七楼跑。千叶广场的七层是影院，林雅美四处找边晟和那女孩的身影都没找到。

就在这时候，她手机响了起来。等了半天等不到林雅美回来的高翔道："怎么这么久，还没找到？"

拿着手机环顾四周，林雅美道："高翔，你先回去吧，我有点事儿。"

"什么事儿？"

"你别管了。"

林雅美挂掉电话，突然被她放了鸽子的高翔十分不爽："都有事儿，你们以为我没事儿呢，老子的事儿也多着呢。"

没再等林雅美，生气的高翔骑车离开了千叶广场。他并不知道，他刚离开，商场大堂就开始抽奖，中奖号码正是62号，可是叫了很久，都没人上台领奖。所以这世上还是有奇迹的，可许多生活在绝望中的人不敢相信奇迹真实存在，所以只能一次又一次地错过，然后变得更加绝望。

那天找不到边晟的林雅美，直接坐在影院进出口的必经之路上，她拿着一份电影宣传册，一边看，一边等着。她也不知道自己在等什么，但是心里似乎一直有一个声音说，等等看，看边晟喜欢的女孩子到底是什么样子的。

林雅美从一点等到五点，影院的人来了一批又走了一批，始终不见边晟出来。就在手机显示已经六点多，林雅美已经昏昏欲睡要放弃的时候，她终于看到了边晟，他从七号影厅走出来，身边并没女孩子的身影。

就在林雅美诧异的时候，似乎感觉到什么的边晟，看向林雅美的方向，林雅美赶忙用宣传册将自己的脸盖住。等了一会儿，她才偷偷偏过头看向边晟，边晟已经走到电梯边。就在林雅美以为是自己想得太多，想要在边晟离开之后再走的时候，那个女人出现了，她在边晟离开不久之后，也从七号影厅走了出来，只是一个从电影院的扶梯下去，一个从电影院的直梯下去。

林雅美立即跟着女人上了电梯，近距离再看那女人，她气质独特，白净的脖颈犹如天鹅一样，在黑大衣的衬托下，犹如一朵被黑色的锦缎衬托出的白百合，显得清丽高雅。林雅美贴近她，觉得她身上的香气都是迷人的。她不懂香水，所以不知道，那是一个很有名的品牌旗下的经典款，名为魅惑，那里面包含百合、玫瑰、白莲花、檀香、西洋杉、琥珀、麝香等，那是一种很复杂的香气，代表着女人的成熟、欲望及成长。

女人在一楼下了电梯，林雅美小心地跟着她走到街头，女人拦下一辆出租车。她上车的时候，一个小玩偶从她敞开的包里掉了出来，女人弯腰捡起上了出租车。

如果之前看到女人和边晟在一起的画面，林雅美还可以安慰自己是眼花，那么看到那个玩偶，她确定，女人和边晟有关。因为那个玩偶是边晟刚刚在新华书店的玩偶机里面抓到的，三个人就抓到那么一个，林雅美十分期待边晟将它送给她，可是边晟并没有，而此时，那玩偶却出现在那女人的包里。

那一刻，林雅美没有太多的懊恼，她更多的是自卑，为什么那个女人可以那么高贵如锦缎一样，她却如此平庸，犹如一块随处可见的棉布。如果她是边晟，也会选那个女孩子吧？想到这里，林雅美稚嫩的心中传出微微的痛楚，她只知道喜欢边晟，却不知道有些爱情，会先从痛感开始。

4

西京的冬天，清晨七点多，天还是黑的，熬了一夜的刘卓拉开窗帘，隐隐能看出远处的一点点光，可空气却给人一片浑浊的感觉。

见过姚美兰之后，刘卓重新将自己手里的资料整理了一下，可是他没觉得更清晰，反而觉得更加混乱，就好像源源不断的人都是嫌疑人，他要从其中找到真正的凶手一样。可是他还有一种感觉，这些人都不是凶手，这些都是凶手布下的迷局，而真正属于他和凶手之间的博弈还没开始。

已经这个时间，睡不睡已经没意义，刘卓洗了个澡，换了一身干净的衣服赶去警局。到办公室的时候，他就看到沙发上躺着一个人。

听到声音的李亦萧睁开眼，看到刘卓，也是早上才睡的他打了个哈欠问：“几点了？”

“七点多，没回去？”

“幸好昨天没跟你走，大晚上，小西沟抓赌，抓到了一个逃犯，我连夜过去给提了过来。你手上拿的什么？”

将早点放在桌上，刘卓道：“早点，吃吧。”

“专门给我买的？”

已经要走的刘卓听李亦萧如此说道：“我吃剩的。”

“真没意思。”

爬起来吃包子的李亦萧见刘卓要走，道：“别走，跟我聊聊，昨天离开咖啡厅你去哪儿了，有新线索吗？”

“没有，而且越来越乱了。算上来自首的方毅，现在有五个嫌疑人，还有没有查出来的。”

“时间不多了，还有一个礼拜，你要找到凶手，还得找到原因。虽然我在西京警局有点话语权，但你毕竟是我跨省挖过来的，你要马失前蹄了，我面子上也过不去。”

“我知道。”

“刘卓，对你的能力，我百分百信任，所以别的我不多说，一切按照你的方式来，今天干吗去？”

“去医院。”

瞪大眼睛，李亦萧道：“还不舒服？”

“去见柴韵。”

“又见她干吗？不是早就见过，也问完话了吗？”

刘卓想着上次见柴韵的场景，她虽然很紧张，也很局促，但是刘卓能感觉到，她在隐瞒着什么。结合后来方毅来自首，刘卓一直想再去见她一次。微微思量之后，刘卓道：“我觉得她不正常，一个恋爱中的女人，对男友有外遇的事情显得太不敏感了。”

“有的女孩就这么不敏感。我高中同学，老公外面的私生子都六岁了，她还不知道，还是那男的要离婚给孩子上户口，她才知道。”

刘卓以看白痴的眼神看着面前的李亦萧，道：“不然呢，她要跟你们说，我丈夫在外面有人，但是我怕离婚，所以我一直不敢说？女人承认丈夫出轨无疑有两种心态，一种是隐瞒不下去，所以要说出来，但是一定要保证自己的名声；另一种是知道之后，不问为什么，知道之后就揭露出来。但是大多女人为了所谓的孩子、家庭，以及脸面，都会选择前一种。”

靠在椅子上，李亦萧沉吟片刻道：“你这么说也是。等下看我要有时间，跟你一起去一趟。”

两人吃了早点，省厅针对逃犯的事情派了警员过来交接，李亦萧被叫去忙这件事儿。担心刘卓一个人不好处理，他走前安排了陈然跟着他，虽然是西京本地人，但是陈然和刘卓来西京警局的时间都不长，担心两个警察去找一个小护士太扎眼，刘卓让陈然将所有涉案人的资料整理出一份，看有没有什么可疑的地方。

小男孩还挺不高兴，还是刘卓说这些线索比他去见柴韵还有用，他才没再坚持，但是刘卓一走，陈然就联系了李亦萧，说刘卓不用人跟。其实李亦萧走前也想过多半是这结果，但是还想试一试。要陈然按照刘卓的吩咐做事儿，李亦萧就挂了电话，跟从临城来的警员一起去省厅交接。

一旁临城来的警员听到李亦萧在电话那边提刘卓，问道："是北都那个刘卓吗？听说调职来西京了，是真的？"

"嗯？"

"来多久了？"

"两周了，一直在跟实验小学的案子。"

"他可是个能人，我之前在北都办案子接触过，能力很强，就是脾气差了点。我听北都那边的人说，他身上有案子？"

望着车窗外，李亦萧道："传闻。"

"是传闻还行，要是刑警身上背案子，心理素质不够强，真坚持不住。"

之后的路上两人随意聊了两句，偶尔也会谈到刘卓，相比在西京大队警员眼中，刘卓只是个外表没什么气势，还很瘦弱的警员，在这些老刑警们的口中，他却带有另一番色彩。

西京医院，因为没有提前打招呼，刘卓到医院的住院部时，才从护士台得知，今天柴韵休息。

没想到扑了个空，刘卓问护士："她什么时候上班？"

"她是前天请的假拍婚纱照，昨天来了，今天请假，明天应该会来。你找她的话，明天过来吧。"

"好。"

柴韵不在，刘卓想离开医院回警局看看陈然的调查情况。电梯下到三楼的时候，几个孕妇上电梯，靠门口的刘卓为了给一个孕妇让位，从电梯里走了出来。

电梯关门，刘卓想等下一趟，他突然回过头，看着身后就是西京医院的妇产科，想了想，转身进了妇产科大门。

妇产科的走廊坐着十几名孕妇，有的身边有家人陪伴，有的没有。刘卓直接去了B超室，刚要开门，就被屋里出来的小护士拦住："站住，什么地儿你就往里闯？"

"我找B超室的主治医生。"

"你找谁也不行啊，里面正在产检，你在外面等会儿吧。"

见刘卓被小护士赶出来，一旁陪着妻子来产检的男人道："第一次来？"

"嗯？"

"媳妇几个月了？"

看着对面大肚子的孕妇，刘卓道："我不是陪人来看病的，我是来找人的。"

"找人啊。找人好，找人轻松。可千万别有孩子，我的妈呀，我长这么大，就没这么烦过。"

"毕竟是一条生命的诞生。"

呵呵笑了两声，明显是个新手爸爸的男人道："是新生命的诞生，估计等他诞生了，我也挂了。你说现在女人生孩子怎么这么麻烦，怀孕的时候小心翼翼，生怕有个闪失，验孕棒就买一大把，之后更是，又是叶酸怕孩子脑子不好，又是钙片怕孩子畸形，得全套准备。我妈说得好，她生我的时候，鸡蛋都吃不上。"

"时代不一样了。"

摇了摇头，男人道："不是时代不一样了，是时代的女人不一样了，以前结婚只要是真爱就行，现在结婚，你是真爱还得是有车有房的真爱，市侩，太市侩了。”

男人感慨半天，才等来他妻子，两人离开之后，上午的产检基本结束，剩下没有检查的家属们抱怨还要等到下午时，刘卓敲响了办公室的门。

“请进。”

刘卓推开门，他此行要找的秦医生正在洗手，因为第一次见刘卓，对方比较诧异道：“你有什么事儿吗？”

拿出证件，刘卓道：“我是市局行政调查科的刑警刘卓，有关您一个患者的，想跟您了解点情况。”

“我的患者？”

医院的诊疗室里面，秦医生接过刘卓递来的照片，神情略显惊讶。宋晓雅的案子在西京已经快尽人皆知了，她有这样的表情，刘卓并不意外。

“请问她是您的病人吗？”

将照片还给刘卓，秦医生道：“我真的不记得了，您也看到了，这一天这么多孕妇。”

打开本子，刘卓道：“2017 年 11 月 23 号，你曾为同医院的柴韵做过妇科检查？”

微微一愣，秦医生道：“柴韵？这个我得翻一下单子。”

“那我换个问题。”

“嗯？”

“市立医院一共有多少女护士、女大夫？”

“152 位护士，33 位女大夫。您问这个？”

“在这 185 位之中，每个月会有多少人来妇科检查。”

不知道刘卓是什么意思，秦医生道：“七八月的时候多一些，但是到了冬天一个月也不一定有一两个，都是同单位的……”

话出口，秦医生突然愣住，她抬头看向眼前的刘卓，才明白自己不知不觉已经掉进了对方的陷阱里。

一个月都不一定出现一两位的同事，她怎么会不记得，怎么还要找单子才想起检查的是谁。气氛顿时变得紧张起来，秦医生道：“我不是故意骗你的，我是真的没往那个地方想。我记得那次，是柴韵开的单子，但是她带着她一个朋友来的，在医院这种替名检查很正常，我也没多想，就帮她检查了。”

“孕检结果是什么？”

“我记得是怀孕，可是被检查出的小姑娘一直说不可能，显得挺难以置信的。”

秦医生的表情不像说谎，刘卓道：“检查结果还有吗？”

“这个我真的要查。”

“麻烦您稍后帮我查一下，我们说回当天，那天宋晓雅检查之后还发生了什么？”

“没有什么了，因为患者多，B超时间还长一些，他们这些尿检的，我们就看一眼结果。”

“为什么不是B超？”

秦大夫微微愣住，刘卓道：“我的意思是为什么是尿检而不是B超？”

“虽然B超的检查结果更准确，但是怀孕初期都会选择尿检的，因为尿液的准确度在百分之五十到一百之间，很少会出现错误。”

“虽然很少出现，但是这是有错误率的？”

“会有一些。”

“她的检查报告还有存档吗？”

拿起手边的电话，秦医生道：“刘护士，你查一下十一月最后一个星期的检查报告。名字是柴韵，把报告给我送来。”

刘卓拿到署名柴韵的B超报告已经十二点半了，感谢了秦医生之后，他离开医院，而被他审问了一通的秦医生当即联系了还在休假的柴韵。

正和方毅父母吃饭的柴韵走到包厢接电话，听到电话那边秦医生说有警察去调查宋晓雅怀孕的事情，柴韵道：“警察？”

“一个姓刘的，叫刘卓，上次他就打了一次电话了，我想着没什么大事儿，就瞒过去了，谁想到他这次又来了。柴韵这件事儿要是医院知道……”

“我明白，秦大夫，对不起，太对不起了。这件事儿我会处理好的。”

电话那边的秦大夫挂掉电话，柴韵却没回去，她无措地站在走廊里发起呆来。包房中，和一众亲戚吃饭的方毅迟迟不见柴韵回来，出门来找，就见柴韵面色苍白地站在走廊里。

“怎么还不进去？”

回头看着未婚夫方毅，柴韵道：“有点喘不上气。”

拍了拍柴韵的后背，方毅道：“没事儿吧，不然一会儿吃完饭，我陪你去看看。”

“没事儿。”

“那就回去吧，别让他们担心。”

说完，方毅转身就离开了，失望的柴韵下意识要拉住他说些什么，手只触碰到了方毅西服的一个小小的边。那一瞬间，看着自己空荡荡的手心，柴韵恍然明白，自己拼命想抓住方毅，守住这段感情，殊不知，方毅完全不是这么想的，而她苦苦追寻的结果又将会是什么？结果只能是，这段爱情犹如指间沙一样，她攥得越紧、流得越快，直至一丝不剩。

窗外，大雪纷纷，马上就要当新娘，明明该是最幸福的时刻，可此时柴韵的心犹如冰窖一般。她以为宋晓雅死了，她就能守住爱情，可是她没想到，为宋晓雅陪葬的，也正是她的爱情。

刘卓离开医院之后，本打算开车回警局，可是才来西京没多久，他走错了路，意外拐进了滨河大道。正想着怎么回去，在路上绕圈子的他意外发现马路对面就是南华二中，扭头看仍在副驾驶上的笔袋，笔袋上印着南化二中几个字。想到那天吃饭的女孩子，刘卓索性将车开向学校。

南华二中是西京的名校，虽然没有百年历史，但也建校几十年，当年很多西京的优秀学子都是从这里走出去的。学校的名字，也是出自新中国成立后著名的教育家之手。

此时正是中午休息的时间，门卫得知刘卓是来给一个同学送东西的，让他做了登记之后就顺利放行了。学校内，中午不回家的孩子们已经吃过饭，正陆陆续续往教室里走，边晟正和高翔一起。

看着远处一个人走回教学楼的林雅美，边晟道："她怎么了？"

"谁知道，那天买参考书她把围巾落在图书馆了回去拿，就没回来，我晚上给她打电话，她都没接，之后就变得神神秘秘的。"

微微皱眉，边晟道："那天，你们不是一起回去的吗？"

"不是啊，我先走的，不知道她什么时候回去的，怎么了？"

边晟回忆那天在电影院，他眼前闪过林雅美的一个影子。高翔见边晟面色不对，追问边晟怎么了。

边晟道："没事儿。"

两人一起上楼，走到三楼的时候，刘卓也正上到三楼，不知道林雅美在哪个班的他，只能挨个班级问，是否有那个样子的女孩子。

回到班级的边晟因为高翔的话，一直看着坐在不远处与朋友玩笑的林雅美，她那天去了哪里？她变成这样会和他有关吗？她看到他们了吗？林雅美似乎感觉到什么，她回过头，边晟正看着她的方向，四目相对，林雅美眼前闪过在商场的一幕又一幕，那个女人，那个女人身上的香气，那个女人包里的玩偶。林雅美不敢再往下想，她躲开边晟的眼睛，而她的这个举动，已然出卖了她，边晟确定，她一定知道什么。

虽然两人之间隔着七八个人，但是林雅美还是感觉到了深深的压抑感，她扯谎去洗手间，离开了教室。林雅美离开，边晟放下手里的小说跟了上去。

边晟本想找林雅美聊聊，他想知道她看到了什么，可就在边晟上前要拉住她的时候，快步前行的林雅美突然站住，她看着正往三班走的男人道："是你？"

刘卓闻声抬头，看到眼前的林雅美，他笑道："你还记得我？"

“感冒嘛。”

看着这个开朗的女孩，刘卓笑了起来。刘卓也不知道为什么，他每次看到林雅美，都会很高兴，后来想想或许是因为余一，因为余一离开他的时候，也是像这女孩一样的年纪。

刘卓失神，林雅美好奇问他：“你想什么呢？”

“没什么。”回神的刘卓发现林雅美身后还站了一个人，他侧过头去看他，对方已经转身离开了，只留给他一个单薄的背影。

从男孩身上收回视线，刘卓将笔袋递给林雅美：“那天你丢在牛肉面店的。”

“啊，我还以为找不回来了呢。你不是特意为我送笔袋才来的吧？”

“也是路过。”

将笔袋拿好，林雅美道：“谢谢你，你着急走吗？不着急的话，等我去拿钱包，请你吃午饭？”

摆了摆手，刘卓笑道：“算了，你去上课吧。”

“我一会儿才上课，我送你走吧。”

落雪的午后，林雅美和刘卓从教学楼里出来，两人穿过小操场往校门口走。因为边晟的事情，一路上林雅美都有些心不在焉，刘卓见状问她：“有心事？”

林雅美不是什么善于伪装的女孩，刘卓如此问，林雅美道：“嗯，你喜欢过人吗？”

这问题问得刘卓有点蒙，因为他真的没喜欢过什么人，念书的时候大多都是喜欢他的。毕业之后，身边也都是警局的人帮他介绍女朋友，自从余一的事情发生之后，他彻底断了和异性的联系。

自己也算个成年人，怎么也不能说没有，刘卓反问林雅美：“你有了？”

雪中，女孩子点了点头道：“嗯，可是他不喜欢我。”

“你怎么知道他不喜欢你，你和他表白了？”

“没有，但是我感觉得到，他有喜欢的人了？”

“你觉得你比不上那个人。”

抬头看向刘卓，林雅美道：“你怎么知道？”

指了指自己的脸，刘卓笑道：“都写在你脸上了。其实这世上没什么比不上，一切只在于你敢不敢，如果你真的喜欢他，不用顾虑那么多，大胆去追就好，失败再说失败的。”

“作为一个大人，不是该斥责我，不能早恋，要专心学习吗？”

“你现在这么喜欢一个男孩子，如果我说不让你喜欢他，你会听吗？”

林雅美摇头，刘卓道：“既然你自己都知道你不会听，我说出来，又有什么必要。”

看着刘卓，林雅美道：“你真是个奇怪的人。”

那天送刘卓到校门口，林雅美才想起来问他是做什么的。

“警察。”

以为刘卓在开玩笑，林雅美道：“不像。”

“那像什么？”

“反正不像抓坏人的。”

“好吧，我走了，以后别乱丢东西了。”

点了点头，林雅美道：“不会了，下次我们再见，我请你吃饭。”

背身冲着女孩摆了摆手，刘卓上车开离学校，而林雅美与他挥手告别的一幕，正被楼上的边晟看在眼里。边晟不知道林雅美是怎么认识的那个人，但是他上一次见他，是在小天鹅舞蹈中心外，他和边潇潇在一起。边晟从不相信这世上有巧合或者所谓的缘分，在他看来，所有的相逢与偶遇，都是有着千丝万缕的联系的。

刘卓刚上车，手机就响了起来，将车开上主路，他接通电话，那边的陈然道：“刘哥，城西又发现残肢了，李队已经去了现场，让我联系你过去。”

“地址给我。”

收到陈然给的地址，刘卓掉头开往西郊，出了市区，路上几乎看不到人影，车窗外是大片荒芜的农耕地，放眼望去，那种空旷让人心慌。开了一段时间，刘卓穿过一个村子，才见到远处的房舍和炊烟，村子上空有几只瘦弱的乌鸦飞过。

因为去见林雅美之前才吃过感冒药，刘卓担心自己开车会睡过去，他将车窗打开，冷气从窗外灌入车厢，那是一种干涩的冬天的味道，那味道有点像几年前他去查一起冷库藏尸案，打开冷库的时候，扑来的那股冷气的味道。

车窗外农耕地上立着驱赶鸟雀的稻草人，往更远的地方看是个小村落，再远就是一条巍峨的山线。刘卓不知道，是不是翻过那道山就是另一个城市了，但是在这个地域广阔的东北小城，他内心没有宽阔的感觉，反而觉得空得可怕。

刘卓还记得自己第一次来西京的时候，李亦萧就跟他说过，这里原本是一个热情、快速的城市，可是萧条之后，变得只有耐得住寂寞的人才能待下去。耐得住寂寞，这是多么可怕的寂寞。刘卓所能想到的只是每一天都在复制之前的生活，就这么毫无意义地循环着，没有希望地活着，这本身就是极为绝望的。

车开到导航指向的郊外，刘卓转入另一条道后，两边开始出现墓山。李亦萧祖父去世那年，也是刘卓第一次来西京那年，因为父母有事情，挑选墓地的事情就交给李亦萧办。正好刘卓去西京，李亦萧也没客气，带着他转遍了西京的墓山。

那时候跟着墓地中介看墓的时候，中介还说，这两年西京经济萧条，房价也不涨，但是墓地卖得特别好，因为人活不下去，只有两条路，一条是当自己已经死了一样活着，一条直接就是死。刘卓记得说到这里，就连墓地中介都说，钢厂倒闭那一年，西京死了几万人，连最远的墓山都卖光了。墓最贵的时候，一平方要十几万，但是家属还是抢着买，刘卓都不敢想，那会是多悲凉的一幕。

想到当年，再看现在，几年过去了，这里还是一样的萧条，他不知道这个城市下一次崛起会是什么时候，但是刘卓恍然有种感觉，这一代怕是看不到了。随着那些压抑的想法，车终于开到目的地，刘卓远远就看到几辆警车停在农场门口，将车开进去，停在出事儿的草莓大棚前，正在外面处理围观记者的陈然迎了上来。

掀开警戒带，刘卓向案发现场走去。案发现场是一个冬季大棚，里面种着草莓，此时大棚里，李亦萧和法医正在工作，法证正在一旁提取证据，远处另一个入口，几个大人正在接受询问。

走到李亦萧身边，刘卓看到铺在地上的白布上，放着被发现的残肢。那是小臂，按照他的经验看，应该是右臂，暂时看不出是男是女的。但是从手臂皮肤的褶皱状态看，应该是被急冻之后又融化的，所以皮肤组织已经开始渗液。

“什么情况？”

抬头看向刘卓，李亦萧道：“两小时之前发现的，初步检验是女性的右臂。”

“是宋晓雅的？”

“这得做进一步的化验，不过初步断定，可能性极大。”

指了指一旁正在接受询问的成年人，刘卓道：“那几个是目击者？”

“实际的目击者是两个孩子，但是被吓坏了，正在车里进行心理疏导，那几个大人是孩子的父母。两家相约周末一起来摘草莓。俩孩子下车就开始打闹，据他们说，本来采摘已经快结束了，两个孩子在大棚里面闹了起来。那个穿着蓝上衣的是男孩父亲，是个骨科大夫，他看了半天，觉得儿子拿着的东西不对劲儿，就将男孩叫过来看，才发现孩子拿的不是木棒槌，而是一截小臂。”

“所以这不是第一现场？”

“第一现场在外面。”

李亦萧带刘卓掀开帘子出去，陈然留在大棚内，陪着法医一起工作，法医是个梳着马尾的女孩子，戴着口罩的她露出一双大眼睛。细心工作的女孩发觉陈然在看她，抬头看了过去，陈然见状，忙把头扭到一边，假装去配合大家的工作。

大棚外，第一案发现场的肥料堆已经被警戒线包围住，还能看出肥料堆旁边，被取走的胳膊的痕迹。站在现场外，刘卓环视四周道："除了残肢，在这周边还有什么发现吗？"

"杂七杂八的脚印很多，但是能分辨出来大部分都是今天踩上去的，有一个是半只脚印，应该是在这之前的，我已经让法证倒模去查了。"

看了看四周，周边除了这个大棚，远处还有一处葡萄园，更远的地方应该是类似养鸡场的地方，一直有鸡叫声传出，而他沿途过来看，附近有游玩的山庄，有墓地。

刘卓道："去周边找吧，这里应该不会再有了。"

"你怎么知道？"

"会抛尸到这么远的地方的人，一定是之前经过周密计划的，而可选的地方这么多，他不会甘于将所有的都藏在一处。如果周边找不到，那附近也不会再有了，这地方他应该就抛了这么这一块尸体残肢。"

刘卓正说着，市局法医科，刚刚梳着马尾辫的女孩冯思南走了过来。

"李队，有发现。"

即便已经是案子的核心人物，但在警局来说，有些事情李亦萧能知道，刘卓却不行。没跟随两人，刘卓自己在周边转了起来。

5

西京城外再次发现残肢的时候，城区内的肯德基里，一双净白的手将草莓冰激凌放在桌上。而他对面的姚美兰，捧着热奶茶打着寒战。零下十几度还在吃冰激凌的，正是陈明诚的助手小舒，这次和姚美兰见面，他并没告诉陈明诚，是自己做主过来的。

虽然已经是下午，但是肯德基里面依旧很热闹，坐在角落里的两个人却相对无言。这段时间，姚美兰和陈明诚的接洽并不顺利，他一直在说案子变得复杂了，因为那天突然出现的警察，让姚美兰越来越紧张，她想自首，陈明诚却表示一定不能去，就在姚美兰左右为难的时候，小舒联系了她。

就这样，两人约了这一天在这家肯德基见面，可是让姚美兰想不到的是，小舒来见她并不是要来帮她的。

放下手里的冰激凌之后，小舒抬头冲着姚美兰笑道："我今天约您来，是想和您谈谈您的案子。"

"是陈律师让你来的？"

"不是，是我觉得能帮您处理这桩案子，自己来的，陈律师不知道这件事儿。如果我帮您分析完这案子，您觉得我能帮上忙，这件事儿我们可以私下商量。如果我帮不上忙，这件事儿您也就不用告诉陈律师了。"

到底是学律师出身，三两句话就把事情说清了。

姚美兰道："可是，我换律师的话，陈律师不会告我吗？"

"不会，况且您这个又不是什么大案子，他没必要这么做。而且您也不必告诉他，是我帮了您，毕竟您明白的，我们是师徒关系。"

疑惑地看着小舒，姚美兰道："那你为什么要帮我？这对你有什么好处？还是你要价比你师傅还高？这样的话，我付不起的。"

微微一笑，小舒礼貌道："没关系，付不付得起，您听完就可以自己判断了。至于我为什么要帮您，最大的目的还是觉得这案子很有挑战性，对我未来的帮助也很大，所以才会冒昧地给您打电话。"

不知道是不是长得相似，姚美兰看着小舒的时候总会想到儿子文文，她只希望，多年之后，儿子文文也能成为这样体面的大学生。所以即便警惕，她还是道："你先说，我这件事儿该怎么办，我再做决定。"

"其实这件事儿不是一件很大的事情，即便您看到疑似凶手的人，却没报告给警方，也没关系。唯一比较棘手的事情，是您和死者之间……"

姚美兰与陈明诚联系了这么久，陈明诚一直抓的都是她和凶手之间的牵连，从没怀疑过她和死者之间的关系，而这个男孩却一语中的。喧闹的肯德基，屋里的热气和窗外的冷气相接，在玻璃上形成一层薄薄的雾气。端着奶茶的姚美兰几乎听不到别的声音，她耳边只有小舒的声音，很淡，很轻，却将尾音拉得很长，一字一句都如刀剑一般直戳在姚美兰的心口上。

“为什么会见死不救。”

“为什么在事后继续隐瞒事情，还要找律师解决，这种事情不是知道的人越少越好吗？”

“小文的眼睛是怎么失明的？”

前两句质疑，姚美兰还觉得她可以解释，直至最后一句，她整个人僵住，然后抬头去看小舒的脸。

男孩子依旧笑得很文静，眼里的光却不再善良。

“你到底想说什么？”

“可能觉得您的案子比较小，所以陈律师没有仔细调查，但是我在来见您之前，已经做了基本的了解。三年前您丈夫去世，您独自带大儿子，老实勤恳，一切看上去都很正常，但您儿子小文的右眼却在一年前突然失明。这件事儿对外的解释是意外，其实并不是意外，对吗？”

因为紧张，姚美兰用力攥住手里的纸杯，奶茶从杯口溢出洒在她绛紫色的大衣上。

匆忙拿纸巾去擦，纸巾的纤维因为摩擦，粘在大衣的表面，留下一片更为凌乱的痕迹。大衣上的污渍，犹如那件让她很恶心的事情一样，一旦留下痕迹，不是随便擦擦就能轻易抹掉的，有些颜色会慢慢浸润到你的命运中，让你一生都无法摆脱。那一刻，攥着纸巾的姚美兰很后悔，后悔来和这个男孩见面。

“小文的眼睛就是意外，跟这件事儿没关系，你不要……”

小舒能来陈明诚这里当助手，在姚美兰看来只是寻常的大学生打工，真实的情况却比她想的惨烈得多，他是战胜七八个竞争对手才走到这个位置的。在姚美兰看来就像江湖骗子一样的陈明诚律师，在这些法学系的学生眼中却堪称传奇一般。但是小舒在威胁姚美兰之前，忽略了一件事情，为什么陈明诚要接下这个没什么挑战的案子，还要这样吊着姚美兰，不让她去报警。人做事都是有目的的，比如他的目的是为了钱，那么陈明诚的目的是什么？

简明扼要说了想说的一切，小舒没有乘胜追击，只道：“有没有关系，您可以想清楚。我一会儿还有事儿，您想明白再联系我吧。谢谢您的冰激凌。”

留下这么一个重磅炸弹给姚美兰，小舒笑着离开。姚美兰一动不动地在那个位置上坐到下午三点。

也是那个下午，马致远接儿子从兴趣班回来，因为上次没有买鞋，儿子好久没理马致远，这次路过肯德基，孩子一定要吃，马致远便带他进来了。店里客人多，马致远点完餐才发现没位置。孩子又不愿意带走吃，带着儿子转了一圈，马致远才在角落里发现一个只坐了一位客人的四人位。

“请问这里有人吗？”

听到声音的姚美兰回头，看到身后那张脸，她微微一愣，还是马致远道：“你啊，真巧？”

马致远带着儿子和姚美兰坐在一桌上，最近因为千叶广场被发现的尸体，心烦意乱的马致远坐在姚美兰对面，他也不知道说些什么，见姚美兰面前没有喝的，他将自己的可乐推给她。姚美兰也没有谢绝，端过来便吸了一口，冰冷的可乐撞击进肠胃，没让她平静下来，反而让她越来越乱了。

两人谁都没说话，还是对面的马致远见儿子闹腾，要儿子别在饭桌上闹腾，姚美兰才回过神道：“小孩都这样，小时候都皮。小军是吧，想吃什么，阿姨去给你买？”

“鸡翅和冰激凌。”

拉住要起来的姚美兰，马致远道：“你坐着，我去吧。”

“我去吧，第一次见孩子总得给买点吃的。”

姚美兰再回来，马致远正轻抚着儿子的脑袋。马致远的儿子出生的时候，他正在钢厂，那时候效益好，正是意气风发的他给儿子起名小军。他想让儿子的出生，带给他更好的生活，能驰骋起来，却没想到，之后厂子破产重组，他下岗，人生完全走向了另一个极端。小孩子吃到想吃的就不再闹了，马致远开口问姚美兰：“怎么自己来的，没带孩子？”

“孩子在我妈家，我出来见个人。”

姚美兰丧偶，她说来见人，马致远自然想到是相亲对象，他道：“见见好，这年月，你带着孩子，一个人活着太累。”

要放在以前，姚美兰肯定要解释，可这个下午，被小舒打乱了节奏的她却不想多说，只当默认一般点了点头。

两人又说了一些当年钢厂的人，结果都不是很好，不是下岗在家，就是生病卧床，三四十岁正当龄，却不得不面对失败的人生。因为说起当年和姚美兰丈夫张建军同组的女工，姚美兰突然想起什么，她问马致远：“对了，原来你们厂的宋紫娟，你后来见过吗？”

听到这个名字的马致远一愣道：“不记得了，你怎么想起问她了？”

“没事儿，就是突然想起来了。”

因为提到宋紫娟，气氛突然安静了下来。又坐了一会儿，马致远的儿子吃完，姚美兰才和两人分开。马致远本来要送姚美兰回去，姚美兰却表示想静一静，马致远看出她有心事，便没强求，只是那天带儿子上车的马致远也没急于回家，开车开到一半的时候，他看到儿子在后座睡着，便将车停在了江边。

西京市区的江是主河道的支流，每年十一月前后基本就全冻上了，冻到十二月，冰层最厚的时候，市政部门会切割冰面取下大块的冰运到郊外搭起冰雪大世界。据说西京每年靠着这个项目，能创收几个亿，但对于城市发展，这几个亿无疑是杯水车薪。

马致远之所以来到江边，还是因为姚美兰提到的宋紫娟，虽然他告诉姚美兰，不记得这个人了，其实并不然，他不久前才和宋紫娟见过。而最初两人见面，要追溯到一年前，马致远帮弟媳去送货。本来要空车离开的，一个柜台负责人突然拦住他的车，让他送一批西装去冰雪大世界，他们专柜在那里有个服装展。对方给的钱不少，马致远便没拒绝，哪知道开车过去，接西服的正是宋紫娟。原本在以前的钢厂里关系就不错，那次见面之后，知道马致远在开出租车的宋紫娟，经常照顾马致远的生意。久而久之，两人的关系变得越来越好，宋紫娟还私下送过马致远衬衣和领带。但是这件事儿，除了马致远和宋紫娟，没人知道。马致远不知道是不是宋紫娟和姚美兰说了什么，但是听姚美兰的口气，她更像是联系不上宋紫娟，才会问他的。那么姚美兰找宋紫娟到底是为了什么？

其实姚美兰找宋紫娟，并非是听说了她和马致远之间的绯闻，而是因为，一年前她儿子出事儿的时候，她碰巧在医院见过宋紫娟。并且将因为对门不扔垃圾，导致两家打了起来，儿子文文被对门的老师推倒之后，被竹签扎伤眼睛的事情告诉了宋紫娟。由于当时医院诊断的情况十分严重，宋紫娟还要姚美兰告宋晓雅。

后来儿子的情况稍有好转，虽然一只眼睛视力几乎为 0，但是姚美兰从没向外人说过这事儿和宋晓雅有关，她对外都说是孩子自己扎伤的，知道这件事真相的，除了她母亲和弟弟，只有宋紫娟。小舒走了之后，她就联系了家里，确定了不是她母亲和她弟弟的原因，那么小舒知道这件事儿只能是从宋紫娟的口中。

那天，姚美兰没回家，她联系了之前几个工友才知道，宋紫娟现在在千叶广场卖西服。

第五章
渐行渐远渐无书

1

眼前是无尽的黑色，赤着脚的刘卓在大雪中奔跑，他追逐着那个红色的身影，可是越追，那个身影越远。追逐的路上，他脚被石子割伤，在雪地里留下一个个深红色的脚印。最终无论如何追逐，他还是眼睁睁看着那个身影消失了，一如八年前的那个人一样。

突然，一股无形的力量将刘卓按倒在地上，强烈的窒息感扑面而来。他挣扎着想要反抗，全身却像是受了诅咒一般，僵硬得没办法动弹。就在刘卓以为自己要死了的时候，一双手突然将窒息的他从黑暗中拯救出来。

深呼一口气，刘卓从噩梦中睁开眼睛，刺目的光骤然闯进他黑暗的世界里。见他慌张地坐起来，驾驶室里的李亦萧道：“梦见什么了，张牙舞爪的？”

低头看了看盖在自己身上的羽绒服，想起来和李亦萧来鉴定中心拿材料的刘卓平静下来道：“梦见你要吻我。”

正喝水的李亦萧一听那话，一口水喷了一挡风玻璃。

“刘卓，我早晚有一天被你吓死。”

揉了揉还没缓过神的头，刘卓道：“我睡了多久？”

“一个多小时。”

“结果还没出来？”

“刚联系冯思南，说是快了。”

从农庄回来之后，刘卓就一直没睡，他带着陈然连夜把宋晓雅被杀案的所有资料都分析了一遍，综合了所有的信息后，他锁定了几个嫌疑人。一个是边潇潇，和宋晓雅之间有着男友的私怨。一个是姚美兰，作为死者的邻居，在几次见姚美兰的时候，刘卓都感觉到，她很恐慌。这可能是一个人对凶杀案的本能反应，但也可能是她内心有着某种愧疚。另一个是柴韵，虽然方毅强调，他和宋晓雅的事情柴韵不知道，但是作为死者的闺密，柴韵在得知宋晓雅怀孕之后，竟然没有追问孩子的爸爸是谁，这不合常理，而且上次从秦医生口中问到的话，也让柴韵的嫌疑变得很大。还有一个就是方毅，偷情对象突然在家中被杀，在没人查到他们的关系之前，他主动找到警察，澄清一切与他无关，要么是心里有鬼，要么这件事儿真的和他无关。最后一个是王攀，就像女人会敏锐察觉男人出轨一样，为什么王攀对宋晓雅的生活毫无了解？如果王攀知道他心目中的女神是另一个样子，会不会起杀心，冲动之下将宋晓雅残杀分尸。

但是这些人的出现，让刘卓很混乱，因为这些杂七杂八的线，更像是为了藏住真正的凶手才出现的。而真正的凶手，像是藏在这迷雾重重的假象背后。

因为想不明白，李亦萧来省厅拿郊外残肢的鉴定结果，顺便把刘卓一起带了过来。

刘卓正发呆，去取资料的法医冯思南和陈然从鉴定中心的大门口走了出来。

径直走到李亦萧的车边，冯思南敲车窗，诧异她为什么不直接上车的李亦萧放下车窗道：“怎么了？”

“李队，脚印结果鉴定出来了，但是……”

说道但是，冯思南又看了一眼刘卓，刘卓不知道为什么这法医要这么防着他，很自然就要下车，回避一下。还是不耐烦冯思南这么磨叽的李亦萧道：“你老是但是，但是出什么结果了，以后这案子刘卓主跟，有什么当着他面说。”

突然被训，冯思南有些委屈地咬了咬下唇道："知道了，这是结果。"

"说说，什么情况？"

冯思南之所以想要避开刘卓，是因为这个脚印的最终鉴定结果和刘卓当天在现场说的一样，是女性脚印，三十九码，依照鞋子的磨损度来看，体重应该在 150 斤左右。

"别的信息呢？"

反正不用避讳刘卓，觉得外面冷的冯思南和陈然一起上车。郊外农场的抛尸现场，因为周边到埋尸块的地方，除了一组清晰的雨鞋脚印之外，现场只发现这个单只的，只有一半的成人脚印，所以这个脚印在当时被怀疑就是抛尸人的脚印。因此冯思南在现场倒模之后以最快速度送到了省公安处做技术鉴定。

上了车，将鉴定报告拿给李亦萧看的冯思南道："鉴定中心李主任说，在周边都没有脚印的情况下，只出现这半只脚印，这本身就极不正常。除非当时他脚下踩了什么，但是在脚印周边，什么发现也没有，只有一条很轻的痕迹。"

坐在副驾驶的刘卓看到冯思南拿出的照片道："这并没什么不正常，周边没有脚印的原因，是他用了薄木板，也就是俗称的三合板，就是这里出现的方形压痕。三合板的面积大，又轻薄，负重的人踩在上面只会在周边产生痕迹，而不会在着力点出现痕迹。这点我已经向法证确定了。在案发现场周边也的确有这样的三合板，是老板用来烧火的。"

"那你怎么解释只有一个脚印。"冯思南不喜欢刘卓，一是因为李亦萧跟他走得太近，二是刘卓身上有着一种让人难以察觉的诡异气息，很忧郁，又很冷静，像是能一眼洞悉人心一样。

"这只脚印前深后浅，应该是下意识踩在上面的，依照脚印所呈现的弧度，以及重力原因，我猜他是要捡东西。正常人捡东西为了不使自己摔倒，脚一定会一前一后，这个人这么小心，偏偏留下了这个脚印，应该是出现了突发情况，她才踩上去的，等她发现的时候已经来不及。

这也很有可能是她最终没带走尸体的原因。”

“那她为什么不盖住？还有，她要弃尸，为什么又要带走？”

“欲盖弥彰，留下的印记会更多。不盖的话，只是这半只脚印而已。至于带走？你说了现场有两组脚印，一组是41号的雨鞋的，一组就是这半只的，如果我推测得没错，41号雨鞋是她第一次弃尸的时候穿的，但是后来她担心尸体被发现，所以想要将弃尸找回来，没想到发生意外，她非但没将尸体拿回来，还留下了这个脚印。”

虽然刘卓的言论很在理，但是冯思南依旧不松口道：“你这叫强行推理，只能算是猜测。”

没有看冯思南，刘卓道：“对，这只是我的猜测。我也并没拿它当作证据要你去调查。”

“你……”

“好了好了，别吵了，既然没什么线索，就先回队里。”

开车回市局的路上，冯思南一直闷闷不乐，她反复翻看那些资料，越看越觉得刘卓说的是对的，可她就是不想承认。后来为了不让两人对着干，李亦萧在刘卓不在的时候，把冯思南叫到办公室，跟她说了一段两人在警校念书的往事，也是那件事儿让刘卓在北都警校一战成名。

那是他们刚入校没有多久，同寝室的人还不是很熟悉，因为老师要为一个刑侦班做课堂实验，就把他们这些新生叫去帮忙。之前他们都不知道杀人现场及所有的线索是如何安排的，只负责做布景及还原现场。而那次课堂实验，分析到最后都没有人找到最终的嫌疑人是谁，唯一一个接近答案的人也没说出真相。后来还是老师问在座的是不是都猜不到，那时候全场静默，一直以来做什么都慢一拍的刘卓举起手，他说：“我知道。”

那老师是国内刑侦专业的大拿，听到刘卓一个新生贸然开口，便让他说说看。

刘卓走到讲台前，拿起放在笔筒里的一根铅笔说：“这就是凶器。”

眯起眼睛，老师问刘卓：“理由。”

刘卓是和来上实验课的学长们一起到的教室，他到了之后，老师才开始安排分析，所以他所看到的和学长们看到的是一样的。可是就在学长们观察死者，以及听取目击证人的证词时，刘卓所观察的却是布局的老师。他的目光看哪里看得最多，他在谁分析到关键点的时候点了头，而这间屋子里有什么能造成死者身体上出现那样的痕迹，他都一一记在心里。

说到这里，冯思南道：“那他知道老师会问，所以才早早记下的？”

“后来我也这么问他，他说这是他的习惯，在遇见事儿的时候不会先观察现场，而是观察人，现场的东西可以伪造，但是人的表情和反应却是活的。跟你说吧，那四年，我们宿舍有点什么事儿都逃不过他的眼睛。”

李亦萧说得神乎其神，冯思南道：“他这么强，非来西京干吗？”

“这事儿比较复杂，以后你就知道了。”

“其实队里传他不是一时半会儿了，说他因为八年前的事情，一直不被重用，这次是没办法才来了西京。”

刑警队这种地方不同外界，既然有传闻，就不会是捕风捉影的，而那件事儿刘卓本来能换掉名字，政策也允许，可他却没换，事情会传开，也是在李亦萧意料之中。

可是有关刘卓的一切真的这么简单吗？有关他的秘密又和他所带来的那一箱子 826 案的卷宗有何关联？

2

林雅美的变化，以及她和那个警察的关系，让边晟一直想找机会和她聊聊，但总是找不到合适的时间，而林雅美也似乎在躲着他。为了能和林雅美聊，边晟在一个放学的晚上与她一起离开了学校。

南化二中门口的公车站，聚满了等公车回家的学生，因为大雪，车迟迟没来，大家显得有些焦躁。等了半小时，终于有一辆车停下，林雅美随着人群上车，边晟也挤了上去。

因为是放学的时间，车厢挤满了人，边晟走到车厢后部停放轮椅的地方，半靠在靠窗的位置，似乎是乘务员嫌车内的空气不流通，那个位置的窗户被开了小小的缝隙，冷风吹来，从他的脖领灌进身体里，让他清醒许多。

林雅美就站在距离边晟不远的地方，她并没发现边晟跟着她，上车之后的她像是在想着什么，一直呆呆地望着窗外。随着车不断停下，车厢里的人越来越多，林雅美逐渐被挤到边晟的方向，就在林雅美已经被挤得没有扶手可以抓，整个人快随着车的摆动倒下的时候，边晟将书包卸下来放在脚边，让出身边一小块位置给她。有了地方可以依靠，林雅美抬头感谢对方，才发现对方是边晟。

四目相对，两人之间的气氛陡然变得尴尬起来。林雅美因此低下头，边晟也什么都没说，扭头向窗外看去。雪越来越大了，街上的行人步伐越发急促起来，像是要在这大雪纷飞的冬日早早赶回家。

车停在火车站那一站的时候，车厢已经没办法再上人，在边晟身边站着的林雅美，直接被人群挤到边晟跟前，两人的身体近乎贴在一起。边晟一直努力让自己和林雅美产生一些距离，但是他又下意识地想把林雅美保护在怀里，就这样尴尬地站了五六分钟，乘务员不断劝说无法上车的乘客等下一辆，可是谁都不愿意晚一些回家，车在车站停了足足五分钟。车内的乘客因为不断挤上车的人，努力将身体缩到最小，以在车厢里占据一席之地。就仿佛人生一样，不管多艰难，只要努力地调整自己的姿态，总能活下去，可是那种窒息感，那种压迫感，只有在那个位置的人才明白。

受不了这种折磨的边晟见林雅美被人推来推去又无处躲藏的样子，内心似乎泛起波澜，他轻声在她耳边道：“跟我一起下车吧。”

“嗯？”

话说完，边晟拉着林雅美从人群中挤下车。两人下去，车门才勉强关上，林雅美的围巾则被后车门夹住，她要回头把围巾追回来，却被边晟拉住。

“别追了。”

“可是……”

看着那双晶莹剔透的眼睛，边晟道：“我再买给你。”

没再坚持，林雅美跟着边晟进了街边一家小咖啡店。面对面坐在一起，很少来这种地方的林雅美照着边晟的样子要了一杯每日咖啡，边晟却在服务员离开的时候，要对方给林雅美换成拿铁。

服务员离开，边晟开口道：“你最近怎么了，为什么一直躲着我？”

低头看着自己脏兮兮的鞋头，林雅美道：“没，没事儿啊。”

“林雅美。”

虽然以前边晟也会叫她的名字，但是很少用这样的腔调，有些不满，有些生气。如果边晟不用这样的语气还好，但是这一次，林雅美有些生气了，她抬起头，看着眼前的少年，虽然头发剪短了很多，但是边晟的样子还是和他们初见时一样，很干净，整张脸给人的感觉都是淡漠的。原本林雅美以为他对谁都是这个样子的，没人能走进他的心里，直至那次在商场，她亲眼看到他对那个女人笑。林雅美才明白，他不是不会对女孩子温柔以待，而是只会温柔对待一个人。想到商场里的一幕，将手攥成拳头的林雅美只想到不久以前刘卓说的话，逃避没有用，不如大胆说出来，被拒绝也没关系，至少把心里的话说了出来。

“我看见了。”

似乎她的回答在他的意料之中，边晟静静问她：“看见什么了？”

“那天，在千叶广场，你和一个女人在一起。”

林雅美没说女孩，而是用了“女人”这个称呼，而那天在电影院和她乘坐一个电梯的人，的确只能用女人来形容。她腰肢纤细，胸部丰满，有着林雅美这年纪的女孩所憧憬的所有魅力。

“你误会了，我和她……”

知道林雅美说的是谁，边晟试图解释，林雅美却打断他道：“你喜欢她吗？”

喜欢吗？那是一个比他成熟许多的人，她有着谜一样的气质，她对他来说，是毒药也是救赎，喜欢吗？那对边晟来说，已经不止是喜欢了吧。

边晟没说话，但是林雅美感受到了他的回答。初恋的心被他的沉默重重一击，林雅美隐忍着眼泪问他：“多喜欢？”

“林雅美，无论我和她是什么关系，这都是我的事情。”

“这不是你一个人的事情。”

看着眼前委屈得要哭的女孩，边晟强调：“这是。”

“可是她明明大你那么多。”

“那也是我的事情。”

林雅美双眼含泪，她看着眼前的边晟，边晟却没一丝一毫的动容，他的表情依旧那么平和，就好像在和无关紧要的人解释一件无关紧要的事情，那一刻，林雅美觉得自己特别委屈。不等咖啡上来，她提起脚边的书包就要离开，从边晟身边走过去的刹那间，边晟一把将她的手拉住。

没回头的边晟只道：“答应我，不要告诉任何人。”

从边晟手里将自己的手抽出来，倔强的林雅美道：“我不。”

林雅美跑着离开小店，边晟扭头透过小店的玻璃窗看着她跑远的身影。那一刻，小店里不知谁放着黄耀明的《暗涌》：害怕悲剧重演我的命中，越美丽的东西我越不可碰，其实我再去爱惜你又有何用，难道这次我抱紧你未必落空……

对于只有十七岁的林雅美来说，她不懂有时候拒绝也是一种爱的表现，毕竟他已是扑火的飞蛾，又何必拉她殉葬。可是这个道理，她或许永远不会明白了。

窗外的雪依旧下着，喝着黑咖啡的边晟静静看着雪景，有时候边晟会想，为什么时间不可以选择，前进倒退，或者停下，为什么人活着一定要向前，一定要去面对那种未知？就像没人告诉林雅美为什么边晟不喜欢她一样，这个问题也没人为边晟解答。

不想离开这个安逸的小地方，边晟拿出手机登录QQ，他再度进入推理群，因为群里没人说话，边晟查看起了解谜的个人信息。

解谜账号年龄是账号的申请时间，他没更新过任何个性签名，甚至和边晟连关联好友都没有，由此可见，他和群里的任何人都不是朋友。虽然是后加入群里的，但是边晟知道，解谜在群里的地位仅次于群主，群里甚至有传闻说他是警察。

看着对面没有动过的拿铁咖啡，想到上次一万个嫌疑人事件，解谜对他的轻视，边晟想了想还是为他发去消息："在？"

……

小学老师被杀的案子至今为止，除了尸块的线索，还有那个意外留下的脚印，西京刑警大队什么线索都没有。刘卓和李亦萧从省厅回来，就被局长叫到办公室狠狠臭骂了一顿。

回到办公室后，李亦萧一肚子气没地方发，撞到一个骂一个，刘卓却显得淡然许多。他重新按照自己的方式将姚美兰、柴韵及边潇潇所有的犯案可能性都罗列在黑板上，相比而言边潇潇和柴韵与宋晓雅之间有着感情纠葛，姚美兰和宋晓雅之间仅仅是邻居之间的冲突关系，是不能支撑得住她杀人的。除非是这三个女人联手，就像他曾经看过的一本小说里写的一样，五个女孩合力将一个人杀死，分别为彼此作证，不留一丝痕迹，但是从案发到现在，如果真的是她们联手作案，那她们未免做得太干净了。

就在刘卓毫无进展的时候，去调查涉案人信息的陈然赶回办公室，他将两份档案摆在桌上道："柴韵和姚美兰住在同一个街道。"

刘卓听罢拿起两份查看，陈然在一旁解释道："只是一个叫建民小区，一个叫建设小区。我调出西京地图查，地图上只显示有建民小区，没有建设小区。我联系街道的民警，才知道这片调整过名字，建民和建设是一个小区，而姚美兰和柴韵的新房子在同一栋楼里。"

没想到柴韵和姚美兰有联系，刘卓道："有派出所电话吗？"

“有，我刚来的时候传到你 QQ 邮箱了。”

要陈然继续查其他人之间是否有潜在联系之后，刘卓登录邮箱找电话，就在此时，哈米特的头像闪动起来。

“在？”

“嗯？”

西京城北的边家，一直没等到解谜回复的边晟已经回家，他本来已经放弃和解谜聊天，没想到刚进家门就收到了回复。

想了想，边晟道：“你杀过人吗？”

“嗯。”

这是一个没有问号的“嗯”。这就代表，他真的杀过人。

想了想，边晟道：“在什么情况下？是失手杀人，还是激情杀人？”

“是因为工作。”

“工作？什么工作需要杀人？”

等待联系片警的间隙，并没被边晟带动问询节奏的刘卓反问他：“为什么要问我这个问题，你杀过人？”

看到解谜的询问，边晟本还想再回答他，可是他刚将手放在键盘上，卧室门就被从外推开，抬起头，站在他卧室门口的是个醉醺醺的男人。

看到边晟回头，男人冲着边晟招手道：“儿子，过来。”

看着男人，边晟有些犹豫，就在他迟疑的时候，边母过来，要将边父拉走，男人却一把将边母推搡在地。他上来粗暴地将边晟拽出卧室往客厅去。

到了客厅，边父揉着边晟的脸，嬉笑着：“儿子，我儿子。”

相比边父眼中的欣喜，边晟眼里没有一丝感情，他木然地接受着父亲的抚摸。突然喝醉的边父停下，他看着面前的边晟揉了揉眼睛道：“你为什么不回答我，我叫你儿子，你为什么不叫我爸爸？”

看着眼前撒酒疯的边胜，边晟并没说话，还是自己站起来的边母追到客厅，拦住丈夫道：“你喝多了。”

边母要上前拉开丈夫，却被边胜一把推开，边父从沙发上站起来，他狠狠甩了边晟一个耳光，厉声道：“叫不叫？”

牢牢站在原地，一动不动的边晟什么都没说，他在那个耳光后站得更直了，丝毫没有要屈服的意思。见他如此倔强，边父抬脚将他踹倒在地，边晟整个人向后倒去。

“叫不叫？”

边晟还是不出声，边胜直接将他提起来，二次摔倒在一旁，头撞在茶几一角的边晟顿时觉得一阵眩晕，可是边胜似乎并不解气，他一而再再而三地将边晟从地上拉起来，狠狠地往地上摔，最后一下，边晟整个人倒在了玻璃茶几上。那一下，让边晟没了爬起来的力气。他平静地躺在地板上，承受着边胜无尽的拳打脚踢，而他的视线里，只有玻璃天花板上折射出的许多个碎裂的自己。

“妈的，老子养你，你都不叫我一句爸爸，我弄死你，弄死你。”

那天边晟一直没站起来，边母发现异常，扑到边晟身边的时候，才发现茶几下面的玻璃从他肩膀穿了过去，流出的血染红了白色的羊毛地毯。可是边晟就那么静静地躺着，任父亲的脚踹在他单薄的身体上。那一刻他也许会想，如果可以后悔的话，他宁愿自己从没来过这世上吧。

哈米特不再说话，刘卓也没有坚持追问，因为在他看来，这很可能是一句玩笑话。当天晚上，刘卓根据陈然给的消息，联系到建设小区一位姓朱的片警，他按时到了两人约定的地方，对方却迟迟没出现。刘卓再次打电话联系对方，对方知道刘卓已经到了女神雕像下，要他顺着雕像往前走五十米，去左手边的一家姚记烤串店。

刘卓按照对方指示走过去，电话里的老片警道：“到门口了？进来吧。”

挂断电话，刘卓掀开厚厚的门帘走进店里，不大的烤串店坐满了人。他刚进去，坐在靠窗位置的中年男人冲他招手道：“这里。”

刘卓穿过几个座位走到对方身边，朱警官拉过一把椅子，让他先坐下。

“这边添个杯子，再来十个羊肉串、两个鸡头。”

老朱点完单，和他一起喝酒的客人好奇道：“老朱，这谁啊？你侄子？”

“别瞎说，人家是我上级。”

“这么年轻就当你上级了，你混得也忒惨了。”随着中年男人的话，一旁的人笑了起来。

老朱挠头道：“这年月，看的是学历和技术，谁还看年纪啊，你说是不是。”

刘卓是那种不善恭维的人，他道：“您更有经验。”

“经验不值钱。正是饭点，先吃，吃完我再跟你聊。”

那一顿饭从六点半吃到快八点，本来借用的也是对方下班的时间，刘卓没有说什么，一直陪着。老朱是那种很基层的民警，能和任何人打成一片，谁家有事儿都会问问他，喝到一半，有个中年男人凑了过来：“老朱，你说我儿子打架那事儿怎么办？”

“对方都瘫了，我是没一点办法。”

老朱这么说，中年男人叹息道：“我怎么生了这么一畜生，你就不能给想想办法？他也不是有意的。”

“有没有意，人家瘫了是事实，再说了要有办法，我能不告诉你？不行找个律师吧，看判的时候能不能少判几年。”

听老朱说找律师，一旁的客人道：“是呀，我之前在这儿认识那个陈律师就不赖，上了法庭三句两句就给我打赢了。不行你也找他吧，姚亮有他电话。”

店里的客人们开始七嘴八舌说起男人的家事，老朱才带着刘卓离开。出门的时候，他从门口破烂的纸箱里拿了一只黑梨递给刘卓道：“揣兜里，化了吃，醒酒。”

“谢谢。”

“都是同行，客气什么？说真的，你看着我，是不是觉得特不务正业？”

“您有您做事儿的方式。”

嘿嘿一笑，老朱道：“这话我爱听，你知道为什么这条街这么多店我非带你去那家？”

“营业执照上，写着姚亮。”

“不简单，我还的确是因为这个。这个姚亮就是你要找的姚美兰的弟弟，这店是他开的，我本来想让你直接见他，没想到他今天没来。”

“我这次来也没打算见姚美兰的家人，只是想来问问姚家和柴韵是否认识，有没有过什么交集。”

漆黑的夜里，姚美兰家楼下，小路上亮着两三盏灯，老朱带着刘卓停在了7号楼六单元楼下，老朱指着楼上道：“301就是姚美兰家，他们一家从建这楼开始就在这儿住着，但是你说的柴韵，我查了，她是最近才搬来的。”

点了一支烟，老朱又道：“也就两三个月。我下午给这家的本家打电话，这家儿子姓方，这是老两口给儿子买的婚房。之前一直都在装修，最近装修好了开始买家具，柴韵才频繁往这里跑。这两家怎么了？”

“跟一桩案子有关。”

听到案子，吸烟的老朱抬头看向刘卓，黑暗中，他看不清这年轻人的表情，却能感觉到他周身散发着的超出常人的冷静。知道肯定不是普通的案子，老朱也没多问，只道：“刚搬来那小年轻我不敢说，但是姚美兰应该不可能，我和她爸是老相识，她也是我看着长大的，况且她还有个儿子，应该不会办傻事。”

西京的晚上风很硬，站了一会儿，刘卓的鼻子都快被冻僵了，他擤了擤发木的鼻子，问老朱：“姚美兰的儿子现在住在这里。”

“这阵是。”

“姚美兰经常来看她儿子吗？”

“这我还真不知道，得跟她家里人了解一下。目前关于这两家有什么联系，我就知道这么多，但是你要单查姚美兰家，我都能把她妈给你叫出来。”

“不用了，这些足够了。”

拉开大衣拉链，老朱道：“这是两家的基本信息，我怕你用，也给你带了一份。”

刘卓谢过对方，趁着还没冻僵，两人开始往回走。路上刘卓又问了老朱一些问题，比如姚美兰丈夫是怎么死的，葬在哪里。有的老朱知道，有的不知道，问到姚美兰丈夫墓地的时候，老朱道：“是野山坡那边的墓，和我妈的墓地挨着，地方挺不好找的，我一会儿给你画个图。”

“谢谢您了。”

那天走到小区门口，彼此本来已经说了告别，刘卓已经离开，老朱突然追上来叫住他道：“刘卓，我刚想起来，还有件事儿，不知道对你这案子有没有帮助。一年前，姚美兰的儿子文文突然瞎了一只眼睛。”

“瞎了一只眼睛？”

听到姚美兰的儿子眼睛失明的事情，刘卓眼前突然晃过在姚美兰家看到的那张合照，照片上，姚美兰儿子的眼睛上戴着眼罩。

将手里的烟蒂丢在地上，老朱道：“说是什么球体损伤，一只眼彻底失明，另一只眼连带损伤，具体情况我也不了解。”

“怎么造成的？”

“我之前问了姚美兰她妈，她说是意外。”

“您知道他失明的具体时间吗？”

老朱想了想道：“应该是一年前。那段时间那孩子和姚美兰都住在这里，我们上门做经济普查的时候，他眼睛就戴上眼罩了，你要觉得这事儿和案子有关，我明天去找她妈给你问问具体情况。”

“先不用了，我找姚美兰的事情，也希望您……”

刘卓话没说完，老朱就道：“明白，有什么事儿你随时联系我，我能帮的忙一定会帮的。我看你像是干事儿的人。”

谢过老朱之后，刘卓打车回了住处，一路上他都在想姚美兰的事情，上次去见姚美兰，她刻意将她儿子的照片保护好，就是怕他看出什么。如果她儿子的眼睛和案子无关的话，她没必要做这些；如果两者之间有关联，姚美兰杀害宋晓雅就有了绝对的动机，而姚美兰所在的棉服厂也有大型的切割机。可是原本还什么都没有的案子，会因为老朱一句无意的提点，就突然间峰回路转吗？

刘卓一直在思考姚美兰的杀人动机，但是他目前所能想到的理由都不足以支撑一个人杀掉另一个人。想到杀人，刘卓突然想到下午在QQ里问他是否杀过人的哈米特，他再度拿出手机登录页面，可是哈米特那边却再无消息了。哈米特是被他的回答吓到了，还是觉得他在开玩笑，依照一个十七岁的男孩子的心理，不会嘲讽他一番然后下线吗？还是他遇到了什么事情？

想了想，刘卓给哈米特发去信息："在？"

回家的路上，弥漫着一股混合味道的车厢里，迟迟没等到哈米特回答的刘卓关掉手机，望向车窗外。车外的寒风中人们奔走在路上，他们将自己埋在厚厚的冬衣里，埋头前行，奔往家的方向。曾几何时，刘卓也是一个下班第一时间就会回家的人，可是从八年前那件事情发生之后，他整个世界都变得不同了，变得没有一点快乐，没有一点颜色，他睁开眼睛所看到的一切都是黑白的，家里的家具，窗外的风景，妹妹的照片。

车突然急刹在路上，刘卓回过神，探到窗外查看情况的司机道："前面好像出车祸了，要是等，估计得等会儿才能过去。也快到了，不然你下去吧，我少算你点钱。"

给了全额的车款，刘卓开门下车，因为没看路，差点和一帮飞快骑车过去的高中生撞在一起，几个像是混混的孩子骑车过去，还吵嚷着："傻吧，不知道看着点路。"

等刘卓反应过来，一帮人已经没影了。刘卓内心有些不爽，但是也没发泄出来，回租屋的路上，他想着以前在大学念书的时候和李亦萧他们去打架的时光，那段日子是他这一生难得的快乐时光。

刘卓不知道刚刚那些高中生，能否在高中结束，走进大学之前，留下一段热血的青春往事当作对少年时的纪念。但是在他看来，这个时代留给这些孩子的，更多的不是热血，而是伤痛。

深夜西京医院的病房里，因为失血过多，即便玻璃残片被取了出来，边晟仍被留院观察。单人病房中，边晟坐在窗前看着窗外，窗外的雪越来越大，广播里不止一次说，这是西京最冷的一个冬天。他低头看着自己的指尖，白净的手指中夹着一支烟，他并没有吸，而是静静地看着手里的烟一点点地变成烟灰。其实人也是这样，随着时间的流逝，最后化为灰烬。边晟从不相信有来生，因为今生的难已是他受不尽的。

将燃灭的烟从窗户扔到楼下，边晟回到病床上，他仰头看着天花板，仿佛又看到了那个碎裂的自己。

3

玻璃碎裂在地上，血慢慢地渗透缝隙，犹如蛛网一样的裂痕被血满满浸透，黑暗中仿佛有一个声音哭喊着："救我，救我。"

视线逐渐变成红色，似乎有什么被拉远，而且越来越远，剧痛让倒下的他无力爬起，他只能一寸寸地往前蠕动，他心里似乎有个声音在说，一定要过去，一定要过去。可是最终他眼前一黑，什么都结束了。而他耳边，他所无力再支撑起的世界里，只剩下女孩求救的声音："救我，救我。哥，救我。"

那声哥让刘卓瞬间从噩梦中惊醒过来，漆黑的屋中，头发乱蓬蓬的他呆坐在床上，好久他才似乎回过神一样下意识敲了敲额头，他额头上不仅有汗，还有一道深深的疤。坐了好久，刘卓拿起床边的表，时间已经是上午。看着脚边的啤酒，刘卓揉了揉脑袋。昨晚回来，刘卓怎么也睡不着，闭上眼睛满脑子都是案子的各种线索，起床找安眠药，可是带来的药已经全都吃完，找不到药，他开了一箱啤酒，一边喝一边看窗外的月亮，他也不知道自己喝了多长时间，再醒来已经是早上了。

勉强从床上爬起来，刘卓一边给李亦萧打电话，一边下床拉开窗帘。光照进漆黑的屋子里，不习惯光的他抬手去挡光，可是光还是从他张开的手指缝隙打在他的脸上。

电话接通，已经走到洗漱间洗漱的刘卓道：“我稍晚点。”

“早会都结束了，你这两天怎么了？”

“昨天回来得有点晚。”

“刘卓，你又自己私自查什么呢？”

“姚美兰的事儿。你没事儿的话，在办公室等我，我一会儿去找你。”

聊天间隙，刘卓洗漱完毕，他随便套了一件外套，从屋外的茶几上拿了两片面包，咬着就出门了。就在刘卓开门关门的瞬间，屋内吹过一股穿堂风，卧室里被刘卓掀开的大箱子内，写着826案的档案册被风吹起，第一页正是一个女孩的资料。女孩叫余一。家庭关系上写着父母和哥哥。而她哥哥那一栏所写的名字正是刘卓，职业是警察，而档案的最下方，余一的个人信息处按着一个红色的戳，上面印着：死亡。

刘卓赶到西京警局，已经十点半了，没有着急上楼，宿醉头疼的他，站在门口的柿子树下，点了一支烟打算清醒一下再上去。刘卓本身很少抽烟，也不靠这种东西提神，只是偶尔觉得思考不下去，会静静地点一支，看着烟一点点地变成烟灰。这习惯和十五岁第一次吸烟的边晟一模一样，其实相比抽烟，他们更在意的是用烟燃烧的速度去感受时间，因为对有些人来说，时间太慢也是一种磨难，他们需要东西去丈量时间到底有多长。

昨晚见过老朱之后，姚美兰的事情和这案件的关系，就一直困扰着刘卓，这几个女人不正常的举动，她们之间或多或少的牵连，让刘卓觉得自己掉进了一个恶行循环里，他想不通，这些有着不在场证明的女人，到底是谁对宋晓雅下了杀手。而这些普通的人，为什么会在杀人后分尸，还能小心到什么都没有留下。

“想什么呢？烟都烧到手指了。”

被突如其来的声音吓了一跳，刘卓回头，他身后站着一个穿着朴素的大爷。刘卓刚来警局没多久，对门卫不太熟，但是他隐约记得门卫应该是个矮瘦的老头，而不是如此高壮的大爷。

“想点事情，走神了。”

“新来的？外面冷，进来坐坐？”

反正案子想不通，倒不如跟不认识的人聊聊，刘卓捻灭烟，跟着门卫进了传达室。传达室的屋子不大，收拾得十分干净整齐，桌上摆着分好的报纸，茶水喝了一半，靠里的位置上，摆着一把椅子，椅面上放着棋盘，上面是一局没下完的象棋。

见刘卓看象棋，老头道：“会玩？”

“小时候学过一点点。”

“来试试？”

老头迈步到里面，刘卓坐在外面，两人开始对着残局对弈。这盘棋下得很乱，黑棋急于猛攻打杀，导致对方兵卒大举过了楚河汉界，大有攻陷城池之势。而红棋过于保守，导致对方连杀，直逼老将。似乎是下不下去了，所以红黑双方就这么僵持在了棋面上。

按照刘卓的性格，他执红棋更合适，因为他喜欢慢慢磨，从小地方慢慢蚕食，无形之中给予敌人必杀。而老人性格粗犷，下手稳准狠，这盘棋他更适合执黑棋，原本他也是执黑棋的。可选座位时他把黑方让给了刘卓，自己选了慢慢琢磨。

刘卓的象棋是跟着他继父学的，学工业设计出身的继父棋路很野，这也使得刘卓无论面对什么样子的棋局都能应对。这盘棋，黑棋的大势已开，改变策略已经来不及，刘卓只能按照大方向继续猛攻猛打。而他心思又细，强攻不忘守城，所以就是那一点点棋艺，还是把在整个西京刑警大队也找不到几个对手的老头堵得寸步难行。一边下棋，老头一边随口问：“你来西京多久了？”

"三周。"

"我说以前没见过你，哪个大队的？"

"刑警大队。"

"你倒适合干刑警，够细致，就是勇猛不足。"

还是第一次有人说他这种性格适合干刑警，依旧琢磨棋局的刘卓道："猛虎不都是先小心匍匐，待时机成熟再一击必中吗？"

手里轮换敲打着刚赢下的棋子，老头道："有时候，猛虎伏击的若是猛虎，这招儿就不管用了。还得是互相厮杀，胜者为王。"

这句话让刘卓抬起头，他看着面前这张苍老却充满睿智的脸道："您不是看门大爷。"

吃了刘卓一个小卒子，老头笑道："我也没说我是啊，不过你刚看出来？"

"刚我不确定，现在确定了。"

"怎么确定的？"

"您的食指有明显的茧子，应该是常年用枪留下的。刚刚有人取报纸，您分辨了一会儿才拿了相应的给对方。还有，您一直没用桌上的茶水缸喝茶水，那应该不是您的杯子。这杯子和桌上的玻璃板上的许多水印都重合，应该属于这屋子的主人。能和一个警察局门卫很熟的人，应该也是警察。"

抬起自己的手看了看，老头道："我食指的痕迹也可能是我长时间从事类似提钩的工作留下的。而分辨报纸是我年纪大，思维不敏捷。至于茶水杯嘛，还真不是我的。不过我以为，你会说得更复杂一些，比如这环境没有我的人物属性这些。"

"您也是干这行的，我没必要在您面前班门弄斧。"

刚在楼上看到刘卓来了，却不见他上楼的李亦萧下楼找人，他在院子里转悠了两圈，因为没找到刘卓才想问问门卫大爷看没看见刘卓人去哪儿了。哪知道从窗户向屋里看，看到了下棋的老头。

李亦萧惊呼："师爷，您怎么来了？"

一愣，刘卓看着眼前的老人十分惊讶道："您是陈山？"

西京刑警大队曾经出过一位十分辉煌的人物，此人曾经创下过命案百分百必破的记录，他的大名不仅仅在西京尽人皆知，更是整个北方警界一杆不可撼动的大旗。而这人正是李亦萧的师爷，西京市警察局孟副局长的师傅，原西京刑警大队大队长陈山。

退休之后，陈山就不常来刑警大队了，偶尔过来也是受邀来做个讲座，要么是陪着电视台做一期刑侦节目。其他时间，他都在郊外一栋老宅子里养花养鸟，遍布全国的弟子们每年会在他大寿的时候齐聚西京给他庆贺。

得知陈山来了，正开会的孟副局急忙下楼，见老头站在院子里，一旁站着的是李亦萧和刘卓。

孟副局道："师傅，您来怎么不说一声，我派车去接您。"

"公交车下车就几步路的事儿，你要是油多，一会儿把我送回去。"

"这都不叫事儿，您先进来。"

迎着陈山进去，孟副局回头冲着李亦萧小声道："给我买两条烟，快去。"

李亦萧本要拉着刘卓一起去，当没听见徒弟买烟的陈山道："上哪儿还得带个保镖，这人跟我走。"

看刘卓一眼，李亦萧道："行行，师爷，您说了算。"

李亦萧离开，刘卓跟着俩领导进了办公室。刚坐定，陈山就说明了来意。如刘卓想的一样，他是为了案子而来。

退休多年的陈山之所以想来了解这案子，还是因为不久之前一个法制频道的记者去采访他，问他是否知道实验小学老师被杀分尸的恶性凶杀案，并说了一些案子的细节，他才觉得有必要来一趟。

原本就是老领导，孟副局也没有避嫌，要刘卓介绍了案子的情况，当说到两组尸块在不同的地点被发现，一个现场没有线索，一个现场留下半枚脚印，而且两个现场的抛尸的手法完全不同时，陈山道：“是不同人抛尸吧？”

“这个我们也想过，但是只有两组残肢，没发现第三组之前，这只能算是猜想，如果第三组仍旧是不同手法，就可以肯定，是不同人员抛尸。那这案子……”

“涉及的凶手未免太多了。社会影响不好，所以这是你的顾虑？”

孟副局长没说话，陈山就问刘卓：“你是什么想法？”

因为师徒俩讨论案子，突然被叫到的刘卓道：“我的想法和局长一样，只是……”

“只是什么？”

“只是，从后面两组的抛尸情况来看，我觉得抛尸人和凶手之间有着本质上的差别。”

点了一支烟，陈山道：“你说说看，什么差别？”

“第一组碎尸出现在千叶广场，一个麻袋里，麻袋里的东西是本来要丢掉的圣诞装饰品，对内部人来说可以暂且归类为垃圾。第二组尸块是在郊外的农场发现的，抛尸地点是一个土堆旁，而且没有经过太多掩盖，但是尸体表面有一层土，可以断定为经过掩埋，至于后来是怎么出现在地面上，又被孩子拿起来还无法判断，我后来又去了一次现场。”

买烟进来的李亦萧听刘卓说又去过现场，道：“你什么时候去的？”

“前天晚上，因为调查当天，警方在收集证据，我没有见到农场老板，后来我再去与他见面时，他说了一个情况，就是农场附近有很多野狗。在肢体被发现之前，他就见过很多狗钻进农场围着土包转悠，他当时就查看了，没什么发现，后来他把那些狗打走，但是狗还是会时不时出现，他再打，狗还会冲他龇牙。最后他干脆在周边多增加了防护网。我虽然没养过狗，但是有点常识的人都知道，狗在护食的时候会格外暴躁。所以我猜，这胳膊原本是被人连夜埋在土里的，狗闻到味道所以来刨尸，但是西京天气冷，土被冻住，它们刨得很慢。就在快刨出来的时候农场主加了防护网，为了沤肥料，农场主又用塑料布把尸块和肥料盖住了。所以尸体在被狗带走前留了下来，因为塑料布有一定的温度，尸体逐渐和肥料一起融化，才会在之后被小孩子无意中拿起来。我去询问农场主的时候，他还说了一件事儿，就是在野狗出现之前的一个晚上，他家里养的狗一直在叫，他出门查看了几次，最后一次，他看到一个黑影从农场外离开。我问了他时间，他说当时是 12 月 4 号凌晨两点二十多。”

听到这里，陈山道：“他为什么把时间记得这么清楚，他有没有犯案的嫌疑？”

摇了摇头，刘卓道：“他之所以记得时间，是因为他是当天早上去临城的火车，这也是我们上次去没见到他本人的原因。至于他和死者之间，我查了，并没必然的联系。如果有联系，他也不会大胆到将尸体埋在自己的院子里。”

“这可不一定，你还记得 1995 年发生在美国加州的一起藏尸案吗？”

“您说的是那起化学老师藏尸案。”

陈山在烟灰缸里点了点烟灰，说起那起离奇的案子。案子中一名化学老师将他的情人杀死，化学老师是案件的最大嫌疑人，但是因为找不到死者的尸体，案件一直被延后处理。直至 1995 年，案发八年后，一名新调入该校的老师向当地警方报案，怀疑化学老师所使用的骸骨是一具人体骸骨。后经过 DNA 比对，骸骨果然就是化学老师失踪多年的情人。八年前化学老师用石灰将情人的身体组织清理掉，只留下骸骨放在警方眼前，可是谁都没想到那会是死者。

刘卓念书的时候就知道这起案子，其实当时警方更为细心地调查了化学老师身边的一切，并且了解情人的所有信息，比如曾经做过骨科手术，比如右脚的小拇指曾经骨折过。正因为办案人员忽略了这些，让一件案子拖了八年时间。

“我明白您的意思，不能放弃任何一种可能，但是我慎重调查了，农场主不具备作案的动机和能力。”

“那你觉得，抛尸的是谁？”

刘卓沉吟片刻道：“抛尸人与凶手应该是不同的人。”

刘卓的话出口，孟副局道：“刘卓，话可不能乱说。”

孟副局如此说，陈山却道：“你先说你的，我听听。”

“一般凶手在杀人后的心理，都是不希望尸体被发现，所以处理尸体时都会很小心。但是从三组弃尸手法看，除了第一组留在现场的死者头颅是刻意挑衅警方，剩下两组尸体掩盖手法都不细致，更像临时，或者冲动犯罪，我甚至怀疑草莓园出现的鞋印，正是因为嫌疑人弃尸之后，后悔怕被发现，所以返回了案发现场，却没想到农场主临时加了围栏，她急于拿回尸块，才无意间留下了那半个脚印。这也成了她最大的失误。”

“如果按照你猜测的，凶手是一个人，抛尸的是一群人，那这群人和凶手之间又有什么关系？”

“这也是我想不通的地方。”

虽然在这个地级市发生凶杀案的概率不低，但是把案子做得如此错综复杂的少之又少。因为大多罪犯都属于激动犯案，而在激动犯罪之后，在短时间内，把后续的一切做得如此细致入微的，那是小说才会有的情节，真实社会中的案子要么比故事中做得更机智，要么普通到让你觉得没意思。

安静的办公室里，大家都没说话，自顾自在想着有关案子的细节。最终还是陈山打破僵局：“你这套我听着也挺悬，但是觉得调查方向可以试试。我给你一周时间，把这案子整理出一个结果给我。”

老人目光坚定，刘卓也没半分畏惧，他道：“一周不行，年底，年底，我给您一个交代。”

点了点头，陈山对孟副局长道：“这事儿本不该我管，但这次越权一回。你没意见吧？”

“师傅，您说哪儿的话，案子能破了，对我来说也是好事儿。”

正事结束，孟副局去忙，要李亦萧先陪着陈山，等大家忙完一起吃饭。

头儿不在，李亦萧也放肆起来道："师爷，刘卓可崇拜您了，尤其是周义山那案子，他还做过研究。您有时间的话，给他讲讲呗。"

对刘卓印象不错，陈山道："那就讲讲。"

周义山的案子发生在十几年前，西京乡下的一个小村子里。当时陈山是西京刑警大队的一把手，追一起案子追到这个村子。犯案的是村里一个有钱人家的儿子，为了不让这孩子被抓走，整个村子开始和警察周旋。这过程中被打伤的刑警有十几位，还有一名刑警被对方家属用自制猎枪爆了头。因为村子十分封闭，警察根本没办法进去，这起案子也在当时引起了很大的轰动，这种案子不比普通的刑事案件需要刑侦技巧，这案子需要的是定力，需要稳，谁在较量中能站到最后谁就赢了。

当时带案子的陈山留下几个得力的徒弟驻扎在周边的山上，他也没死等，而是研究起村里的人际关系。周义山村里周是最大的姓氏，大族大姓牵连的人也就多，陈山从周家的族谱挖到一点线索，之后等了十五天。十多天都没警方消息，村里的人以为事情就过去了，开始为村里一个长辈过寿，谁都没想到，过寿进村的厨子是陈山的人。

按理说布局已经这么缜密，一网打尽完全没问题，但是对方也不是省油的灯，陈山他们刚亮明身份，被抓的男孩就将大衣脱了下来，大衣下面都是雷管，如果雷管爆炸，大家都得死。

千钧一发之际，陈山上前将男孩制服，避免了巨大的伤亡。

正因为这起案子，刘卓十分佩服陈山，他几乎具备了一个警察该有的一切——分析能力和执行能力。

把周义山的事情说完，陈山对刘卓道："所以，有时候，作为刑警，破案不止需要细致的心思，还要有猛虎一般的勇气。"

刘卓明白陈山的意思，点了点头。事情聊到快中午，刘卓要李亦萧先去点菜，他们等孟局一起过去。

李亦萧离开，办公室只剩下刘卓和陈山，老爷子道："说吧。"

知道自己支开李亦萧的事儿被陈山看出来了，刘卓也没卖关子："我想请您看点东西。”

刘卓从自己一直用的牛皮本里拿出一张照片，递给陈山。陈山本以为照片上会和实验小学老师被杀案有关，却没想到，照片上会是一个淡到看不清的印记。似乎是印在了谁的身上，留下了还没褪去的莲花纹，如果这照片给别人看，兴许没人能看出这是莲花纹，但是陈山不仅看出来了，还知道这是出自哪里的。

“你哪儿来的这张照片？”

“您告诉我这东西的来历，我告诉您照片的来历。”

呵呵一笑，老爷子道：“李亦萧说你研究周义山的案子不止是为了我，是为了这个吧。”

“我知道您负责过当年的案子，本想来了西京之后去拜访您，可是没想到来了就赶上了分尸案，想等案子结束再去，没想到您来了。”

再次端详起手里的照片，陈山道：“这东西应该是周义山一带自制子弹上的莲花纹。”

“对。”

“周义山靠山，祖辈都以狩猎为生，所以都会自制猎枪和子弹，但是随着国家的管控严格起来，退猎改农耕，这种枪和子弹已经很少。当时我们上山的时候，村里还有，等过了七八年再去，已经没几户持枪的了，有几户持枪的也颁发了证件。至于自制子弹，也几乎不生产了，只靠着存货，而且每一发子弹都要经过登记和批号。你这个上面只有这种花纹，应该是在管控之前制造的子弹。”

“这种子弹现在在西京市面上还见得到吗？”

摇了摇头，陈山将照片扔在桌子上道：“十年前周义山北山雪崩，别说子弹了，人都没留下一个。如果是别的还能查查，但是子弹这东西，西京市面上应该找不到。”

陈山这么说，刘卓又有了一种要面临绝境的感觉。陈山见他不说话，开口道：“现在该你回答我了，这照片哪儿来的？”

“一具尸体上的。”

现在已经是数码照片的年代，但是这张照片明显不是数码照，陈山道：“老案子？你想查出真相？是你之前在的地方的案子，还是西京的案子？”

深深呼出一口气，刘卓道：“我不知道您知不知道曾经发生在北都的826案。”

826案虽然不是很轰动的案子，但是陈山听说过，不是从主流媒体上，而是从李亦萧口中。这徒孙曾经为了826案，赖在他家里一个礼拜，让他帮忙分析案情，可惜即便有着多年的刑侦经验，他也没能在李亦萧所带来的证据之中找到一丝切入点。

“这案子和你有关。”

低头看着那一点点印在死者皮肤上的痕迹，刘卓道：“这案子的死者是我妹妹。”

抬头看向陈山，刘卓道：“案子您了解，应该知道，现场什么都没留下，只有她皮肤上印了这么一个浅得已经快看不清的痕迹，所以这是我唯一的线索。”

刘卓的话出口，办公室没了一点声音，陈山没想到刘卓和案子之间还有这层关系。他并没开口和刘卓说些安慰的话，因为警察失去亲人的事情，他也经历过，所以他明白，在那种伤痛跟前，所有的安慰都是苍白无力的，抚慰伤痛最好的办法就是抓到凶手。

可是这案子过去八年了。他们都明白，时间越久，抓到凶手的概率就越低。

那天两人还没来得及再说什么，孟副局赶来，带着陈山去吃饭。离开办公室去饭店的路上，陈山突然停下脚步指着刘卓道：“等这案子结了，你去我那儿一趟。”

“好。”

之后一行人去警局对面的饭店吃饭，吃完饭已经两点多了，孟副局和陈山及李亦萧喝得都有点多，被刘卓叫人送走，他则留在店里，解决后续问题。

几个人离开，刘卓没着急结账回去，而是坐在位置上，望着窗外的雪。见到陈山，问完周义山的情况，摆在他跟前的情况更加不容乐观了，如果周义山的人在六年前已经全部死于雪崩，那是否也意味着，留下这个印记的主人，疑似杀了他妹妹的凶手，也死在了那场大雪里。如果真的是这样，那么这个事实对执着追凶八年的他来说，未免太过于残忍了。

不敢再想下去，刘卓起身去结账。他想出去清醒一下，可是没等出去，账单金额就先让他清醒了。

“一千五？”

老板娘指着账单上的数字道：“都写着呢，吃的五百多，烟是一千，我蒙谁也不敢蒙警察啊。”

刘卓掏卡给老板娘，老板娘表示店里只收现金。没办法，刘卓只能去给她取，再将钱送过来。

4

西京警局前有一条小窄路，那里有一家农商行，刘卓两次都是从那里给在北都的家人汇款的。西京银行没有电脑打印等号一说，所有的排队号都是手写的，叫号的也不是机器，而是写号的保安。刚来西京的时候，刘卓还特别守规矩，每次都等到叫到他才去办理。上周他去银行汇款，警队着急开会，找不到刘卓的李亦萧直接找到银行。那天西京也下了雪，刘卓正坐在角落里昏昏欲睡。李亦萧见状道：“队里都等着你开会呢。”

“我得先把钱汇走才能回去，今天是最后一天了。”

“那你赶紧汇啊。”

“还没到我的号。”

李亦萧把手递给刘卓，道：“你多少号，给我看看。”

废物利用的小纸条上，保安草草写了个60。李亦萧看完小纸条问刘卓：

“现在到多少号了？”

“24。”

“你在这儿坐了多久了？”

抬头看表，刘卓道：“一小时了。”

“你傻吧，一小时，还没瞧出来这里面有什么猫腻。笔给我。”

把随身的笔递给他，李亦萧从地上捡起一块纸，在上面写了25，然后把刘卓那60丢了。

“你这样做，真正的25号在，怎么办。”

正好保安叫了25号，李亦萧拿着号，带刘卓过去，与他们一起过去的还有一个老太太。两人都拿出了25的号牌，保安也是随手写的，根本分不出，就让两人前后一起办了。这就是刘卓的60号，等了一小时还没进展的原因。

那天刘卓去取钱，也用了这个办法，可当他拿着30号和另一个人一起站到柜台前时，他们彼此都是一愣，因为刘卓看到的是方毅。

如果是陌生人，手里的号牌是相似的，大家还可以彼此装装傻，但是熟人遇见这种情况就尴尬了，因为大家心知肚明，谁是真的谁是假的，而且刘卓还是个警察。

两人谁都没有先去办业务，柜员又叫了一遍30号，方毅才道：“你先来吧，我不着急。”

再推辞更尴尬，刘卓便先办了业务。他走之后，方毅才办，两人都是简单的取款，所以时间很快，方毅办完出了银行，就见刘卓站在雪中等他。

方毅没想过会见到刘卓，上次主动去警局自首，他已经很后悔。如果他不自首，宋晓雅的事情迟迟查不出，也许案子在不久之后就会搁浅，可他愚蠢地主动暴露了自己和宋晓雅的关系，将自己牵扯到案子中。所以再见刘卓，他很不舒服。

“刚刚谢谢你。”

“没事儿，反正我也没什么要紧的事儿。”

两人寒暄几句之后，刘卓道：“我等你，是想问你和柴韵哪天结婚。”

不知他什么意思的方毅迟疑片刻，还是回答刘卓：“1月25号。”

“这是早就定好的日子吗？”

“我们订婚之后，我母亲找人算好的日子。”

“冬天结婚的不多，这之中没什么不愉快吗？”

“不愉快？有一些。”

站在银行门口的石狮子旁边，刘卓道：“什么不愉快？”

“当时柴韵想要夏天结婚，但是夏天的那个月份对我的属相不好，我母亲找人看过之后，坚决不同意，两人为此还冷战了一个月。后来柴韵主动找我母亲道歉，事情才不了了之，但是我觉得这和这件事应该没有关系。”

西京的街头，两人眼前的雪越来越大，刘卓道：“她是什么时候同意的？”

“去年十月的时候。酒店给我们打电话问到底还定不定一月的酒席，她才借此向我母亲道歉。原本要延期的婚纱照，我们也在前几天拍完了。”

“去年十月，是你决定和宋晓雅分手的时候吗？”

刘卓这么一说，方毅才回想起来，他和柴韵确定婚期，的确是他想要和宋晓雅彻底分手的时候，可是因为那时候宋晓雅搞得他神经紧张，这件事儿他就没有细想，现在想想，难道那时候柴韵就已经知道他和宋晓雅的事情，所以才会同意在冬天结婚？再想下去，那宋晓雅的死，是否也跟柴韵有关？

方毅越想越害怕，看着他惨白的脸，刘卓已经知道答案。

因为还要回饭店，刘卓没再多问，和方毅告别之后就离开了，而方毅却因为刘卓的话，像是乱了阵脚一样，他没回局里开会，而是直接开车去了柴韵所在的医院。

和方毅分开的刘卓也在想，如果柴韵卷进这案子里，那么她在这局之中充当了怎样的角色？

就在刘卓回警局的路上，方毅已经开车到了柴韵所在的医院，他将车横在楼下冲上楼，来到柴韵所在的办公室外，听到柴韵朋友们和她聊天，说着恭喜她结婚的话，方毅突然有些没有勇气去推开那扇门，质问柴韵是否和宋晓雅的死有关。毕竟在这件事上，柴韵没错，错的是他，而她凭什么要去承担一个男人犯的错误？

就在方毅踌躇的时候，柴韵所在科室的大夫看到方毅："小方，来找柴韵？"

抬头看向对方，方毅略显慌张道："不，只是路过，您忙吧。"

方毅匆匆离开，听到门口说话声的柴韵出来，方毅的身影已经消失在了走廊里。从大夫口中知道，刚刚方毅来过。柴韵疑惑着给方毅打电话，而彼时就在楼下的方毅，根本没接。联系不到方毅，柴韵将电话打到方毅办公室，他同事告诉柴韵，方主任下午请了假。

那个下午，没上班的方毅没有回家，他一个人去了江边。看着在空旷的冰面上滑冰的孩子，方毅深深叹了口气。宋晓雅死后，方毅有过自杀的念头，但也只是一念之间，他还有父母，还有大好前程，他马上就要结婚，他为什么要死，可是从宋晓雅被杀之后，他只要一闭眼睛，眼前都是宋晓雅的样子，她瞪着古灵精怪的眼睛问他："你不是说不能同年同日生，但求同年同月同日死吗？"

把生死挂在嘴边的人，往往都是无法真正直面生死的人，而真正想要死的人，大多是求死不能的。

方毅不是什么坚强的人，知道柴韵有对宋晓雅下手的嫌疑之后，他都不敢去质问柴韵这一切是否是真的。所以他更不敢去死，他天生就是胆小鬼，而在这世上，反而是胆小鬼活得更长久。

第六章
这么近那么远

1

还没等柴韵联系上方毅，护士长就要她去给新转到住院部的701换药。给方毅发了短信，让他看到联系她，柴韵便端着药去了701。701是西京医院的VIP病房，两天前住进了一个受伤的男孩。

柴韵推开病房门的时候，那男孩坐在窗台上，他肩膀被绑着厚厚的纱布，急诊室那边的医生说，就差那么一点点，他受伤的胳膊就废了。可是男孩像是并不在乎这些，从急诊室转到住院部，除了大夫和护士主动询问，从不多说一句话。

“换药了。”

视线从窗外的大雪上收回来，边晟回头看身后的护士，他眼神很平静，像是第一次见柴韵一样。

一手支撑身体，边晟勉强从窗台上下来，柴韵见他行动不便，想要上前搀扶，却被他摇头拒绝。因为常见这种青春期叛逆的孩子，柴韵也没说什么，等到他坐好，才开始帮他拆上身的绷带。柴韵一边拆一边道：“可能有点疼，你忍一下。”

“嗯。”

随着边晟身上的纱布被一层层地剥开，展现在柴韵跟前的是少年单薄的身躯，以及他皮肤上大大小小的疤痕。距离这次伤口最近的地方，还有被烫成北斗七星形状的烟疤。虽然很震惊，柴韵却并未多问什么，她掀开最后一层纱布，看到狰狞的伤口才道："怎么搞的？"

"摔了一跤。"

"我是说你身上。"

"小时候比较淘气。"

十分小心地为他上药，柴韵道："以后别这么淘气了，多疼啊。"

疼？对边晟来说，真正疼的根本不是躯体上的疼，而是一种无法脱离命运的痛苦。他还记得小时候和朋友看台湾版的《封神演义》，看到哪吒削骨还父削肉还母的场景，朋友说哪吒不孝，怎么可以将这些还给父母，这些都是与生俱来的。那时候的边晟只想，为什么不能还，那些人生下他们的时候又没问过，他们是否愿意来到这世上，承受这些磨难。如果可以还，他也会还回去吧。

柴韵帮边晟包好伤口之后，从口袋里掏出了一颗糖放在边晟床边的小柜子上道："请你吃糖。"

"我不吃。"

并不理会他一个小屁孩的话，柴韵道："这是我的喜糖，你一定要吃。我走了，有事儿按铃叫我。"

柴韵离开病房，边晟扭头看小柜子上的那颗糖，他踌躇之后，还是把糖拿起来，放进了嘴巴里。那是一块柠檬糖，最初的味道是无尽的酸，忍过去，属于糖的味道才散发出来，这就像是生活，苦难在前，享受在后。可是又有多少人能挺过苦难熬到最后，大多数人要么在苦难之前就已经放弃，剩下的则因为尝的苦难太多，即便尝到了甜也会觉得那是假的，所以还是会活在苦难中。

尝到甜味的边晟，靠在床上，看着天花板，不知道是不是那颗糖的原因，他突然笑了起来。

刘卓回到警局的时候，陈山已经离开了，李亦萧因为微醺，窝在会议室的沙发上睡觉。刘卓继续分析自己前一天画在会议室黑板上的资料和信息。

下午三点半，依旧想不通的刘卓，收到了哈米特发来的回复：在？

放下笔，刘卓拿起手机，开始和哈米特聊天。他们谁都不会想到，世界这么大，聊天的他们会在一个城市，甚至是一个街区里面，只是一个在城南，一个在城北。

想了想，刘卓向哈米特发去消息：你在南方还是北方？

看了看落雪的窗外，边晟回复刘卓：北方。

刘卓：你那里下雪了吗？

哈米特发去一个点头的表情。

刘卓敲击键盘：不会是在龙省吧？

没想到解谜会直接说出自己所在的地方，边晟想了想道：不是。

刘卓：可惜，我还以为在一个地方，因为我在这里。你还在念书吗？

哈米特：不，我已经工作了。

刘卓：做什么？

哈米特：什么都做。

刘卓：年轻可以试一试，等稍微成熟一些，还是找个合适你的工作。

哈米特：你为什么喜欢悬疑推理？

刘卓：觉得一点点猜透另一个人的想法挺好玩的。你呢？

哈米特：因为寂寞。

刘卓：十几岁的孩子，明白什么是寂寞吗？

哈米特：应该比你明白。

看到哈米特的回答，刘卓不觉笑了起来，他想了想在键盘上敲下：是我多管闲事儿。我有个谜，纠结了很久，但是现在好像越来越乱，你有时间吗？有时间的话，可以和我一起解。

哈米特：你说，我能力有限，尽力。

刘卓将宋晓雅的案子换了一种方式讲给哈米特，案子的关键信息被他隐瞒掉，但是电脑那边的敏感少年还是在看完他发去的案情细节之后发来：是西京那件案子？

刘卓不想骗个小孩子，回了个点头的表情。

医院里，没想到解谜在追这个案子，边晟一时之间有些无措，却还是第一时间回复刘卓：你有什么不明白的？

刘卓：我有一种直觉，凶手是藏在这些浮在表面上的人之后的人，但是依现有的线索看，这个人和死者之间是没有必然联系的，你觉得我该不该换个角度？

哈米特：直觉没有用，一切要讲证据。

刘卓：愿闻其详。

哈米特：我……我也不知道。不过之前群里有人说过，如果想不通，就一切从头来。

刘卓：从头来？

哈米特：或许吧。我还有事儿，回聊。

哈米特迅速下线，刘卓的视线却一直盯在屏幕，他发来的那句话上：如果想不通，就一切从头来。

关掉手机，刘卓将手上的工作交给陈然，就离开了。没追上他的陈然，趴在窗前问已经下楼的刘卓："刘哥，你去哪儿啊？"

"去见个人，有事情随时联系。"

话说完，刘卓开门上车，那天西京没下雪，但是路依旧不畅通，据李亦萧说，市政府一直在说西京马路拓宽改造的事情，但是城市发展速度慢，政府没钱，项目一直处于搁置状态。路不好，就显得城市破旧，城市破旧就让生活在这里的人没有安全感。就连刘卓这个外乡人，来到这里不过一个月，就已经开始觉得这城市压抑了，又何况在这里生活了几十年的人。

那一天，因为天冷，春梅酒店的老板娘春梅早早关了店门，开始包饺子，并叫了几个相熟的司机来吃，其中就有马致远。

因为最近发生了太多的事情，马致远也想喝一杯，所以提早就过去了。那时候店里只有春梅一个人在忙，马致远洗了手，开始帮春梅包饺子。那本来是个再平常不过的晚上，这个晚上的流程本该是饺子包好，客人们来，大家潇洒一夜，然后各自归家，可是这个晚上，春梅酒家却迎来了一位不速之客。

西京寒风凛凛的晚上，虽然没下雪，但是大风将树梢的残雪吹了下来，打在人身上。刘卓冒着大风从黑夜里走向小店，他掀开门帘进门，随着他的步伐，大风将几朵雪花卷进屋里。

见有人进门，老板娘春梅道："抱歉，今天不营业。"

掸了掸身上的雪，刘卓道："我约了吴爷，他让我来这里等他。"

刘卓说出上次联系过的车头吴爷的名字，老板娘春梅也没有多说，给他上了一杯茶水，就回到马致远身边，继续包饺子。而背对刘卓的马致远，除了刘卓刚进门的时候，他回头看了一眼之后，就一直没反应，只是偶尔看看放在架子上的不锈钢水盆，昏黄的灯光下，盆子上折射的正是刘卓的样子。刘卓静静地坐在角落里，眼前的水动都没动，似乎感觉到马致远在看他，刘卓看向马致远的方向，两人的目光在盆子上对视，马致远错愕回神。

刘卓发现那个司机一直看他，却没点破，而他之所以来春梅酒家，是因为哈米特的话。哈米特说得没错，如果一切是乱的，那就从头开始顺所有线索，但是宋晓雅最后出没的正阳酒吧，因为经营不良产业，所以所有的监控都是坏的。所以那一天，宋晓雅见了什么人，又为什么离开酒吧，警方不得而知。但是宋晓雅的最后轨迹却不止于酒吧，她还上了一辆出租车，所以如果说从头查起，刘卓更倾向于找到那辆送宋晓雅回去的出租车。

屋子里没半点声音，躲开刘卓注视的马致远下意识去切饺子皮的时候，一旁的春梅突然道："手，老马手。"

马致远回过神来，手指上一大片皮被刀切了下去，还好没流血。

立刻拉过马致远的手，春梅道："怎么不小心点，让我看看？"

马致远憨憨一笑，道：“没事儿，走神了。”

“你别切了，去剥蒜吧。”

将一旁的塑料盆子递给马致远，春梅将他推到一旁剥蒜，而马致远坐的地方，距离刘卓只有一米不到的距离。马致远细细抠着蒜皮，一会儿之后等得无聊的刘卓开口问他：“您也是司机？”

马致远抬起头，道：“嗯。”

“没出车？”

“雪大。”

“天气不好，不是生意才好吗？”

马致远刻意挺了挺身体，道：“年轻的时候摔过，腰落下了病根，雪大就坐不住。”

刘卓看向窗外，雪依旧下着，无声无息，却似乎有着某种力量一样，透过模糊的窗户看出去，光很暗，距离小店极远的路口，还有一盏灯亮着。那场景就仿佛这看似无解的案子里，一息尚存的光明。也正是那一点点光明，给了他查下去的动力。

“我来西京这么久，雪好像都没停过。冒昧问一句，您是在金星开车，还是正捷？”

话题再度回到原本的问题上，马致远却不似刚刚那般紧张，他道：“金星。”

“您和正捷公司的司机有联系吗？”刘卓这次来找吴爷就是为了找到正捷公司，可能拉过宋晓雅的司机，他想问明白，在宋晓雅最后的半个小时，从她车上到她家里这一段路程上，到底发生过什么，中途是否有人上车，她在车上又是否联系过别人，那天她是不是真的回家了，还是在半路就下了车？关于宋晓雅最后的生活轨迹，有太多他们需要查清的事情。

“公司不一样，所以联系得不多。”

“两家公司关系怎么样？”

马致远手里的蒜上，一层薄薄的蒜皮怎么也没办法扒下来，他显得有些急躁，手指甲用力从上面一点点将蒜皮刮下来。

见马致远不说话，一旁以为他紧张的老板娘春梅道："都是干这行的，谁都不会故意为难谁，偶尔会有冲突，但是大家见面还是会帮忙。所以没什么关系好坏的，大家都是为了讨生活。"

老板娘的话，吸引了刘卓的注意，他问老板娘："两家公司的人都会来您这里吗？"

"还是金星的人来得多。"

"司机们凑在一起都说什么？"

老板娘拿过蒜臼子，一边捣蒜泥，一边道："天南海北，什么都说，没一句有用的。你问这个干吗？"

"单纯好奇。"

"你不是警察吗？不好好查案，好奇出租车司机干吗？"

"因为两件事情或许是相关的。"

春梅听得有些糊涂，再要问什么，小店的门被推开，几个出租车司机走了进来。刘卓抬头看墙上的表，九点四十五分。

来人之中就有刘卓要找的吴爷，因为上次见过，吴爷放下自己的茶杯，直接走到刘卓跟前。

小店的角落里，听闻刘卓这次来的目的，吴爷道："这事儿不好办，上次你说正捷的人，我给你问了一圈，都没消息。"

"所以，我得自己查。"

"出租车和警察不一样，你们吃的是皇粮，我们得赚钱养家。"

知道吴爷是怕耽误生意的意思，刘卓道："车钱我按您这边的份子出，也尽量不耽误您这边的工作，请您配合我。"

"我倒不是这个意思，要是我没事儿，就陪你跑一趟了。我明天得去医院，你这又要尽快，所以得给你找人，也不能白用人家。"

"明白。"

吴爷将马致远介绍给刘卓就是那晚上，他指着马致远和刘卓说：“这是老马，以前在正捷干。老马，这是刘警官，有点事儿让咱们帮忙，你明儿跟他去趟正捷，找找老周，我提前打好招呼的。”

从被吴爷叫过来，马致远就一脸彷徨，听吴爷这么说，他缓了缓道：“可我明儿还得出车。”

“份子钱我给你免了，你上午跑一趟，下午再拉活儿不吃亏。”

吴爷话已至此，马致远看看刘卓道：“那，那行吧。”

那晚，安排完要安排的事情，吴爷去一旁和司机们聊，小店昏暗的角落里，只剩刘卓和马致远站在一起。

刘卓道：“麻烦您了。”

马致远看着刘卓伸出的手，将手心在自己衣服上蹭了蹭才和刘卓握了握。

“马致远。”

看着眼前的马致远，刘卓道：“我是不是在哪儿见过您？”

刻意躲开刘卓的视线，马致远道：“我经常在路上跑车，你可能坐过我的车。”

微微一笑，刘卓道：“或许吧。马师傅，我们明天约哪里见面？”

“你去公司就行。”

“正捷还是金星。”

“正捷吧，我明早开车去那边等你。”

照旧将自己电话留给对方，刘卓道：“这是我电话，如果明天有特殊情况，您可以提前联系我。”

“好。”

办完正事儿，吴爷知道刘卓要走，留他一起吃，刘卓谢过吴爷之后，还是离开了。正和大家玩牌走不开的吴爷，就让马致远送送他。

春梅酒家外，几辆出租车排成长龙，出了店门，刘卓半开玩笑指着第三辆车问马致远，那是您的车？

马致远惊讶抬头，道：“你怎么知道？”

“我来的时候这里就停了这一辆车，店里只有您一个人。您鞋子面上是干的，应该不是走来的。那咱们明天见。”

微微回想了一下刘卓的话，马致远才回过神来，他和已经走了的刘卓道：“明天见。”

刘卓将羽绒服的帽子戴在头上，埋头向远处的车走去。而只穿着毛衣的马致远看着他走远，仍旧孤零零地站在黑夜里。那一刻，马致远的心是前所未有的慌张，他也不知道自己慌什么，就好像，命运中，那个他逃不掉的劫难，终于还是来了。

刘卓的车开上路，他就打电话回局里，彼时已经十点多，办公室已经没什么，接电话的是给李亦萧送尸检报告的冯思南。

刘卓要冯思南找陈然接电话，冯思南道：“这都几点了，人家早下班了，有事儿明早吧。”

“还有谁在？”

环视四周，冯思南道：“就我。”

冯思南喜欢李亦萧，所以处处跟刘卓对着干，刘卓也不想麻烦她，但是这时候他能用的只有冯思南。

想了想，刘卓道：“帮我查辆车。”

“我干吗帮你。”

“我帮你约李亦萧。”

聪明人谈话从不藏着掖着，刘卓直戳要害，电话那边的冯思南直接一愣，然后结结巴巴道：“谁，谁要约他。”

刘卓是那种很不懂风情的人，他一边开车一边问冯思南：“一月三号是你生日。”

“你怎么知道。”

“你办公桌的日历上写着。”

小女孩还是不承认，伶牙俐齿道：“我生日怎么，我生日就要约他？”

“你最近一直在问李亦萧3号有没有空，你直接目的应该是想要约他和你一起过生日。”

“不是。”

“我能帮你。”

冯思南约了李亦萧半个月，李亦萧都没给她答复，她都有点想放弃了，现在刘卓却给她这机会，冯思南想了想道：“你要我帮你干吗？我先说好，我是为了案子，不是为了李亦萧。”

“明白，我也是想要帮你，并没有胁迫的意思。你帮我查个车号，西N73525。”

“只查车主的信息？”

“都查，不仅是车主信息，还有这车当天的行车路线，尤其是晚上的。”

“你什么时候要？”

“越快越好。”

2

春梅饭店里面，直至上了凉菜，春梅也不见马致远回来，她将菜交给一个司机继续炒，便出门去找。那时候，马致远还站在寒风里，望着刘卓离开的方向发呆。见他这样，春梅上前将他拉进店里道：“傻站着干什么，赶紧回来啊，他们都吃上了。”

马致远被春梅拉回小店里，被冻蒙了的他，看着眼前的场景，明明那些人都在推杯换盏，吴爷冲他招手要他过去，可是马致远像是听不到那些声音一样，呆站在那里。春梅见状拉着他道：“你怎么了？”

马致远看着她的口型还是没任何反应。春梅也看出不对，连忙将他拉去后厨。饭店的后厨不大，两个人勉强能错开身体。将马致远拉到一旁的椅子上坐下，春梅问他：“你怎么了？”

马致远抬头看着春梅，隐隐的灯影中，他能辨识出春梅的五官，能看到她的嘴在动，却听不清她说什么。

马致远望着春梅，有些无助道："你说什么？"

"你怎么了？"

春梅刻意放大声音，马致远只隐隐听到"了"。

马致远指了指自己的耳朵，冲着春梅道："我听不见了。"

春梅吓了一跳，重复道："听不见了？"

马致远照旧看着口型摇头，春梅一时之间也慌了。她看到一旁舀水的勺子，她把勺子放在马致远耳朵边，用铁铲在勺子上敲打，她力气越来越大，敲打的声音越来越响。

"听得见吗？"

"听见了一点点。"

马致远随着敲击的声音，渐渐走出了那个无声的世界。见他缓过来，春梅呼出一口气道："吓死我了。你到底怎么了？"

马致远茫然地摇了摇头，道："我也不知道，可能是上火了，吃点药就好了。"

"马致远，你要有事儿一定要跟我说，千万不能憋在心里。你每天在路上开车，可不能这样魂不守舍的。"

看着眼前面和心善的女人，马致远点头道："知道了，我没事儿，你快去，去陪着他们喝酒吧。"

"你去，我煮饺子。"

"你去吧，外面闹，我想静静。"

见马致远坚持，春梅也没再强求，她脱下围裙递给他道："你一会儿也出来。"

马致远点了点头，春梅转身走到门口，似乎想起什么的她，背对着马致远道："马致远，我不知道你是什么心思，但是如果你要离，我等你。"

"春梅……"

“你要没这个心，就当我没说过。”

说罢，也不给马致远反应的时间，春梅端着一盘凉菜走出厨房，剩下马致远一个人站在灯光下。

春梅离开，后厨只剩下马致远一个人，他站在灶台前，仿佛听不到门帘外的黄腔和欢笑，他眼前的一切，随着刘卓的出现，全部被勾连了起来。而他也仿佛穿过这一天天的煎熬，回到了半个月前，一切开始的晚上。

那晚西京也下了雪，因为客人多，马致远吃上晚饭已经是九点多，早买好的饺子已经冷了。他还是狼吞虎咽吃完，想着饭后拉几小时再回去，可是那天他却没如愿继续拉后面的活儿，因为饭还没吃完，就有客人上车了。马致远才要解释现在停运，对方却已经先他开口：“东西藏好了吗？”

马致远下意识要回头，对方却道：“别回头。”

马致远虽然是个老实人，但是他不傻，他抱着已经冷掉的饺子，颤颤巍巍地问：“你是谁？”

“我是谁不重要，重要的是，你把东西藏好了吗？”

即便对方如此说，马致远还是结结巴巴道：“我不知道你在说什么。”

“你知道。”

“我不知道。”

见马致远在排斥这个话题，黑衣人道：“那只手。”

听到手，马致远整个人都慌了，他将手里的饺子摔在方向盘上，从驾驶室和后排的间隙冲过来。他要去抓那个黑衣人，可是椅子却阻止了他的动作。这几天一直为那件事儿备受压抑的马致远崩溃地冲着后排淡漠的黑衣人大叫：“是你，你为什么要害我？为什么？”

似乎感受不到马致远的悲愤，那人淡淡道：“我没有害你，这条路是你自己选的，你当初本来可以报警的。”

这几天就一直压抑着情绪的马致远在车里愤怒地大叫：“我现在也可以报警。”

后座隐藏在黑暗里的男人却并不在乎，他道："没用了，你有杀她的理由，也真正参与了抛尸，在找不到真正的凶手的情况下，你觉得警察还会相信凶手另有他人吗？你去自首，就全完了。"

马致远听他如此说，突然暴躁大吼，他捶打着方向盘，汽车在黑夜里发出阵阵鸣笛，犹如困兽的悲鸣一样。马致远在车内喊着："你为什么要害我，为什么？"

"马致远，这是你自己选的路，当初你已经决定销毁尸体，那么就坚持到底，把东西藏好。这是能保住你自己唯一的办法，"

话音落下，对方下车，马致远回过神追出去的时候，他已经消失在了茫茫的寒夜里。

春梅饭店，饺子锅突然溢出水来，煤气灶发出警报，马致远吓了一跳，忙去关煤气罐，但是另一只手一松，漏勺掉进锅子里面，热水溅出来，在他手上烫红了一大片。皮肤的刺痛让他四处找东西包裹自己的手，他拿起身后一个盆上盖着的白毛巾，却没想到毛巾下是一盆刚清理完的生猪蹄。灯光下，猪蹄的皮呈现一种灰白色，仿若不久之前，马致远看到的那只手一样，几乎是瞬间，他喉头一酸，跑到垃圾桶跟前吐了起来。

其实马致远第一次拉到黑衣人那天，他不止在车厢里发现了带血的纸团，还发现了一个被黑衣人丢下的报纸包。鉴于之前几次情况，他第一时间将车停在路边，将身子探到后座将纸包拿了过来，他本以为那里面会是一摞钱，在打开的过程中，他还想，如果是钱，他是带回家，还是上交。如果带回家，是不是会被抓住，要是丢了工作怎么办。可是他万万没想到，报纸里面包裹的根本不是钱，而是一只手。

能感觉到那只手还是软的，马致远当时就吓得将手丢了出去，他平静了好半天，才敢再去看那只手。再看的时候，他不断和自己说，那可能只是道具，是那个黑衣人的恶作剧，没准儿还有电视台的人在拍摄。为了确定自己的想法，马致远再次将手捡起来，这一次他看得更清楚，那的确是一只人的右手，手背上还有毛孔，指甲上是快褪掉的指甲油，而手的手腕处，还有明显的被割断的痕迹。马致远是见过断手的，那还是当年在钢厂上班的时候，他一个工友因为操作不当，手被带进轧钢机，大家还来不及反应，他整只手就被干干净净轧掉了，当时那只手就滚到了马致远的脚下，直至马致远看到，工友才回过神，发出痛苦的哀号声。那声音马致远这辈子都忘不掉，那天大家都着急救工友，班长要马致远将工友的手捡起来，跟他们一起去医院。所以二十年前，马致远就曾经感受过，一只手在他怀里渐渐冰冷的感觉。

马致远不知道那人为什么会往自己车里丢一只手，这只手是谁的，他也不知道。想不明白的他在车里吸了一整包烟，才鼓起勇气用刚刚的报纸把手包好，那天他本来已经决定去警察局，把手交给警察处理。

那天西京下了当年的第一场大雪，私家车都堵在了路上，可是马致远的心比眼前的路还堵，他不时回头看，看后座那只手。为了分心，他打开车载收音机，听起了歌。可是就在马致远的车距离警局不过一百多米的时候，收音机传来插播新闻：今日清晨，我市正阳区钢厂家属院发生凶杀案，死者为小学老师宋某，女性，年龄 24 岁，死者在家中被杀后分尸，现大部分残肢下落不明，如广大群众对该案件有相关线索，请及时与西京警方联系。联系人刘警官，联系电话……”

正阳小区、钢厂家属院、凶杀案、小学老师、宋某、尸体下落不明，一个个词语在马致远脑子里连成线。他从后视镜去看那只被法制晚报包住的手，一层冷汗从身体里渗出来，浸湿他的衬衣。就在马致远胆战心惊的时候，一个警察打开他车门问道：“走吗？”

马致远连忙道：“停运了。”

警察离开，马致远加大油门，逃一样地离开了。凶杀案发生的当天晚上，他绕了半个城，终于还是停在了宋晓雅家的楼下，而这个地方，在这半年，他来过不止一次，可是每一次他都是止步楼下。宋晓雅家对面马路的小超市，一天没吃饭的马致远要了一瓶啤酒和一袋花生米，之后他坐在店里的椅子上，机械地吃了起来。他目光呆滞地看着远处进出小区的警察，听着小超市老板和路人谈论案子，他听到分尸，听到现场留下的死者的头被法制晚报包好，似乎所有的线索都跟他车里那只手息息相关。

就在马致远无所适从的时候，两名警察从远处走来，而其中一个，就是今天马致远见到的刘卓。

刘卓的脸和那天马致远看到他的场景重合，他越来越慌。而那一天，不敢面对警察的他在警察到达小超市没多久之后就离开了。将车开离案发现场，马致远一直在街上游荡，他不时看向后座，满脑子都是是否要去自首，如果自首，他老婆怎么办，孩子怎么办，他儿子才八岁。而且他和宋晓雅之间是有着无法言说的关系的，警察看到断手会不会认为人是他杀的？

寒冬，开了几个小时，终于开不下去的马致远将车停在西郊一片空地上，再往下开，就是冻冰的河，穿过冰河就是邻省。马致远甚至想跑，跑到邻省藏起来，可就在他发动汽车的时候，他儿子打来电话。电话里年幼的儿子小心翼翼问他："爸爸，你几点回来，你说今天给我买麦当劳的。"

似乎儿子就在眼前，马致远抬起手摸了摸空气中的那张脸："小军先睡，爸爸一会儿就回去，麦当劳明天给你买，爸爸一定给你买。"

"那你慢点。"

因为儿子的电话，马致远放弃了逃跑的念头，他告诉妻子夜班司机没出车，他想多拉一会儿。挂掉那个电话之后，他反而平静了，他不能慌，他是一家之主，他只要把这只手清理掉，就什么事儿都不会有了。

那天马致远吸光了他车里所有的烟后，做了一个决定，就是把手埋了，这样神不知鬼不觉。可是西京天冷，周边的土都冻住了，贸然埋在雪里面，如果出现意外情况会马上被发现。马致远决定找个地方把手烧了，到时候一把灰，警察想查都没办法查，平静下来后，马致远想到之前一起开出租的工友现在在垃圾焚烧站工作，他之前去找过对方一次，见过一次垃圾被焚化的场面。马致远当即决定联系他，可是电话播出去，他又挂断了，时值深夜，他怕对方起疑心。想了想他将车开回市区里，想等到早上直接开车过去找他。

在市区的火车站，马致远从夜里等到早上，天微微亮的时候，他手机响了起来。

马致远吓了一跳，下意识将手机挂断，可是对方再次打来，来电话的不是别人，是宋紫娟，之前马致远见姚美兰的时候，她问过的那个女人。

车内，拿着手机的马致远道："有事儿？"

"你在哪儿呢？你能不能来给我拉一趟西装？"

"你找别人吧，今天我不出车，"

电话那边的宋紫鹃冷哼一声道："你就知道蒙我，我都看见你车了。"

拿着手机的马致远连忙往四周看，就见前车窗外，宋紫鹃正从马路对面向他的车走来。马致远知道宋紫鹃的习惯，她从来都是坐后座，就在对方走到车边，要打开后左门的时候，马致远急忙将报纸包裹着的残肢从后座拿到他自己手边，然后揣进怀里。他不知道是因为天冷，还是死人的手就是那么冷，揣进去的瞬间，他感觉胸口像是揣了一块冰一样。

上车的宋紫鹃讥讽道："还说没出车。"

马致远回头看着她："我开了一夜，刚想回去休息。"

"你就是想躲着我，就拉一趟，我也不是不给你钱。"

宋紫娟执意要马致远拉这一趟，马致远没办法，只能跟她去了千叶广场。那天也巧，马致远去的时候，一辆垃圾车停在仓库门外，正从仓库中装卸垃圾。

跟着宋紫鹃走进仓库，看到那些装着杂物的白垃圾袋，马致远问她："这些都是要清理的？"

回头看了一眼，宋紫鹃道："说是有什么检查，商场让各家把仓库整理出来了。垃圾统一处理。你看中什么了，随便拿。"

宋紫鹃继续前行，走到自己的摊位前，她才发现马致远还站在原地发呆，她招手道：“过来啊。”

回过神的马致远小跑两步跟上她。宋紫鹃要马致远送两箱子西装和她去火车站，拉马致远过去，宋紫鹃才发现有几件西装装错了，要马致远等着她弄好再走。一边收拾，她还一边拿出一件羊毛衫，一定要马致远试一试，马致远怀里揣着那只断手，死活不试。为了躲开宋紫娟，他找理由出门抽烟。

那天，仓库外，垃圾场的司机也站在不远处吸烟，马致远和他聊了起来。司机说这些垃圾是要运到垃圾场焚烧的，不止拉千叶广场这一家，之后还要去百货大楼和几家小超市。也是聊天的时候，马致远知道，白色垃圾袋都是垃圾场提供，直接送去焚烧的，另外的袋子则会进行垃圾分类。

“直接就烧吗？”

又点了一支烟，司机道：“您没去过垃圾场吧，一大焚化炉，车开进去，直接倒斗。”

随着司机的话，马致远眼前仿佛出现一簇火，也是那一刻，他决定，把那个陌生人丢在他车上的残肢，丢进垃圾袋里。

马致远吸完烟回去，正和清理垃圾的员工擦肩而过，他走到那些垃圾袋边的时候，四周没人，远处的监控又拍不到这里。几乎是刹那间的事情，那只快被他体温焐热的手，被他丢进了垃圾袋里。

那个早上，处理了残肢的马致远送宋紫鹃到车站，下车的时候，宋紫娟还是将那件他没试穿的羊毛衫留给了他。马致远本来还要拒绝，可是追下车，宋紫娟已经走了。那个早上，西京的天是干冷的，开回市区路过商业街的时候，马致远停车给儿子买了麦当劳，也给妻子买了一份，虽然一个巨大的危机刚过去，马致远的心却像是从没轻松过。

早上回到家，妻子看到两人的早点，一边埋怨他多花钱，一边给儿子弄好，自己那份则放在冰箱里，说等儿子放学还给儿子吃。那一刻，看着老婆孩子，马致远觉得他这一夜的煎熬，他所做的最后的决定都值了。

可他忘了老辈人常说的一句话，人在做，天在看，不是不报，时候未到。他万万没想到，他以为天衣无缝，化骨扬灰的计划，会随着垃圾被商场的员工留下，变成定时炸弹，直至装饰圣诞树那夜突然爆炸。

千叶广场的残肢被发现之后，马致远的日子就过得浑浑噩噩，他甚至想在被抓之前自杀，却没有勇气，直至草莓园的尸体被发现，他才稍稍松了口气。他祈求警察能抓住真正的凶手，却没想到，比抓住真凶的消息先一步来到他身边的会是警察。

想到这里，马致远突然放下漏勺，他捂着脸，蹲在地上呜咽起来。

寒风凛然的夜里，街头小店内绽放着暖光，喝酒的人或多或少都有着自己的烦恼，可他们却用笑容掩饰掉，只有马致远无望地坐在角落里，盯着刘卓喝过的水杯发呆。那个晚上，马致远一杯杯地喝酒，他想忘掉这些不快，可是有些东西是宿命，既是宿命，他无法脱身，更无处可逃。

3

刘卓回到租住的老楼，已经是深夜，因为没物业管理，一切都靠住户自管的楼道灯始终都是坏的。刘卓拿出手机想用屏幕的光照路，手机却没电了，他只能摸黑上楼，沿途不是踢到这家的白菜，就是撞到那家放在门口的土豆。靠着运气走到三楼，他突然停住了脚步，虽然楼道是无声的，但是刘卓感受得到，除他之外，楼道里还有一个人的呼吸声。

习惯性地将手放在后腰上，刘卓才想起，来西京之后他还没来得及配枪。随手摸了邻居立在门口的一根铁条，刘卓缓下脚步走上楼，从四楼和五楼拐角的地方往楼上看，他门口什么都没有，但是从这里看，还有一个他看不到的死角。

调整好呼吸，刘卓小心上去，他每迈一节台阶，都会微微呼出一口气，动作所发出的声响微不可闻，就在还剩一节台阶的时候，刘卓就感觉到，他刚刚顾忌的死角的确是有人的。

不等刘卓下手，就听藏在黑暗里的人道："回来了。"

声音很懒，知道是谁的刘卓听罢，忙将要挥出去的钢条收了回来。

"你怎么来了？"

从角落里走出来，月光的照耀下，出现在刘卓门口的正是李亦萧，他道："再不来，你敢把我打包卖了。"

知道他是因为冯思南的事情才来的，刘卓放下钢条，拿钥匙打开门道："各有所需，再说陪美女吃饭，你也不吃亏。"

刘卓的房子和李亦萧上次来的时候一模一样，客厅里还是只有沙发，开门的卧室内，是一张放在地上的床垫。将丢在沙发上的衬衣扔在一边，李亦萧嫌弃道："虽然就你自己住，好歹也收拾一下。"

刘卓根本不理他，道："你来干吗？"

"出租车是怎么回事儿？"

知道冯思南已经全盘交代，弯腰从抽屉里找烟的刘卓收回手道："要找宋晓雅最后坐的那辆出租车。"

"西京这么多出租车，总不能一辆辆地查吧。"

灯光昏暗的屋子里，刘卓抬头看着眼前的李亦萧："怎么不能。"

"刘卓，我没跟你开玩笑。"

"李亦萧，我什么时候跟你开过玩笑。"

四目相对，两个十年的同学彼此对视，许久，寂静的屋子里李亦萧一扫刚刚的玩世不恭道："你是为了这个案子，还是为了别的？"

知道李亦萧指的是什么，刘卓没说话，而屋子里除了彼此的呼吸声，再没半点声音。那种静，仿佛八年前那件事儿发生的时候，大家在北都警局等待尸体从案发现场被带回，他们等到深夜，谁都没说一句话，尸体拉回来，法医挡住刘卓跟他说，还是不看的好。

从事情发生到找到尸体，三天没说话的刘卓在那一刻笑了，他像个警察，而不是像一个哥哥一样和法医说："多可怕的尸体，我没见过？"

“可是，那……”

法医都不忍再说下去，刘卓却不在乎，他推开那些阻拦他的人，直接推开了法医室的大门，他将所有人挡在外面。也是那个晚上，认识刘卓四年的李亦萧第一次听到他哭。

想到那时候，再看现在的刘卓，李亦萧才要开口再问，就听刘卓自己说：“还能为了什么？”

那天，刘卓身后的窗外正是一轮明月，李亦萧不知道今天是初一还是十五，但是月亮圆得可怕，落在刘卓身后，挡住他半张脸的表情，让李亦萧猜不透，他到底在想什么。

而李亦萧来找刘卓，也不是没有原因的。下午，送陈山离开警局的时候，老爷子刻意叮嘱李亦萧，要看好刘卓，等案子结束，亲自带着刘卓去他那边。

李亦萧问陈山是不是看出了什么，陈山道：“是个好苗子，最怕走错了路，当警察的一旦被自己的情绪支配了，就全完了。”

正因如此，他晚上离开警局，从冯思南口中知道刘卓在查出租车司机，才来了刘卓家。既然刘卓表示这件事儿和余一的事情无关，李亦萧也不想再追问。

他道：“那算了，是我想多了。你这儿有什么吃的没有，中午喝酒，我都没吃饭。”

“没有。”

“不找找就说没有。”

李亦萧自顾站起来，打开刘卓放在客厅的冰箱，冰箱里什么吃的都没有，只摆着满满一冰箱的矿泉水。

“你要不要这么变态。”关上冰箱，李亦萧进厨房找。

刘卓则始终没动，他坐在沙发上背对李亦萧道：“你走不走？”

似乎听不出他的怒意，找了半包方便面的李亦萧道：“都十二点了，我在你这儿对付一宿得了。”

“不行，我这里就一张床。”

“一张床怎么了？好歹还是单人的，那年宿舍发水，咱俩挤在单人床上不是也睡了一宿。”

“那时候是那时候，反正现在不行。”

“不行也得行，要么你走，要么一起睡。”

李亦萧在外大男人一个，但是有时候幼稚起来，谁拿他都没办法，闹急了，他直接脱衣服，躺在了刘卓的床上。

那一夜，窗外仍旧是一轮明月，伴随着月光，缓缓而落的是大片的雪花，睡不着的李亦萧望着天花板叫他：“刘卓。”

漆黑的屋子里却没有回答。

李亦萧也不生气，他望着天花板自语道：“睡了？算了，睡吧，睡醒了，就都过去了。”

听到那句话，黑夜里的刘卓睁开眼睛，他仿佛回到八年前的那个夜里，飘着消毒水的病房里，被强制打了镇静剂的他无力地倒在病床上。而那天，陪着他的李亦萧也说，睡醒了就都过去了，可是这八年，他睡醒过无数次，但是那件事儿还是没有过去，或许对他来说，在抓到凶手之前，永远不会过去。

第二天上午西京的天是阴的，下了一夜的雪虽然停了，但是气温像是更低了。刘卓醒过来的时候，出门买早点的李亦萧刚回来，见他从卧室走出来，李亦萧让他赶紧吃，一会儿一起回局里。

“我有别的事儿。”

“什么事儿？”

没给李亦萧答案，刘卓钻进洗手间刷牙，李亦萧拿着一根油条，站在洗手间门口看着他道：“刘卓，你不说，我也不强求你，但是如果你做了什么触碰我底线的事儿，我也绝不会睁一只眼闭一只眼。”

看着镜子里湿漉漉的脸，刘卓道：“你走不走？”

“就这么嫌弃我，以后你求我，我都不来。”

咬着手里的油条，李亦萧一边抱怨刘卓没人性，一边开门离开刘卓家，下到一楼，穿过马路，上了他停在路边的破桑塔纳。李亦萧并没有立刻启动汽车，他摇下车窗往刘卓住的五楼看，而五楼的厨房内，站在窗前的刘卓也正往下看。两人虽然彼此都没看到对方，但是他们却能感觉到此时此刻，正在被对方注视。

李亦萧念大学的时候，警校曾经做过一次心理测验，测验的结果和近几年的结果稍有不同，而这个不同正是因为刘卓。他的成绩极高，这种成绩代表着超出常人的高智商，也代表着超出常人的极端。而上一个在警校测验出这种成绩的学长，在警校毕业之后却销声匿迹了。

李亦萧最后一次听到有关他的消息是在西北一起连环杀人案中，他十年杀了三十七个人，始终没被抓住，最终被抓还是在无意之中帮了一个本不该帮的人。知道那件事儿后不久，就出了刘卓妹妹的事情，李亦萧第一时间赶去北都，就是怕他做出什么极端的反应。虽然当时和现在，刘卓还都表现得像个正常人，但是李亦萧总有一种感觉，这只是暴风雨前的宁静。尤其昨天刘卓离开时说了那番话后，李亦萧再次确定了自己的想法。

车里，手机铃声响起，将陷在沉思中的李亦萧拉回现实。

楼上的厨房里，见李亦萧的车开走，刘卓回到客厅吃完他买的早点之后，直接打车去了和马致远约好的地方等马致远。接了电话的李亦萧直接赶往东风北街，那里发生一起两死一伤、凶手在逃的恶性凶杀案。

就在两人分开行动，刘卓因为等不到马致远，有些焦躁的时候，他手机响了起来。来电是一个陌生的号码，本以为对方会是马致远，可是电话接通，对方却道：“你是这号码的主人吗？”

刘卓虽然不善于记住别人的长相，却十分善于分辨声音，在对方刚说完的瞬间，他就道：“陈然？”

突然听对方叫到自己的名字，电话那边的陈然一愣道："刘哥？"

彼时在东风北街案发现场的陈然听到电话那边是刘卓，立刻让手下配合法证将垃圾堆的血衣清理出来，他则走到一旁和刘卓说话。

"你怎么知道我电话？"西京警局，知道刘卓电话的只有李亦萧。

看了看四周的围观群众，陈然道："刘哥，你来趟东风北街吧，这儿发生案子了。本来李哥说你追12·3案，不让通知你，可是我们在死者家门口的垃圾箱里面发现了一件血衣，血衣的口袋里有张纸，上面写着你电话。"

远处一辆出租车向着刘卓的方向开来，可是他还是问陈然："死者是谁？"

"一个叫刘美娟，一个叫刘国庆，伤者叫冯春菊。"

那辆出租车停在刘卓身边，还没看到司机的刘卓问陈然："嫌疑人呢？"

"马致远。"

陈然说出马致远的名字时，刘卓才看到出租车司机的脸，一张陌生的面容，他问刘卓："去哪儿？"

上车的刘卓道："东风北街。"

东风北街是西京有名的棚户区，当年西京钢厂盛行的时候，许多外省市的人携家带口来西京打工，但是当时的钢厂只解决一部分人的居住问题，剩下的工人就自谋出路，在城区开出这么一大片棚户区。随着时间的推移，这些人在这个城市有了户口，却仍旧买不起合适的房子，所以一代又一代只能住在这里。而这里随着钢厂的倒闭，也变得越来越乱。

刘卓到的时候，马致远家外的胡同口围了好几层人。他从人群边钻过去，一直等着他的陈然迎上来道："刘哥。"

给工作人员看了警官证，刘卓道："什么情况？"

"两死一伤，凶手在逃。"

"凶手的消息有了吗？"

"暂时还没有。"

“案子是什么时间发生的？”

“应该是昨天凌晨三点左右，具体时间还没确定。”

说着，两人走进了现场，现场是一座普通的民房小院，正房三间，南北厢房各三间，他们进去的时候李亦萧正站在门口和警员们接洽。从正屋到院子的地上，是大片的血迹。

已经知道电话的事情，见刘卓赶来的李亦萧交代周边几句，向刘卓走来：“我就奇怪了，怎么哪儿都有你。”

没回答李亦萧的话，刘卓反问：“凶手是马致远？”

“差不多吧，死者是马致远的妻子和老丈人，被重伤的是丈母娘。”

刘卓和李亦萧一起穿好鞋套，走进客厅，尸体还没有被清理走，一具倒在客厅的沙发上，另一具趴在卧室门口，手向外，死前应该是想求救的。冯思南和冯思南的师傅正对两具尸体进行尸检。

蹲在地上，看着倒在卧室门口的死者，尸体的伤口十分血腥。刘卓看了看正在尸检的冯思南，冯思南解释道：“是斧子。一斧毙命，之后又发泄地补了几斧子，现场没发现凶器。”

“死亡时间呢？”

“依照尸斑和现场的温度，初步推测为昨夜凌晨一点左右。”

“还有什么发现？”

冯思南抬头看一旁的师傅，正在对另一死者进行尸检的老法医道：“我们来的时候，现场有很浓的酒气，不排除凶手是酒后作案，剩下具体的问题，要等回局里做进一步化验。”

“麻烦了。”

从尸体旁离开，刘卓和李亦萧从客厅走进西屋，西屋发黄的墙上挂着马致远和妻子的婚纱照，照片里的马致远比刘卓见他的时候精神许多。因为屋子里还有法证，刘卓并没急于进去，而是站在门口环顾四周。卧室内桌上的烟灰缸里是吸了一半的烟，里屋的床上一床被子呈现团状，另一床被子没动过。

等待法证拍摄的时候，刘卓问李亦萧：“有目击者吗？”

“当时凶手和死者的儿子在家，案发时应该是和老人一起睡，孩子被惊吓过度，问什么都不说，还不知道是不是目睹了案发过程。”

“周边邻居呢？”

“周边邻居说，昨晚凌晨一点多，听到这一户有争吵，争吵中途停过一会儿，两点多的时候，争吵越来越激烈，之后就有女人的呼救声，因为这家经常打架，邻居并没在意。今早五点多，这家的狗一直叫，邻居隔墙骂了几声，家里人都没反应，邻居才扒墙头往这家看，正好看到了倒在院子里面的伤者，这才报警。”

“邻居什么情况？两家之间有矛盾吗？”

“你别一直问我，先回答我一个问题，马致远为什么会有你电话。”

屋子里的法证拍完照，告知李亦萧之后，刘卓和他一起走进现场，拿起角落桌上放着的马致远全家的合照，刘卓道：“我昨晚要查的出租车就是他的。”

“你怎么会突然找到他？”

“我去查宋晓雅最后乘坐的出租车，找了一个车头，车头为我介绍的司机就是马致远，如果没有这件事儿，马致远本该在今天早上带我去他之前任职的出租车公司调查。我担心会临时发生别的事情，所以我给他留了电话。”

“不是，这也太巧了吧？昨天你才找他了解情况，他当晚就杀了全家潜逃了，刘卓你不是瞒着我什么吧。”

没有看李亦萧，一直观察着现场的刘卓看到放在床下的一双单鞋后，十分平静道：“不是我瞒你，是他瞒了我。”

“嗯？”

提起地上那双单鞋，刘卓看着李亦萧道：“其实在这之前，我还见过他。”

“什么时候？”

“陈然。”

刘卓冲着屋子外叫了一声陈然，陈然立即从屋外跑进来道：“刘哥，怎么了？”

刘卓将手上那双绿胶鞋举到陈然面前：“还记得这双鞋吗？”

看着那双绿胶鞋，陈然一愣道：“鞋？”

指了指墙上的婚纱照，刘卓道：“那你还记得他吗？”

马致远的婚纱照，陈然到了案发现场之后就看到了，可是他并没看出什么，刘卓让他看了绿胶鞋，再看照片，他突然恍然大悟道：“是他。”

“告诉你们队长，你什么时候见过他。”

李亦萧越听越迷茫，陈然道：“李队，宋晓雅案发的时候，我和刘哥在案发现场附近调查的时候，这个人就坐在案发现场对面的小超市门口吃东西。”

刘卓昨天见到马致远的时候，说两人见过，并非空穴来风，只是那时候，他也忘了是什么时候见过他，直至他今天再见到这双鞋。

刘卓第一次见马致远，是他刚被调到西京当天，入职手续还没办，就因为宋晓雅被杀案，被李亦萧派人接到现场，因为刚到和警员们都不熟，李亦萧派了一个实习警员，也就是现在的陈然带他了解现场情况。毕竟是初来乍到，刘卓没发表意见，而是带着陈然去周边调查。

那天，西京也是大雪纷飞，刘卓带着陈然去了对面的门脸房。刚走过去，他就注意到了马致远，倒不是马致远长得多特别，而是他大冬天一个人坐在小超市门口的椅子上喝着啤酒吃着花生豆，脚下还穿着一双单的绿胶鞋。

刘卓是从不冷的北方到最冷的北方，刚下飞机，穿着一双薄棉鞋的他，整个人都冻蒙了。何况这样的天气穿着一双单鞋的马致远，所以进超市之前，他很自然多看了那个男人一眼。

之后，超市里，刘卓要陈然问店老板，周边近期是否有可疑人出现。他则环视四周，小店不大，装潢已经很老旧，营业执照上显示这里已经开了十七年。刘卓注意到小店墙上贴着一张泛黄的 A4 纸，上面写着“三十八元，周边三公里内可送货”，这样的店和附近的住户关系应该都不错，不然不可能开这么久的时间。

指着对面的楼，刘卓问老板娘：“您知道对面 3 号楼 302 的家庭情况吗？”

老板娘显然知道他们问的是死者家，有些为难道：“他们家，我倒是有点印象，不过不太熟。”

“您是这附近最大的超市，楼又在对面，应该了解一些的。”

看着眼前的警察，老板娘略微尴尬道：“也是，但是我只知道，那家就住着一个小姑娘，听说父母离异，她自己住，别的我真的不知道了。”

老板娘担心警察一直盘问自己，扭头询问一旁的客人：“你住她楼下，你知不知道什么？”

老板娘话锋一转，对这种事儿避之不及的客人尴尬一笑道：“我，我也不知道。我家孩子马上就下课了，我先回去了。”

客人离开，店里只剩下老板娘、刘卓和陈然，以及在店外吃东西的马致远。

指着隔壁的方向，刘卓道：“隔壁的小饭店，也是您的？”

点了点头，老板娘道：“是我男人开的，我们一起开店好几十年了。”

“302 是常客吗？多久没来您这里了？

“嗯，算是吧，你这么说她是有几天没来了。这小姑娘在学校上班，以前下班都会顺道过来，要么点个菜，要么买点零食。最近得有几天没见她了。”

“有人跟她一起来过您这里吗？”

“倒是见过她和一个男孩来，我还问她是不是男朋友。她也没跟我说到底是不是，不过我看像是。警察同志，到底是什么事儿，让一个小姑娘好好地在家被杀了？”

老板娘话音刚落，在店外吃花生的马致远叫了一声，三人随着声音看去，就见马致远一杯酒全洒在了桌上。老板娘忙拿着抹布去处理，背对刘卓等人的马致远道："没事儿，没事儿，我自己来。"

马致远接过老板手里的抹布擦净桌上的啤酒，掏出十块钱放在桌上，就离开了。

马致远走远，刘卓问老板娘："这也是常客？"

"不是，第一次来，咱们说到哪里了？"

老板娘问刘卓，刘卓却没反应，他看着马致远离开的方向，就在马致远即将消失的时候，他拍了拍陈然的肩膀示意他继续问，他则快步离开小店，往马致远离开的方向追去，可是追到街头，人早就没影了。

刘卓再回来的时候，陈然已经问完话，刘卓知道陈然是觉得问这些现场周边的人没什么用，所以也没强求，带着他离开了小超市。

一起回到第一案发现场的路上，本来就对刘卓把他从现场带出来不满的陈然问他："为什么要来找老板娘问话？"

"你手机里联系最多的是谁？"

微微一愣，陈然道："我爸妈啊？"

"把你手机给我。"

陈然疑惑地掏出手机，递给刘卓，刘卓看着手机道："15201587742，15779652788，63157726。这些都是谁的电话？"

听蒙的陈然直接摇头。

刘卓道："这些都是你手机最近通话中经常出现的号码，时间都是在中午和晚上。如果我猜得没错，应该是你附近的外卖店和超市，或者快递员的。"

刘卓将手机还给陈然，陈然翻看之后追上刘卓："这能证明什么？"

"能证明，这些每天都能接触到你的人，是比你父母还了解你的人。"

"这些人都是不固定的，与其和他们谈，还不如找死者的邻居问话。"

刘卓停住脚步看陈然："邻居？"

“嗯？”

“你知道你家楼上楼下、对门都住的是什么人吗？”

“我家一楼住的是一对老师。”

“那你附近的小商店呢？老板是从哪里来的？家里几个孩子？开店多久了？抽不抽烟，喝不喝酒？你是不是都知道？”

刘卓的话，让陈然一僵，知道自己说到了这男孩在乎的地方，刘卓又道：“被害人是一个二十岁出头的女孩子，父母离异之后独居。第一现场的厨房很干净，她应该不怎么下厨做饭，西京这样的天气，远处的外卖送到也会冷掉，所以她应该经常光顾附近的店，而她楼下的这两家店都是开了十几年的，又是夫妻店，你也看到了，老板娘并不是心机多深的人，所以她应该经常来这里。”

陈然本以为刘卓没什么本事，才会被调职来西京，却没想到他分析得这么清晰，回过神，他追上刘卓，很自然而然道：“那我们下步做什么？”

举着那个黑色的牛皮本，刘卓道：“查查被害人的人际关系。”正因为这句话，刘卓在之后一步步找到了边潇潇、柴韵以及王攀。

听刘卓说完这些，李亦萧道：“你怀疑，马致远和宋晓雅的案子有关？”

“就像你说的，他没理由在我找上门之后，杀了全家；他也没理由大冬天无缘无故出现在宋晓雅家的对面。”

“陈然，去查查马致远和宋晓雅之间有什么关系。”

得到任务的陈然离开，刘卓打开衣柜，衣柜里只有女人的衣服，男人的只有两三条裤子，一件外套，可见马致远的家庭地位。

看着柜子里的一切，刘卓道：“已知的杀人动机是什么？”

“根据邻居的说法，凶手和死者感情不和，凶手长期受死者全家冷落。我联系了昨晚和凶手吃饭的几个人，说凶手在当夜喝了大量的酒。目前推测是凶手晚归和妻子发生矛盾之后，冲动之下将人砍死。而另外的男性死者，应该是被凶手迁怒杀死，凶手岳母发现情况不对打算呼救，也被凶手袭击，凶手以为后者已经死亡，所以并没查证，她才躲过一劫。”

刘卓拿起烟灰缸，烟灰缸里是十几只烟蒂，都是最为廉价的当地烟，他将烟灰缸放回桌子上道：“马致远离开之前，应该考虑了很久，他很可能有轻生的打算。”

“我也是这么想的，所以来了之后就已经上报上级下通缉令，沿途的高速路和小路都设了关卡，暂时还没什么发现。”

“去春梅酒家看看。”

李亦萧皱眉：“春梅酒家？”

刘卓道：“昨天晚上，我们就是在那里见的。他应该和老板娘的关系不一般，或许会有线索。”

说完，刘卓出了屋子，马致远家墙角的那只狗静静地趴在笼子里，它随着刘卓的接近，呜咽两声。刘卓见狗盆里什么都没有，问一旁的警元要了一瓶矿泉水倒在了盆子里，狗还是不敢接近，警惕地看着刘卓，刘卓起身走远几步，它才敢上前喝水。看着这只孤零零的狗，刘卓不禁想到了马致远的孩子。对一个孩子来说。一夜之间失去父母亲人，那种感觉就像是天都塌了一样吧。

4

出租车司机杀人案，在西京引起了不小轰动，大家都觉得吃丈人家，喝丈人家的出租车司机忘恩负义，可是据李亦萧调查的结果看，马致远在丈人家所受到的压迫极大。因为案件对社会造成了极为恶劣的影响，市局召开紧急会议，上级勒令刑警大队尽快抓住嫌疑人。为此全队将所有外勤的假期全部取消，市刑警队外派一百多名警员，在西京进行地毯式搜索搜寻马致远的下落，可是分析嫌疑人的逃跑路线的时候，刘卓却道：“他是出租车司机，西京大小路线都熟悉，而且社会关系复杂，他想藏你找不到。”

“那怎么办？春梅酒家那边什么情况？”

去查春梅酒家的警员道：“老板娘说，还是前一夜见过马致远，周边的监控我们调取了，没说谎。”

“找，今天晚上之前，一定要把人给我找到。老板娘的电话全部监听。”

办公室的警员齐声喝道：“是。”

警员们四散离开，李亦萧走向刘卓，他发现从开会到散会，刘卓除了那句说马致远无法找到的话之外，什么都没说过。他从始至终都捧着手里的文件发呆，而那些文件资料正是昨晚见过马致远之后，他要冯思南调查的马致远的出租车的行车记录。

刘卓本来只是第一直觉怀疑这个出租车司机身上有事儿，却没想到拿到行车路线之后，竟然意外发现，宋晓雅死前很长一段时间，马致远的车所拉的客人都是在宋晓雅所工作的西京实验小学，以及她所居住的正阳小区附近。

“你看什么呢？”

抬头看向李亦萧，刘卓把手里的一沓纸和一份城区地图递给他道：“这是马致远开的那辆出租车的账单副本，这是他十二月前后的行车轨迹。”

接过刘卓递来的A4纸，纸上标注着几个重要的点。李亦萧对比那些票据，也发现了这之中的异常。

李亦萧没说话，刘卓却说出了他的疑虑：“西京这么大，即便是巧合也不能只局限在这些位置，除非……”

“他在跟踪她……”

就在马致远的嫌疑被无限放大的时候，去调查马致远的陈然打来电话。

“敲诈？”

电话那边的陈然道：“对。去年冬天，还在正捷上班的马致远，曾经和一个丢了包的女乘客起了冲突。因为之前马致远曾经私藏过手机，有过案底，女乘客咬定自己的包就是被马致远偷的，一定要马致远赔偿，马致远因此辞职，公司从他的押金里面扣了两万块钱作为赔偿金，赔偿给了对方。”

“知道女乘客叫什么吗？”

“我问了和马致远同车的司机，对方说当时事情闹得不小，他不想卷进去，就没多了解。”

“拿宋晓雅的照片给他，让他看看是不是同一个人。”

拿着手机的陈然将刘卓传来的照片递给司机看，曾经和马致远同班的司机随意扫了一眼道：“好像是。”

急性子的陈然听他这么说，厉声道：“什么好像，这事儿十分重要，你看清楚了，到底是不是？”

“事情都过去一年多了，我真的记不清楚了。”

陈然将司机的话转给李亦萧，李亦萧道：“去出租车公司查，谈赔偿这种事情，如果是公司出面，乘客都会出具保证书，保证以后不再追究。”

陈然当即问司机是否是这种情况，司机表示的确是这样的。就在陈然要挂电话去接洽出租车公司的时候，和李亦萧一起守在电话边的刘卓道：“陈然，把电话给和马致远搭过班的司机。”

陈然将电话转交司机，电话那边的刘卓道：“您好，我是西京刑警大队刑警刘卓，想跟您了解点情况。”

“我知道的都已经告诉刚刚的警察了。”

“不是有关案子的事情，是有关您的。这个月初的晚上，您的车在哪里？是您在开，还是搭班的司机开？”

对方想了想道：“十二月初？要是那时候，是我自己开，从老马不干了之后，和我搭班的司机总是换人。十二月初正好是空当，没人开夜班，车一般都是放在我家楼下。”

“把您的车牌号告诉我。”

刘卓拿起一旁的本子，在本子上记录下车号：NI7189。

挂掉电话，刘卓将写好车牌号的字条递给李亦萧：“查查这辆车在十二月初夜里的行车路线。”

李亦萧让人调出NI7189的行车路线，果然，在宋晓雅失踪前后的晚上，这辆本没有夜班司机的车却出现在宋晓雅最后出现过的正阳街的酒吧后巷。

这个发现让李亦萧十分震惊，结合宋晓雅和马致远之间的关系，以及他曾经开过的行车路线，还有马致远在接触警察之后过激杀人，从种种现象来看，马致远极有可能就是此案的凶手。

一个本来在案子之外的人，却离奇地成了嫌疑人，而有关他有嫌疑的地方，还是在他杀人逃亡之后才被发现的。而马致远，这个看上去老实巴交的男人，是否就是这一系列谋杀真正的凶手？手指敲着桌子，刘卓看着眼前的一切，虽然所有证据都指向马致远，但是直觉却告诉他，一切绝不止于此。

刘卓和李亦萧离开警察局已经是下午四点多了，两人本打算一起去西京医院，半路李亦萧接到电话，在西京城南三十多里地的地方发现了疑似马致远的踪影。

坐在副驾驶上，看着陈然从出租车公司调取来的保证书，刘卓道："自己过去吧。"

"行，有事情你联系我。真没想到，签名的竟然是柴韵，我还以为是宋晓雅。"

是的，陈然从出租车公司带回的影印版保证书上，签字人是柴韵，而不是宋晓雅，正因如此，两人这才决定前往西京医院，见一见柴韵。

李亦萧将刘卓送到医院，就驱车赶往城南，刘卓则自己去见柴韵。进入住院部，刘卓才发现，算上这一次，这已经是他第三次来西京医院了。

找到住院部，说明来意，护士长查看值班表之后道："柴韵在跟手术，已经结束了，您等会儿吧。"

"好。"

刘卓走到住院部大堂的窗前等着柴韵出来，就看到窗外几个医生正在抓捕刚刚逃跑的病人，似乎是个患有精神疾病的患者。那女人赤着脚，散着头发，仿佛《飞跃疯人院》里的墨菲一样，躲避医生和护士的追逐，她在空地上奔跑着，笑着。她扔起的雪被寒风吹得四处都是，那一刻，看着她的刘卓，似乎能从她身上感受到那么一丝丝向往自由的快乐。

“你找我？”

随着声音，刘卓回过头，柴韵已经来到了他身后。相比不久之前。再次出现在刘卓跟前的柴韵苍老了很多，她双眼黯淡无光，整个人都是一副很紧绷的样子。

刘卓道：“你有时间吗？我们聊聊。”

似乎知道自己躲不过一次次的盘问，柴韵道：“你先去楼下的茶座等我，我下班就过去。”

“好。”

那天，刘卓等来柴韵的时候已经六点多，窗外已经是漆黑一片。再见，她换了一件淡绿色的外套，头发绑成马尾，脸上虽然没化妆，但是整个人比穿护士服的时候显得整齐了许多。

面对面坐在一起，刘卓开口道：“柴韵。”

不等刘卓说完，柴韵打断他道：“你们能不能别来找我了，放过我，从你们来找我，我生活就全乱套了。我真的什么都不知道，她的死也真的和我一点关系都没有，你们放过我吧，你们这样我也会死的。”

看她如此，刘卓并没放弃，他放下手里的咖啡杯道：“你早知道了吧？”

刘卓平淡的语气和看似不经意的话，让柴韵抬起头，她双眼通红，唇角抖动，似乎有什么想说又说不出。

“自己最好的朋友和自己的未婚夫在一起，再傻的人也不会一点都察觉不出他们之间的异样。可是你已经和方毅订婚，如果因为这件事儿，你们解除婚约，受伤害的反而会变成你。可是你又不想就这么咽下这口气，明明是自己的好闺密，明明有男朋友，为什么还要来抢我的，如果怀着这种心思，你或许会杀了她吧。”

双手紧紧攥成拳头，背脊因为隐忍着情绪微微颤抖着，柴韵看着刘卓的眼神，从无助变得绝望。

“我没有……”

刘卓并没被女孩的悲伤触动，他平静地看着柴韵道：“告诉我，到底发生了什么？”

医院的小茶座里面，一旁的病人家属正在给亲属打电话筹钱，另一边一个年轻的女孩看着母亲的诊断记录哭泣着。而被刘卓戳破的柴韵平静许久，才苦笑起来，她问他：“你是怎么发现的？”

“女人对这种事情都很敏感，但是你对这件事儿，显得有些太迟钝了。”

柴韵发现方毅出轨的事情是从方毅开始变得小心谨慎开始，以前她看方毅的手机的时候，他都会很大方，让她随便看。可是从去年年末开始，方毅每次和她见面，都会将手机清理得干干净净，不让柴韵发现一点毛病。如果将恋爱中想要出轨的男人比作爱因斯坦的话，那么女人绝对就是福尔摩斯，他们能从各种细节挖出身边的男人发生了怎样的变化。

方毅虽然清理了手机，购物车也清空了，但是他购物网站的积分却在，他在线下开了什么宾馆，买了哪里的电影票，柴韵都看到了。方毅是老实人，虽然也有男人坏的一面，却不会主动出轨。柴韵当时以为是方毅身边的人故意勾引，就找到他开房的酒店调查，但是酒店保护客人信息，根本不给她看。柴韵谎称自己老公在外养了女人，要拿走所有的钱跟她离婚。那家酒店的老板娘也吃过这种亏，当即帮柴韵查了，但是柴韵做梦都没想到，和方毅在一起开房的会是宋晓雅。

“我第一时间就去找了宋晓雅，可是到她家门口了，我却怕了，我不知道敲门跟她吵一架，结果会怎样。我怕方毅和我分手，和她在一起。”

“所以王攀收到的那些说宋晓雅出轨的短信和照片都是你发的？”

柴韵恨恨地攥着拳头：“对，我想提醒他，可那个傻子根本就反应不过来，我们一起吃饭，还一直说宋晓雅多好。”

“那些短信和照片你还发给过别人吗？”

“没有了，知道宋晓雅和方毅的事情之后，我挺痛苦的，但是方毅各方面条件都比我好，我不能分手，只能小心破坏宋晓雅和方毅的关系。其实我不用怕的，方毅虽然年轻，但是没有王攀家有钱，她那么聪明，不会舍近求远的。”

下午六点，茶座后面精神疾病治疗区域的走廊里，充满了各种各样奇怪的叫声，刘卓和柴韵这里却是安静的。

“你这么了解宋晓雅，为什么不想办法让他们断开？”

抬头看向刘卓，柴韵苦笑：“你没见过宋晓雅本人。看照片，就觉得那是个可怜兮兮的女孩子，可是如果你见到她本人，会觉得她更可怜。宋晓雅从小到大就有一种让男人不忍拒绝她的本事，王攀为了她和边潇潇分手，方毅如果不是为了仕途不光彩，也会离开我的。”

柴韵将手伸到口袋里摸索，她没摸到，转头看刘卓，刘卓将自己的烟拿出来放在桌上。柴韵毫无顾忌点了一支。

深吸一口气，她吐出烟道：“对于他俩的事情，我没明目张胆地拆散，包括她死了之后，我也没和方毅谈。我觉得她死了，是老天也在帮我。”

“宋晓雅死前的那张孕检单也是你做的手脚？”

刘卓始终怀疑那张突然出现的孕检证明是有问题的，它出现得有些太巧，也太刻意，而且宋晓雅本人在那张孕检单出现之后，表现得也太过平静。

面对刘卓的追问，柴韵点了点烟灰道：“是我。那段时间，宋晓雅总是联系方毅，我担心他们之间瞒着我在做什么。正好宋晓雅给我打电话，说她一直不来例假，我就让她做个检查，尿检虽然是宋晓雅送到化验科的，但是我能进去，我把尿样换成了孕妇的。当时我想得很简单，方毅做那种事情很小心，宋晓雅如果怀孕的话，孩子只能是王攀的。方毅在感情上比较洁癖，如果知道宋晓雅和他在一起，还和王攀睡，他们两个肯定会分开。”

事情看似到这里就结束了，刘卓却道：“宋晓雅发现你做手脚了？”

事已至此，也没什么要隐瞒的了，柴韵道：“你怎么知道的？”

“我第一次见你的时候，你眉角有抓伤，虽然被掩盖过，但是应该也是近期造成的。而宋晓雅的尸检记录表示，她右手指甲在死前劈裂过，应该是抓挠某物的时候造成的。我联想了一下，她是怎么发现的。”

“那个贱人拿到结果之后，自己买了验孕棒，又去私人机构做了B超产检，大家都不是傻子，她一下就猜到是我动了手脚。所以你问12月1号那天，她联系我，给我打了那么久的电话干吗？我说是因为她突然得知自己怀孕，不知道怎么办，其实她不是害怕怀孕的事情被发现，她跟我说她都知道了，还威胁我会告诉方毅，让方毅知道我是什么人，一定把我们搞分手。为此我们吵了起来。我告诉她，她告诉方毅，我告诉王攀，大不了大家一起死。我们吵了很久，本来我当天约她在她家见面，解决这件事儿，但是当晚方毅妈妈突然约我吃饭，我就没去找她。如果那天晚上我去找了宋晓雅，没准儿杀了她的就会是我了，或者第一个发现她被杀的就变成了我。”

“后来你们没再见过？也没联系过？”

摇了摇头，柴韵道：“那几天我想再找她，可是又不想自己太贱。直至第三天早上，我在新闻上看到她被杀的事情。”

“你当时是什么感觉？”

“说实话吗？”

看着刘卓点头，柴韵笑道：“我特别爽，她死了，祸根就没了，但是我也害怕，我和宋晓雅之间这的种关系，如果警察查到怎么办。所以我没隐瞒，我虽然假装不知道方毅和宋晓雅的事情，却告诉你们宋晓雅怀孕了，我以为自己这么坦诚，人又不是我杀的，这件事儿，你们找不到凶手就过去了，却没想到你会出现。刘卓，说真的，西京的警察有你一半本事，这里也不会乱成这个样子。我知道的都已经说出来了，如果你怀疑人是我杀的，我可以跟你回去接受调查。”

面对眼前已经释然的柴韵，刘卓道：“今天我来找你，还有一件事儿。”

“你说吧，我没什么不能说的了。”

“一年前，宋晓雅丢包的事你在场吧？”

“包？”想了想，柴韵道，“你说那只LV？你们查到这件事了？”

在烟缸里面点了点烟灰，柴韵道：“其实那只包没丢。”

“没丢？”

“对。那时候我们关系还好，总是一起逛街，那天打车包不见之后，我和她都以为包丢在出租车上了，她为此找出租车公司赔偿，赔偿款都快拿到了，包又找到了，就在她买东西回来带的购物袋里面。可是那时候赔偿都已经谈到最后了，马上到手的钱，谁会不要，她就把这件事儿隐瞒了下来。拿了赔偿之后，宋晓雅就把包卖了，这件事儿，我也是后来从一个朋友口中知道的。不过你说这件事儿，倒让我想起了另外一件事儿，也是那个朋友跟我说的。”

“什么事儿？”

“前段时间，那女孩和宋晓雅一起坐出租车的时候，好像说起这件事儿，正巧开出租车的是当时宋晓雅敲诈过的司机，两人好像还为此吵了起来，后来没到地方，两人就下车了。有关她的事情，我只知道这么多了。”

“我明白了。”

已经过了柴韵下班的时间，刘卓与她告别离开医院。走的时候，刘卓道：“你放心，事情没查清之前，你和宋晓雅的事情我是不会告诉方毅的。”

“随便吧。”

“还有……”

刘卓还想说什么，可是看到柴韵回头，他却道：“算了。”

刘卓转身离开医院，他本来想把宋晓雅签名的事情告诉柴韵，可是想了想，人已经死了，这种事情也就不重要了，何必让大家本就脆弱的关系变得更不堪。

刘卓走到医院的主楼外，正要上车离开时，看到了主楼外墙贴着儿童住院部的牌子。他来找柴韵之前，问过李亦萧，马致远的儿子住在哪里，李亦萧说的就是西京医院住院部。想了想，刘卓关上车门，又回了住院大楼。

高翔和林雅美到边晟病房的时候，是晚上七点多，从边晟生病，林雅美就想来看他，可是因为上次的事情，又不好意思自己来，所以拉着高翔一起。两人走到门口，又因为谁先敲门起了争执。林雅美要高翔敲，高翔要林雅美敲。

病房里，听到门外议论声的边晟，放下书，从床上下去开门。

见边晟主动打开门，林雅美急忙道："是高翔要来的。"

高翔刚要解释，边晟就道："都进来吧。"

两人一前一后进了边晟的病房，见边晟吊着胳膊，高翔道："怎么弄得？"

"不小心。"

"你怎么总是这么不小心，看这样子，几天才能上学吧？"

"要下学期了。"

边晟拿过一瓶饮料递给林雅美，林雅美没接，边晟叫了她一声，她才回过神。让林雅美失神的不是边晟不能去上课的噩耗，而是屋子里的味道，淡淡的香味，和那天在电梯里的味道一模一样。

抱着冰凉的饮料，林雅美环视房间，她将视线定在厕所的门上。虽然厕所没一点声音，但是直觉告诉她，里面有人。

见林雅美盯着厕所门看，边晟道："坐吧。"

林雅美踌躇片刻坐在高翔身边，视线却依旧留在厕所门上。

完全没感觉林雅美变化的高翔拿起桌上的小说道："又看什么呢？"

边晟没说话，高翔念起了书中被他画了下划线的一句话：平庸的人，即便死，也不会在这世上留下颜色，这就是为何，所有人都不想变得平庸的缘由。

读着都觉得压抑，高翔道："你能不能看点正能量的东西。"

"又不是给你看的，你们吃饭没有，没有我请你们吃饭。"

一听到边晟请客，高翔忙道："没吃，吃什么？"

"随你们。"

那天边晟去换衣服，林雅美看着厕所门不死心道："边晟，我能用下你的厕所吗？"

正要换衣服的边晟刚要拉帘子，他看着那个有些怯生生的女孩道："外面有公共厕所。"

瞪着大眼睛，林雅美的口气十分坚决道："我想用你的。"

看了看一旁的厕所，又看看林雅美，边晟道："去吧。"

屋子内，边晟在帘子那边换衣服，高翔坐在沙发上哼歌，林雅美却仿佛赴死一样走到厕所门前。她深呼一口气，空气中并没臭味，更多的是呛鼻的消毒水味道。努力调整自己之后，她才将手放在门把手上，随着轻轻一扭，她推开厕所门，和她想的不同，干干净净的厕所里，什么都没有。

那一刻，林雅美不知道自己该高兴还是该失望，那种复杂的心情让她委屈得想要哭出来。直至门外高翔叫她，林雅美用冷水洗了脸，平复了心情之后，离开厕所，边晟和高翔已经在等她，见她头发上还挂着水珠，高翔道："不用洗脸，反正也没人看你。"

"滚蛋。"

见林雅美真生气，高翔一愣，还是边晟拍了拍他的肩膀，他才回过神，三人一起下楼。

边晟的病房在五楼，马致远儿子的病房在三楼，三人下去的时候，探望孩子离开的刘卓也正上电梯。知道刘卓是警察，因为孩子还不能见面，负责照顾孩子的女医生站在电梯边道："你放心，孩子我们会好好照顾的。"

"如果他有什么事儿，您尽快通知我。"

彼此点头，电梯门打开，刘卓迈步进去。彼时电梯里站着四个人，一个电梯管理员，剩下的便是边晟、高翔和林雅美。林雅美没想到会在医院看到刘卓，她惊讶大叫："是你？"

刘卓一直记得这个爱笑的女孩，他道："你怎么了？"

指了指一旁的边晟，林雅美道："不是我，是我朋友生病，不是受伤了吧？"

"我也是来看朋友的。"

"那我就放心了。我们要去吃饭，一起吧，我还欠你一顿饭呢。"

"我回局里还有事儿，下次我请你。"

林雅美也不是那种缠人的女孩，她笑道："那说定了，你请我。"

"好。"

电梯下到一层，刘卓离开，从始至终高翔和边晟都没和他说话，而相比长得又高又壮的高翔，刘卓一直注意那个穿着病人服的男孩子。他很瘦，面色很苍白，给人一种无力的感觉，可是他的眼神却并不无力，他眼神很冷，就像是已经无视这世上的一切。刘卓第一次见这种眼神还是之前他抓过的一个死刑犯，他淡漠地面对审讯，眼神中带着求死的决绝。

走出两步的刘卓突然像是想起什么，转身对林雅美道："给我留个电话。"

"干什么？"

"你不是要请我吃饭吗？"

微微一呆，林雅美将手机号报给刘卓，刘卓存好打给林雅美之后，才离开。见刘卓走开，高翔道："林雅美，你哪儿认识的这种人？"

"上次丢东西认识的。"

林雅美话音落下，上次就见过刘卓的边晟道："他是警察？"

"他说他是。"

"他叫什么？"

林雅美才要说不知道，手机就响了起来，还没来得及存储的号码发来短信：刘卓。

举着手机，林雅美和边晟道："他叫刘卓。"

“刘卓。”

街头火锅店，刘卓从医院回警局，刚到门口就被李亦萧带来吃火锅。可是饭桌上，他一直拿着手机，要是一起吃饭的只有李亦萧还好，可是桌上不仅有他，还有冯思南和陈然。陈然是和李亦萧一起从城南回来，所以要一起吃，冯思南是在楼下遇见，所以硬要跟来。李亦萧本想着大家一起吃热闹，就一起来了，可是谁也没想到冯思南和刘卓根本吃不到一起，一个不吃牛肉，一个不吃羊肉，好在陈然什么都吃，四个人点了两个火锅。

从来到火锅店，刘卓就一直拿着手机，他不是没礼貌，也不是不想接触冯思南和陈然，而是他在和哈米特聊天。刚刚离开医院，在车上看着三个小孩从医院出来，往医院对面商场去的刘卓，恍惚间有种感觉，如果哈米特也在西京，他应该像是那个壮硕的男孩子一样，还是像是那个生病的男孩一样，或者干脆是个活泼的小女孩。正因如此，他在来火锅店之后，一直尝试联系哈米特。

火锅店气氛不错，四周的人都在畅聊，有的甚至说起了马致远的案子，而四个警察这一桌，却出奇地安静。李亦萧去追马致远并没追到线索，刘卓这里，柴韵坦白之后，他也排除了柴韵的作案嫌疑。所以这一天，似乎又是没有结果的一天。

而法医那边马家的事情和宋晓雅的现场并没吻合，这或许可以证明，两件案子并无必然联系。可是相比刘卓和李亦萧想的都是正经事儿，陈然想的却是为什么冯思南一直都在催促李亦萧吃东西，不管他。

在抗议不给他夹菜之后，冯思南也爆发了：“什么叫不给你夹菜，你没手？”

把手往身后一背，陈然道：“我没有。”

“你讨厌。”

冯思南夹起一片藕扔向陈然，陈然一躲，藕片直接落在了刘卓跟前，正拿着手机发短信的刘卓就看到，一片藕挡住了手机屏幕。

见闯了祸，冯思南道："我不是故意的。"

"没事儿。"

将藕片丢到一旁，刘卓再度看起了手机，场面因为刘卓突然的大度，变得更尴尬。好久，陈然和冯思南聊起感情话题，冯思南问李亦萧喜欢什么样的姑娘。

一直关注刘卓的李亦萧道："漂亮的。"

"肤浅。你呢？"

冯思南问刘卓，正和哈米特聊天的刘卓道："安静的。"

"怎么算安静，你也得有个标准啊。"

"不像你就行。"

刘卓话音落下，冯思南就恼了，指着他道："你这人怎么这么说话啊。"

看冯思南要发脾气，陈然赶忙拦住她："我，我喜欢你这样的。"

"用不着。"

说罢冯思南谁都不理，一个人坐在椅子生气。李亦萧见状捅了捅刘卓，刘卓才要抬头，手里发出 QQ 的提示音。

来信息的不是哈米特，而是群主：无人生还。

"在？"

"在。"

刘卓才回答完，无人生还就发来消息："有人跟我打听你的事情。"

刘卓和群里的人都不太熟，但是和群主的关系不同寻常，因为群主知道他进入这个群的真实目的。在一个没人熟悉他的环境里，能跟群主打听他事情的，应该只有一个人："是哈米特？"

"对，刚刚他问我你是哪里人。你们联系上了？"

"没，他问了你什么？"

"他问你是不是西京人，现在是否在西京，还问我知不知道你是男是女，和年龄多大。"

刘卓没回答，反而问了群主一个问题："他是西京人？"

群主发来个不知道的表情，又发来文字信息：“这还真不知道，不过我感觉是。之前各个城市举办同城活动，他曾经联系我们在西京的负责人也要参加，但是当时因为某些原因没参加。”

“为什么没参加？”

“具体原因我也忘了。你可以问问当时和他接洽的名侦探磕巴。”

“好，谢谢。我的事情，暂时先别告诉他，”

“明白。”

刘卓和无人生还说完正事儿，无人生还问他：“什么时候有时间，我们见面？”刘卓来西京的事情群主早就知道，两人也一直准备见面，但是因为宋晓雅的事情发生得太突然，刘卓被拴在案子上，所以见面的时间被一拖再拖。想了想，刘卓道：“一月吧，一月手头的案子应该结束了。”

发了个 ok 的表情给刘卓，无人生还下线，刘卓联系名侦探磕巴，等待磕巴回答的间隙，刘卓才发现，桌上三人都看着他。

微微一愣，刘卓道：“都吃完了？”

“就等你一个了。”

冯思南的语气明显有些冷嘲热讽，刘卓却不在乎，他道：“抱歉，我有点事儿，既然吃完了，就走吧。”

李亦萧去结账，觉得气闷的刘卓先一步离开饭店，站在店外等着。怕冷的冯思南和陈然站在饭店印有欢迎光临的玻璃门内，看着外面还拿着手机聊天的刘卓，冯思南道：“他怎么这样啊。一点人际关系都不懂，也不知道李队看上他哪儿了，大老远把他调来西京。”

“我倒觉得他挺强的，分析能力特别出众。”

白了一眼陈然，冯思南道：“你才跟他多少天。”

看着远处的刘卓，陈然感慨：“我在学校学了四年，不如跟他这十几天的。而且我听说他在北都市的时候也特别强，破了很多大案子，不知道为什么要调来西京。”

“因为有执念。”

回答陈然的并非冯思南，而是李亦萧，听罢陈然回头看着他道：“头儿，什么执念？”

李亦萧看着窗外，拿着手机的刘卓站在雪中，迷离的灯光下，他的身影很瘦，却给人一种十分强势的感觉。那种感觉的力量来自哪里，只有李亦萧和几个人知道。

李亦萧还记得八年前他接到电话，连接受二等功的颁奖典礼都没参加，他买了最快一趟飞机的机票，风尘仆仆赶去北都。那是毕业之后，他第一次见刘卓。那时候的刘卓已经七天没睡，他满城寻找凶手的下落，几近崩溃。一起赶到北都的还有原宿舍的几个兄弟，大家也帮着找，又找了六天，谁都受不了了。他们在刘卓又一天要出门的早上，将他按在家里，他们像是对犯人一样，问快疯了的刘卓：“你怎么才能放下？”

刘卓一句话都不说，他反抗的样子惹恼了李亦萧，李亦萧上前把他提起来道：“你看着我，你他妈到底怎么才能放下？”

“抓到凶手。”

“如果抓不到呢？”

“我活着就一定要抓到。”

李亦萧这辈子看到的最执着的眼神，就是刘卓跟他说一定要抓到的时候。

“抓，我们帮你抓，什么时候抓到那孙子什么时候罢休。”

可是当时他们宿舍的五个人谁都没想到，这一抓，就是整整八年。

因为丝毫没有线索，李亦萧每年都会赶去北都看一看刘卓，有时候陪着他过个节，有时候跟他住一个年假，导致李家人都怀疑李亦萧是在北都有了女朋友。经过这八年，他都觉得刘卓开始淡忘那件事儿了。他们兄弟五个已经开始讨论，给刘卓介绍个女朋友，让他彻底走出来。

今年十月李亦萧再去看刘卓的时候，他突然提出，要来西京工作，所以在所有人看来都是李亦萧将刘卓弄来西京这件事儿，其实先提出要求的是刘卓。李亦萧当即问刘卓是不是因为那件事儿。

彼时站在北海边，晚风吹着两人已经不再年轻的脸庞，刘卓也没绕弯子，他说：“是。”

“人在西京？”

“消息没错的话。”

靠在白玉栏杆上，看着一旁刘卓淡漠的脸，李亦萧看不出那时候刘卓是什么心思，更不知道这八年他藏着自己真正的疼痛，是否就是为了最后一刻，抓到那个人。但是他真的不想刘卓扑空，所以他问他：“如果错了呢？”

“那就再找。”

“刘卓……”

李亦萧念出他的名字还没说话，被夕阳映衬得发红的刘卓道：“别跟我说什么该走出来了这种话，如果能出来，我早就出来了。”

“你不能把自己陷在里面一辈子。”

扭头看李亦萧，刘卓平静地道：“我能。”

想到那时候的刘卓，再看窗外穿着破羽绒服的他，如果说，人活着是来历劫的，那刘卓妹妹的死，怕是他此生最大的劫难。

李亦萧说出刘卓有执念便不再说话，陈然又问了一遍：“什么执念？”

“等着案子结了你问他吧。你们先回去，我送刘卓回去。”

推开门要离开，李亦萧突然停下道：“陈然，一会儿我有事儿，你送冯思南回去之后就去医院盯着，马致远只有他儿子一个亲人了，很可能会把他儿子带走，有什么情况及时通知我。”

说完，李亦萧推门离开，冷风卷着雪花一下就打在了他脸上。将手揣在衣兜里，他向刘卓走去。

彼时刘卓已经从磕巴口中，隐隐了解到一些有关哈米特的事情。因为之前举办同城活动，磕巴曾经联系过自己的同城，询问是否有人坐他的车去山里的别墅参加密室逃生，当时哈米特已经报名，但活动当天并没有出现在现场。根据磕巴的回忆，哈米特在他们一行人要离开的时候，给磕巴打了电话，他说他没有赶来，在路上堵车了，可是磕巴却在电话那边听到了和他身边一模一样的街头广告的声音。出于一个悬疑爱好者的本能，磕巴特意向四周看，他看到一个穿着初中校服的男孩站在距离车不远的地方，磕巴也才想起来，从他来这里，那个男孩就已经站在那儿了。

“初中生？”

“现在应该是高中了。”

“你说他给你打了电话，电话还有吗？”

“我手机换了，解谜你找他有事儿？”

“没什么事儿。听说他在打听我，所以也好奇一下。”

又寒暄两句，刘卓挂掉电话，一回头，李亦萧就站在他身后。

也没问他给谁打电话，李亦萧道：“走吧，我送你回去。”

西京的晚上，车窗外的雪小了，风却越来越大，呼啸的风声几乎能透过玻璃钻进耳朵里，刘卓静静地看着窗外。

李亦萧担心刘卓又想起了不该想的，开口问他：“今天去医院有什么进展？”

“见了柴韵和马致远的儿子。”

“柴韵怎么说？”

“我看了她的签名，和承诺书上的签名笔迹不符，应该是伪造的。至于她和宋晓雅之间的关系，和我想的一样。两人因为方毅，友情早已破裂，柴韵也说出了她和宋晓雅之间的恩怨，我觉得她杀人的可能性不大。但是她还是有隐瞒的，案子陆陆续续查清楚，她隐瞒的事情应该就会真相大白，所以我没强迫她说出来。”

“马致远儿子那边呢？”

“还是很抗拒人接触，医院那边建议等两天再问案发的事情。马致远有消息了吗？”

李亦萧将车拐入一条小路上：“没有，从城南回来，我见了春梅饭店的老板娘，觉得没什么问题，我已经派人盯上了。大冬天的，他跑不了。”

李亦萧话音落下，车也停下了，停车的地方却不是刘卓租住的小区门口，扭头看向李亦萧，刘卓道：“这是哪儿？”

“下了车你就知道了。”

跟着李亦萧下车，两人往巷子深处走，那条路越往里走越热闹，大冬天霓虹闪烁，走到一家挂着“九点”牌子的迪吧门口。寒风凛凛的晚上，门口站着两个穿着超短裙的漂亮姑娘，两人正要往刘卓和李亦萧身上贴，刚送客进去的经理正好出来，见来的是李亦萧，连忙迎上来道：“李大队长，什么风把您吹来了。”

看着个子不高，一脸谄媚的酒吧经理，李亦萧道：“老董在不在？”

“在，您先进去，我这就叫他过来。”

两人进去，看着迪吧走廊贴着的波普风格的画作，刘卓道：“你常来？”

“偶尔。”

明显感觉这晚上的李亦萧突然变得深沉起来，刘卓没再问，两人随着经理掀开一道水晶流苏的帘子，走进酒吧里。虽然以前办案，刘卓也出没过这种场所，比起西京真正的地下酒吧，北都的酒吧真是小巫见大巫。

随着帘子的掀开，两人仿佛走进了一个光怪陆离的世界，各种烟气喷雾，远处的聚光灯下一个男人抱着钢管跳着脱衣舞，下面的女人拿着钱大声喊着：“脱脱。”

男人魅惑地看着台下，一件件将身上的衣服脱到只剩内裤，他背对叫喊的那群女人撅起屁股，将内裤拉下来只露出屁股，随着喊叫变得越发激烈，他用力拍打自己的屁股。啪啪的声音被人浪声淹没，现场却因此达到高潮。

内侍将两杯酒送到刘卓和李亦萧这一桌，刘卓刚要拿过，李亦萧就将两杯红方合成一杯放在自己跟前，抄起桌上一瓶矿泉水扔给刘卓道：“你喝这个。”

八年前，那件事儿发生后，刘卓一直靠着酒精麻醉自己，两年前才被强制戒酒，但是却戒不干净，他每年都要大醉四次，每次都要半个月走出来，李亦萧现在正是用人的时候，所以不能让他喝多。

刘卓默认他的安排，但是李亦萧有些气短道："都喝，一会儿回去没人开车。"

两人没再说话，经理带着老董走过来，那边的钢管舞正散场，又换了更为刺激的舞蹈给前来泡吧的女人助兴。而李亦萧要找的老董也不是别人，正是刚刚跳舞的男人。

似乎刚刚很卖力气，他走到李亦萧和刘卓面前还在喘粗气。拿起桌上的一瓶水，老董打开喝了几口才道："李队，这位是？"

"我同事。"

"您还是为那事儿来的？知道的，我都已经告诉您了。"

"那就再跟他说一遍。"

有些无奈，老董道："从哪儿说？"

"从头说。"

老董看看一旁的刘卓，开始复述和李亦萧说了好几遍的往事。

十年前，老董离开西京去了广州，他进了当地一家歌舞团，之后几年一直随团各地演出。他们那个团虽然叫歌舞团，其实就是看演出单位的要求，各种临时搭建班子。老董就这么在里面混了两年，第三年，也就是八年前，他经熟人介绍，离开了当时的歌舞团，去了一个舞蹈家带的舞蹈团。当时老董以为自己肯定是固定演员，所以干得挺卖力气，每天早出晚归的。那个舞团的待遇也好，还提供宿舍，也就是在那个宿舍里面，老董认识了一个男人。

说到这里，老董道："也不算认识，那时候我们住在大开间里面，里面住着二十多个人，我们就是靠得比较近。"

"这个我知道，你继续说。"

老董跟着那个舞蹈团一路从广东表演到北都市，当时正好是一所大学八十年校庆，他们被学校请过去表演。为了不在表演中出岔子，他们连续在学校彩排了半个月，也就是半个月之后，校庆演出圆满完成的当天，距离他们演出的学校不足两公里的一所高中，一个女孩失踪了。

说到女孩失踪，老董仿佛听到喧闹的酒吧里传出“咔嚓”一声，他抬头看向刘卓。刘卓却没看他，低着头的刘卓看着自己手上紧握的矿泉水瓶，水瓶已经被他攥到变形，坚硬的塑料扎进他手心里，血顺着透明的瓶子一滴滴落在漆黑的地板上。

李亦萧无视刘卓的变化，仰头吩咐老董：“继续。”

老董咽了口口水，继续道：“那女孩后来我不知道是什么情况，当时这件事儿很轰动，全城搜捕凶手。但是当时谁都没想到，这事儿跟我们舞团有关系，我也觉得没关系，可是就在我们结完钱要离开的时候，我看见阿松，也就是那男人，床板下掉了一个小纸片。当时我也没多想，就帮他捡了起来，纸片好像是从报纸上剪下来的，挺模糊的，但是能看出来是个女孩的照片。我刚捡起来，他也回来了，没像我想的那样，他会因为我动了他的东西不高兴。他特别自然地走过来，把照片拿回去了。我当时问他照片是谁的，我记得他跟我说，是他女朋友的。”

听到女朋友三个字，刘卓一拳头重重捶在桌子上。李亦萧看了刘卓一眼，却什么都没做，他抬了抬下巴和老董说：“你继续。”

老董似乎感觉到了什么，尴尬地清了清嗓子又道：“我问他，女朋友照片怎么是报纸上剪的。他说，他们家不同意，把他和那女孩有关的东西都烧了，他没办法就找了女孩曾经获奖上报的照片，他无时无刻不想着那姑娘。说实话，我当时还挺感慨的。后来舞团辗转到别的城市，因为活儿不多就散了。我们当时是在津北市散的，因为距离北都近，我又回了北都，没活干，就在酒吧混了半年，后来过年回了西京之后就没再回去。也正是在北都那半年，有一次我去吃饭，偶然看到对面一个老头在看报纸，报纸正对着我那面，是一则寻人启事，大概意思是说照片上的小女孩被人杀了，征询目击者和有线索的人。当时这消息在电视上也报了好几天，那时候我都没认出来，看报纸的时候我发现那女孩的照片和阿松床下掉出的女孩照片一模一样。那时候我还觉得好奇，特意把报纸借来看，越看越觉得像。”

“你为什么没报警？”

这次问话的不是李亦萧，而是刘卓，他声音沙哑，似乎强忍着什么。

“我当时也不知道是什么情况，万一是我误会了，再报了假警。再说了，当时我从西京出去，是背了案子的，躲警察还来不及，真不敢报警。”

打断老董的解释，李亦萧道：“你继续说，把你知道的都说出来。”

“当时看到那张照片，我也吓了一跳，回上班的酒吧之后，我联系之前的朋友，问他们知不知道那个叫阿松的现在在哪儿。他们都问我阿松是谁。我跟他们说是跳D位那个。他们都说不记得有这么一号人，我不信邪，找了我们带团的一个老大，他说那男孩是跟我一起去的，我走了他也走了，因为都是临时的舞团，也不给上保险什么的，团长连他真名叫什么都不知道。我后来想想他也不像歹人，就没再把这件事儿放在心上，再后来我就回了西京了。”

刘卓抬起头，他双眼猩红地看着老董问：“你有那个人的照片吗？”

老董有些被刘卓的状态吓到，他摇了摇头道：“没有。”

“那人到底叫什么？”

“我真不知道。”

刘卓一把将手里的矿泉水瓶摔在地上，眼看他就要向老董扑去，李亦萧半途将他拦住。李亦萧不给刘卓挣扎的时间，直接将他拉出酒吧。酒吧外，刚刚小了的雪又下了起来，李亦萧直接将刘卓推倒在一旁的雪堆上，刘卓爬起来还要冲进酒吧，李亦萧再度拦住他，将他推倒，几次之后，刘卓冲着李亦萧大吼：“你他妈放开我。”

“你冷静点。”

“你放开我。”

下着大雪的街头，刘卓用力反抗，李亦萧直接将他按在地上。那场景就像八年前，大家阻止刘卓出门，将他按在地上时一模一样。因为刘卓的反抗，李亦萧和他在雪地中扭打起来，无论李亦萧下手多狠，刘卓都没低头，他的眼睛始终注视着酒吧，似乎只要能走进去，就能解开他等了八年的真相。可是所谓的真相，真的那么简单吗？

两人打了好久，才力竭地倒在雪地上，他们面朝天空，雪缓缓落在他们的脸上，落在伤口里。

被打得嘴角出血的刘卓道："你什么时候找到的这个人？"

"你说人可能在西京之后，我就开始关注这件事儿。上次扫黄打非，这人被抓，下面人审讯完拿审讯档案来找我签字。我随便翻了翻，看到他八年前在北都，我连夜提审了他，他说出了当时在北都工作和那个男人的事儿。我觉得有关系就多问了几句，越问越觉得有问题。"

"有关人你也找到了？"

从地上坐起来，烦闷的李亦萧点了一支烟，一边吸一边回答刘卓："找到了百分之八十，你猜怎么着？"

"一点线索都没有。"

李亦萧都觉得可笑，从老董口中知道那件事儿之后，他四个月跑了全国三个省、十二个市，亲自去问那些人，有关可疑人的线索，可是所有人给他的答案都跟老董的回答一样，没人记得有过那么一个人存在。就在李亦萧要放弃的时候，他找到当年的歌舞团团长。已经重病的团长听完他的话，想了许久才确定的确有过那么一个人，他也不知道是跟谁来的，好像突然间就出现了，而且干活干得很小心，不温不火，好像特意要给人一种他根本不存在的感觉，后来歌舞团解散，他也随着大家一起离开了。

"照片呢？"

叼着烟的李亦萧看着刘卓，他还躺在地上，虽然怒气已经平复，身体还是不自然地抖动着。那一刻，李亦萧知道，他们都错了，无论过去八年还是十年，刘卓对那件事儿的执着永远都不会改变。

微微呼出一口气，李亦萧将烟熄灭在身旁的雪堆上，他伸手将刘卓从雪地中拉起来，彼时刘卓的手，比他做刑警这么多年，所触碰过最冷的尸体的手还要冷。

两人一起上车，李亦萧手从头顶的遮阳板中拿出一张照片。将照片递给刘卓，李亦萧道："只有这张。"

那是一张模糊的老照片，上面少说也有两百人。照片下是印刷的金字：2010 年东风街道邻里互助节圆满成功。

"这照片是当年拍的，原本是高清相机，后来因为意外导致高清的影像没能留下，只有这么模糊的一张。每个人的脸都看不清楚，我找人还原过，技术上也没办法。"

"名字呢？"

"整个龙省，名字里带松的人有十七万，西京也有七万人，这还不包括他用的是化名。刘卓，算了吧，余一在，也不希望你这样。"

车窗外是西京的大雪，车窗内，昏黄的灯光下，刘卓拿着那张照片，那两百多人的范围，竟然是这八年，他距离真相最近的一步。那一刻刘卓特别想笑，车厢里没半点声音，一直看着那张照片，仿佛看下去就能找到凶手的刘卓将照片还给李亦萧道："等这案子结了，再把这个给我。"

说罢，刘卓开门下车，李亦萧看着他的身影消失在深巷中。他看看自己手里的照片，最终发出一声无力的叹息。

那夜，开车回家的李亦萧躺在床上，仰头看着天花板，辗转难眠的他拿起那张两百多人的合影反复地看，他也不知道为什么在这时候给刘卓看这个，他总怕刘卓现在走的每一步都不是为公，而是为私的。想着刚刚刘卓近乎疯狂的样子，李亦萧只希望，一切是他想得太多了。

而那夜，回到住处的刘卓一夜没睡，他也没去翻看他从北都带来的那些资料，而是一个人蜷缩在屋里的角落里，一动不动，仿佛要将自己融进那无尽的黑暗里。

刘卓还记得，很久很久以前，他刚去警队实习，余一去找他吃饭，那天是七月十五中元节。到警察局的余一见到他就开始抱怨说："这种日子，出门会撞到鬼。"

那时候整理文件的刘卓回过头，看着小丫头道："你不是天不怕，地不怕，还怕鬼？"

"当然了，鬼多可怕。"

轻轻笑了一声，走到余一跟前的刘卓用手指刮了一下女孩子的鼻子道："等你看透人心，就不觉得鬼可怕了。走，我带你去吃饭。"

那天，余一追着他问："哥，人心能有多可怕？"

"把你所能想象的可怕的事情加在一起，乘以几百上千倍。"对余一，他从来都是爱护的，所以明明可以将事情简单表述出来，但他永远用的都是最温和的办法。

"那么可怕。那要是我遇见那么可怕的事情，你会不会保护我？"

脱下警服，换了一身便装的刘卓道："你说呢？"

抱着刘卓的脖子，小女孩嘻嘻哈哈："肯定会。"

记忆中的场景仿佛就像昨天才发生过，那女孩的笑脸依旧如此清晰，可是时间无法骗人。八年，那件事儿过去了八年，余一在他记忆中从未老去，可他呢？他奔波八年，耗尽心力，逮捕几百上千的犯人，却仍旧无法抓到那个真正的凶手，无法给那个一直期待着他能保护她的女孩一个交代。

第七章
孤岛

1

清晨，建材市场的办公室，早到的王攀将办公室的窗户打开通风，之后烧水擦地。王攀是那种很安逸的人，他从始至终都明白自己要过什么样的日子，他唯一不明白的是，为什么他女朋友会被杀，前女友还被卷进了这起谋杀案里。还好，最近有传闻，杀了宋晓雅的是与她有仇的出租车司机。

暖壶发出声响，站在窗前的王攀回神，他将热水倒入已经放好茶叶的玻璃杯中，随着水的注入，一股浓郁的茉莉香气瞬间飘荡在整间办公室。

准备好一切，正是上午十点钟，王攀提着玻璃杯离开办公室，去巡视摊位。

上午十点钟，建材市场刚结束早上最忙的时候，小摊贩们吃着早午餐，步道上飘着各种味道。王攀顺着电梯上了二层，二层都是卖家具的摊位，沿途有相熟的店主向他问好。

走到二楼的家具展厅，王攀看到路尽头的店门口站着一个人。平常在市场内随便逛的客人也很多，他并没放在心上，收押金回来，他看到那个男人还站在那里，他才走过去。

指着面前的物品，男人道：“这些都是赠品？”

老板看着男人点了点头：“这是消费满一万的赠品。”

男人三十岁左右，面色很清冷，给人一种很淡漠的感觉，但是老板看他的眼睛，又觉得十分犀利。他上午九点半来的店里，老板上前为他介绍，问他想要什么样子的，他说需要一张床，什么样子的都可以，但是要够软，老板为他推荐了店里正在促销的款式，就在交易即将达成的时候，他突然开始问询是否有赠品。

老板拿出一两样之后，对方均不满意，老板不想到手的生意飞了，又拿出了万元消费的赠品。他果然从中拿出一样问老板："这种赠品是什么时候有的，赠出过多少？"

男人拿起的电热毯，是老板一个月前买来当作赠品的。不知道他为什么这么问，老板还是如实答道："上个月有的，赠出过三两床，怎么了？你要这个，虽然价钱不够，但是我也可以送你一个。"

"有什么事儿吗？"

听到声音，两人回过头，见是市场的王经理，老板道："没事儿，没事儿。客人要个礼品。"

老板正说着，就见王攀震惊地看着眼前的客人："刘警官，您怎么在这里？"

是的，老板眼中清冷的客人正是刘卓，他指了指一旁贴着促销牌子的床道："我来买张床。"

一旁的老板见两人认识，忙道："王经理的熟人，您怎么不早说，我再给您打个折，赠品您随便挑选。"

老板十分热情，刘卓却道："不用了，就拿刚刚的电热毯吧。我平常不在家，你周末送货就可以。"

处理完自己的事情，老板去忙，刘卓抬头看向王攀道："有时间聊聊吗？"

看着刘卓的双眼，王攀想问一句，他是不是专门来找他的，可是刘卓既然先表示是来买床的，他说不说已经没意义了。点了点头，王攀道："去我办公室吧。"

三楼尽头的财务室是王攀办公的地方，他每周要在这里工作五天，有时候是更长时间。一个人长时间待的地方才会有他更多的人物属性，这也是刘卓来王攀工作的地方找他的原因。当然这其中最主要的原因还是因为宋晓雅家的电热毯，是这里某厂商的赠品。

财务室分为里外两间，外面放着三张桌子，里面关着门的玻璃屋子内是一张大办公桌，门上写着：总经理室。

王攀坐在外面的三张桌子中靠角落的一张，桌上放着一大摞财务报表，另一边是杂志，其中有文学刊物，也有日本的推理小说。

角落待客的茶座上，刘卓坐沙发，端了一杯茶水放到他跟前的王攀坐在对面。

“您不是来买床的吧？”

“我刚搬来西京，要买张床，知道你在这里上班，顺便过来见你。”

“还是为了晓雅的案子？”

放下茶杯，刘卓道：“是为了边潇潇。”

王攀不明白，为什么在所有人都纠结他和宋晓雅之间的关系时，刘卓看到的只有边潇潇。

“潇潇怎么了？”

“我见过你之后，你去找过她吗？”

“找过，但也只在她家楼下见过一面。刘警官，晓雅的案子不是已经锁定凶手了吗？”

“谁告诉你的？”

“网上都说是那个在逃的出租车司机。”

“没定案之前，所有的涉案人都只能称为嫌疑人。出租车司机现在还没被抓住，如果被抓住，是否是他杀了宋晓雅还两说。”

“那您？”

“这东西你见过吗？”

刘卓递来的照片上正是那床粉色的电热毯，这条电热毯无论是花纹、锁边的样式还是标签，都和刚刚家具店老板要赠送的一模一样。

昨晚，因为一直能想起余一，刘卓自己独处到半夜，他知道不能让自己再这样下去，索性直接去了局里。他重新将12·3案的一切梳理了一遍，就如他之前想的一样，这案子中的每个人都像是环环相扣的，这就像是一场大戏，有主角，有配角，有边缘的人物，甚至隐藏人物，但是这些人对刘卓都不重要，他要找这出戏的导演。也许他早已写好剧本，他像是安排木偶一样安排着这些人，他们的一举一动都有其存在的意义，但是刘卓从不相信有所谓的完美犯罪，所有的完美都是被不完美衬托的，而这条电热毯，或许就是其中的不完美。

顺着陈然找到的电热毯品牌的经销商，刘卓连夜联系对方，拿到西京的销售渠道，然后就找到了这个和王攀工作地点重合的地方。所以才有了今天他来买床这件事儿。

“这是我送晓雅的电热毯。”

“市面上，这种电热毯很多，你怎么就能认出这是你送宋晓雅的？”

“我也不知道，但是我送了晓雅一条一样的，而且就是刚刚你去那家店老板送给我的。”

“你知道这电热毯是坏的吗？”

王攀一愣，诧异道：“坏的？”

“里面的电阻丝被刻意搭错，虽然电热毯电压不大，但是这种搭线极易造成漏电，严重的话会电死人的。”

“不，这是新的啊。还有我送给晓雅之后，她没和我说过漏电的事情。”

指着照片上插头的位置，刘卓道：“因为这里被二次破坏了，电源出了问题，所以不供电，就没出现漏电的情况。”

早上，刘卓重新找到法证科，请人对电热毯进行二次检验，得到的答案和第一次检测的一模一样，也就是刚刚他和王攀说的状态。可是一条电热毯，曾经被先后破坏，一次是致人死亡害人的，一次是阻断电流救人的，这两个举动明显是出自两个人之手，这两个人是谁？是什么关系？他们又和王攀有什么恩怨，才会借他的手去杀宋晓雅？

刘卓的话，让王攀越来越糊涂："刘警官，这电热毯是我的，如果我不给晓雅的话，我自己用，出事儿的就会是我自己啊。要是这样的话，杀晓雅的是不是还要对我下手。"

"不是没有这种可能。"

"可是我跟别人无冤无仇，谁会害我。"

"这也是我来找你的原因。王攀，你在外与人有过个人恩怨吗？"

王攀的表情微微一僵，他道："没，我就是个小出纳，根本就不会跟人起矛盾的。"

"你父亲那边呢？"

"也不会，钢厂效益不好，西京人都知道，即便他们对我下手，也拿不到什么钱。"

"那这件事儿就比较麻烦了。"

"不是你，但这条电热毯是从你这里流出去的，我真有点好奇，为什么明明和你无关的宋晓雅被杀案，所有的证据都是围着你转的。"

紧张地看着刘卓，王攀道："一定是有人要害我。"

"或许吧。可是如果你和任何人都没有冲突的话，这件事儿也不成立。"

"刘警官，你不是怀疑我吧？"

微微一笑，刘卓道："我说了，没抓住凶手之前，所有人都有嫌疑。"

没等到王攀再解释，办公室的门从外被推开，以为只有王攀在的同事哼着歌进门，对方见办公室有陌生人，立刻停下问王攀："小王有客人？"

王攀看了看刘卓，还没开口，刘卓起身冲着王攀道："王经理，今天的事情谢谢你。"

刘卓称呼王攀的职位，就是怕给他带来影响。王攀也不傻，忙道："好，那有事情您说话。"

说着王攀将刘卓送到门口，以为对方就是顾客的中年女人道："小王，你送人快点回来，把九月的账再给我一下。银行那边有三十万对不上，要我赶快核。”

“好。”

王攀还有工作，刘卓让他留步，自己直接下楼了。见没了外人，一旁的女人端着镜子看着自己的头发道：“小王，我这头发不难看吧？”

根本没看女人，王攀一扫刚刚在刘卓跟前的小心翼翼道：“不难看。”

“我觉得烫的花太少了，明天还得去补个花。”

想了想，王攀还是决定出去一趟，他和照镜子的会计道：“宋姐，我出去一趟。”

“去吧，走的时候把我账给我。今天报了，年前就没事儿了。”

王攀翻了翻桌上的档案，抽出一份递给女人之后，开门离开办公室。

刘卓离开建材市场的大楼，往停车场走的路上，一直在想着王攀刚刚的样子，很小心，也很无奈，就好像刘卓说的一切都与他无关一样。恰恰是因为如此，刘卓发现他变了，他变得没那么害怕了。

正想着，远处传来大闹的声音，刘卓闻声看去，就见几个保安驾着一个黄头发的年轻人。

“偷东西还有理了，我让你骂人，让你偷东西！”

似乎是保安队长的男人抬起手，一巴掌打在男孩的脸上，男孩连声都不吭一声。见他这么倔强，保安抬起脚就要踹上去。他穿的是大头皮鞋，这一脚下去，最轻也得是个内出血。

可就在保安队长要踹的瞬间，他整个人突然向后倒去，跌在地上。队长骂骂咧咧抬起头，就见他身后不知什么时候站了一个人。

“你谁啊？”

“差不多得了。”

“你说得了就得了，你俩是不是一伙儿，那边过来几个人，把他也给我逮住。”

那边的保安还没过来，刘卓就掏出了证件，见他是个警察，保安道：

“他偷我们建材市场的东西。”

扭头看着强辩的保安，刘卓道：“他偷东西，你就能这么打他？”

“我……我也没办法，不打他，让他说出东西在哪儿，丢的东西都得我们几个保安赔。”

大家都不容易，刘卓看向被打的黄毛道：“东西呢？”

“我没偷。”

听他这么说，保安恶狠狠道：“你再敢说你没偷。”

没理会保安的话，刘卓再度问男孩：“东西呢？”

刘卓的眼神看着有点害怕，黄毛刻意躲开他的注视，指了指远处的电线杆道：“那杆子后面呢。”

保安立刻带人过去找，发现货主丢的一袋子多向开关。东西找到，刘卓道：“人放了吧。”

“现在都人赃俱获了，不得把他送公安局去？”

听到公安局，黄毛道：“靠，你们有没有点人性，我都交东西了，你们还要把我送里面去。”

眼看两拨人又要吵起来，刘卓道：“别吵了，他未成年，送进去也是思想教育。再说了，你涉嫌刑讯逼供，如果他进去，对你俩都没好处，还是放了吧。”

保安想了想也对，就让两边人把黄毛松开了，被松开不要紧，黄毛一个健步就冲到了刚刚打他的保安跟前，然后以迅雷不及掩耳之速啪啪抽了对方两个嘴巴后，提着书包就跑了。

被打懵的保安回过神的时候，哪儿还有他的影子，没想到这男孩这么犀利，刘卓有点尴尬，被打的保安也没办法对他一个警察发脾气，只能用对讲机让四处保安把大门看好，不能让那个黄毛跑了，然后理都不理刘卓就走了。

那天刘卓上车，陈然的电话就追来了，刘卓还没问是什么事儿，陈然就道：“刘哥，刚马致远的儿子突然说，昨晚上马致远来过医院。”

“我们的人不在？”

“在，都在门口，他是从外墙爬上三楼的。”

“李亦萧知道吗？”

“李队正在追他的线索，现在在春梅饭店。”

本想问一句为什么不是李亦萧联系他，想想昨晚上两人闹得那么僵，刘卓也没问，只要陈然看好马致远的儿子，他马上就到。

刘卓挂掉电话，刚要启动汽车，副驾驶的门就被打开了，他扭头看去，刚刚偷东西的小黄毛已经坐进了副驾驶。

黄毛嬉皮笑脸道：“警察叔叔，带我一程呗。”

并不理会黄毛的话，刘卓道：“下去。”

“求你了，救人就到底，送佛送到西，我出门，让那帮人看见，还得挨打。”

“刚打人的时候你怎么不这么想。”

“打人一时爽，打后悔断肠。再说了，他要不打我，我也不能打他啊。求你了，求你了，就把我送到门口。”

想到刚刚保安走的时候说，抓到黄毛一定狠狠收拾，刘卓启动汽车，将黄毛带出建材市场。

刘卓救黄毛那一幕，正被楼上的王攀看到，王攀并没在自己的办公室看，而是站在水房的窗前。他攥着手里的水杯，手掌被热水烫红也没撒手。直至刘卓的车彻底消失在王攀的视线里，他才因为疼痛回过神来，手下意识松开，玻璃杯落在地上，摔得四分五裂，亦如他遇见宋晓雅之后的人生一样。

王攀不怎么信命，因为他觉得自己的命很好，所以他也不迷信，但是他所有的好命与好运气在遇到宋晓雅之后好像都终结了，想到这里，王攀狠狠将脚踩在满地的玻璃上，玻璃渣扎进他的脚里，他也感受不到疼痛，反而是血从他鞋里流出来，渐渐与地上的茶水融为一体，变得越来越淡。

2

刘卓的车开出建材市场，黄毛却没下去，知道刘卓要去西京医院，他说正好顺路，要刘卓给他放在市中心随便哪里。之后似乎是小偷的习惯，他开始四处翻找，先是刘卓的遮阳板，然后是车斗，因为车是警队的车，车里属于刘卓的东西很少，但是每次上车，他都习惯性地将钱包先扔在抽屉里。那天小黄毛打开抽屉看到刘卓的钱包，直接就打开了，等到刘卓发现的时候，他已经拿着照片问他，照片里的女孩是谁。

刘卓钱包里的照片不是合照，而是一张很规矩的一寸照，照片是余一十六岁那年照的。她本该一年照一张的，可是十七岁，她为了学习，剪掉了头发，觉得自己丑死活不再照，说是等到十八岁一起。那时候刘卓纵容她的任性，却没想到她根本不会有之后的十八岁。

想到余一，刘卓再度失神，还是黄毛大叫：“车车。”他才回过神，连忙一个急刹车，才勉强没撞到前车。

被吓得喘了几口粗气，黄毛道：“我靠，你这开的是什么车啊？你要不想带我你就直说，停路边，我下去了。”

将车开到路边，黄毛打开车门下车，走前似乎想起什么，他从包里拿出一瓶牛奶道：“你别是没吃饭低血糖，把这给你喝吧，一会儿再真撞了车。”话说完，黄毛关上车门离开。

刘卓看着副驾驶上放着的牛奶，他将奶打开，一口喝光，冰凉的奶进入胃里，他的心才稍稍平静下来。又试着深呼吸几次，刘卓才再次开车上路。

到医院，已经是半小时之后了，因为警车不用登记，刘卓本来要拿证件，才发现证件不见了。想到刚刚黄毛鬼鬼祟祟的样子，刘卓知道警官证一定被他拿走了，可是这时候再返回去找已经来不及，用证件做登记之后，刘卓将车开进医院，下车就给李亦萧打去了电话。

连打两个电话都没人接，就在刘卓要打第三个的时候，路过医院花园的他就看到，小花园里，那天那个和林雅美在一起的男孩子，孤零零地站在花园里，他只穿了一件羽绒服，脚下还踩着医院的拖鞋，露出纤细的脚踝。

他在刘卓看他的时候刚好回过头，似乎没想到会看到彼此，他和刘卓均是一愣，然后隔了很远，相互点了点头。

就在男孩转头往花园深处走的时候，电话那边传来李亦萧的声音："喂喂，说话呀！"

这是李亦萧和刘卓从昨晚分开之后，第一次联系对方，李亦萧本来想给刘卓打电话，但是男人的尊严又让他不能主动低头，本来马致远出现，是个好机会，但是陈然先一步打了电话，让李亦萧骂了他好几遍。当然这些都是刘卓不知道的。

"你在哪儿？"

春梅饭店里，李亦萧站在窗前，他身后是十几名警员和饭店的老板娘刘春梅。得知马致远去过医院，李亦萧就带人赶来了春梅饭店，原本他来，老板娘春梅还是十分抗拒警察。李亦萧让人调取了她的个人信息，知道她离过婚，之前有过一个儿子，李亦萧联系她儿子，让他劝说他母亲，可是男孩拒绝配合。似乎早就想到这个结果，在一旁等着电话的春梅道："没用，他恨我，这些年我多卖力气赚钱，供他念书，他也恨我。"

一旁的小警员听她这么说，道："为什么。"

"因为当年家里穷，我出来打工没回去，他爸从小就告诉他，我是不要他们父子，跟人跑了的。后来他爸病死了，他就觉得是我气的，可是当年我没有不要他们，我之所以出来，是因为我要是不出来，别说我前夫，就连儿子都得饿死，可是他不懂，这么多年都恨我。"

春梅一边说一边哭起来，站在一边的李亦萧道："既然你这样，你想过马致远的儿子吗？如果那孩子长大了，知道是他父亲杀了他母亲和家人，他怎么面对。"

"老马不是那样的人。"

"他是不是，要我们找到证据，抓到他才能证明。"

面对李亦萧的呵斥，春梅终于还是败下阵来，她从柜台的账本里面拿出一张电话卡递给李亦萧道：“这就是我联系老马用的电话。”

将电话给手下安装好，李亦萧问老板娘：“你们上次联系是什么时候？”

“昨晚上？”

“他说了什么？”

“他说，他去看了他儿子，还是舍不得孩子，所以要带孩子一起走。让我帮他找一辆车，再准备一些钱。”

“找了吗？”

春梅点了点头，道：“找了，但是刚找到你们就来了。车在哪儿，我还没来得及告诉他。”

将装好电话卡的手机递给春梅，李亦萧道：“联系他。”

春梅摇了摇头，道：“我联系不上他，马致远从家里逃出来，就把手机扔了。这两次，都是他联系我。”

正因如此，李亦萧让人在春梅饭店布下抓捕点，并且将电话监听，只等马致远出现。

说完自己那边的事情，李亦萧问刘卓：“你那边什么情况？”

“我已经到医院了，所以医院这边你放心。我给你打电话，是有另外一件事儿。”

“什么事儿？”

电话那边，无聊的李亦萧哈了一口气在玻璃上，他将拳头按上去按出一个小脚掌。正要按脚趾，就听电话那边的刘卓道：“我警官证丢了。”

李亦萧手指一抖，五个脚趾被他按成了六个，也不管身后是否有下属，李亦萧道：“警官证丢了？刘卓，你怎么不把你自己丢了？”

听李亦萧这么说，下属们纷纷看过来。李亦萧见状走到墙角道：“怎么丢的？”

简单地描述了当时的情况，刘卓道：“黄头发，体态偏瘦，西京口音，应该有盗窃前科。证件到了他手里没好处，所以尽快。”

“你还真是有问题找警察。我告诉你，就这一回。”

两人挂掉电话，李亦萧立即联系局里没动的人按照刘卓的形容去找偷了他证件的黄毛，而刘卓也到了马小军的病房外。

从门上的窗户往里看，小男孩在床上睡得正熟，刘卓问陈然与和他一起值班的警察：“到底怎么回事儿？”

从小窗户指了指病房里的窗户，陈然道：“就是从窗外的空调外机爬上来的。我们也疏忽了，没想到大冬天，墙这么凉，他敢爬上来。”

“孩子说什么了？”

“孩子没直接说，是早上医生给孩子检查，问他睡得好不好，他没说话，因为来医院这孩子就不怎么说话，医生也没在意，走的时候嘱咐他晚上早睡一点，他突然说不能早睡，他今晚不能睡，他爸爸来接他。医生一听这个不对，就赶快把我叫进来了，我一细问才知道，马致远昨晚上来过。”

“马致远和孩子说什么了？”

“就说让孩子别睡觉，也别告诉任何人，他晚上来接他。”

“还说什么了？”

刘卓一再追问，有点呆的陈然一愣道：“是孩子，还是马致远和孩子？”

“马致远和孩子。”

“马致远和孩子没再说什么，倒是孩子一直问我他妈去哪儿了。”

回头看陈然，刘卓道：“你怎么回答的？”

“我能怎么说，我就说他妈过几天就来看他，他就不问了，一直看着我，看得我特心虚。刘哥，你说他要知道他妈死了，他爸还是凶手，得受多大刺激啊。”

“所以，要把他受伤害的程度降到最低，一定要降到最低。让人把南北出口都守住了，外面也一样，不管发生什么，一定不能让他见到马致远。”

陈然点了点头，却没走，听到他肚子咕咕叫，刘卓道："你先去吃饭吧。我在这里守着。"

"那我去了？"

陈然离开，刘卓坐在马致远儿子病房门口的椅子上，一边还有警局的小警察守着。刘卓闭上眼睛，可是思虑却没停下，马致远这件事儿，如果不是他要调查出租车司机，或许永远不会暴露出来，偏偏犹如命中注定一样，他的出现，让一切浮出水面。明明一切都是顺的，但是刘卓从始终至都觉得哪里不对。就在刘卓精神紧张，无法在马致远和案子之间找到一个平衡点的时候，他手机微微震了一下。

刘卓睁开眼睛查看手机，是哈米特发来消息，从上次联系过后，刘卓就将哈米特的账号做了特殊设置，也全天不下网，只等着这男孩上线。刘卓不知道自己为什么这么执着，似乎内心里有一个声音一直在跟他说，这个打探他消息的男孩不简单。

"在？"

"在。"

在小花园见到那个警察，边晟就顺着另一条道回了主楼，可是他却没回病房，一个人站在一楼大厅的窗前发了好久的呆，直至呆都发不下去，他拿出手机联系解谜。

彼此联系上，边晟却突然不知道要说些什么，他反复删除之后，向他发去消息："我在的地方下雪了。"

看到下雪两个字，刘卓走到三楼的落地窗前向下看，触目所及一片银白："我这里也下了。向外看，白茫茫一片。"

"你知道吗？白色其实是一种包含光谱中所有颜色光的颜色，看似很干净，但是哪怕是一点点的差距，它都不再是白色。解谜，你觉得这世上有纯粹意义上的白色吗？"

刘卓呼出的气息在玻璃上形成了一层薄薄的雾气，他快速按着键盘回答哈米特道："那要看怎么说。你觉得这世上有吗？"

“我觉得没有，造物主让人降生的时候，就是让人带着血来的，所以怎么会有白色。”

虽然隔着手机屏幕，但是那一瞬间，刘卓似乎能感觉到电话那边，那个叫哈米特的男孩子，身上所带的绝望和悲伤。

“上次你问我，是否杀过人？你呢，你杀过人吗？

边晟看着刘卓的提问，踌躇许久回复道：“没有，但是我目睹过。”

“目睹？什么时候？能告诉我吗？”

就像一个有了秘密的小孩子，因为憋不住将秘密告诉大人一样，边晟道：“你会告诉别人吗？”

“那要看你目睹的是什么。”

“半个月前，我在一个网吧捡到了一个U盘。U盘里是杀人现场的照片。”

“然后呢？”

“我十分诧异，本来以为是谁恶作剧，可是U盘的主人突然出现将U盘带走。我追他到门口，他却消失了，我记得那家网吧有监控，所以两天之后又赶到网吧，想从监控上找出丢弃U盘的人是谁，虽知网吧的监控坏了，但是我从网吧隔壁的超市看到了那个人的样子。”

回想到当时的一切，边晟仍旧心有余悸，还是解谜问他：“你看到他了？”

“我只是看到了他穿的衣服，但是比起我对他一无所知，他好像知道我，他用一样的U盘威胁我不要管闲事。我害怕了。”

下雪的城市，案发现场的照片，如果案发时间可以确定在半个月前，那么这案子应该和宋晓雅被杀的案子有关。

“是西京小学老师被杀的案子？”

哈米特那边久久没回答，刘卓却颇为耐心地等待着，直至他发来：“嗯。”

“那个问怎么迅速在一个庞大的人群中找到嫌疑人的问题，也是为了找到他吗？”

哈米特没回答，但是对刘卓来说，他是否回答都不重要了。因为他已经可以确定，他的这个小网友，一个看似与案子更加没有关联的人，也诡异地进入了这个案子里。

刘卓还想和哈米特说些什么，远处陈然走来，说马致远的儿子醒了，问他是否要去问话。刘卓立即给哈米特留下一段留言：“我在一个叫作西京的城市，如果你也在这里，我们见一面吧。”

关掉手机，刘卓和陈然一起去病房，同一家医院的一楼，边晟看着解谜发来的见面两个字，他略微失神，他望了望窗外，雪像是更大了。步道上，急于来看家人的家属们快步前行，像是在和死神争夺时间，可人在这世上注定是渺小的，人永远不知道，在下一秒，坏事和好事哪个会先到来。

打开上次和群主无人生还的对话，边晟一点点地翻阅，最终将视线停在无人生还发来的一条信息上，无人生还说：解谜是个警察。

警察……

边晟在窗前站到天黑，直至来找他的护士要他赶快回去上药，他才回去，上电梯前，边晟向解谜发去回复：“好。”

也是那天，边晟上电梯的时候，他看到站在电梯里的女孩正在看一本名为《日本电影解读》的书，似乎看到《被嫌弃的松子的一生》的介绍，小女孩和朋友说：“你听这段：生而为人，很抱歉。这也太丧，太绝望了，人要多惨才会说出这样的话来。”

在电梯钢板的映衬下，站在边晟身边的女孩面容姣好，笑容明媚，犹如林雅美一样，而没经历过真正悲惨生活的人，是永远都不会懂得，那种根本不想降生在这世上的绝望的。那种感觉，何止是抱歉，生而为人而已。

电梯门在三楼打开，女孩们下电梯。站在电梯内的边晟远远就看到，那天和林雅美说话的警察和一个年轻人站在一起。他不知道他们为什么来，电梯里也看到警察出没在医院走廊的电梯管理员和一旁的护士八卦，说警察在医院是和12·3小学老师被分尸案有关，那案子的涉案人，出租车司机的儿子住在这里。

听到管理员说儿子，边晟只想到，挂在马致远出租车吊坠上的小男孩的照片，眉眼几乎和马致远一模一样，那个孩子已经知道他父母的遭遇了吗？还是他什么都不知道，犹如多年前以为远走的父亲还会回来一样，就那么痴痴地等待着，等到长大才明白，走掉的人，或许永远都不会再回来。

五楼的病房，边晟静静地望着楼下越来越多的警察，直至门被推开，柴韵端着药进来。

“边晟，来，上药了。”

这几天的相处，让柴韵和边晟已经很熟悉，她每次给他上完药，都会留下一颗糖，除了第一颗糖之外，剩下的都被边晟放在柜子里的盒子里。

老实走过去，坐在病床上，柴韵把他肩头的绷带打开，看到边晟肩膀的伤口，柴韵皱着眉头道：“你这到底是什么身体，都这么多天了，创口一点都没愈合，不行的话，再安排医生给你看看吧。”

“不用了，等它慢慢好吧。”

边晟这样说，柴韵也没强求，只能更小心地帮他处理还湿漉漉的伤口。可是无论她多小心，纱布从粘连的肉上被扯下来的感觉都是疼的，但是边晟从始至终连眉头都没皱一下。

刘卓这里，面对初醒之后，一直哭着要妈妈的马小军，他毫无办法，只能小心哄着，还是马小军自己哭累了，一边吃着陈然给他买的零食，一边问刘卓：“我妈妈什么时候来看我？”

“等你遇见事儿，第一反应不是哭的时候。”

“我不哭，我妈妈就能来吗？”

刘卓不喜欢骗孩子，因为孩子小时候受骗，长大了就会开始学着骗别人，所以他说：“你哭，她一定不会来。”

马小军吸了吸鼻子，擦净眼泪道：“那我不哭了。”

看着眼前有些倔强的小孩子，刘卓本来有许多话要问他，可是看到他的瞬间，他突然不知道怎么开口了。

陈然在一旁拿着本子，等记录等了半天，才听刘卓问马小军：“你长大了想做什么？”

陈然买的吃的里面带着一把玩具枪，马小军将枪从袋子里拿出来，对准刘卓道：“我想当警察。”

“你知道警察要做什么吗，就想当警察？”

小孩子天真，他看着刘卓道：“警察要抓坏人啊。”

“那你告诉我，什么叫坏人。”

这问题别说问一个八岁的孩子，就算问陈然，他也未必答得出来，但是马小军道：“我姥爷说，做错事儿的人，就是坏人。”

“但不是每个做错事儿的人，都会被警察抓，因为错的事情分许多种。”

“那我爸爸算不算做错事儿，他会被抓吗？”

问题兜兜转转还是到了马致远身上，陈然看了看一旁的刘卓，不知道他要怎么回答，就听刘卓道：“你不是要当警察吗？等你长大当了警察，就知道你爸爸该不该抓了。”

小孩子不懂刘卓真正的意思，呆了呆，不知道说什么。刘卓也不想再用更多委婉的话来告诉这个小孩子，明明一句话就可以说明的真相。

见他离开，陈然也要跟出去，但是不想一个孩子在这样的日子里孤孤单单一个人，刘卓回头指着陈然道：“你留下。”

“啊，刘哥，我也不会哄孩子啊。”

刘卓把别的警员送来的几本漫画书塞在陈然怀里，语重心长道：“不会就学。”

那一天，刘卓不知道如何面对一个孩子，而边晟则承受着本不该他这个年龄承受的痛苦。而藏在这个城市某个角落的马致远，他褪去懦弱，不断摸索着刚刚从黑市上买来的自制手枪，想要从中得到一些勇气。

这个下午注定很漫长，有人顶着风雪奔回家中，有的藏在某家温暖的小店里享受午后漫天大雪的时光，有的则因为做了不该做的事情，受到本不该承受的责罚。

3

陈明诚律师事务所，小舒整理好文件之后敲响陈明诚办公室的门。

“进来。”

开门进去，客厅隔成的小办公室里，陈明诚正站在窗前，他叼着烟斗背对门口。

将文件放在桌子上，小舒道：“陈律师，这是今天的简报，下面是案件卷宗。”

“好。”

“陈老师，我周末有面试，没事儿的话，我可不可以先走？”

没回头，陈明诚叫住要离开的小舒道：“小舒。”

回过头看着陈明诚，小舒道：“嗯？陈律师，您还有什么事儿要吩咐吗？”

“你来我这里多久了？”

“有两个月了。”

“都已经两个月了，我还记得我第一次见你还在西京大学，你把我拦下来，说想来跟我工作，那时候外面的树叶还是绿的。”

“是呀，那是夏末初秋，后来您忙，等到您联系我已经是秋末了。”

“时间过得真快，这两个月，你在我这里学到东西了吗？”

不知道陈明诚的意思，小舒道：“学到了很多。”

“比如呢？”

想了想，小舒道：“比如和委托人谈判的技巧，比如律师要遵循什么，比如如果没有证据，如何在一个案子里保护委托人的权益。”

“不错，才两个月，就学到了这么多。”

听出陈明诚话中有话，小舒道：“陈律师，您是不是有什么事儿？”

回头看着小舒，陈明诚仰着一张笑脸道：“没事儿，我能有什么事儿，只是人老了难免话多一些。你走的时候看下柜子，上面我放了红包，是这段时间你的酬劳。以后，你就不用来了。”

“陈律师，为什么？我做错了什么？”

“我这里工作不多，距离西京大学的路途又远，你没必要在我这里浪费时间。”

紧张走到桌前，小舒道：“我不怕。”

“小舒，你听我说，马上也要到期中了，等你考试结束，春天的时候，如果你愿意来，再来吧。”

“陈老师……”

小舒还要说些什么，陈明诚道：“听我的安排，回去吧。”

小舒跟了陈明诚两个月，他知道他的脾气，所以陈明诚要他离开，虽然很舍不得这份工作，小舒还是离开了。只是那天，从陈明诚家离开的小舒，并没走出楼道，他消失在了三楼到一楼那短短的距离里。至于他去了哪里，或许只有陈明诚知道。

陈明诚再联系姚美兰，正是他辞退小舒的当天晚上，电话那边，因为各种事情发生，还有那个神秘兮兮的警察，姚美兰被折磨得已经快疯了。她不敢接儿子回家，她每天要靠着大把的安眠药才能睡着。她每天做得最多的事情，就是守在电视前，等着消息，西京12·3案的凶手被抓，12·3案结案，可是除了12·3案嫌疑人司机马致远在逃之外，姚美兰再没听到过任何好消息。

坐在沙发上发呆的姚美兰听到手机铃声已经是五点钟了，窗外已经渐渐暗了下来。

电话那边的陈明诚道：“姚女士，我是陈明诚，今晚你来我这里一趟。”

“有事儿吗？”

“今天有个负责案子的警察会来，你……”

不等陈明诚说完，这几天频繁来陈明诚家的姚美兰爆发一样道：“前一天是检察官，更前一天你说是法院的，今天又是警察。陈明诚，你说句实话，你到底能不能救我，能不能。”

电话那边的姚美兰崩溃大叫，陈明诚道：“信不信由你，我等你。”

陈明诚挂掉电话，姚美兰看着手里的手机，狠狠将手机摔了出去。空荡荡的家里，还不到四十岁，就感觉人生没了希望的姚美兰，号啕大哭起来，她也不知道自己哭什么，就是有一种感觉，或许今天过去，一切就都结束了，而这个人世间，她什么都可以放下，唯独她儿子，她不能舍弃。

想到儿子，姚美兰的心渐渐平复下来，她将散落的头发拢到头后，擦净脸上的眼泪，打算再为儿子最后搏一次，都说女子本弱，为母则刚，姚美兰也不想变得刚强，可是她没办法，因为她儿子只有她。

春梅酒家的电话响起，也是五点钟。电话那边，正监听的李亦萧听有人打来电话，立即要大家准备好，然后要春梅接听。

“喂？”

电话那边不是马致远的声音，而是一个女人的声音。春梅也没想到，她看向李亦萧，李亦萧比口型，要她继续问。

不等春梅开口，电话那边的女人就道：“这不是马致远的电话吗？”

听到马致远的名字，李亦萧要春梅问对方的身份。

“我，我是宋紫娟啊，刚不是你给我发微信，说有事儿找我，让我给这号码打电话吗？”

听宋紫娟如此说，李亦萧直接接过电话道：“马致远什么时候联系的你？”

“你？你是谁？”

“我是警察，我再问一遍，马致远是什么时候联系的你？”

没想到对方是警察，电话那边，还在商场上班的宋紫娟道：“就是刚刚，一个陌生号码给我发短信，说他是马致远，让我给这个号码打电话联系他，我寻思是不是有事儿就打了。马致远怎么了？”

宋紫娟不怎么看新闻，即便周边有售货员谈论12·3案的嫌疑人，她也没想到对方会是老实本分的马致远。

而听宋紫娟说到这个电话是马致远指挥她打的，李亦萧就知道，马致远不会来了。

“你在哪儿？”

李亦萧的声音很干脆，宋紫娟下意识道：“千叶广场，老马到底怎么了？”

没有回答宋紫娟，挂掉电话的李亦萧道：“马致远应该已经发现被监听的事情，他可能另有打算，应该不会再来这里了。老周你带几个人去医院和刘卓会合，剩下由王林带着继续在这里守着，晓峰和于大山跟我去千叶广场。”

安排完毕，李亦萧带人从小饭店后门离开，而饭店前门，马致远坐在一辆出租车上，车后座倒着一个浑身是血的男人。远处的春梅饭店，一个客人进去不久之后就出来了，他看了看表，时间只有二十分钟。春梅这段时间类风湿犯了，所以绝不能这么快将面做好，那人也不能在这么短的时间内吃完。马致远当过一段时间民兵，他的反侦察能力极强，随着三个客人进出店铺的时间，他就知道春梅饭店出事儿了，所以用抢来的出租车司机的手机给宋紫娟发了那个短信。

察觉不对，马致远当即离开，自从杀了妻子和丈人之后，他反而平静了下来。这些年，为了生活，他一直忍耐，如果不忍，不害怕失去现在的一切，他也不会走到这一步。

想到那天晚上，喝多的马致远回到家，他本来就很委屈、很慌乱，他想有个人安慰他，可是妻子不仅不安慰他，还骂他没用。他也不想没用的，可是有什么办法，他没学历，家里没钱，他注定就要活得如此卑微，被各种各样的人玩弄在股掌之间。妻子的谩骂像是一把火点燃了马致远所有的怒气，喝多的他抄起一旁的斧子向妻子砍去，第一下，妻子没事儿，反应过来的她当即往卧室跑，想要用门拦住发疯的马致远，可是真的太生气了，马致远追到卧室，接连砍了妻子七八下，直至妻子倒在地上动都不动，马致远才像是清醒了一些。可是就在这时候丈人来了，他见女儿倒在地上，再看马致远手中拿着的斧子，他当即转身，要往院子里跑。那一刻有些清醒的马致远，担心丈人报警，他想要阻拦他，可是他手里什么都没有，所以他提着斧子冲上去，狠狠地将丈人砍倒，之后是丈母娘。丈母娘倒在地上之后，马致远才彻底清醒过来，他不信自己杀了这么多人，可是眼前的一切无法骗人。那夜，让马致远平静下来的还是他儿子，听到吵闹声的马小军从卧室走出来，他揉着惺忪的睡眼，问坐在院子里水井盖上的马致远："爸爸，怎么了？"

没回答儿子，马致远看着他，月光的照耀下，小孩子显得无辜又善良，那一刻，马致远所想的却不是让孩子活下去，而是妈妈死了，爸爸又是杀人犯，他知道这样的身份，儿子在这世上注定活不下去。所以那天，马致远做了一个决定，可是当他提着斧子走向儿子的时候，儿子似乎能够感觉到来自父亲的危险，随着马致远的一步步逼近，马小军失禁了。

尿液随着秋裤的裤脚流到地上，他呆呆地看着马致远道："我不是故意的。"

儿子道歉的话，一下击碎了马致远的恶念，浑身是血的他抱住儿子哭了起来。

那晚，马致远给孩子换了衣服，告诉他明天有人来才能出去之后，才离开。马致远当时没带走孩子，并非因为他不想带，而是因为他怕，怕他再升起杀了儿子的恶念。

可是现在不一样了，随着全家的死，随着满城的通缉令，随着一个个倒在他榔头下的出租车司机，随着已经能看出警方的破绽，马致远才明白，这是一个充满博弈的世界，你不搏，甘心忍受命运的安排，那么你只有死路一条；如果你搏了，可能还有一线生机。

车开进主路，眼看远处有关卡，马致远转弯，将车开进一条小巷子里。车刚停下，后座司机身上的手机再次响起，这已经不是对方的手机第一次响起，马致远将手机从对方的口袋里拿了出来，才发现来电话的是他女儿。似乎很不放心爸爸，女儿打了几十个电话，发了许多短信，最后一条是：爸爸，你在哪里，回个电话好不好，我好担心。

马致远不知道自己只有八岁的儿子，是否已经懂得牵挂父母，如果不懂得，那他是否能看到儿子变得懂事，变得成熟的那天。马致远自幼丧母，初中丧父，他知道那种无依无靠的感觉，所以他不希望儿子走和他一样的路，可最终，犹如复制一般，他的命运再度延续到了他儿子身上。

马致远不想分神，他拿了外套将司机的脸盖住，继续沿着小路前行。

千叶广场这里，宋紫鹃怎么都没想到，她一个电话，真的会招来警察。知道这些警察是为了12·3案来的，宋紫娟才恍然将同事们说的司机和马致远联系起来。

“我真的不知道马致远杀人，是他给我发的短信，我担心他有事儿才回的。”

暂时停业的柜台里，李亦萧道：“他为你拉货多久了，经常接触后面的仓库吗？”

“也就是三四次，两次是在那里。最近我们都没联系，他给我发短信，我还挺诧异的，以为他之前不联系，是换了号码。”

“这次除了短信，马致远是否和你通话？”

“没有，我还琢磨给他打回去，可是没人接。”

把宋紫娟的手机要了过来，李亦萧递给跟来的侦查，对方定位手机的时候，李亦萧道：“你最近接触马致远的时候，他有什么不一样的地方吗？”

“没有，我上次接触他还是月初的时候，他来给我拉货。那之后，我怎么联系他，他都不接电话，所以今天他联系我，我还觉得奇怪。”

“月初是什么时候？”

“2 号还是 3 号，我们月初都有盘点，我都是那时候用车。”

“那次是否马致远接触过库房。”

想了想，宋紫娟道：“那次他是去库房拉的。我记得，我还搬错了一箱货。”

两人正说着，一边在现场侦查的警员道：“头儿，你来看看这个。”

走到柜台边，李亦萧就看到柜台上的玻璃板下压着一张照片，照片里面除了有宋紫娟和一个陌生人之外，竟然还有姚美兰。

因为刘卓将几个嫌疑人的照片都贴在了办公室的黑板上，所以大家对姚美兰并不陌生，指着照片，李亦萧道：“你认识姚美兰？”

“啊，我俩以前是一个单位的，后来我出来干的。”

“她最近接触过你吗？接触过你的仓库吗？”

“她怎么会接触我仓库？人倒是来过。”

“什么时候？”

“就前两天。”

没想到姚美兰也和千叶广场有牵扯，李亦萧道：“她来干吗？”

“说是给她弟弟买一套西服。又跟我聊了聊她儿子的事情，就走了。不是警官，姚美兰和马致远的事儿有什么关系？”

“姚美兰对门死人的事情你知道吗？”

“啊？我不知道，她也没说啊。死的不是那个老师吧？”

“死的就是那个老师。”

随着宋紫娟的出现，李亦萧才真正感觉到刘卓所说的这案子太乱是什么感觉，太多的人，太多冒出来的线索，不同于之前抓住哪一条都是错的，在马致远出现之后，就好像所有的一切都是对的。但是一个案子出现一个绝对凶手不可怕，可怕的是，陆陆续续出现各式各样都有理由、有能力、有动机的凶手。

将宋紫鹃交给下面的人，李亦萧出门联系刘卓。

刘卓知道姚美兰也和千叶广场的弃尸有关，而且还认识一个叫宋紫娟的售货员，并在宋紫娟手里买了一件西服，还说了有关姚美兰儿子的事情后，刘卓要李亦萧询问宋紫鹃知不知道姚美兰儿子眼睛的事情。李亦萧反问刘卓："什么眼睛？"

"我之前调查姚美兰的时候，有人说她儿子眼睛的失明和对门宋晓雅有关，但是我后来去找宋晓雅的邻居，大家都避开了这件事儿。姚美兰不会随便找一个曾经一起工作的人聊她儿子，除非她找这个人是想隐瞒什么。"

李亦萧返回现场询问宋紫娟姚美兰儿子的事情，宋紫娟道："是有这么一件事儿，不过美兰已经和她邻居和解了。"

"所以她儿子的眼睛失明，还是对门造成的？"

宋紫娟点了点头，说了她知道的，有关姚美兰儿子眼睛的事情。

再次联系刘卓，李亦萧问他："姚美兰现在也有杀宋晓雅的动机和时间，以及在千叶广场弃尸的条件？"

"但是她不具备实施的可能性。"

"所以你觉得，将尸体遗弃在千叶广场的还是马致远？"

"他的嫌疑更大。"

"那姚美兰呢？"

信息出现得太快也太及时，一时打乱了刘卓的节奏，他道："我记得姚美兰的丈夫去世了？"

"对，去世三年了。"

"葬在哪里？"

立刻让人去查，电脑那边出现查询信息，李亦萧念出地址，刘卓道："我记得第二处弃尸发现的农场附近就有一大片墓地，如果姚美兰和宋晓雅之间的恩怨成立，那么她很可能在去看望丈夫的路上，将残肢遗弃。"

被这一连串的线索和不断出现的嫌疑人，以及各种这样的消息压得有些憋气的李亦萧走出商场，他在商场外点了支烟道：“刘卓，你不觉得这案子到如今，太顺了吗……”

“的确。马致远简直就像是被人塑造成完美凶手的样子送到我们跟前的，对方又觉得马致远一个人的力量不够，一步步牵着我们找到姚美兰。”

“所以，这件事儿，绝不止马致远而已。先不管这么多，我要陈然那边联系姚美兰，先把她控制住，争取将马致远和姚美兰一起抓住，即便两人不是真正的凶手，也该知道有关凶手的事情，就像拼图，即便就两块，我们也能猜出大概的模样。”

李亦萧挂掉电话之后，去追查手机信号的刑侦人员派人来找李亦萧，赶回到刑侦科，手机信号已经定位了，在江边应该是被谁丢弃了。不过就在刑侦调查的同时，西京下属的敬民派出所收到报案，证实这手机的号码的主人是一位出租车司机，已经和家人失联八个小时以上，而八小时也正是马致远彻底与人断了联系的时间。

李亦萧立刻让人定位出租车司机的位置，他则带人赶去医院。电梯人多，他顺着楼梯往三楼跑的时候，就看到一个男孩子，拿着一支烟在二楼的转角处吸。

李亦萧原本没理会，还是要进入三楼的时候，他停住脚步，厉声斥责对方：“灭了。”

话说完李亦萧离开，边晟看看自己指尖的烟，想了想，真的把烟灭了。那时候无论是李亦萧还是边晟，他们都不会想到他们会在不久之后的某一天，会因为另一件事儿，面对面坐在一起。

正是李亦萧赶去和刘卓汇合，全西京的警察都严阵以待，要抓捕马致远的时候，他却没如约来接他儿子，比他先来到医院的是他在江边被击毙的消息。

李亦萧知道马致远出现的消息是当天晚上八点半，他出现的地方距离西京医院不远，就在医院面前的江对岸。他原本已经做好打算，在当夜进入医院带走儿子马小军，可就在他担心开一辆车会被发现，换车的时候出了差错。被马致远胁迫的第二辆车的车主，看到马致远身上带的枪的时候奋起反抗，争执中，马致远打伤对方，但是并没击中要害，司机用车里提前藏好的改锥袭击了马致远，受伤的马致远二次开枪，击中了司机的头部。彼时西京在召开省级会议，江边有武警看守，而掌握了上一辆出租车信息的李亦萧的手下等人也在附近，两拨人向江边赶来，驱车追逐已经驾车逃逸的马致远。

被袭击的马致远沿着江边的小路高速前行，最终被武警和警方的人逼停在江边。

那一刻，坐在车里的马致远看着后视镜的警车，以及正缓缓从车里走下来的警察。他抬头看向眼前冰封的江面，江对岸就是西京医院，只要他坚持过了江，就能接到他儿子，他们就能有新生活。似乎光明就在眼前，马致远在警察即将走到车边的时候，突然挂挡。他撞倒两名警察，在一名武警的追逐中，撞断江边的铁索，连人带车冲向江面。

据当时在现场的目击者称，那场景十分震撼，红色的出租车落在冰面上，冰竟然没裂，车不断在冰面上转圈，最终还是向江对岸开去。

马致远逃跑之后，岸边武警和警方立即在对岸部署，展开抓捕马致远的行动。

那天，马致远的车开到距离对岸几十米的地方，他坚持不住了，他眼前看到的一切都开始重影，他甚至感觉儿子就坐在他身边，叫他爸爸。马致远完全没感觉到，他在奔向他儿子的时候，他的血已经染红了他的裤子，从车门边渗出，在冰面上留下长长一道血痕。

就像拿到尸体残肢那个早上，马致远仿佛儿子就在他身边一样抬起手，他摸了摸他记忆中的那张脸，然后咧嘴笑着和一团空气说："小军，等爸，爸去接你。"

可是最终，马致远还是没走完那条去接他儿子的长路，就在他下车想要奔向对岸的时候，拿枪的他就被警察逼停，他们要他放下枪，不然会为了保护岸边人的安全，开枪将他逼停。可是马致远根本没停，他捂着下腹的伤口，踩着踉跄的步伐往岸边走，最终倒在了距离上岸的台阶只有两三步的地方。

倒下的瞬间，马致远的手依旧伸向医院的方向，他至死都没如愿，都没带他儿子离开。

李亦萧处理完马致远的事情回来，刘卓还守在马小军的病房外。屋里的男孩真的很听爸爸的话，一直坚持没有睡，他甚至隔一段时间就会跑出来问刘卓："我爸爸来了吗？"

从始至终都不想去骗一个孩子的刘卓，在得知马致远的死讯后，和那个男孩说："你先睡吧，你爸爸说今晚不来，过几天再来接你。"

瞪着大眼睛，马小军问他："过几天是几天？"

是呀，过几天是几天，过几天难道他就可以不去面对父母双亡的事实吗？

没办法应对一个孩子，刘卓将他交给陈然照顾，自己去见李亦萧。医院三楼的大厅，站在窗前的李亦萧望着窗外的黑夜。刘卓走过去的时候，他也没回头。

刘卓还是问他，马致远临死前说了什么。

"他说，宋晓雅不是他杀的。"

"你相信？"

双手攥着医院窗前的铁栅栏，李亦萧道："人之将死，其言也善。"

"马致远死了，马小军以后怎么办？"

"我过来就是来看看他，如果没有家人接纳的话，只能送到福利机构。"

"姚美兰那边什么情况？"

"之前一直部署抓捕马致远的事儿，联系她的人还没得到反馈。"明显有些心不在焉的李亦萧说到这里道，抬头看向刘卓，他道："刘卓，如果马致远是最终的凶手，一切是否能结束？"

明白李亦萧的意思，刘卓却道："马致远不可能是最终的凶手。"

"那凶手到底是谁？"

昏暗的灯光下，李亦萧和刘卓四目相对，并没躲闪那有些执着的目光，刘卓道：“总有一天会真相大白，凶手是谁，他又为什么会杀人。”

4

姚美兰知道马致远的死讯，是在去陈明诚律师事务所的路上，公车车载电视上播放着九点新闻，主持人字正腔念圆地着新闻稿：今日下午六点五十分，12·20灭门案嫌疑人马某在畏罪潜逃途中被警方击毙。据马某死前交代，他是12·3案的涉案人之一，但并非凶手，具体案件信息，本台将持续报道。

电视上，马致远的照片比姚美兰上次见他的时候年轻许多，那应该是什么都没发生的时候拍下来的吧。照片旁，是死亡现场，即便被打了马赛克，仍旧能看到江面上被冻住的血红色。姚美兰想象不到，马致远死前有多绝望，她只想，如果她被发现，是否会像马致远一样，豁出一切去抗争一下，还是默默地等待被抓。如果抗争，她的结局是否也会像马致远这般惨烈；如果这时候去自首，一切会不会好一些。

姚美兰正想着，她一旁的乘客戳了戳她道：“手机响了。”

“啊？”

回过神，姚美兰接通电话：“你好。”

“你好，是姚美兰吗？”

“是我。你是？”

电话那边，听从李亦萧的指示给姚美兰打电话的陈然道：“你现在在哪里？”

“我在外面，你是谁？”

“这里是西京警局。有关12·3案子，需要你配合调查。”

听到12·3案，公交车玻璃上映出姚美兰的脸色明显一僵，她道：“我什么都不知道。”

"姚美兰，我们找你调查，只是想了解一些情况。"

那天无论陈然怎么说，姚美兰始终都是那句："我什么都不知道。"

最终，抵不住压力的姚美兰将电话挂掉，她似乎很怕陈然再打来，直接将手机电池抠掉。做完这一切，她整个人近乎瘫软在椅子上。

如果那天只有警察打来的这个电话，姚美兰不会害怕，她说了那么久的谎，她不在乎一直说下去，可是在姚美兰打电话之前，宋紫娟还联系了她。

送走警察的宋紫娟在商场厕所借了一个电话打给姚美兰，问她对门死的女孩是不是与她有关，警察都找到她头上了。那时候姚美兰还再辩解，怎么会有关系，根本就没关系。

姚美兰问宋紫娟警察是怎么找上她的。宋紫娟道："还不是马致远，他可害死我了，我刚配合完调查，警察不让我联系你，可我担心你，你可别跟警察说，我给你打了电话。"

宋紫娟匆忙挂掉电话，姚美兰则彻底慌了，可是那时候她还有一线希望，所以她匆匆出门来找陈明诚。这一次她本想和陈明诚说出一切真相，求陈明诚救救她，可是没想到去律师事务所的路上会再次接到警察的电话。

宋紫娟和警察的双重电话，对于姚美兰来说，就像是压死骆驼的最后一根稻草，让她再也无力面对这一切。

想到半个月前，恍然回神的姚美兰看到漆黑的窗外，窗外正是距离她母亲家最近的那一站，而远处隐藏在黑夜里的小区，正是她长大的地方，眼看车门就要关上，姚美兰提着包赶在最后一刻下了车。

下车之后，姚美兰将手里的手机丢进垃圾桶里，然后一个人坐在站台发呆。

姚美兰没读过什么书，她不懂得人生的意义，但是坐在站台的那个晚上，看着一辆辆的车停下，有的人下车，有的人上车，她觉得人生也就是这样，来来往往，周而复始，没人知道下一站在哪里，更没人知道，未来等待他们的会是什么。

姚美兰之所以这么惆怅，之所以不敢去自首，并不只是因为她在宋晓雅被杀这件事儿上撒了谎，她隐瞒了那个黑衣人的存在，还因为她隐瞒了，比这件事儿，更可怕的事情。

站台外，雪无声无息落着，双脚被冻得冰凉的姚美兰看到马路对面有一家小超市，她去超市买了一瓶白酒，又回到站台，一边看雪一边喝了起来。

姚美兰上一次这么喝酒，是宋晓雅被杀不久之后，当时的所有细节她都记得清清楚楚。就在她看到黑衣人的隔天早上，她出门的时候，门口并不是像她和陈明诚说的那样，什么都没有。其实那天她家门口多了一个塑料袋，那个袋子是装海鲜常用的黑色的厚塑料袋，基本不透光，不打开看是不知道里面有什么的。

姚美兰因为门口垃圾的事情，和对门宋晓雅吵过不止一次，还因此造成儿子的眼睛意外失明，虽然姚美兰恨死了宋晓雅，但是从那次事故后，两人虽然也会吵，宋晓雅却再也没往姚美兰的门口扔过垃圾。然而楼上楼下都是老住户，也不可能将垃圾丢到姚美兰的门口，所以看到那个黑色塑料袋，姚美兰第一个想到的还是宋晓雅。她当即冲到对门门前，拍门想要对方出来，可是宋晓雅家却大门紧闭。姚美兰一气之下，将那个黑色塑料袋又丢到宋晓雅家门口，然后就骑车上班了，而那天正是 12 月 1 号。

可是当天晚上下班回来，那个袋子又回到了她家门口，这一次直接挂在了她家防盗门的把手上。姚美兰看到那个黑袋子，越想越生气，本来要把垃圾再扔回对方门口，可是当时她带着儿子，她不能让儿子看到这些。她就把垃圾扔在了门口，那天也是她儿子太皮，姚美兰去厨房做饭的工夫，写作业的孩子出门将那个垃圾袋拿进了家。

那晚，做饭的姚美兰就听到儿子在客厅里喊，他说："妈妈，是肉。"

姚美兰以为儿子要吃肉，还答应了一声说有肉，似乎知道母亲误会了的孩子拿着那个黑色的塑料袋走进厨房道："我说这里面是肉。"

因为两家厨房挨着，对门女孩不做饭，姚美兰是知道的，她突然丢这么一块肉到她门口是什么意思？姚美兰从孩子手里接过袋子，将袋子打开，就着灯光看，就看到袋子里是两节像筒骨一样的东西，但是上面不仅有肉还有皮，只是比起猪肘还是别的动物的身体组织，那袋子里的肉骨头长短一样，粗细也差不多，似乎才处理出来，被保鲜膜包裹的肉的表面还带着血。说实话，那一刻，姚美兰就有种极为不好的感觉，她犯了一阵恶心，那时候她还以为是晚上骑车带儿子回来的时候喝了太多的风才会如此。她没想到那是因为袋子里面是人肉，所以她有了本能的反应。

因为孩子已经将垃圾拿了回来，姚美兰也没责备孩子，将垃圾放在厨房的垃圾箱旁边，打算隔天丢垃圾的时候一起丢掉。可是隔天，她和儿子都起晚了，她要上班，还要把孩子送去母亲家，她就忘了垃圾这件事儿。等晚上再带儿子回来，她又不想再下楼。而在隔天早上，也就是12月3号，案发的时候，起床的她就看到了来询问的警察。也是那个早上，她知道对门被分尸的事情，听到被分尸的瞬间，姚美兰脑子嗡的一下，她似乎想到了什么，应付完警察，就立刻返回家。要儿子在卧室不要出来，姚美兰将丢在厨房的袋子捡了回来，而这一次将袋子打开，看着那一节被切得极为均匀的骨头，姚美兰只想到胳膊，对门女孩夏天总会穿得很暴露，露出修长的胳膊，她记得她胳膊上有种疫苗时候留下的花。姚美兰急忙查看，果然，在一小截肉上，她找到了花。那一瞬间，姚美兰似乎明白了，她家里这些尸块都是对门女孩的。可是谁会这么阴险，在杀了人之后，还要害她，姚美兰越想越害怕。因为母亲见完警察之后就一直在厨房，姚美兰的儿子文文跑来厨房找母亲：

“妈妈，你怎么了？”

姚美兰回过神，连忙将手里的袋子绑好，她擦净脸上的眼泪道：“没，没事儿，妈妈被虫子眯了眼睛。你这就醒了，不睡懒觉了？”

嘿嘿一笑，要是没有坏掉一只眼睛，应该也会是个前途无量的男孩子的文文道："不睡了，我想跟你一起吃饭。"

那天，姚美兰没拒绝儿子的要求，做好饭之后，一边给儿子夹菜，一边和他说："文文，晚上去姥姥家住吧。"

小男孩当即不悦地问她："为什么？"

"妈妈有事儿。"

"你可以晚点去接我，我等你。"

抬手摸了摸儿子的头，姚美兰道："妈妈怕你等得太晚，乖，就一晚。"

姚美兰的儿子看着母亲，最终还是嘟着嘴答应了她。

当天早上姚美兰就送儿子去了母亲家，从家里离开的时候，她又不敢把尸体残肢留在家里，如果她不在，警察突然闯进她们家，找到这些东西怎么办，索性姚美兰带着那袋子上班了。

那两天厂子不是很忙，她一个人做工的时候，就一直想这些尸块怎么办，她要带着去报警吗？到了警察局她说什么，她说她也不知道为什么会有这些东西，警察会相信吗？警察会不会问她，为什么他们上门的时候她不说，要这时候再送来？而她和对门还有冲突，她拼命不让邻居知道儿子眼睛被戳瞎的事情，就是不想孩子被人看不起，如果再传出杀人的事情，她们母子怎么活下去。

姚美兰越想越害怕。缝纫机的钢针一下戳进她的手指里，她才反应过来，看着流出血的手指，姚美兰心想她破了这么一点点还这样疼，那姑娘呢？都是爹生妈养的，即便人再不好，也不该就这么早早死了。因为自己受伤，姚美兰决定去报案，要去自首。

可就在吃午饭的时候，同事聊起12·3案，他们说那女孩现在被怀疑是仇杀，凶手抓到之后一定会被判刑。那时候姚美兰还问，怎么能确定抓到的就是凶手。

抬头看着姚美兰，工头道："现在凡事都讲证据，警察也一样，我听说如果你真的杀了人，但是警察如果找不到尸体的话，也不能抓你，得找到凶手和尸体才能抓人。"

“可是，有尸体的也不一定就是凶手啊。”

似乎听了天大的笑话，姚美兰的工友道：“有尸体还不算凶手，那怎么才算？除非是有人把尸体丢你们家门口，故意陷害你。可是人家不故意还好，要是故意，你更脱不开干系。”

大家七嘴八舌谈论着，姚美兰的心却随着那些声音变得越来越凉。

当天下午，无法继续工作的姚美兰以接儿子的名义请了一小时的假，可是那天她没去接儿子，她漫无目的地在这城市游荡，犹如丈夫张建军去世之前一样。想到丈夫，姚美兰越来越委屈，她打了一辆车，去了郊外的墓山，姚美兰的丈夫就葬在那里。

那天空荡荡的山上，一个人都没有，姚美兰绝望地对着丈夫的墓碑哭泣，她问丈夫怎么办，她不能被抓，也不能丢了工作，她还要养小文。姚美兰从未那么绝望过，就连丈夫去世，她想的都是她还有儿子，可是这一刻，她觉得她什么都没了。

在丈夫墓碑前待到天黑，走之前，面对丈夫，姚美兰做了一个决定，不能报警，她要把这些尸块藏起来，让这些东西不见天日。人不是她杀的，即便警察找到她，没有这些尸块，也就不会有证据。想到这里，姚美兰看着墓碑上贴着的已经快看不清眉眼的丈夫的遗像道：“建军，委屈你，就当你在天庇佑我和文文了。”

话说完，姚美兰试图去搬开丈夫墓碑前放置骨灰盒的小隔栏，可是天太冷，上面的大理石又是用水泥封住的，她怎么也打不开。那时候姚美兰还骂丈夫要眼睁睁地看着她们母子死，她没想到，或许那是丈夫在试图阻止她错下去。

无法将尸块藏在丈夫这里，又没办法带回去，姚美兰下山的时候看到了那个农场。姚美兰工作的棉服厂每年都会在三八组织采摘，这里姚美兰来过两次，她知道里面特别大，如果把尸体藏在里面，即便尸体被发现，应该也不会有人怀疑到她头上。而且因为天冷，四周的土都已经冻上了，她只能将那些尸块埋到草莓园的大棚里。就这样姚美兰偷偷进了草莓园，挖了一个小坑，将尸体埋了进去。之后回家的路上她的心一直都是乱的，她一直在想如果被发现怎么办。因为无法说服自己，那一夜姚美兰一夜没睡，她一直觉得那坑挖得太浅了，尸块会被发现。她闭上眼睛就是她被抓的场景。

隔天，她顶着大黑眼圈去上班，晚上再次请假回家，那晚她本该去她娘家接儿子，可是她依旧没去，而是去了郊外的农场，她要把那尸块拿回来重新处理。因为是大白天她不敢进去，她一个人在农场外等到天黑，她本来想得很简单，怎么把尸块丢下的，怎么把尸块带走。可是等她深夜再进去，她丢弃尸块的大棚外，被拦了栅栏。姚美兰当时就慌了，她不知道怎么办。

终于等到大棚不远处的人家都睡着了，她才敢潜进去。快接近尸块的时候，她才想起来地上的土湿，会留下脚印。她看到一旁有三合板，想着之前和儿子看一部日本动画，里面一个戴眼镜的小男孩说一个案子，因为凶手用三合板支撑，虽然接近了现场，却没留下脚印。姚美兰就照样子做了，可是三合板距离尸块还是远了一些，她慌忙想要挖出那袋尸块的时候，还是留下了半枚脚印。最终因为她动作太大，引来了农场主，她缩在角落里不敢出声，直至农场主回去，她才敢离开。

那之后，她每天求神拜佛，给丈夫上香，祈祷自己不会被抓住。因为害怕，她想找个人帮自己，所以她找到了陈明诚，她想即便警察因为宋晓雅的事情找到她，她用陈明诚做挡箭牌，说她不是凶手，一切与她无关，如果她是凶手，就不会去找律师帮她了。

可现在全完了，郊外的尸块被发现，警察已经开始联系她，她的结局只能是下一个马致远。

其实从做这一切的时候，姚美兰就做好了决定，她不能被抓，她也不能成为她儿子一辈子的污点。

有人说，人走到命运的绝境时，蓦然回首，会觉得人生很荒凉，因为对普通人来说，他们如此劳累，如此匆忙地走过的一生，明明付出了许多艰辛，流过血，流过汗，却像什么都没留下过一样。

姚美兰并不知道，就在她不知道命运何去何从的时候，似乎这世上真有母子之间的感应，她儿子小文一直没睡，小孩子一直跟姥姥说：“我妈好像会来。”

老人起初还和孩子说不可能，让孩子好好睡觉，可是孩子就是不睡，老人没办法，叫来在客厅看电视的儿子，要儿子联系姚美兰。

那天姚亮给姚美兰打了七八个电话，姚美兰都没接。不耐烦的姚亮要小文先睡，明早再带他去找他妈妈，小孩子才死心。一边叫着妈妈一边沉沉睡去。

也正是儿子沉沉睡去的时候，喝多的姚美兰出现在她母亲家楼下，那是凌晨，西京最冷的时候。街上一个人都没有，没上楼，她坐在院子的公园椅上，一边喝着剩下的酒，一边仰头望着三楼。儿子应该睡了吧，也不知道想不想回家。姚美兰想到这里，又喝了一大口酒，辛辣的液体顺着口腔流下，刺激着胃黏膜，她想吐，却什么都吐不出来。

为了压住呕吐感，姚美兰只能拼命喝酒，她喝得太快，被白酒呛得咳嗽起来，咳得泪流满面，随着眼泪的涌出，她捂着脸哭了起来。她不住地念叨着：“为什么，为什么，为什么是我？”可是冰冷的夜里，并没人给她回答。

最终姚美兰掏了半天，从包里掏出一张照片，照片是三年前的全家福，是丈夫还没生病之前拍的，姚美兰一直当作护身符放在包里，可这张护身符，最终也没有保下她。

再度下起大雪的夜里，姚美兰抬着被冻僵的手，在照片背后，写下了许多的话。

西京医院里，马致远出事之后，在医院所有布防的警察只留下一部分守着马小军，剩下全部撤离。警车开出医院已经是午夜十二点了。边晟身后的新闻重复播报着那个被警方击毙的出租车司机的事情，边晟没有看电视，眼前却通过主持人的描述，浮现出了马致远死前的绝望。拼命奔跑，以为是希望，最终却是绝望。

边晟看着窗外，最后一辆警车的红尾灯消失在夜幕里，犹如最后一点点命运的火光，在这一刻燃尽了。似乎感觉到什么渐渐从手上流出来，他低下头，才看到自己的伤口不知什么时候又崩裂开，他已经是满手的鲜血。看着落在地上的血，边晟只想到那个晚上，昏黄的灯光下，女人倒在茶几旁的样子，边晟上前试探她的鼻息之后，惊讶地站起，他退后跌倒在地上，再爬起来，手上也是满手的鲜血。只是这一刻血是他的，那一刻血是别人的。他好不容易让自己平静下来第二次走上前，再次试探，人仍旧没有半点反应，而那是边晟从小到大距离死亡最近的一次，如同今天的马小军和张文文一样。

这个安静的晚上发生了太多的事情，城西的陈明诚事务所，陈明诚等了一夜，都没等来姚美兰。看完晚间新闻的他关掉电视，走到角落的柜子前，拿出一包药倒了两粒，咽下去之后，似乎知道姚美兰不会来的他关门回了卧室。陈明诚的卧室和他妻子的病房在一起，陈明诚的床稍微矮一些，但是紧挨着妻子的床，这样方便他夜里随手就能触碰到妻子。

陈明诚还记得，儿子大学毕业离开家那年，曾经跟他们保证，一定会经常回来看他们的，结果看到花花世界的儿子却是一去不回。其实陈明诚早就明白，飞走的鸟是很难再飞回家的，所以他明白，老伴儿才是他的唯一，可他没想到，老伴也要先他一步离开。

那夜，西京的雪不停歇地下着，无声无息，而那一夜，既是假象的终结，也是真相的开始。

第八章
长山与水远

1

姚美兰的尸体是清早被发现的，她蜷缩在她母亲家楼下的小公园里，手边是一瓶酒和一瓶安眠药。在姚美兰留下的遗书中，她写道，农场的尸块是她丢弃的，而宋晓雅却不是她杀的。这件事儿本来与她无关，是她内心中的恨意让她和她儿子都走到了无法回头的地步，她没勇气面对这件事儿，也没勇气去面对她儿子，她只能死，

姚美兰在遗书的末尾，还留了一句话给警察，她希望不要让这个案子影响她儿子的未来，希望这案子停止在她这里，永远不要再继续下去了。

如果马致远和姚美兰，一个承认杀人，一个承认弃尸，都能让这件事儿有个顺利的交代，可是偏偏两人全都不承认人是他们杀的，只承认弃尸。那么从另一个角度看，马致远和姚美兰也是这起案子的受害人。

因为马致远死前疯狂的极端表现，视频被围观群众发布到网上，网民因为马致远并非 12 · 3 案的嫌疑人，开始批判西京警方暴力执法。如果警方不调查马致远，马致远也不会走到这一步，而马致远藏匿尸块，杀害全家的所有罪行，在网民看来，都没有警方在对马致远的调查中是否违法重要。更有甚者，挖出主管案子的警员刘卓的一些往事。

舆论原因，孟局表示为了平息对外界的影响，提议刘卓暂时停职。

局里的内部会议上，孟副局话音刚落下，就遭到李亦萧的反驳：“不行。”

“怎么不行？”

“这案子从一开始，刘卓就跟着，马致远和姚美兰也是他找到的，眼看案子就要破了，您停他的职，算怎么回事儿。”

“破了？现在死了两个嫌疑人，后续调查没进展，李亦萧，你告诉我，这案子叫破了？”

“再给我们一周时间。”

一巴掌拍在桌上，孟副局大吼：“我给你一辈子。三天之内再没进展，你们俩都给我滚蛋。”

“破案的时候是英雄，是模范，现在就是狗屁？”

孟副局长听李亦萧这么说，抬手就把文件夹向他丢去，李亦萧躲都没躲，留下一众上级，直接离开会议室。面对当众反抗自己的下属，孟副局气得在会议室里大骂李亦萧是王八羔子。

挨骂对李亦萧来说再正常不过，相比他挨骂，他更在乎的是刘卓是否会受到影响，毕竟网上不仅是刘卓自己的事情，就连余一的事情也被人扒出了一些。

走到刘卓身边，看着被两大摞资料挡住的他，李亦萧道：“还剩几天就新年了，到底行不行？不行，咱俩都得滚蛋。”

“两个人在死前，都承认弃尸，而坚持不承认杀人。如果是两人之中的一个人说了谎话，两个并不相识的人，不会这么巧，在被警方发现之后，一起如殉道者一样死去，他们要么在保护凶手，要么他们根本就不知道真正的凶手是谁。”

“不知道凶手是谁，怎么会卷进这案子里面？杀人这种事儿，没有上赶着担责任的啊。”

“因为他们的把柄都在凶手手里，马致远是和死者之间的经济冲突，姚美兰是和死者之间的事件冲突。可是这不足以支撑他们参与到案子中，所以其实凶手也在博弈，和这些人博弈他们是否会在拿到尸块后报警。”

“我觉得要是我，我不会这么做，因为风险太大了，很可能一切的发展都不会如他预料的一样。”

看着李亦萧，刘卓道："这也是我想不通的地方。"

话音落下，像是想到了什么，刘卓看表，时间已经两点多，提起挂在椅背上的外套，刘卓对李亦萧道："我出去一趟。"

"去哪儿？"

"去见个人。"

李亦萧要一起，刘卓拒绝："不行。"

"为什么？"

"有你，他就不来了。"

那天，西京市中心的麦当劳，刘卓坐在靠窗的位置上，他面前摆着一杯咖啡，他是昨天上午得到姚美兰死讯的时候，收到的哈米特的消息，对方约他在这里见面。

等待哈米特到来的时候，刘卓打开本子，随着姚美兰和马致远的死，现在一切的信息都集中在了柴韵、边潇潇、王攀身上。自从上次见过王攀之后，刘卓也将王攀加入嫌疑人的范围中，不是因为他的调查扩大了范围，而是两次询问，让他越来越觉得王攀有问题。第一次他太过悲伤，而第二次他连慌张感也没有，似乎想好了所有应对的办法，还有一个男孩要送给女朋友东西，一定是反复检查过的，但是王攀将一床被动过手脚的电热毯送给宋晓雅，电热毯上的两次手脚是否有一次出自他的手？

就在刘卓思量的时候，麦当劳的门被推开，早已经到了附近，却一直不敢出现的边晟走进闹哄哄的快餐店，正对着门口的位置上，父亲拿着薯条逗弄着还年幼的儿子。边晟从西门找到东门，他找了一会儿，才发现坐在角落里，那个抱着黑色笔记本的男人。

似乎彼此之间有感应，刘卓在边晟看向他的时候抬起了头，喧闹的麦当劳，两人隔着几桌客人四目相对。

还是刘卓招手道："这里。"

边晟走过去，刘卓合上本子道："哈米特？"

"解谜？"

“坐吧。”

边晟没想到和林雅美相识的警察就是解谜，他以为会是个陌生人，可已经见面，对方是否是陌生人对他来说已经不重要了。

刘卓很少和孩子打交道，他沉了沉气问哈米特：“吃点什么？”

“不了。”

边晟虽然说不要，刘卓还是起身去柜台买了一些吃的。他还特意要了一份儿童套餐，柜台给他的却是一个女孩子喜欢的HELLO KITTY的玩具。

面对面坐好，刘卓道：“手臂怎么样了？”

并没回答刘卓的问题，边晟问他：“你有警官证吗？”

“你要看吗？”

淡定的男孩子点了点头，刘卓却尴尬得没有下一步动作。

见他如此，边晟道：“没带？”

“我说没带的话，你会觉得我是骗子吧，我的证件不是没带，是丢了。”

“丢了？”

“前几天去建材市场的时候丢的，我有影印本，你要看的话，我可以让同事传真过来。如果你觉得影印本也有问题，可以去网上查，最近关于我‘暴力’执法的消息还不少。”

听他嘲讽自己，边晟道：“算了。”

“那我们说回正事儿，你说你目睹了12·3案的嫌疑人，他是个什么样子的人？”

没说话，边晟将手放在桌上。然后将手掌打开，他将一枚U盘放在桌子上。

“我不知道嫌疑人是谁，我只有这个U盘。”

接过那只U盘，刘卓反复查看后道：“这只U盘除了你，还有谁看过吗。”

“只有我。”

“为什么发现U盘的时候，没有报警。”

十七岁的男孩看着眼前的刘卓，坦然道：“我害怕。他警告了我，如果我去警察局，会来杀我。”

“你相信了？那为什么现在要说出来？”

“我看了新闻，那天我看到的不是那个司机。”

“所以你良心上过不去。”

抬头看着眼前的警察，边晟道：“我也不知道，但是我睡不着。”

“为什么会相信我？”

“直觉吧。”

似乎是审讯惯了，刘卓微微笑道：“你了解我吗？直觉上就倾向我？”

“可是相比那些不熟悉的，我对你还有些了解。”

“比如呢？”

坦然看着刘卓，边晟道：“你身上有着谜团和故事，你努力做事其实是在麻痹你自己，忘掉那些记忆中的痛苦。虽然你看上去是个自由人，是警察，是正义的使者，同时你也压抑着真正的自己。”

刘卓没想到一个小孩子会看透他，更不想在一个小孩子跟前暴露自己的弱点，他道：“12·3 案你了解多少？”

“一点点。”

“能跟我说说你的感受吗？”

“嗯。”边晟想了想再度开口，“我也不知道，但是我觉得不简单。”

“为什么这么说？”

“尸块在不同地方被发现，昨天被你们当作嫌疑人的人又死了，网上都在说，这是真正的凶手的一场完美犯罪。这案子或许永远也查不清。”

边晟说到查不清，刘卓的咖啡杯在唇角微微一顿，他放下杯子道：“不会查不清，现实世界不是小说中，所以没有完美犯罪。只要是犯罪，总会留下破绽的。”

“或许吧。”

两人又聊了一些有关 12·3 案子是否和世界几大经典案子有重合的地方，结果并没什么相同。边晟提到几部日本小说，也都被刘卓否决。

“那我知道的就这么多。我是偷偷跑出来的，下午三点还要换药，所以我得走了。”

看着窗外落着的大雪，一直思考的刘卓抬头问边晟：“你是怎么过来的？”

“打车。”

抬手看表已经快三点，刘卓道：“时间快到了，我送你回去吧。”

并没拒绝，边晟道：“好。”

一起回医院的车上，刘卓问边晟的家庭情况。

“我和我父母一起住。”

“怎么会受伤的？”

“意外。”

“现在是谁照顾你？”

“有护工，还有护士。”

“你父母呢？”

边晟的视线始终在车窗外，他学他父亲的口气道：“现在生意不好做，不可能把心思都用在我身上。”

“也是，所以你都是靠上网消磨时间？”

“有时候也打游戏，网络世界毕竟是虚拟的，我又不太相信陌生人。”

车开过一个路口，看到车窗外炒栗子店的边晟道：“能不能把我放在这里。”

指着车窗外，边晟解释道：“我想吃这里的栗子。”

车窗外正是排着长队的栗子店，刘卓将车停下，边晟从副驾驶下车去排队。刘卓将车停在一旁等着他，边晟回来的时候，带了两袋栗子，他将一袋递给刘卓道：“请你吃。”

没谢绝，刘卓道：“谢了。”

车再度开上路，抱着栗子的边晟问刘卓：“这案子很麻烦？”

“几乎没有有用的线索。”

“如果破不了，你们会怎么办。”

微微一笑，刘卓道：“不会破不了，一切只是时间问题。”

“我以为会像电视里演的那样，追凶很多年。时过境迁之后，凶手才会被抓到，到时候已经物是人非了。”

“生活毕竟不是戏剧。”

瘦弱的少年抬手接着车窗外落下的雪花，他道：“是呀，生活比戏可怕得多。”

之后的路上，两人的话渐渐少了，快到医院的时候，边晟突然问刘卓：“你信命吗？”

“我只信我自己。”

刘卓的自信并不是源于自大，他从小就是这样，他唯一失败的一次，就是八年前那次，想到余一，他眼前再度晃过那个红色的影子。

眼看刘卓毫无顾忌要冲过红灯，边晟叫他：“解谜。”

刘卓急忙回神，在即将越过线之前踩了刹车。刘卓的车停下，后车不断催促，他将车开到路旁。

看出刘卓有些心神不宁，边晟道：“你怎么了？”

“没事儿，好久没睡，有点累。我可能没办法送你了，我帮你打车送你回去吧。”

“不用了，你脸色不好，多休息一下。”

边晟下车离开，他在刘卓车前站了一小会儿就拦出租车走了，刘卓自己在车里，吸了几支烟，许久才平静下来。八年前，那件事情之后，刘卓就患了极为严重的创伤性后遗症，现在已经好了很多，只有压力大的时候，才会复发，而且会出现幻听幻视。心理医生说，这是内心空虚的表现，也是一种自责心理的反馈，让他尽量忘记不愉快的东西，可是遗忘真的能解决问题吗？对刘卓来说，遗忘只是暂时的阵痛而已，在事情有结果之前，他不可能真正忘记。

平静下来，刘卓开车回警局，下午五点多，警局的人还在忙着马致远被击毙和姚美兰自杀的案子，刘卓找来陈然，让陈然查有关边晟的消息。

拿着刘卓递来的纸，看着上面边晟的名字，陈然道："边晟？姓边，和边潇潇有关？"

"不知道，目前已知的只是个高中男孩。"

"高中生，难道也是涉案人？"

"去查吧，查查放心。"

吩咐完陈然，刘卓拿着栗子往李亦萧办公室走，陈然道："刘哥，李队不在。"

停住脚步刘卓道："干吗去了？"

"马致远的事情，报社有个采访，因为影响不好，孟局就让李队去应付了。"

"那你先查这个人，我去找一趟冯思南。"

西京警局的法医室在警局的西北角，是一座独立的二层小楼，据说曾经是驻军司令部的枪械房，所以至今走进去还能闻到一股属于枪械的机油味。从 12·3 案案发以来，刘卓已经不是第一次来这里。

刘卓走进写着"细致入微解迷局，抽丝剥茧还真相"对联的大厅。

刘卓轻车熟路，找到法医二处。冯思南的师傅从里面走了出来，还穿着解剖服，带着口罩的女法医道："找小冯？"

"对。"

刘卓发现他每次见这位法医，她都是戴着口罩，对方指着走廊尽头的房间道："解剖室。"

"陈法医……"

据说都快四十岁，因为做法医的关系还没结婚的陈法医回过头，她好奇地看着刘卓道："还有别的事儿。"

指了指自己的眼角，刘卓道："血。"

陈法医抬手一擦，看到指尖的殷红，她满不在乎道："刚解剖的时候溅上的，没事儿。”

陈法医关门回办公室，刘卓前往解剖室，解剖室内只有冯思南在，而摆在解剖桌子上的正是姚美兰的尸体。因为担心姚美兰不止服用过量安眠药被冻死，还有被他杀的可能，所以警方要拿到尸检报告。

刘卓进来，冯思南并没停下手中的活儿，她娴熟地切开死者的胃部，将胃内的食物残渣取出来。死者胃里除了没有消化的海带丝，只有连胃酸都无法消化的酒的味道。

“干吗？”

靠在解剖室的门口，刘卓道：“宋晓雅案，案发时候，你是第一个到现场的吗？”

抬起头，戴着口罩的冯思南露出一双大眼睛看着刘卓道：“是呀，怎么了？”

“现场最初的样子，你还记得吗？”

“记得一些，不过你问这个干吗？”

“帮我来辨认几张照片。”

“照片？现场照片法证那边应该有拍摄的现场，你干吗不去找他们。”

“我需要一个了解尸体的人。”

刘卓都这么说了，冯思南也没了拒绝的理由，只道：“那快点，我下午还得把尸检报告交上去呢。”

刘卓拿出的照片正是边晟给他的那一组所谓凶手留下的照片，他已经提前看过，却没看出什么，至于他不去找法证，而来找冯思南的原因，是因为法证看到的都是现场的证据，而法医第一眼看到的是死者身上的证据。

冯思南举着沾满血的手套，因为不方便，所以刘卓为她一张张翻阅，几张之后冯思南突然道：“停。”

那是一张宋晓雅的残肢被摆放的照片，虽然照片照得很隐晦，却能清晰地看到她头的轮廓。

“怎么了？”

冯思南皱着眉头思量了一下，却没回答刘卓的话，她抬起手腕搔了搔自己的下巴，才用带血的手指指向照片上的箱子。

“我记得我们刚到现场的时候，死者的头是被法制晚报包裹放在箱子里的，因为头是我取出来的，所以我记得她的脸是冲着纸箱的正面，可是你这张照片，她对的却是纸箱的侧面。还有这张照片上，纸箱角落里没有渗血，我们到达现场的时候纸箱的渗血已经浸湿地面。所以你这张照片，明显是在我们到达现场之前拍摄的，你是在哪里找到的这些照片？不是处理过吧？”

并没回答她，刘卓道：“剩下的还有什么让你觉得不同的地方吗？”

刘卓继续翻照片，冯思南一张张地看，看到最后，她干脆摘了手套自己拿过来。冯思南又看了其余几张照片，就像刚刚的那张照片，给出结论，无论是尸体摆放的角度、光线，还是渗血程度，都证明这些照片应该都是在警方到达现场之前拍摄的。

“如果这些照片的时间早于警方到达的时间，那么这些照片很可能就是凶手拍下来的，不然谁会跑到现场照下这些照片之后，不报警就离开？”

帮刘卓看完照片的冯思南一直追问，照片是谁拍下来的，刘卓始终没说出边晟的名字。

“爱说不说，神神秘秘的，以后有事儿也别找我。”

被她追问得有些不耐烦，刘卓道：“照片是出自一个自称目击过嫌疑人的人手里。”

“哇哇，有目击者了，既然有目击者，你可以找他做嫌疑人侧写啊，侧写一下照片都能出来。”

想着边晟那张淡漠的脸，刘卓道：“他不记得了。”

看着刘卓，冯思南斩钉截铁道：“不可能。除非是小孩，很小那种，不然这种事情对大人的精神刺激极大，即便他意识上不记得了，如果他真正见过，肯定会记得的，除非，还有一种可能。”

刘卓抬头和冯思南对视，他什么都没说，彼此似乎已经明白对方的意思，但是说出那种推论的还是冯思南，她道："还有，他就是凶手，这些你所谓的犯罪嫌疑人提供线索，其实是凶手提供的。欲盖弥彰懂不懂。"

"如果我说这些是一个十七岁的孩子提供的呢？"

"还是两种可能，一种是他真是目击证人，但是他和凶手之间一定有关系；另一种就是这男孩和悬疑小说里面的男主角一样，看上去很正常，其实是个隐藏的杀人狂。"

冯思南越说越激动，刘卓却将资料收好转身离开，冯思南见状道："你走什么，我还没说完。"

"冯思南？"

"嗯？"

看着冯思南一副好奇他会说什么的眼神，刘卓道："少看点小说。"

那天，刘卓离开，冯思南才反应过来，她追出解剖室冲着刘卓离开的方向道："姓刘的，你损不损，骂人不带脏字，下次有事儿别找我。"

当然，冯思南这些话，刘卓权当没听到。从冯思南的解剖室离开，回到办公室的刘卓从陈然口中知道，李亦萧回来了。

敲门去李亦萧办公室，应付完记者的李大队长正剥着刚刚边晟送给刘卓的栗子。

抬头看刘卓，李亦萧道："去哪儿了？"

"法医室。"

"姚美兰的死亡报告出来了吗？"

"要晚上了。"

"赶紧出来，我倒要让那些说我们暴力执法的看看，人到底是不是因为我们死的。"

李亦萧正在气头上，刘卓也没理他，将打印出来的照片给他看，之后也拿起栗子剥了起来。

看了一会儿，李亦萧也看出不对，举着资料问刘卓："这些东西是哪儿来的？”

“目击者提供的。”

“目击者，你下午是去见目击者了，目击者是什么人？”

没等刘卓继续说，陈然敲门进来道：“刘哥，这是你刚要找的资料。”

接过资料，刘卓一边看，一边问陈然：“你觉得有问题吗？”

“就跟你说的一样，就是一个普通高中生小孩儿。一点案底都没有，家庭关系也很清白。我觉得没问题。”

继续翻看着手里的档案册，刘卓道：“你也说两个人都姓边，他们之间呢？”

“我刚也只是随口说，我和陈头还都姓陈呢，都说我是他侄子才进来的，可是我俩真没关系。”

刘卓让陈然先离开，李亦萧道：“我问你呢，目击者是谁？”

将边晟的资料扔过去，刘卓道：“就是他。你看到的照片，就是他给我的。”

李亦萧拿起资料看了起来，他第一眼就看到，照片上的男孩是他那天在医院看到的在走廊吸烟的男孩子。

“他怎么会直接找到你？”

揉着自己的眉峰，刘卓道：“我们在一个 QQ 群里。”

放下资料，重新翻看那些照片，李亦萧仍旧觉得难以置信：“照片鉴定过了吗？”

“没动过手脚，是原版。”

从刘卓口中得到确定的答案，李亦萧道：“我得见他。”

“不行。”刘卓果断拒绝之后，又道，“起码现在不行。”

“为什么。”

“他只是个十七岁的孩子。”

看着刘卓，李亦萧像是听了笑话一样：“孩子，孩子怎么了？你觉得孩子不会犯案？刘卓，你还记得，咱们大学时候一起看的那本阿加莎吗？那个叫《畸形屋》的故事，故事里庄园主被杀，谁都不知道真正的凶手是谁。最终经过侦探的侦查，谜底被揭开，真正塑造了一系列故事的正是家里的小女孩，不过八九岁，却因为祖父的管教、父母的放任，以及旁观这个畸形家庭的变化，所以变得不善言辞。那一年得知祖父不许她去城市里念书，所以一手策划了祖父的死，将家族所有人都卷入其中，而随着真相一步步被揭开，小女孩为了洗脱自己的嫌疑更不惜与姨婆一起坠崖身亡。”

李亦萧虽然这么说，刘卓却坚持了暂时不碰边晟的想法，他也不知道边晟的话是否是真的。因为在面对边晟的时候，他并不像是一个操控者，他与他之间更像是在博弈，他们之间看似坦白，其实彼此都有隐瞒的，刘卓所隐瞒的是他见到边晟的第一面就感觉到这男孩子身上带着一股强烈的死亡气息。而边晟所隐瞒的则是他在这些事情上的用心，这个突然出现的U盘，在聊天群的问题，这些难道真的都只是碰巧吗？

2

西京医院的食堂，那双涂着红色指甲油的手，从白瓷盘子里捏起一粒栗子仁，坐在一旁的边晟，静静看着她吃，边晟很喜欢看她吃东西，吃得很腼腆，却很香。从那件事儿发生之后，他们已经很久没见过，他也没再看过她吃东西。

“你之前不知道他是警察吗？”

喧闹的餐厅，用没有受伤的手拿着勺子，边晟道：“知道，只是不知道他在西京。”

“他会相信吗？”

“不知道，从他出现开始，一切就已经不是我能掌控的了。不过你放心，不可能发生的事情，我是不会让它发生的。”

“边晟……”

明明是相熟的两个人，却坐在两张桌子上，突然被她叫到名字的边晟抬头看她。这么多年，发生了这么多的事情，边晟的眼神却从没变过。永远都是他们十年前再见的时候，他蹲在冰冷的地窖中看着她的样子，小鹿一般的眼神里带着不安，却也因为纯净，让他干了什么坏事，都让人不忍怀疑他。

不等女人说出后面的话，边晟就道：“我明白。”

四周突然变得没有一丝声响，许久还是边晟自己说：“时间不早了，你早点回去吧，侧门的监控还是坏的，你从那里走。还有……”

已经要走的女人回过头，边晟道：“不要再来了。”

女人看着边晟，想要说什么却什么都说不出来，转身离开。晚上七点多的医院，走廊里亮着昏暗的灯光，或许就是命运，来医院为边晟送作业的林雅美，因为没看到边晟所以出来找他。她没找到边晟，却和那天在电影院里有着一样香水味道的女人擦肩而过。

几乎是瞬间，林雅美回过头，她迅速在人群中找到女人的身影，这一次女人没上电梯，她从步梯离开。想了想，林雅美没继续找边晟，而是向女人离开的方向追去。林雅美也不知道她为什么对那女人如此执着，就好像跟着她就能知道藏在边晟身上的秘密一样。

女人离开之后，又有一个人坐在了边晟对面，看着他没吃多少的餐盘，显然已经看了他很久的男人道：“怎么不多吃点。”

“没胃口。”

“人是铁饭是钢，再吃些。”

边晟是那种很听话的男孩子，可是听话不代表命好，他又拿起筷子，一边吃没有味道的饭菜，一边问对方：“怎么样了？”

“还是老样子。”

“现在医学水平这么发达，会好的。”

微微一笑，对方苍老的脸上是一种释然的神情，他道：“随缘吧，我已经不抱希望了，只想在死前先送走我妻子。剩下的就是不放心你。”

抬头看着眼前的男人，边晟道："我不值得你这样的。"

坐在边晟对面的不是别人，正是陈明诚。不同于面对小舒和姚美兰时的脾气古怪，陈明诚看着边晟的双眼充满慈爱。他道："没有什么值不值得，你才十几岁，还有大好的人生，你不能就这么完了。"

"可是我早就完了。"

"那只是过去，你还有未来。"

听着陈明诚的话，边晟轻轻笑了起来，未来吗？这两个字对他来说比过去还遥远。

边晟没说话，陈明诚又道："边晟。"

"嗯？"

"如果，我是说如果，再给你一次机会，你会不会活得更好。"

低头用勺子挖着盘子里的米饭，那些发黄的米粒被人操控在盘子里翻来覆去折腾，犹如人所无法控制的自己渺小的一生一样。边晟没回答那句话，因为他也不知道该回答什么？因为会与不会对他来说，结果都是一样的。

"不知道。"

"别的问题你都可以不回答，但是这个一定要回答我。"

钢勺敲在桌子上，发出沉闷的声响，边晟道："或许吧。陈叔，我该回病房了。"

边晟从陈明诚身边走过去，这个已经是花甲之年的老人道："好好活着，你一定要好好活着。"

那一刻，边晟想到上次在医院的电梯里，他听到的女孩念出的那句电影对白：生而为人，我很抱歉。

如果可以好好活着，没人愿意苟活下去，可是生活永远不是人想要好好活着就能活下去的。

边晟回到病房的时候，病房的灯是亮着的，他微微踌躇之后拉开病房门，病房内，难得出现的边母正在为边晟收拾东西。

“晟晟，回来了，去哪儿？”

“吃饭。”

似乎能感觉到边晟的抗拒，边母强颜欢笑道：“医院的饭还吃得习惯吗？吃不习惯就叫外卖。对了，你还有没有钱，我再留一些给你。还有天冷了，我给你买了新的冬装，都放在柜子里了。”

边母脚边散落着一地名牌的购物袋，但是边晟却没理会。边母一边收拾一边对边晟道：“你爸爸还在外地，过几天就来看你。你要是住得不习惯，我新年的时候就会回来，到时候我照顾你。”

“不用了。”

边晟母亲收拾衣服的手微微一顿，她背对着儿子道：“边晟，妈妈……”

不等母亲说完，边晟就道：“我累了。”

回过头，边母依旧笑着，她道：“正好，我也收拾完了，你早点睡。我明天去上海，两天就回来，你有什么事儿给我打电话。”

说着提起手包的边母，从包里拿出一摞钱放在桌上道：“别委屈自己，想吃什么就吃什么，我走了。”

那天无论边母说什么，边晟始终背对着她，就在边母开门的瞬间，要去关灯的边晟突然一愣，他立刻从床上爬起来，从小柜子上拿起那本练习册道：“谁来过？”

走到门口的边母停住脚步道：“你说什么？”

“我问你谁来过？”

“谁来过？我来的时候，屋子里没人啊？怎么了？”

“那这本练习册怎么在这里。”练习册的封面是粉色的，书页上写着：LYM。那是林雅美的练习册。

面对儿子的质问，边母道：“我来的时候，书就在这里，我刚给你整理的时候放在桌上的，我以为是你的。”

听到母亲的话，边晟立刻下床，他拿起羽绒服冲出病房，边母见状在身后叫他："边晟，你去哪儿。"

去哪儿，边晟也不知道自己去哪儿，可是他突然很害怕，怕林雅美遇到什么。

从医院的病房区跑出去，边晟接连给林雅美打了几个电话都没接。他联系高翔，正在网吧打游戏的高翔表示，林雅美下课就说去医院给边晟送练习册，怕他赶不上学习进度，高翔知道这是借口，所以林雅美要高翔和她一起去，被高翔拒绝了。

"高翔，林雅美家在哪儿？"

高翔报给边晟一个地址，高翔问他到底怎么了，边晟却没说。那天，从医院去林家的路上，林雅美的电话还是一直没人接。望着窗外的边晟只想到那天高翔和林雅美一起来看他的晚上，因为有事儿，高翔提前回去。他送林雅美去车站的时候，从吃饭就开始沉默不语的女孩问他："你喜欢她吗？"

"谁？"

抬头看他，林雅美道："那个穿黑大衣的女人。"

"我也不知道。"

"喜欢就是喜欢，不喜欢就是不喜欢，为什么不知道。"

彼时，大雪中，终于和林雅美正视那个女人的问题的边晟道："林雅美，这世上的许多事儿，都没那么绝对。而我喜不喜欢她，都与你无关。"

"和我有关，你喜欢她的话，是不是就不会喜欢我了。"

"林雅美，无论我喜不喜欢她，都不会喜欢你。"

"为什么？"

看着女孩干干净净的眼睛，已经经历这世上太多事情的边晟道："因为，我不值得你这样对我。"

寂静的小路上，明知道已经有那个女人存在的林雅美，付出一切向边晟表达爱意，得到的回答却是不可能。那一刻，因为一个十七岁女孩的骄傲，她大声道："边晟，可是我觉得值得，我不管你喜不喜欢我，因为对我来说，我喜欢你就够了。你可以不喜欢我，但是不能阻止我喜欢你。”

“林雅美。”

不等他再说什么，林雅美穿过马路，消失在了寒冷的雪夜里。往事历历在目，女孩哭着跑远的声音似乎就在耳边，边晟不敢想如果林雅美在医院看到她，结果会是怎样的。他只祈祷，她们并没遇见，而此时林雅美已经回家了，他之所以无法联系上她，是因为手机没电，是因为她静音了，是因为各种各样的声音，可是无论什么理由，边晟都不希望，她是因为她。

3

而同一时间，城市另一头的出租车上，坐在副驾驶的林雅美不断催促司机：“快快，一定要追上前面的车。”

看着坐在后座急匆匆的小姑娘，司机道：“你这么着急干吗？男朋友让人抢走了？”

司机本来是开玩笑的话，林雅美却道：“对。”

“对什么对，你才多大。”

林雅美被司机说得也有些不好意思道：“不是我，是我爸，我爸在外面有人了，要带着家里所有的钱和那个女人结婚。我妈已经气病了，只剩下我了。”

司机从后视镜看林雅美道：“真的假的？”

点了点头，林雅美哽咽道：“真的，现在我妈只剩下我了。”

“你别哭，叔一定给你追上她。”

车开了半小时之后，停在城北一片棚户区。因为去村子的路上没灯，司机不肯再开，林雅美下车的时候，司机还嘱咐她：“你小心点，要是找不到人，就赶紧回去。”

“谢谢您。”

关门下车，通往棚户区的路上，只有月亮照在雪地上反射出的光芒。不敢往前走的林雅美打开手机照路，才发现静音的手机，边晟和高翔给她打来十几个未接来电。踌躇是否打回去，可是担心女人走得太远，林雅美想了想还是跟了上去。

林雅美从没跟踪过别人，其实跟踪这女人她也很害怕，但是想到边晟，似乎又有了勇气。

跟着女人往村庄的方向走，突然大路上没了对方的身影。林雅美吓了一跳，她环顾四周，空荡荡的雪地里，只有远处立着一个人形的破败雪人。

就在林雅美十分害怕，想要返回去的时候，她身后的小路突然亮起了大车的车灯光。林雅美回过头，被身后明亮的车灯照得睁不开眼，她抬手挡光，车从林雅美身后开过，停在她身边。驾驶员打开副驾驶的车窗，探出头来问她：“怎么了？”

看着对方，总觉得眼熟的林雅美呆了呆道：“我好像迷路了。”

“你要去哪儿？”

指了指远处的村落，可是内心似乎有一个声音对她说，别再跟了。林雅美又转身指向市区的方向道：“回市区。”

打开副驾驶的门，司机道：“上车吧，我去村里办事儿，一会儿回市区的时候，正好把你带过去。”

人在恐惧的情况下，大脑是不受理智支配的，林雅美也一样，她看看前面漆黑的路，又看看身后，踌躇之下，还是上了男人的车，坐进了副驾驶里。车是一辆老式的桑塔纳，红色的，车厢内似乎很久没打理，四处都显得很脏。林雅美坐在副驾驶，手局促地放在腿上，上了这个陌生的男人的车之后，她突然很后悔，后悔冲动之下追那个女人来了这里，冲动之下想要了解那个女人和边晟之间的关系。

“大晚上怎么来这里了？”

司机的话唤回林雅美的神志，她道：“跟一个人过来的。”

“什么人？”

“我也不知道。”

“以后这么晚，别跟陌生人来这种地方了，遇到坏人怎么办。”

抬头看向司机，林雅美道：“你不是坏人吧。”

呵呵一笑，面色慈祥的司机道：“你觉得我像吗？”

不等林雅美回答，司机停下车道：“我进去办事儿，你在车里等我，这地方乱，你可别乱跑。”

司机下车离开，走进一旁的院落里，坐在副驾驶的林雅美越想越不对，她掏出手机想要联系家人，可是拿出来，才发现手机已经被边晟打得只剩下百分之二的电。西京天冷，林雅美知道这百分之二的电只够她打一个电话的，而这个电话很可能是能救她的电话，想了想在如此无助的时候她还是把电话打给了边晟。如果联系上他，他会帮她吧。

可是手机响了很久都没人接，彼时边晟的手机就在裤子的口袋里亮着，可是他完全没察觉。联系不上边晟，林雅美急忙挂掉电话，那一刻，似乎是人的本能，她立即打开电话簿，找到刘卓的名字，打了过去。把她最后求生的希望压在这个警察身上。

她一边打，一边祈祷：“一定要接，一定要接。”

而西京警局，漆黑的办公室中，刘卓的手机放在桌上，人并不在手机旁，安静的办公室里也没有人。

就在林雅美越祈祷越绝望的时候，警局办公室的门被推开，走进办公室的人摸索墙面将灯打开，来人正是刘卓和李亦萧。刚走到桌边就看到手机的刘卓道：“真的落在办公室了。”

刘卓拿起手机，手机的屏幕还在闪动，他要接通，屏幕却瞬间黑了。

电话突然没了声音，林雅美才发现她手机没电了。她看看漆黑的四周，抬手去开车门，门却纹丝不动。林雅美才想起来，下车的时候，司机按下了门锁。

林雅美的爸爸曾经干过一段时间修车，她知道怎么能在车被锁的情况下将车打开。把身体探到驾驶室，林雅美找到方向盘下的一个小按钮，她将按钮拨开，车内发出“咔嚓”一声。

就在林雅美如释重负，想要从驾驶室坐直身体，赶在司机回来之前逃跑的时候，那个带她来这里的司机突然就出现在了车头前，月光的照射下，他微胖的影子犹如恶魔一样。吓坏了的林雅美想到手边的门，可是她要开门的时候，才发现门旁也站了一个人，那人散着头发，正是她刚刚跟着的那个女人。

女人用手电筒打到车厢内，看到林雅美的样子后，对着司机摇了摇头，那一刻，林雅美知道两个人是一伙儿的。就在司机走向副驾驶的瞬间，求生的本能让林雅美打开车门，她用力撞开车门旁的女人，然后向车后她来时那条漆黑的小路跑去。

见林雅美逃跑，女人道：“一定不能让她跑了，一定要抓到她，不然我们就全完了。”

晚上九点半，郊区的路上两旁是漆黑且空旷的空地，四周没有一个人影，林雅美一边跑一边拼命叫着救命，可是没人来救他。往大路跑的时候，她无数次跌倒，无数次爬起来，那一刻，她唯一的信念就是活下去。

而她身后的人也在拼命地追赶着，林雅美跑到路口，看到有路灯的地方，她一步也跑不动了，奔跑时呼吸的冷气，强烈的刺激着她的器官和肺，就在停下的瞬间，她剧烈地咳嗽了起来，看着远处追来的人，和漆黑的远方，林雅美也不知道去哪儿，她不安地环视四周，直至看到了路边的垃圾堆。

跑过去，林雅美缩在恶臭的垃圾里面，努力捂着嘴巴，尽量不让自己发出半点声响，可是喉咙的痒却是忍不住的，林雅美甚至能感觉到，嗓子眼有一股腥甜正在涌上来。她强忍着让自己镇定下来，缩了不过一分钟的时间，追她的那对男女就出现在了主干道上。

男人看着来往的路上都没有人影，停在距离垃圾堆不远处的路口。

“人呢？”

女人慌张地问男人。

男人道：“我哪儿知道。”

“我说不去见他，都是因为你说要确定一下，现在好了。”

“你要小心点，也不会被人跟上。”

“现在怎么办？她看到我们了，要是报警的话，我们都完蛋。”

“找，无论如何一定要找到。”

男人开始疯狂地用手中的木棍去打小路两旁的杂草，女人看着远处绝望道：“完了，全完了。”

那天两个人像是找了很久，而林雅美也藏了很久。近乎绝望的时候，女人问男人：“你找到她要怎么办？”

男人的手因为女人的话微微一顿，他道：“你觉得呢？”

女人微微一愣，下意识道：“你要……杀了她？”

男人虽然没回答，但是女人和藏在黑暗中的林雅美却明白，他是默认了。据说人距离死亡近的时候会呈现两种不同的反应，要么是求生欲爆棚，奋力一搏，要么默默死去。刚刚看到男人站在车前的时候，林雅美是第一种，而现在她是第二种，在明知道已经逃不掉后，她只求自己不发出一点声音，让搜寻的人离开。她才十七岁，她不想死。可是命运从来都是被安排好的，什么人在什么时候来，又会在什么时候离开。老天不会放过一个坏人，也不会改写那些注定悲惨的命运。

林雅美感觉到手边有什么的时候，已经是男人和女人要离开的时候了，她手边先是微微的蠕动，然后是瘙痒，忍不住的她低头看去，就见月光下，一只湿漉漉的老鼠正趴在她手上，随着林雅美低头，老鼠也抬头看着她。

“啊？”

林雅美只是发出了微微的声响，就急忙将手盖回嘴上，可是那微微的声响，已经足够暴露她的所在。

漆黑的夜里，四周没有半点声响，刚刚还在林雅美眼前的一男一女，仿佛鬼魅一样，突然就不见了。就在林雅美以为自己没被发现，那两个人已经离开的时候，想要站起逃离这个地方的她，突然发现，她眼前多了一个人影。林雅美惊讶地抬起头向上看去，就见垃圾堆的水泥墙边，她身后的位置，赫然站着刚刚的男人。男人挡住月光，逆光中，她看不清男人的脸，却能感觉到一股冰冷的气息。

而随着林雅美错愕的目光，男人将手中的铁棍挥下去，随之而来的是女孩的尖叫和一声沉闷的声响。

那个晚上，住在周边的人都听到了一声绝望的长鸣，谁都不知道，那是一个不足十七岁的小女孩最后求生的希望，可是没有人理会她。随着棍棒砸在脑袋上的剧痛，林雅美倒在了血泊中。她疼得意识模糊，在冰冷的雪天将自己蜷缩起来，而视线中所看到的最后的画面，是一双向她走来的红色高跟鞋。林雅美也曾幻想过自己穿上高跟鞋样子，那或许是她大学毕业的时候，或许是她结婚的时候，再或许那时候她已经做了妈妈。可一切在她喜欢上一个男孩子之后，或许永远不会实现了。十七岁，这个没有下雪却比下雪还冷的晚上。那女孩静静地在寒夜里，闭上了眼睛。而那一刻，远处的市区，随着圣诞钟声的敲响，满天烟花绽放在天空中，年轻的男女在烟花声音的掩盖下，大声喊着喜欢的人的名字，他们期许烟花给他们爱情，却忘记烟花易逝，脆弱的感情也是一样。

4

12 月 26 日，圣诞节的隔天，西京的清晨一切还沉浸在圣诞节过后的余温中，空气里弥漫着短时间无法稀释的烟火气，而街头扔满了酒瓶和垃圾，还有宿醉的人倒在路边。

早早起来清扫大街的清洁工担心那些人被冻死，上前去戳他们，让他们醒过来，走到那个穿着黑色羽绒服的人身边的时候，清洁工道：“醒醒。”

清洁工推了推才发现，他并没睡着，而是睁着眼睛，像是被冻得死不瞑目，又像是等待着什么，他睫毛上挂着白霜，嘴角已经冻得青紫。他在冻得近乎失去意识之后醒了过来，抬头看向马路对面，像是又看到了林雅美，她像以前一样，冲着他的方向摆手大叫：“边晟，在这儿。”

是的，这个孤零零坐在马路边的人正是边晟，他找了林雅美一整夜，可是一点线索都没有。她家里人不知道她去哪儿了，高翔说她去找他了。硕大的西京，林雅美就好像突然就消失了。

昨天夜里怎么都找不到林雅美的边晟不断给那个女人打电话，她很久之后才接。彼时西京最繁华的千叶广场，圣诞烟火绽放夜空，边晟看着那些绚烂却易逝的烟花道：“你在哪儿？”

“我在家。”

“她是不是和你在一起？”

“边晟，我不知道你在说什么。”

“你知道，我求你，放了她好不好，一切我都会承担下来，求你，放了她。”

耳边的烟花声越来越大，电话那边的女人道：“我听不清你说什么，我明天去看你。”之后她挂掉了电话。边晟再打，她就不接了。

也就是联系上女人之后，边晟知道一切全完了，他像是失去了所有的力气，呆呆地站在街头。他看着眼前的行人匆匆而过，他不知道这些人去干吗，更不知道自己的归宿在哪里。

就这么呆坐一夜，直至晨雾散去，他被清洁工发现。又推了推边晟，清洁工道：“你还有没有意识？”

见边晟没反应，清洁工看了看四周，拿起他膝盖上的手机，即便手机被拿走，边晟还是没反应。还是清洁工要走的时候，他手机突然响了起来。

看了看边晟，清洁工将电话递给边晟：“喂电话。”

边晟还是没接，清洁工将电话接通道：“喂。”

电话那边，在医院的高翔以为对方是边晟道：“你在哪儿？”

“人在京西包子铺门口，建胜街那家店。”

说完挂断电话的清洁工和边晟说：“我通知你们家里人了，你可哪都别去。”然后就拿着边晟的手机离开了。

高翔赶到京西包子铺门口是凌晨六点半，包子铺门口已经排起队，找不到边晟的他拿着手机，一边打电话，一边穿梭在人群中。

边晟电话已经关机，听到他找人的路人指了指远处的角落道：“是不是那个人？”

随着路人指着的方向找过去，边晟犹如流浪汉一般缩在角落里。

“边晟，你怎么在这儿，你知不知道，我们找了你一晚上。”

高翔说话，边晟却没反应，以为他已经知道林雅美事情的高翔道：“我知道雅美的事情你受不了，我也受不了，可是事情已经出了。”

听到林雅美的名字，边晟突然有了反应，他抬头看向高翔道：“她怎么了？”

“她……”

高翔支支吾吾。边晟冲着他大叫道：“我问你她怎么了？”

“她出事儿了，就在昨晚上，人在郊外被发现的，现在在西京医院，可能救不回来了。”

边晟瞪大双眼，他一点点退到墙边道：“不，不可能。”

“我也觉得不可能，可是的确是她，被发现的时候她就在去郊外的路上……”

随着高翔的话，边晟耳边像是没了一点声响，他扶着冰冷的墙勉强站住，她问高翔：“她……她现在在哪儿？”

“在医院，我联系你的时候，也刚从医院赶来，人还在抢救。”

推开高翔，边晟跌跌撞撞往马路上跑，眼看他要冲过马路，高翔一把将他拉住。那天，一边拉着边晟，高翔一边要他冷静下来，然后拦车带着边晟一起去了医院。

西京医院急诊室门口，边晟和高翔赶过去的时候，林家的人都在。肇事司机正和处理事情的交警解释："真的不是我撞的，她自己跑到我车轮底下的。"

还穿着单裤，脚下的拖鞋已经脏得不成样子的边晟看到林母的手上挂着一条红围巾，和上次他带着林雅美挤下车的时候丢的那条一模一样。后来因为那条围巾丢了，他在生病之后买了一条一模一样的，让高翔带给林雅美，没想到她在出事之前还戴着。

"林雅美呢？"

边晟的声音引起林家人的注意，他上前想要拿回那条红围巾，高翔担心他做出什么不好的事情，立即拦住边晟。争执之间，边晟肩膀的伤口再度崩裂，他的血一滴滴顺着胳膊落在地上，与掉在地上的林雅美围巾上的血融合在一起。

那一瞬间，看着那些刺目的红色，边晟想起很久很久以前，他第一次见林雅美的时候。

那是高中入学体检的时候，分别在男女两个阵营的他们为了去化验科送血，撞在一起，玻璃小瓶子落在地上，那时候他们的血也融到了一起，天生怕疼，怕打针的林雅美见状立即叫了起来："啊，都怪你，我还得抽一瓶。"

看着眼前的女孩子，边晟也有些不好意思，可是不善于和女孩子打交道的他，只道："抱歉。"

彼时是盛夏，窗外绿草如茵，有光透过玻璃照到走廊的地上，那个剪了波波头的女孩子看着有些不知如何是好的边晟道："算了，你也不是故意的，不过你得赔我。"

微微皱眉，尚且没卷入这些事情，还很单纯的边晟道：“赔你？赔你什么？”

拉着他走到窗边，女孩透过玻璃窗指着远处的小吃一条街道：“看见没有，红招牌那家店是做猪肝粥的，猪肝补血，你请我喝粥，我就原谅你。”

在遇见林雅美之前，边晟一直都是封闭自己的，他第一次遇见那样的女孩子，她那么喜欢笑，站在那里，浑身都冒着光彩。几乎没有拒绝的理由，他道：“好。”

那天，他们是所有新同学里面体检结束最慢的，将新血交到化验处等待结果的时候，她看着地上还没被清理干净的两个人的血迹问边晟：“你知道吗，古代西南地区，有一种婚俗，夫妻在婚配的时候，要将血液滴在一个碗中，只有血液相融才可以结婚，而血液相融代表神灵允许他们的结合。”

那个时候，边晟根本不懂什么是爱情，他也不知道什么是浪漫，在他的认知里面，一切都要讲求科学。所以他说：“那并不是神灵的允许，应该是一种科学的验证，如果两个人的血液不融合的话，生出的孩子会患有溶血症，这是验证两人是否可以生育基因良好的下一代的方法。”

边晟说到一半，林雅美就扭头看向他，女孩明媚的脸上一脸嫌弃。

她说：“你懂不懂什么叫浪漫。”

“嗯？”

见边晟还是那副木讷的样子，林雅美起身就走，边晟见状道：“你去哪儿，结果还没出。”

“不等了。”

“那粥呢？”

走远的女孩连头都不回，气呼呼道：“不吃了。”

那天，女孩虽然走了，边晟却因为她说他不懂风情的话笑了起来，那是他孤孤单单活了这么多年之后，第一次由心底笑得那么开心。

边晟第一次知道她的名字也是那天，来送体检报告的护士念她的名字：林雅美。

因为她已经走了，所以她的体检报告是边晟给她拿的，而那份体检报告至今还在边晟的家里。

想到那天，夏日的风中，拿着一小瓶血，穿着白裙子的她穿梭在绿柳之间，仿佛精灵一般。站在医院走廊的边晟笑了起来。在遇见林雅美之前，他从不相信命运，所以他以为他们再也不会相见，可是半个月后，南华二中理科班里，那女孩再次出现了。就在新组合的班级里面大家都在互相介绍的时候，像是彼此之间有磁场一般，她轻易就看到他的存在，然后笑盈盈走了过来。

“嘿，是你？”

“嗯。”

依旧是灿烂的阳光下，她伸出手道：“你好，我叫林雅美。”

“边晟。”

两只手握在一起的场景好像昨天才发生，那个初遇的夏天，他们相知相守，他们向彼此诉说自己的梦想，她想去北都市念书，他也想逃出这个城市，可是现在，一切都不可能了。所以其实这么久，这么冷漠，无视那个女孩子的好，真的不是他不喜欢她，反而是他太喜欢，喜欢到他真的不能让她走进他的世界里，而距离才是他保护她最好的办法。可是这些，林雅美怕是永远也不会知道了。

刘卓出现在急救室门外的时候，李亦萧跟他一起，昨晚，接到林雅美的电话之后，他再联系她，可是林雅美的电话已经关机。出于一个刑警的本能，当即觉得有问题的刘卓，立即让人定位林雅美的手机，发现在这个圣诞节的晚上，小女孩的手机定位却在郊外。

当即和李亦萧一起赶过去，可是他们还是慢了一步，林雅美已经倒在了肇事者的车轮下。

看到刘卓出现，虚弱的边晟问高翔：“他怎么在这儿？”

“昨晚，雅美最后一个电话是给他打的，也多亏他，不然雅美可能已经死了。”

知道林雅美最后一个电话是打给刘卓的，边晟向他走去。远远的刘卓就看到了边晟，相比第一次见面边晟是淡漠的，第二次见他显得规规矩矩，而这个清晨再见边晟，他的样子何止狼狈，简直像是失去了活下去的所有勇气。

见边晟走过来，跟着刘卓的陈然本想上前，却被他拦住了。走过来的边晟看着刘卓：“她最后一个电话，是打给你的。”

“嗯。”

“你为什么不快点去救她，为什么？”

刘卓平静地看着边晟道：“我没有接到，她就挂断了。我调查她的方位需要时间。”

虚弱的男孩突然冲上前，他仿佛一头发怒的野兽一样，将刘卓撞到墙边，他狠狠拽着刘卓的脖领逼问他：“你为什么没有接到，为什么没有，你本来可以救她的。”

并没挣脱，刘卓拿着刚刚交警送来的手机道：“边晟，救她的本该是你，她手机里存满了你打来的未接电话，你为什么要联系她，你知道什么？”

刘卓的话像是针一样戳破了边晟最后的勇气，他看着刘卓手里的手机道：“我不知道，我什么都不知道。”

边晟突然放开刘卓转身离开，医院走廊里，高翔追上他，和他拉扯，问他去哪儿，他什么都不说，只是跌跌撞撞往远处走。

看着离开的边晟和高翔，陈然看着刘卓道：“他是不是疯了。”

没回答陈然，接过刘卓递来的林雅美车祸现场的证物，刘卓道：“你把这个带回去，我出去一趟。”

陈然道：“去哪儿？”

没回答，刘卓已经离开了医院。

陈然带着证物回到警局，得知昨晚上被他和刘卓救了的小女孩，虽然被救了过来，但是医院表示，因为失血过多，脑部重创，她能否苏醒过来，还是未知的。

“你拿的是什么？”

“交警那边要刘卓转交我们的现场证物。”

“给冯思南送过去，然后你看住会议室的人。我出去一趟。”

李亦萧开门离开，陈然看着办公室的同事：“一个个都出去，也不说去干吗。就算你出去也得先告诉我，会议室的人是谁吧？”

听陈然感慨，一旁的警员道：“是偷刘哥警官证那个，今儿早上让李队亲自从九点给提回来的。”

看了看会议室，要同事把证物转交法证，陈然走向会议室。会议室里，正查看窗户能否打开先逃了的黄毛听到开锁的声音，立刻转身。

进屋的陈然看到油头滑脑的小黄毛，拉开椅子坐下，和黄毛隔着桌子道：“说吧，犯什么事儿了？”

黄毛连忙解释道：“误会，我也不知道怎么就给抓进来了。”

“误会，都到这儿了，你还敢说误会，给你的胆儿，连警官证都敢偷。”

黄毛拉开椅子要坐下，陈然道：“站好了。”

黄毛立即站好：“真是个误会，我没当刘警官是外人，跟他开个玩笑。”

“有你这么开玩笑的吗？证呢？”

“我没带着。”

陈然吸了一口气，没等他发火儿，黄毛立即道：“我马上让人送来。”

指着黄毛，陈然道：“我给你半小时，半小时送不来，我拘你半个月。”

说完陈然要走，黄毛道：“那个，刘卓呢？”

“找他干吗，我管不了你是不是？”抬手看表，陈然道，“赶紧，还有二十八分钟。”

“别，我马上打。”

李亦萧找到刘卓的时候，他的车就停在建材市场门口。可是车在，人却不在。抬头看向对面的建材市场，李亦萧走了过去。

见他径直就往里面闯，之前被黄毛打过的保安道：“哪儿来的，就往里面闯。”

李亦萧看看建材市场后院的露天仓库，随口道：“市政管理处来检查的。”

上下打量他一番，保安道：“检查什么？”

“防火问题。”

“证件呢？”

指了指远处的车，李亦萧道：“车上呢？要看我给你拿去。”

“你连个证件都没有，说来检查就来检查，这事儿我得上报。”

见保安要回去拿电话，李亦萧道：“行，你报。我这儿想着随便走个过场，照两张照片，回去交差，你这又是查证件有又是上报的，这过场我也不走了。你不要看证件吗，我回去拿，你可别后悔，到时候让你们张总亲自求我，我可不给他这面子。”

见李亦萧脾气这么大，保安也有点怕了，忙道：“那个，我就是说说，您别生气，我也是个打工的，您别跟我计较。你去查吧，用我陪着吗？”

看着小保安，李亦萧道：“证呢？”

小保安连忙摇头：“不查了。”

那天，建材市场露天仓库，李亦萧找到刘卓的时候，刘卓正在一辆索纳塔下面，那辆索纳塔是旅行版的两厢车，是德国的经典款，市面上开的人已经不多了。

走过去，李亦萧蹲在车边道：“陈然说你有事儿，在这儿给人修车呢？”

“你怎么来了？”

车下的刘卓扭头看向李亦萧，蹲在车边点了一支烟的李亦萧，一边吸一边道：“这不怕你想不开吗？又是熟人，又是小姑娘的。”

“放屁。”

“我看了现场报告，说事故现场有红漆痕迹，就过来了。这是事故车？”

李亦萧也是了解王攀的家庭情况的，在前期的调查中，查几个人的车的时候，知道王攀的父亲有一辆红色桑塔纳，所以陈然带回的报告，就想到刘卓应该来找王攀了。

没想到他真的在，叼着烟围着车转了一圈，还是没发现碰撞的痕迹。李亦萧抬头望向远处的办公大楼，一眼就看到站在三楼窗前的一个人，那人和李亦萧四目相对的瞬间，赶快躲开了。

李亦萧当没看见一般从车边站起来，围着车走了一圈，停在车头的位置问刘卓：“你已经找过王攀了？”

“还没。”

踢了一脚眼前的车，李亦萧道：“那能确定这是他的车吗？”

从车底挪出来，刘卓拍了拍手道：“现在所有的涉案嫌疑人里，方毅的车是蓝色的福特，边潇潇和柴韵都没有车，王攀的车是酒红色的丰田，所以最初的时候，我先去的王攀家，他车在家。虽然之前去王家院子里也只有王攀的一辆车，但是空出了两辆车的位置，而且地上有这种和王攀的凯美瑞完全不同的轮胎印记，这就证明王家有两辆车，离开王家之后我就直接来了这里。这里面所有的车，和王家的车轮印相同、颜色相同的只有这辆车。”

“这车车头没有撞伤的痕迹，不像撞林雅美的车，又是新洗的。”

“虽然是新洗的，但是车的缝隙里面有这个。”

刘卓将一块烟纸递给李亦萧，刘卓道：“这是红土，不知道市区有没有地方吻合。”

“有没有查查就知道了。”

彼此对视一眼，刘卓道：“走？”

“走。”

那天，刘卓和李亦萧一起离开建材市场的露天仓库，而站在三楼一直看着李亦萧在车边徘徊的王攀，小心从墙边一点点地蹭了出来。而明明暖气开得很足的走廊里，王攀已经是满身的汗水，昨天的事情不是已经做干净了吗，为什么警察还会找到他。想到这里，紧张的王攀拿出手机拨打电话，他焦急等着电话接通，然后道："怎么办，警察来查我了。"

电话那边的小天鹅舞蹈中心里，穿着白天鹅舞蹈服的边潇潇拿着手机，她看着面前正在追逐的小孩子们，对电话那边的王攀道："别慌，一定还有办法的。"

而对于边潇潇来说，从始至终对这件事儿，她只有一个办法。

边潇潇知道边晟失踪，是在那个下午，她借了舞蹈班小孩子的手机打给他，电话始终没人接通，而她发去的那些短信，也没有回复。最终她把电话打到医院，才知道边晟失踪了，而且已经一天一夜，他家人已经急疯了。电话那边柴韵问边潇潇是谁的时候，她赶快将电话挂断。

那个下午，边潇潇和舞蹈班的领导请假，打车去了西京的郊区。得知她要去的地方那么远，司机问她："那边有家人？"

"嗯。"

"那还行，郊区路远，今晚上还有大雪，要是返回来都不好返。"

"谢谢您。"

从后视镜看了一眼边潇潇，司机感觉到她不想说什么，便也没再开口，只将收音机的声音调大了一些。

那天，开着的车载音响播放着张国荣那首《玻璃之情》：我这苦心，已有预备，随时有块玻璃破碎堕地。勉强下去我会憎你，只差那一口气，不信眼泪，能令失落的你爱下去。难收的覆水，将感情漫漫荡开去，如果你太累，及时的道别没有罪，牵手来空手去。

听着那首歌，看着眼前打在挡风玻璃上的大雪，边潇潇恍然想起两年前，她再见边晟的时候。那是个初春，西京大学樱花园的樱花全都开了。那天她回去学校办事儿，他则为自己的家教老师送落在家里的资料，两人在浪漫的樱花树下重逢。那天开朗的边潇潇执意要请这个腼腆的弟弟吃饭，边晟没拒绝，跟着她去了附近的小店，等菜上桌的时候，见对面的男孩子一直在听音乐。

边潇潇扯过他耳朵上的耳机，戴在自己的耳朵上："我听听，你听什么呢，这么认真。"

那天边晟的 iPod 里面放的也是这首歌，边潇潇至今还记得那句：如果你太累，及时的道别没有罪，牵手来空手去。

边潇潇有时候会想，人为什么要长大，永远停在小时候不好吗，盛夏光年，无忧无虑，不长大，就不用面对现在的一切。可人生可以向前，却不可逆转。而许多事情一旦抓住，是不会像歌词里面写的一样，可以轻轻松松就放手的。

歌曲过去，车载新闻开始播放天气预报，这一天，是西京近三十年以来最冷的一天。听着那样的报道，边潇潇有些想笑，因为八年前，从西京市区去往一样的郊区的路上，她也听到过一样的新闻："为三十年最低温度。"

八年前，边潇潇前往那个小镇，也是为了边晟。她至今还记得，八年前的冬天，下课回家的她从父亲口中知道，曾经住在她外婆家对门的男孩子失踪了，那男孩的母亲找到边潇潇家，问是否有孩子的下落。边潇潇才想起来，最近一直有人给她打电话，可是她因为号码不认识，一直没接，直至电话打回去，才知道来电话的是外婆家在的小村子。问电话的主人，要他打电话的是什么人，对方道："一个怪可怜的小孩，也不知道被谁打的，大冬天脸上还带着伤痕，穿着单衣，看上去挺可怜的。"

听男人如此说，边潇潇也不知道自己的心怎么了，她突然有些不安，那天作业怎么也写不下去，她换好衣服，从父亲钱包里拿了两百块钱就离开家了。

那天，一样是打车去郊区的路上，不过十六岁，还单纯善良的边潇潇似乎能感觉到远处有一个男孩子在等他，她不住祈求司机："您快点，再快点。不然这么冷的天，他会冻死的。"

窗外下着大雪，一样是个没有月亮的晚上，想到那时候的场景，边潇潇回过神，她恍然看到玻璃窗上倒映出的自己的影子。八年过去，即便她更漂亮，更有女人味，可是那张脸上的表情却全了，变得狰狞，她眉头皱着，眼神很厉，她完全没了自己原本的模样。那一刻，她的心再不像八年前一样，是期待他生的，八年后的今天，她在想，如果那个人死了该有多好。

有人说，人之所以善变，是随着年龄的增加，终于知道了自己想要什么，有的人追求的是财富，有的人追求的是名望，而让边潇潇长大的是爱情。她可以为了爱孤注一掷，抛弃一切，可当她再看到边晟，看到那个男孩子为她被折磨得不成人样之后，她问自己，值得吗？为了她的爱情，牺牲了那男孩所有的希望，可是她又想，那不就是爱人的代价吗？她爱王攀所以愿意放弃，而边晟爱她，所以必须放弃。

车停在西京三十多公里外，天已经快黑了，站在村口，边潇潇看着这个已经八年没有回来的地方。她顺着记忆中那条小路走进村子。村子比起小时候破败了许多，街道上空无一人，北风伴着雪，卷起挂在墙头的白色塑料袋，袋子被风吹得在天空中飘舞，犹如无处可去的孤魂一般，也如那些美好却注定无法回来的记忆一样。

从村口到边潇潇的姥爷家，要穿过整个村落，雪太大，她将自己缩在大衣里。她走了好久，才走到那扇绿色的大门前，门上还是很久之前贴的年画，已经没了一点颜色，看着泛白的大门，边潇潇从衣领里掏出钥匙，随着咔嚓一声，门被打开。

大门内是荒芜的院落，大雪淹没了杂草，她熟络地穿过儿时最喜欢的青石板路，径直走到院子中，一个砖头搭成的方形井前。这是边潇潇姥姥家的祖宅，随着姥姥姥爷的去世，已经荒凉很多年。

直接拉开方井上盖着的木头门，因为年久失修，木门把手脱节，边潇潇用了很大的力气才将木板挪开。随着木板被挪开，仅剩的微微的天光照进井口，顺着光看去，如同八年前一样，边晟瘦弱的身影蜷缩在漆黑的窖井中。

从建材市场回到警局的刘卓先是去了法医处，询问有关林雅美身上的衣物是否有什么可以提取的证物。冯思南表示，依照目前的证物来看，暂时推断不出什么，不过在被袭击之前，或者车祸之前，她应该隐蔽在极恶劣的地方，所以衣服和头发都是恶臭的味道。刘卓告诉冯思南，林雅美身上的东西，很可能是找到她被袭击之前发生过什么的绝对真相，刘卓拜托冯思南一定要找出什么蛛丝马迹，就离开了。

回到办公室，从陈然口中知道偷他警官证的人找到了，刘卓立即去了会议室。彼时因为找不到送警官证的人，黄毛都紧张了。

听到开门声还以为来的是陈然，连忙道："马上，人马上就来了。"

"什么人？"

拿着手机，小黄毛回头，看到是刘卓来，仿佛看到了亲人一样："哥，你终于来了。"

抬手按着要过来跟他拥抱的小黄毛，刘卓道："这是警察局，你老实点，我警官证呢？"

"马上就送来，真的马上就来，我当时就是图个好玩。"

"下次别玩这么大了，再把自己折进去。"

"不敢了，绝对不敢了。"

指了指门口，黄毛道："那我是不是一会儿就能走了。"

没理他这话茬，反而拉椅子坐下的刘卓问黄毛："你在建材市场偷东西，偷了多久了？"

看着刘卓，黄毛道："没多久啊，您见我那次，我第一回被抓。"

刘卓没说话，静静地看着黄毛，被他看得有点心虚，黄毛举起三个手指道："我对天发誓，三回，真的就三回。"

"你觉得我现在把你关着，你得待几天。"

黄毛听罢上前抓着刘卓胳膊求饶："哥，就四五次，真就四五次。"

低头看着蹲坐在自己身边的黄毛，刘卓道："跟建材市场的人熟吗？"

“还行，你要买啥，我找人给你打折。”

“我不用打折，我想问你一个人。”

“谁？”

“王攀。”

“王攀？”黄毛想了想一拍脑门道，“我知道他，他不是建材市场那经理吗？”

“对，你了解他吗？”

“还行吧，有点胖，面团一样。我见过他几次，怎么了，他犯事儿了？”

不理黄毛的八卦，刘卓道：“你对他了解吗？”

“说实在的没什么了解，不过我听建材市场的人说，别看他那样子，好像是挺喜欢玩的。”

“玩？”

做了个数钱的手势，见刘卓不懂，黄毛道：“就是赌，西京人都挺喜欢的。我是没钱，有钱我也玩。”

皱了皱眉，刘卓道：“消息确定吗？”

“不知道，都是传闻。不然我给你查查？”

“行，你从这儿离开之后帮我查查王攀，越快越好。”

对着刘卓敬了个礼，黄毛道：“没问题，不过，哥，有什么活动经费吗？”

“我可以拘你几天，你再出去，你选。”

黄毛立刻闭嘴道：“知道了。”

那天，黄毛托了许多人，都没人愿意来给他送东西，最终还是他在接头摆摊的妈妈丢下生意将刘卓的警官证送来。黄毛母亲以为他犯了什么大事儿，拉着黄毛跟刘卓赔礼道歉。

黄毛不耐烦被妈妈拉着又是对刘卓鞠躬，又是说道歉的话，刘卓则对黄毛妈妈表示，黄毛不是什么坏人。听刘卓这么说，黄毛一直看着他，眼睛里充满感激。

那天，那对母子要走的时候。刘卓道：“等下。”

拉着儿子，黄毛母亲道："警官，他真知道错了，您就饶了他这一回吧。"

刘卓从抽屉里拿出一双手套扔在桌上道："你拿走戴吧。"

手套是刘卓刚来西京的时候，李亦萧给他的，他一直没用，刚问黄毛话的时候，见他满手都是冻疮，他就想到了这双手套。黄毛也没想到刘卓会做这些，他低头看看自己手上的冻疮有点动容，不过一转眼他又恢复了原样，他嬉笑着上前把手套拿起来闻了闻道："还羊皮的呢，谢谢哥。"

见儿子这样，黄毛母亲拉着他道："你放下。"

"人家给我的，又不是我偷的。"

黄毛母亲还要再说什么，拿手套的黄毛突然退回到刘卓桌边，指着桌上一份档案人的照片道："这人谁啊？"

陈然见他擅自看资料，将资料拿开道："不该你问的别瞎问。"

黄毛不理会陈然的斥责，依旧追问："是受害者还是被害人？"

陈然见他得寸进尺，不悦道："跟你有什么关系？"

"我认识他。"

黄毛说那话的时候，李亦萧正从办公室出来。他和刘卓及陈然一同看向黄毛，近乎异口同声问他："你见过他？在哪儿？"

指着档案上边晟的一寸照，黄毛道："就建材市场的保安室。"

那天，李亦萧办公室，黄毛说起了，他和边晟相识的经过。

"那次，我也是偷东西被抓，数额有点大，保安就给我关保安室等着警察来处理。他在我之前来的，好像是偷财务室被抓的，保安也要报警，他好像说他家人会送钱过来，让保安别报警，不过他们家里人好像不怎么管他，跟我一块关了一晚上都没人来。我是没人管惯了的，又是惯犯，警察也得明早上过来，那一晚上我就琢磨怎么出去。早上好容易找到了一时机逃跑，问他走不走，他还不走。"

"你没认错？"

“没有，因为他就不像个小偷，所以我对他记忆特别深。”

“你还记得那次见他是什么时候吗？”

黄毛立刻拿出手机查看之后道：10月20号。”

10月20号，宋晓雅死前一个半月，边晟曾经盗窃过建材市场的财务室，而那是王攀工作的地方，以边晟的家境，他根本不用盗窃。可是他为什么这么做呢？

黄毛把他和边晟遇见的事儿都交代清楚，李亦萧就让陈然将他送走，办公室只剩下刘卓和李亦萧。

“又是边晟？”

从马致远突然出现之后，渐渐卷进案子的边晟，刘卓已经不敢去轻易否定任何一种可能，所以他没说话。

李亦萧又道：“主动和你见面，主动给你有关凶手的照片，还在宋晓雅死前，间接接触过王攀，就像突然出现的马致远一样，你不觉得这个边晟很可疑吗？一直不相信马致远和姚美兰是真正的凶手，那边晟呢，他是不是？”

办公室里没有一点声音，望着窗外的刘卓，手下意识敲打着窗前的栅栏，这一次他没有像是之前几次那样去否定，他道：“我不知道，但是直觉告诉我，他是。”

窗外，雪无声无息下着，放眼望去，整个世界都是白色的。那一刻他想到不久之前和哈米特聊到白色，他说过一句话，世人是带着血降临人间的，又怎么会有白色。而边晟那个不过十七岁的男孩子，从降生到现在经历过什么？他的世界会是什么颜色？空旷的白，还是无尽的黑？

这一次没有表示要立即逮捕边晟，李亦萧道：“距离月底没剩几天了，还能查清楚吗？”

想着和边晟从最初的聊天到见面，再到林雅美车出事之后，边晟的绝望，刘卓道：“如果那女孩没出意外，或许永远不会查清楚。现在只能看他的心是否像他想的一样坚强了。”

扭头看向李亦萧，李亦萧也抬头看向刘卓，两人四目相对后，刘卓道："可我希望我的直觉和推断全都是错的。"

走到刘卓身边，和他一起看向窗外。院子里，那棵还是上世纪驻地军阀种下的梧桐树上，破的鸟窝已经快被大雪覆盖，没人知道，春天来临，鸟是否还会回到这里筑巢安家。就像没人知道真相被揭开的时候，真相背后隐藏着什么？他们能做的就是尽量去还原真相，不放弃一个好人，也不放过一个坏人。

"刘卓，我们是执法者，我们需要查清案件背后的一切，而这注定要我们放弃感性，选择理性。对大众来说，背后的一切隐衷都不重要，重要的是真相到底是什么。"

遥望远方，刘卓道："可很多时候，真相注定无法与快乐兼得。"

第九章
从前从前有个人爱你很久

1

刘卓和李亦萧前往陈明诚律师事务所，是黄毛确定边晟有涉案嫌疑的隔天，两人之所以去找陈明诚，是因为姚美兰的最后一个电话是打给陈明诚的。刘卓在姚美兰自杀之后，又去找过宋紫娟。

开车的李亦萧听说刘卓又去找过宋紫娟，问道："你什么时候去的？"

"昨晚，我去了一趟宋紫娟家，之前你告诉我宋紫娟和姚美兰有关系，姚美兰也可能是千叶广场的抛尸嫌疑人，我没有多问，但是后来我听到陈然带回来的你对宋紫娟的问询记录，她提到一句，姚美兰找她买了一套西装。"

"我记得，这怎么了？"

"我问了宋紫娟西装的事情，宋紫娟表示当时虽然姚美兰说西装是给她弟弟买的。其实不然，因为姚美兰已经死了，宋紫娟告诉我，其实在你们问话之前，她隐瞒了一件事儿，那就是她在卖给姚美兰那套有问题的西装之后，又见过那套西装。"

"再见过？在哪儿？"

"一个来问西装多少钱的大学生身上，因为西装的扣子是宋紫娟亲自缝的，所以她一眼就认出那是她卖给姚美兰的西装。"

将车转入主干道上，李亦萧道："那男孩和姚美兰是什么关系？"

"宋紫娟也不知道，但是她问出那男孩是西京大学法学系的。我后来联系了商场，找到了男孩刷卡时候的签字，查到他叫舒艺。”

“那咱们先去找舒艺。”

越往城西走，路越荒凉，手肘支在车门上，刘卓道：“不用了，我之前已经联系过学校，但是学校说，他已经失踪三天了。而且失踪之前，舒艺在陈明诚律师事务所打工。”

陈明诚的事务所和刘卓想的一点都不一样，他本以为会是临街的简单的小门脸，却没想到是在居民楼中。下车，李亦萧仰头看着老旧的楼体，又看了看完全可以用荒凉形容的四周道：“姚美兰怎么会跑这么远找律师咨询？”

“她都不嫌远。”

“你这不抬杠吗？我要不是为了查案，我也不来。”

“她要不是为了摆脱嫌疑，她也不来。”

一边吵着，刘卓和李亦萧一边进了楼道。两人上到三楼，就看到陈明诚家门外贴着写着他名字的木质门牌。

李亦萧拍了拍门，门内传出一个中年男人的声音：“谁啊？”

刘卓道：“西京市局的。”

屋内人的声音略微顿了顿道：“稍等。”

不多时门从里面打开，那是刘卓第一次见陈明诚，头发花白的男人穿着衬衣打着肩带，很老派绅士的样子。他没主动打开门，而是隔着另一层铁闸门道：“你们有证件吗？”

李亦萧掏出证件给陈明诚看，陈明诚并没直接开门，他道：“你们是为什么事儿来的？”

“西京大学的舒艺是在你这里工作吗？”

“对。”

“他失踪了，学校和他家人报案，我们是为了这件事儿来的。”

李亦萧如此说，陈明诚才将里面的门锁打开道：“请进吧。”

陈明诚家还和以前一样，小客厅被隔成好几间，显得十分昏暗，陈明诚请两人坐下，又倒了水放在两人跟前。

彼此介绍之后，陈明诚道："你们问吧，我知道的都会告诉你们。"

一般有李亦萧在的时候，都是李亦萧问话，这次也一样，李亦萧询问陈明诚有关舒艺的事情时，刘卓拿着水杯在屋子里转了起来。陈明诚的办公室不大，墙边的书架上都是专业书籍，角落里是各种卷宗，似乎混得并不是那么好，托盘里放着的茶杯都是将玻璃酒杯二次利用的。可是刘卓从西京大学法学系了解的并不是这样，陈明诚从西京大学毕业之后去了北都市工作，而且混得很好，已经是一家律师事务所的合伙人，他是两年前才突然搬回西京的。

刘卓正看着，他身后的陈明诚回答李亦萧："我这里事情不多，加之小舒马上就要考试，上一次他来的时候，我为他结账之后就跟他说他不用过来了。如果愿意的话，明年开春他可以再过来工作。之后我们就没联系了，我以为他回了学校。"

"并没有，截至今天，舒艺已经失踪三天了。方便问一下，您给他结了多少钱吗？"

将烟丝塞进烟斗，陈明诚用长火柴伸到烟斗内将烟点燃，吸了一口才道："八百块，他一个月来我这里四次，每次一百，这一次他做了不到两个月，但是我多给了他一个月的钱。我想这几百块钱，应该不会是他失踪的理由，不过依照现在的社会治安，也有可能。"

陈明诚说话很谨慎，似乎想将舒艺的失踪引到另一个方向，李亦萧却并没理会他的意图，依旧按照自己的节奏问话："舒艺离开你这里之前，有什么特殊的举动吗？"

"没有，我们只是正常的师徒关系。他生活和感情上的事情，也不会告诉我，我们之间也没有冲突。"

"那舒艺在您这里接的最后一个案子是关于什么的？"

"抱歉，我要对我的委托人保密。"

李亦萧放下茶杯直视陈明诚道："我们也要为失踪者负责，作为案件的负责人，我有资格怀疑，舒艺的失踪与您这里的案子有关，所以请您尽量告知。”

陈明诚不说话。

李亦萧又道：“您是刑事律师，您肯定明白，申请搜查令的话，对您弊大于利。”

屋子里突然没了一点声响，刘卓回头看着陈明诚，陈明诚想了一会儿道：“如果您一定要查的话，我当然会配合。”

陈明诚放下烟斗，从手边的一摞文档之中挑选出一个牛皮纸文件夹递给李亦萧：“这就是他在的时候，我接的最后一个案子。”

李亦萧也没客气，当着陈明诚的面将案件信息打开，陈明诚没动手脚，因为他这种小的律师事务所本来就来不了太多的人，而且临时找别的案件顶替，案卷资料之中的时间也会出现疏漏，被对方发现更麻烦，倒不如坦诚一些。

案件正是姚美兰的案子，十几页纸上写着从陈明诚接受姚美兰的委托开始，到姚美兰去世之前，他所做的一系列工作。刘卓也因为卷宗坐回原本的位置上，他看了一眼卷宗上委托人的名字道：“姚美兰？”

陈明诚并没隐瞒，他道：“对，这两天的新闻报道中，在警方的高压调查下自杀的女工人，她就是我上一个案子的委托人。”

从李亦萧手里接过档案，刘卓一边翻看，一边道：“她委托你的案子和12·3案有关？”

屋里有些冷，陈明诚从椅子上站起来，将身后的窗户关上，才回过头道：“对，但是只能说她和那件案子有关，不能确定她就有犯罪事实。”

“的确，姚美兰在委托你案件的过程中，和你的助手小舒有什么接触吗？”

“姚美兰都是和我直接接洽的，小舒在这里的工作只是整理文件，处理我需要的信息，他不直接接触委托人。当然，私下里我就不知道了。”

“陈律师，对于姚美兰的案子您怎么看？”

天气潮，陈明诚要不断地点烟，他再次点着深吸一口，抬头看向刘卓道：“这和小舒的事情有关吗？”

“如果有关系，这对我们找到小舒也是一种帮助。”

“说实话，我觉得姚美兰是庸人自扰，当然逝者已去，我不该这么说，但是如果她当时没想那么多乱七八糟的事情，而是在案发时第一时间找到警察，什么事儿都不会有。这就跟许多癌症病人并非病死，而是被自己吓死一样。

“陈律师，姚美兰是怎么找到您这里的？”

“对于主动上门咨询的客人，我从不问他们为什么来，我只问他们为什么事儿来。”

场面似乎被陈明诚掌控，李亦萧将刘卓手里的档案拿回来道：“这份档案能提供给我们一份吗？”

“没问题。”

走廊尽头的屋内，就传来了咳嗽声。刘卓和李亦萧看过去，陈明诚道：“抱歉，是我妻子，容我失陪一下。”

看着陈明诚离开，李亦萧道：“老奸巨猾。”

“他做职业律师这么多年，不会轻易被你带进去的。”

“那怎么办？”

指了指手上的档案，刘卓道：“顺着案子聊。”

陈明诚回来已经是十几分钟后，他并没再提妻子的事情，只问李亦萧：“我们聊到哪儿了？”

“姚美兰的事情，我们查看了姚美兰最后的通话记录，她死前你们联系，是有什么事情吗？”

“对。我本来要为她引荐一位案件的负责人，人已经来了我这里，但是姚美兰没来。我并不知道姚美兰为什么答应我，最后爽约了，并在当夜自杀。”

“姚美兰在她的遗书中写到，关于案子，您并没帮她太多。”

“在官司没胜之前，所有委托人都会这么觉得。”

“有关12·3案子，姚美兰向您透露过什么具体细节吗？”

摇了摇头，陈明诚道：“并没有，我也是后来看电视才知道，姚美兰隐瞒了她弃尸的事情，如果知道这件事儿，我是不会接下这个案子的。如果你们觉得我在姚美兰的案件中有什么引导性的错误，您们可以带走我的录音笔做调查。”

“录音笔？”

微微一笑，老道的陈明诚拿出笔筒里的录音笔递给李亦萧道：“对，我会将我和委托人的对话全部录下来，你说这算是职业病也好，为自己留条后路也罢，如果你需要，我可以提供给你。”

“那太好不过了。”

又聊了一些别的，李亦萧和刘卓告辞。走的时候，陈明诚递给刘卓一张名片道：“这是我朋友的名片，是你刚刚夸的那种茶的茶商，你需要的话，可以联系他。”

两人离开，估摸着他们已经走下楼的陈明诚，点着烟斗，他又抽了一烟斗的烟，然后抬手看了看表，上午十点多。他开门离开家，只是那天陈明诚却没有出那栋楼。

陈明诚家楼下的房子已经多年没人居住，因为去年一次跑水，家被淹了一大半，邻居从外地回来处理完后，留了一把钥匙给陈明诚，请他帮忙照看房子。只是这次，他打开楼下的门，却不是来看房子的，他来看小舒。

被做过隔音处理的房间内，小舒被捆住手脚锁在角落里，他浑身上下没有伤口，但是因为饥饿面色惨白。他也不知道，自己怎么就到了这里，就记得那天拿着陈明诚给的工资离开之后，他就没意识了，等到再睁眼，就被关在了这里，而陈明诚坐在他对面。小舒惊讶地质问陈明诚，为什么要监禁他。

陈明诚笑了笑，看着小舒道：“你最不该就是动了姚美兰之后，还要查我的事情。”

“我没有。”

“小舒，我做这行的时间比你的年龄都长，所以你瞒不过我的。我本来以为你吃点甜头之后就会放手，可你太贪了。”

知道陈明诚说的是什么，也明白自己做了什么，小舒突然暴躁起来，他大叫：“陈明诚，你这是绑架，是非法监禁，我会告你的。”

“你放心，我不会杀你。我的事情结束之后，就会放了你，到时候随你怎么做。”

说完，陈明诚就离开了，之后他每天都会来看一看小舒，小舒从最原本的生气叫嚣，到现在渐渐没了力气。

看着地上窝着的小舒，陈明诚道：“刚刚警察来过了，是为你的事情。”

“陈老师，你放了我吧，求你了，我什么都不会说的。求你了。”

小舒哭着哀求陈明诚，陈明诚道：“我知道你怕我杀了你，可是小舒，我说过，我不会杀你，等到这件事儿结束，我会放了你的。”

“你不会，你这个骗子，你只会杀了我，这样你的秘密才能被掩盖住。”

要走的陈明诚停住脚步，他背对小舒道：“秘密，什么秘密？”

“西京实验小学的女老师是你杀的。你怕我把这件事儿说出去，所以你才要关着我。”

听着小舒无力的控诉，陈明诚只是笑了笑，他什么都没说，离开了那间屋子。

小舒在他身后的房间里大叫：“你放了我，陈明诚，你这个杀人犯，你放了我。”

在这个寒冬，无数人卷进这个案子之后，没人知道命运将会带余下的人走向何处。毕竟能被称之为命运的，便是那种不到最后一步也不会告诉你结果的事情，而作为渺小的人类，在命运跟前，能做的只有接受。

2

小镇卫生所，昏暗的走廊中，穿着发黄护士服的护士端着托盘走进病房。听到脚步声，趴在边晟病床边睡觉的边潇潇睁开眼睛，看到护士，边潇潇道：“他还要多久才能醒？”

看了看边晟的点滴，又测了耳温，护士道：“虽然降温了，但是也有38.5，怎么也要退烧之后了。”

看了看边晟，边潇潇道：“那个，我手机没电了，外面的公用电话也停机了，方便用一下你们的电话吗？”

“我私人的不好借给你，你去办公室打吧，正好值班医生在。”

指着床上的边晟，边潇潇道：“那麻烦您帮我看下他，我马上回来。”

医院办公室，桌上摆着一部红色的老式电话机，边潇潇敲门进去的时候，正在打游戏的医生抬起头，说明来意，医生指了指一旁的老式电话机道：“用这个打吧。”

走到电话边上，边潇潇拨通电话，可是对方迟迟没接。她有些不好意思地看向医生，医生不蠢，似乎明白边潇潇是想与谁说些不便与外人道的事情，找了个理由离开了办公室。

而这一次，边潇潇才将电话打给王攀。

电话响了很久才接通，那边的王攀紧张兮兮道：“谁？”

下意识看了看四周，边潇潇道：“是我。”

“你到底去哪儿了，你知不知道我找了你两天。”

“我和边晟在一起，他情况不是很好……”

根本不听边潇潇的解释，王攀道：“你什么时候回来。”

听出王攀语气不对，边潇潇道：“应该明后天就可以回去了，怎么了？”

“我要走。”

“走？王攀，你疯了。这时候走了，不是摆明承认事情是我们做的。”

“我受不了了，我必须走。那些人天天给我打电话，我闭上眼睛就是宋晓雅的样子，我不能留在西京。”

“王攀，你不能走，起码现在不能。我明天就回去，一切等我回去再说。”

边潇潇赶在办公室的人回来之前，挂掉了电话。那天，因为王攀的话，心烦意乱的边潇潇没回病房，她走到了卫生所的院子里。八年前，也是在这里，也是她和边晟。这八年她和边晟都变了，可是这院子却一点没变。

点了一支烟，边潇潇深深吸了一口，烟草伴着寒风闯进肺里，刺激得她咳嗽起来。一边吸，边潇潇一边看着远处，她看到院子角落里被关在笼子里的狗。天冷，狗蜷成一团看着边潇潇的方向，可怜兮兮的眼神仿佛那年的边晟一样。

走过去，边潇潇将手伸进笼子里，逗弄那只狗："过来。"

狗似乎真的听懂了，站起来走到边潇潇的手边，它用头蹭了蹭边潇潇的手心，被困得近乎走投无路的她，在事情发生近乎一个月后，第一次温柔地笑了起来。

抚摸着那只狗，边潇潇道："如果当年，我走过去，招手过来的不是个小孩子，而是你该有多好。如果是一只动物，而不是人，即便有着所谓的救赎，也可以放弃吧，可他偏偏是个人。"

"那边的女孩，二床醒了。"

从笼子里收回手，边潇潇返回病房，沉睡了一天一夜的边晟醒了过来。

彼此再见，空荡荡的病房里，边晟眼中充满悲伤。边潇潇并没直视那双眼睛，她拿起桌上放着的芝麻糊，为边晟冲了一碗。

将芝麻糊端给边晟，边晟却没接，他抬头看着边潇潇道："是你？"

高烧两天，近乎什么都没吃，身体极度缺水的边晟嗓音嘶哑，边潇潇却并没回答，她只道："医生说你身体虚弱，必须吃东西。"

看着面前的白瓷碗，边晟突然像是疯了一样，挥手将碗掀翻，芝麻糊撒了一地，边潇潇低头看着地上的碎片，而边晟大吼道："我问你，是不是你。"

安静的医院病房，看着一地狼藉的边潇潇抬起头，她平静地看着边晟道："边晟，这是你自己选的路，你怪不了别人。"

边潇潇的话像是一下打碎了少年的坚强，边晟将手埋在膝盖间，犹如一个无助的小孩子一样低声呢喃：“为什么，该承受这些的是我，为什么要让她承受这些？为什么？”

为什么？捡着瓷片的边潇潇想，这就是人生吧，没有人能完完全全计划到不久之后会发生什么，只要是人生，总有变数。

最终，不知道怎么面对自己，面对林雅美的意外，边晟哭了起来。时隔八年之后，一样的地方，边潇潇再度将他抱在怀里，可是不同于八年前，面对那样温暖的怀抱，边晟交出了自己的余生。八年后的今天，被边潇潇抱着的边晟内心毫无波澜，他知道，从林雅美出事儿，从他重新回到那个地窖，他就已经变得一无所有，他彻底死了。

3

西京警局窗外，天微微亮了起来，李亦萧和刘卓一天一夜没睡，看着陈明诚几百页的个人资料。李亦萧将脚搁在桌上问刘卓：“陈明诚的录音没任何问题，他和边晟也没一点交集，甚至和宋晓雅之间也没联系，你说他是怎么卷进这案子里的。”

面对突然出现的陈明诚，刘卓的世界也是乱的。他没说话，看到李亦萧点烟，他将窗户打开道：“少抽点吧。你这个抽法儿，早晚也是肺癌。”

“肺癌也比破不了这案子被骂死好。你说也是，还有谁是？”

“陈明诚。”

手上还拿着烟的李亦萧确认道：“陈明诚得了癌症？”

“对，肺癌晚期。”

拿起一旁的记录，李亦萧翻看之后道：“记录里没写啊？”

“他家里面有埃克替尼，是肺癌的常用药。”

突然正色起来的李亦萧道：“他老婆不是病重？没准是他老婆的。”

“他们家的药，在架子上放了两层，一层是脑梗常用药物，一层癌症常用的，吗啡、泰勒宁这些。一定是分别放的药物，陈明诚又不像是个脑梗病人。”

“那这也不能证明啊。”

“昨天回来之后，我联系了医院，问了一个呼吸科的主任医师。他说陈明诚因为特殊原因没有在医院做正常手续的记录，但是他的确被查出了肺癌，而且是半年前就查出的。”

陈明诚患癌的消息，是李亦萧没想到的，他一边敲着桌子，一边问刘卓：“刘卓，陈明诚得了癌症？……你说他会不会像是电视剧里面演的一样，他因为知道自己得了癌症所以想为这社会做点什么，就化身为正义使者，所以杀了宋晓雅？”

“不会。”

“为什么？”

“人都是自私的，他这么做，一定是为了他自己。而且陈明诚很可能是和马致远与姚美兰一样的身份，他应该并非是凶手。”

“为什么？”

“因为现在出现了太多不可控的因素。现在的案子看似是混乱的，其实一直有一个人试图在引导警方往一个查不清的方向走，但是通往这个方向的路，随着不断有人被卷入，死去，发生了太多的变故，这不是一个成年人会出的纰漏。”

“所以，还是边晟？可是陈明诚和边晟之间有什么关系？”

李亦萧这么绝对的提问，让刘卓也不知道怎么回答。他揉了揉太阳穴道：“去吃点东西吧，我头疼。”

抬头看表，已经早上六点，李亦萧道：“走。”

出门的时候，李亦萧将胳膊挂在刘卓的肩膀上，本来就排斥和人有肢体接触的刘卓道：“放下。”

“就咱俩，你还害羞什么。再说了，在北都，一起睡都睡了四年了，我什么没看见过。”

李亦萧是很粗老爷们儿的人设，刘卓最烦他这样，两人闹着，刘卓脚下一滑，直接拽着李亦萧倒在沙发上。

好巧不巧，那天陈然一大早来上班，没想到会看到这么火爆的一幕。求生欲极强的他立刻转身出门，动作一气呵成得让人觉得，刚刚根本什么都没发生过。

西京警局对面有一条小吃街，早点摊五点多就开了，来吃饭的除了周边的住户，属警察最多。西京人爱开玩笑，总说这里怕是西京吃饭最安全的地方。

吃早餐的人里面，李亦萧和刘卓中间夹着陈然，虽然陈然一再表示已经吃过早点，李亦萧还是把他强行架来了。

把菜单扔在陈然跟前，李亦萧道："吃什么我请。"

"头儿，我真吃了。"

"那就再吃点。"

看不惯李亦萧这种地主恶霸的路子，刘卓问老板要了三碗面。等面的时候，李亦萧一边剥蒜，一边问陈然："看见什么了？"

"什么都没看见。真的，我发誓。"

"我大学时候有段时间没处住，住在刘卓他们家了。所以我们之间的关系，是比和别人好一点。"

"头儿，你不用跟我解释，真不用，我真什么都没看见。我真吃早点了，你们吃，我先走了，还有一大摞资料没看，一会儿还得联系姚美兰的弟弟。"

陈然要起来离开，李亦萧喝到："坐下。"

陈然只能坐下，面上桌，李亦萧一边吃面，一边问陈然："你喜欢冯思南的事儿，她知道吗？"

吃面的陈然听李亦萧这么说吓得咳了起来，李亦萧一巴掌拍在陈然的后脑勺上道："你恶不恶心。"

好不容易平息下来的陈然根本不理会自己的狼狈样，拉着李亦萧的手道：“头儿，这事儿你千万别让冯思南知道，你和刘哥的事儿，我会守口如瓶的。”

“再说一遍，我们俩没事儿。”

陈然连忙道：“对，没事儿。”

“我问你，想不想跟冯思南约会？”

根本没反应，陈然下意识道：“当然想了。”

招了招手，让陈然凑过去，李亦萧道：“队长我是个好人，所以给你一个机会，1 月 3 号是冯思南生日，她要去新开的新风广场那家五星级的自助过，票我给你买，到时候你就请她去。”

听到这里，刘卓看了李亦萧一眼。李亦萧耸了耸肩，从刘卓答应冯思南，李亦萧看见冯思南就躲着走，一心想把这事儿甩出去。本来他想等案子结束再和陈然说，正巧有了这机会。

陈然越想越觉得这事儿不简单，疑惑地看着李亦萧：“头儿，你不是给我下什么套吧？”

“我像那种人吗？”

看着李亦萧，陈然诚恳地点了点头。

“冯思南你喜不喜欢吧。”

陈然点头。

李亦萧又道：“一位六百六的自助，我请你们两个，下套，我能这么下本吗？你自己考虑，去不去在你，不去就算了，还以为我求着你。”

“去，我去还不成吗？”

那天，两人在刘卓身边商量怎么约冯思南，刘卓则自顾自吃面，来店里的客人，要打开电视已经是三个人要离开的时候了。节目是法制频道，记者正在采访 12·3 案间接涉案人姚美兰的家属，姚美兰的弟弟姚亮在记者问到是否会起诉警察的时候道：“如果警察在执法中对我姐姐进行了威逼利诱，我们肯定会采取法律手段保护我们自己。现在已经有律师开始和我们接洽了。”

“请问，打算走刑事诉讼还是民事？姚美兰案发之前也找了律师，请问你们找的是同一个律师吗？”

“这个我不能告诉你们。反正这件事儿，我们不会轻易放手，一定给我姐姐一个交代。”

听到律师两个字，刘卓和李亦萧对视了一下，不约而同站起来道：“老板结账。”

两人离开小店，不明所以的陈然赶紧又吃了两口面追了上去。

天刚微微亮，姚美兰母亲家小区附近，李亦萧三人的车被楼下的自建市场挡住。没办法开车进去，三人在路口下车，穿过喧闹的街巷走到姚美兰母亲家的楼下。

姚家楼下，居民楼的小花园里，姚美兰自杀时趴着的石桌还在。刘卓看了一眼，跟着李亦萧和陈然一起上了楼。走到301门口，李亦萧拍响防盗门，许久屋内传出一声男声：“谁啊？”

“警察。”

屋内顿时没了声音，不多时，一个头发乱蓬蓬的男人穿着秋衣秋裤来开门，男人正是刚刚新闻里姚美兰的弟弟姚亮。

认识李亦萧的姚亮隔着铁闸门道：“李警官，这大早上您怎么来了，快请进。”

将三人让进客厅，脑袋犹如鸡窝一样的姚亮道：“是不是我姐姐的案子有消息了？”

不大的小客厅十分昏暗，从开着的卧室门看去，姚亮的妻子已经起床整理自己，而另一间房间应该是老人的，门敞开了一条缝，床上只躺着一个年幼的小孩子。

“来问你点别的事儿。”

刘卓和李亦萧之所以要来找姚亮，是因为，如果从边晟的角度无法找出他和陈明诚之间的联系，那么就只能从姚美兰和陈明诚的联系查起来，但是现在姚美兰已经死了，能进入这件事儿的只剩下姚家人。

坐在沙发对面的椅子上，姚亮道："什么事儿？我姐这案子到底怎么算，是不是你们警方过失询问的结果。"

"这件事儿等案子结束会给你说法的。"

"结束给我说法？真结束之后，就没人理我了。"

最烦姚亮这种蹬鼻子上脸的家属，李亦萧厉声道："你要想知道细节，就配合我们。"

毕竟只是个普通人，姚亮一下就怂了，他点头哈腰道："行行，您问吧，我一定配合。"

李亦萧示意陈然记录后，开口问姚亮："姚美兰的律师，是你介绍的？"

"律师？什么律师？"

"陈明诚。"

皱着眉头想了想，姚亮道："噢噢噢噢，陈明诚。是我给我姐介绍的，怎么了？"

"你怎么认识他的。"

"这和案子有关吗？"

"让你回答什么就回答什么。"

被李亦萧噎了一句，姚亮道："那个陈什么……陈明诚是我店里的客人，他来吃饭，帮我的客人进行法律咨询，我见过，后来就留了名片。"

"是他主动留给你的吗？"

"应该是吧，我也忘了，好长时间的事儿了。"

刘卓迅速将自己手里的牛皮本翻到半个月前的一天，那天是他和辖区民警老朱第一次见，而那一页的记录上，刘卓清楚地写下了"律师"两个字。那次谈话的时候好像那些客人提到的律师就是陈明诚。

刘卓开口道："你还记得他是什么时候来的吗？"

"应该是十一月末吧，来的时间不长，那时候几乎天天来，后来就不来了。”

姚亮说到这里，他妻子从卧室走出来，似乎不想和警察有太多牵扯，她靠着墙边走进洗漱室。

姚亮妻子将洗手间的门关好，刘卓又问：“在这之前陈明诚和姚美兰认识吗？他们有过什么接触吗？”

“那没有，两人八竿子都打不着。就是后来我姐遇到了点麻烦，我想认识这么个律师，就介绍给我姐了。”

“你姐找陈明诚咨询的事情就是宋晓雅被杀的案子？”

“除了这事儿，我姐还能有什么事儿咨询律师，不过我姐可是和这案子没一点关系。”

“咱们回到陈明诚这里，陈明诚事先知道你会把电话给姚美兰吗，也就是说他引导过你吗？”

摇了摇头，姚亮道：“那没有，我又不是大傻子，人家说什么是什么？”

姚亮话音刚落，在洗手间出来的姚亮妻子就道：“你怎么不是大傻子，他就是故意给你的。”

李亦萧、刘卓和记录的陈然一起看向姚亮妻子，走到客厅的姚亮妻子道：“真的，当天我也在。”

“你别胡说。”

姚亮试图阻拦妻子，姚妻道：“我没胡说。你忘了，姐第一次打电话问你这事儿的时候，我也在店里。那天雪大，店里都没什么客人，我去的时候就他一个人在，我问你他什么时候走，咱们好回去，你说你也不知道，往常都得后半夜，我们也没办法赶客人，只能这么等着。就那天晚上，我刚到没多久，姐就打来了电话，问你她那事儿怎么办？”

姚亮一脸诧异道：“有吗？”

“怎么没有，当时我还让你别管，你非和你姐说，你有朋友能处理这事儿。后来你挂了电话，那律师就来结账，你给他找钱的时候，他问你怎么了，你说姐遇到点麻烦，他就给了你一张名片，说能帮忙。”

恍然间，姚亮道："对，我想起来了，的确是他给我的。我也想起来了。"

刘卓和李亦萧对视一眼。

姚亮又道："好像隔不久，我姐就去找那律师了。李警官，我姐的事儿是不是和那陈律师有关系？"

"这个还得再查，你还知道什么？"

换李亦萧问话之后，刘卓开始重新推整件案件脉络。陈明诚在宋晓雅被杀之前，或者尸体还没被发现的时候，就开始出现在姚亮的店里，并且一步步将姚美兰吸引到他的身边，他牵动着姚美兰在这案子中的位置，其实也是在改变案子的格局。可是为什么是姚美兰？他是无意之间知道这女人和宋晓雅有关，还是他本身和宋晓雅有关，他需要这个女人当作一块踏板，以此接近这个案子的核心？如果一切是按照这个轨迹发展的话，唯一无法解释清楚的只有一个问题，陈明诚到底是为了什么？

难道真的像是李亦萧说的，是出于某种正义感，才杀了这个身上背了别人太多怨念和恨意的女孩。刘卓总觉得一切不会这么简单。

之后李亦萧又问了姚亮一些别的问题，比如姚美兰还和谁有过冲突。

姚亮提起他曾经的姐夫家还有姚美兰工厂的朋友。

"你知道和姚美兰起冲突的这些人的联系方式吗？都写下来。"

陈然将一张纸递给姚亮，姚亮为难地咬着笔头道："这些人就是我知道的，没准和我姐这案子还没关系呢。"

"所以，我们得查清楚，写下来。"

没办法，姚亮一边查手机一边想，半天才写下四个名字。

问明白想问的，刘卓三人离开，就在他们要出门的时候，那间半开的房门突然被打开，还是姚美兰出事儿的时候，他们见过的姚美兰的儿子，赤脚跑到门口。

似乎已经醒了很久，一直偷听大人说话的男孩子，睁着懵懂的大眼睛问李亦萧他们："警察叔叔，我妈妈呢，我妈妈什么时候能回来？"

面对一个孩子的质问，三人面面相觑，谁都不知道怎么跟一个孩子解释姚美兰的事情。还是李亦萧蹲下抱起文文，不同于刘卓的迂回和逃避，李亦萧指着楼下那棵龙爪槐树道：“你看到窗外那棵树没有？”

小孩子点了点头道：“嗯。”

“等你长到能碰到树梢，你妈妈就会回来了。”

扭头看着李亦萧，瞪大眼睛的男孩子道：“我妈妈是被抓走了吗？”

“对，你妈妈犯了错误，所以被我们抓走了，等你长大，她就回来了。”

姚亮上前从李亦萧怀里接过孩子，跟李亦萧道歉：“孩子不懂事儿，您别介意。”

姚亮将孩子交给妻子，送刘卓三人下楼。楼下，刚刚来时的大雪已经停了，虽然李亦萧要姚亮别再送，姚亮还是跟他们到了车边，三人已经上车了，姚亮还要李亦萧在有关姚美兰自杀的赔偿问题上帮他解决一下。

三人好不容易应付完他上了车，一直没说话的陈然抱怨道：“人都死了，要那么多钱干吗？”

看着后视镜中，车外还冲着警车摆手的姚亮，刘卓道：“人都死了，不要钱，要什么？”

想了想，陈然道：“这么一说也是。不过那孩子挺可怜的，这么小就无父无母，钱对大人来说还有用，对他真的就像纸一样。头儿，你说他的人生会因此改变吗？”

“不知道。”

“我觉得会，但是我不希望他变成一个坏人。”

车内的气氛因为陈然的感慨降到冰点，许久，还是陈然自己问：“不过，头儿，咱们是为陈明诚的事情去的，你为什么还要问姚美兰家的亲戚？”

“为什么？”

李亦萧的口气明显觉得陈然问这种问题脑子有问题。

陈然却毫无察觉：“对啊，为什么？”

见陈然还问，也觉得这孩子没救了的刘卓道：“是为了不让他找陈明诚麻烦。”

“啊？”

“如果我去找你，只问一个人，这是有针对性的询问，事后无论此人是否有罪，你内心一定会对此人有所介怀，但是如果嫌疑人的范围圈子不止一个人，就不存在针对性，事情就会简单得多。”

“原来是这样啊。”

李亦萧一个急转弯转入西京城区的主路，嘴里还念念有词道：“真是一茬不如一茬了。”

李亦萧抱怨的口气，难得让刘卓的脸上扬起一抹笑容，这是刘卓来到西京第一次由心底发出这种轻松的笑意。而那浅浅的一瞥，都被看似不经意的李亦萧看在了眼里。

回到西京警局，李亦萧下令将陈明诚、边晟的所有档案全部调取出来，重新全部翻阅，也正是查看陈明诚档案的时候，刘卓发现了上次去陈家的时候，陈明诚给他的名片。刘卓将电话打给那个茶农，茶农是真的茶农，知道刘卓是买茶的，还是陈明诚的朋友，当即表示可以打折，运费都可以免掉。

“您和陈明诚是老相识？”

“我们认识二十多年了，大学时候就是校友，只是那时候不认识。你怎么跟老陈认识的。”

“普通朋友。”

“老陈是个好人。”

一边翻阅文件，看到陈明诚儿子的记录，刘卓道：“老陈的儿子可惜了。”

电话那边，男人深深叹了口气道：“是呀，就是命，老陈这辈子无愧天地，就是他儿子的事情是他过不去的一道坎儿。”

随着电话里的声音，刘卓手中的笔在写着陈明诚儿子死因那一栏上画了大大的问号，而陈明诚儿子的死因是：暴毙。

4

边晟和边潇潇回到西京市区已经是28号的下午，马上就要新年了，西京的大街小巷张灯结彩，似乎预示着除旧迎新，有个新的开始。可是这个新年对边潇潇和边晟来说没有半分喜悦，因为旧的一年，他们有着太多无法舍弃的东西。

小镇卫生所的车开进城区，边晟就执意下车，不放心他的边潇潇谢过司机，跟着边晟一起离开了。市区内，硕大的雪片像纸一样，漫天飞舞。跟着边晟的边潇潇几次想拉住他，都被他躲开。

无法将边晟带走的边潇潇，只能问路人借电话联系边晟的家人来，可是电话打过去许久没人接，边潇潇只能联系王攀。

彼时因为发生了这么多事情，总觉得警察会找到自己的王攀，精神处于高度紧张的状态，他听到边潇潇的声音，要边潇潇赶紧来。

“那边晟怎么办？”

“那我怎么办？边潇潇，你告诉我，我怎么办。”

电话那边王攀崩溃大吼，边潇潇道：“等我。”

挂掉王攀的电话，边潇潇跟着边晟去了他学校，看着边晟走进校门，边潇潇将边家的电话留给门卫，并拜托门卫，如果边晟出了任何意外，一定要第一时间联系这个电话。

安排好一切，边潇潇才不放心地离开，而那天，边晟也不知道自己为什么要回学校，就好像一定要回去一趟。因为是周末，班里根本没人，走进教室的他没回自己的位置，而是走到了林雅美的座位上，他轻轻抚摸着她桌角上贴着的名字。

边晟有一段时间很喜欢看小说，无论悬疑还是言情他都看，言情小说里面写得最多的一句话就是：失去了才懂得珍惜。原本他觉得那种话一点意义也没有，可是林雅美出事儿之后，他才明白，并非别人写的没意义，而是那时候的他经历太少。

因为还发着烧，边晟模糊的视线里，他似乎又看到很久之前，教室里只有她和林雅美的时候，那女孩学着网上一个学霸的求爱方式，将一个公式写在黑板上，然后将上面一层擦去，留下了I LOVE YOU。可是那天，她刚擦干净，要叫边晟的时候，有同学返回教室拿东西，她连忙将黑板上的字迹擦掉。那时候林雅美不知道，边晟看到了，可是他当自己没看到，因为那时候他心里有着边潇潇。

其实林雅美是不懂爱情的，如果她懂，或许就不会这么孤注一掷，不顾生死，奔向她所喜欢的男孩。或者是她太懂，在年纪轻轻的时候，为了一场爱情，付出了她能付出的一切，她以为这样即便不爱她的人，也会看到她的努力。她不知道，那个人心里唯一的位置早已被霸占，哪怕她一点点的好，也放不下。

窗外，这个冰冷的城市，是没有颜色的白。屋子里静得只有边晟的呼吸声，不想待下去，又担心眼前属于她的桌子被人占了，他将桌子搬到自己的桌子旁与自己的桌子做了调换，正在搬的时候，边晟的手指触摸到桌子背面刻着的字迹。

边晟将桌子翻过来，阴暗的教室里，就见课桌背面七扭八歪写着几行字：边晟，我不知道你看到这些字会在什么时候，也许那时候我已经嫁给别人，也许那时候我嫁给的别人就是你，也许你看到它的时候，我们正带着回忆回到学校重聚十几岁的光阴，也许你永远都不会看到。但我想说的是，不管未来我们之间发生以上哪种可能，我都不后悔，在少年时孤注一掷喜欢过你。许多人都说少年死后的喜欢无法长久，可是你知道吗？当我第一眼看到你，看着我们的血液相融在一起，看着你茫然地看着我，与我说你叫边晟的时候，我就知道，此生我再也不会喜欢别人。边晟，我知道，你是有秘密的，没关系，如果你不想说，那我就等，等有一天，你放下那些执念，愿意与我在一起。

眼泪伴着指尖的凹凸落在桌板上，从林雅美出事儿之后，一直都在压抑着自己的边晟终于在这一刻彻底爆发。他像个无助的小孩子一样，将自己蜷缩在角落里哭得昏天黑地。他不住地念着："为什么，为什么？"

可是空荡荡的教室，却没人回答他。有人说成长的路上就是不断地丢失旧的东西，然后找到新的，可是每当你得到一样新东西的时候，都会发现旧的更好，但是当你回头想要再找回旧的，旧的已经消失在岁月中，再也找不回了。爱情如此，人生亦如此。

就在边晟陷在自己的世界里无法走出来，想要沉沦下去，还是给这件事儿，给无辜的林雅美一个交代的时候，刘卓从陈然拿到的法医鉴定中心的资料中找到陈明诚儿子的死因：心脏病突发暴毙。

鉴定报告下面还有一行小字批注，死者曾为吸毒患者，常年注射吸食：海洛因、甲基苯丙胺、吗啡等药物。

在陈明诚儿子的档案上，曾经有一条被修改过的档案，经过刘卓调查后发现，陈明诚的儿子曾在2000年前后在西京念书，并在大四毕业前后在西京发生车祸，车祸造成一人死亡。

陈明诚儿子大学毕业之后回到北都，因为吸毒，被陈明诚妻子强制在家戒毒，后因为毒瘾发作暴毙。两年后，因为害死儿子的愧疚，陈明诚的妻子突发脑出血，病情稳定之后与陈明诚一起返回西京，而陈明诚则在半年前被确诊为肺癌。这一切看似和边晟完全无关，但是刘卓总有种感觉，陈明诚所经历的一切是与边晟息息相关的，他们之间似乎有着某种隐秘的联系。

想不明白的刘卓去楼下吸烟的时候，看到真正的门卫大爷正在与人下棋，他想到陈山走的时候与他说的话，如果一切想不通，就跟着自己的心走。那他的心，现在想要知道的是什么？

捡起地上的树枝，刘卓在雪地上写下了边晟两个字，刘卓回想和边晟相识到现在的一切，他突然一愣。刘卓捻灭烟拿出手机，翻阅到他第一次和边晟讨论12·3案的时候。那时候还是哈米特的边晟说过一句话：如果想不通，就从头来。

那时候尚且没觉得哈米特有问题的刘卓所想到的从头，只是从 12·3 案子本身的头开始，却并没想过，边晟这个从头来，指的是作为涉案人的他自己。

边晟所有的资料都显示，在他十三岁来到西京之前，他一直都生活在吉城，那里是否能告诉他，更多有关边晟和陈明诚的往事？

李亦萧知道刘卓要前往吉城，本打算一起过去，但是新年将近，12·3 案还是西京警局头等大事，他不能离开。送刘卓去火车站的时候，李亦萧要刘卓早去早回，看了看表，距离 31 号只剩下三天，而这个案子是否能在年前完成，只要刘卓确定他心中的想法，或许就可以了。

就在刘卓乘坐的火车启程的时候，被关在家里写作业的高翔接到网吧的电话，熟悉高翔和边晟的网管要高翔赶紧来网吧，边晟在这里。

听到边晟的消息，高翔立刻找理由从家里跑了出去。赶到网吧的时候，边晟蜷缩在他们经常打游戏的包厢里。

问网管他是什么时候来的，网管道："下午，来的时候好像就剩一口气了，但是还是让我给开了电脑，好像手机什么的都丢了，让我帮他联系你。"

看着虚弱的边晟，高翔脱下自己的羽绒服盖在边晟身上道："还有泡面吗，帮我们泡两碗。算了，我自己去吧。"

高翔端着两碗泡面回来，边晟还睡着。没有叫醒他，高翔坐在一旁陪着，喧闹的网吧里，只有他们这个包房静得没一点声音。

那天，就在高翔陪着边晟，并且轻声劝说边晟，从林雅美发生意外的事情走出来的时候，边晟挂机的电脑传来提示音。半睡半醒的边晟微微睁开眼睛，帮他查看消息的高翔就道："你 QQ 里面一个叫解谜的人回答你，说他在。"

彼时前往吉城的列车上，走廊上推着小车贩卖零食和盒饭的列车员喊着："列车提供小吃零食，新鲜水果和盒饭，有需要的乘客可以关注一下。"

车窗外越往山里的方向雪越大，刘卓身边坐着想要赶回家的乘客，他们操着乡音，诉说着对家乡及父母的想念。他们并不知道，一年甚至多年未归，家乡还有什么等待着他们。

坐在刘卓对面的是个中年男人，他头发花白，一只眼睛是灰色的，前往的目的地要五个小时，他主动和刘卓说起了话："做什么的？去吉城干吗。"

说了是公司员工，去吉城是签个合同，男人道："不像。"

一边关注手机上的边晟是否回复，刘卓一边道："那您觉得我像干什么的？"

从上车就开始喝白酒的男人道："像警察。"

低着头的刘卓因为男人的话抬起头，男人将自己放在桌上的小菜往刘卓跟前推了推道："路还远，喝一杯？"

"明早还有事儿。"

"事儿永远都有，但是像我这样的人，你不是每回都能遇见。"

看着对方似乎能洞悉人心的双眼，刘卓道："我陪您，但是不喝。"

"行。"

之后的路上，喧闹的车厢里，刘卓和对方聊着，那人并不隐瞒有关他的一切。所以刘卓知道，他早年离开家里，一辈子没干过什么正经的事情，曾经靠着一双手辉煌过，也只是弹指一挥间，到最后却是满盘皆输的下场。

说到自己最惨的时候，中年男人问刘卓："你知道我要死的时候，想的唯一一件事儿是什么吗？"

刘卓摇了摇头，男人道："我就想，那时候我为什么没早点放下。人活一世，别人都是安安稳稳，我为什么要走这么一条路。"

"后来活过来，为什么不回头呢？"

"要不说是人呢？贪心不足蛇吞象，要死的时候是一个心思，活过来的时候是一个心思，我都这么走了大半辈子，让我回头，还不如让我死。"

车厢里不知道是谁开了窗户，冰冷的寒气一阵阵袭来，车窗外，已看不到别的颜色，就连远处的山林，也只剩下白茫茫的一片。火车开过河道，铁轨下的河已经结冰，可是落在上面的雪花，还是瞬间就化成了一摊水。

因为冷，车厢里面还年幼的孩子哭了起来，刘卓起身将窗户关上，坐回位置上的时候，他面前的男人又道："所以，我劝你一句，该放下就放下，人生没什么过不去的事情，即便过不去也是你过不去，而不是事儿过不去。"

"我没有放不下的事情。"

"你有。"

"有什么？"

"有什么你得自己悟出来，我告诉你就没意思了，反正人生在世，总要放下的。"

之后两人没再说话，各自睡了一会儿之后列车广播响起，乘务员播报火车即将到达下一站。他们的目的地并非一个地方，所以刘卓对面的男人站了起来，刘卓才发现，他一只裤腿是空的。

没有取行李，男人夹着一个破塑料袋从座位离开，他走的时候对刘卓说："我下车了，有缘再见，这酒留给你。记住了，执念这东西是毒，戒不掉，会毁了你这辈子的。"

对方没有拐杖，却走得很平稳，他不急于往前，还会给人让路，他像是从没当自己与谁不同。

那一刻，刘卓只想，人生有多难，才会在面对如此困境，这样的人生的时候，还如此坚强地活着。而他要刘卓放下，是对于旧事的放下，还是在这么多事情发生之后，放下对于边晟的执着？

就在火车再度行驶起来的时候，刘卓的手上，哈米特回复他："你在哪里？"

"我在去往吉城的路上。"

看到那条消息，勉强从网吧沙发上爬起来的边晟笑了起来，他什么都没说，只是静静地看着那行字，笑着。

而坐在边晟身边的高翔，看到他的笑容，一扫以前对边晟好生活的嫉妒，他突然觉得边晟很可怜，若生活得很好，很快乐，怎么会笑得这么无措，这么悲伤。

列车依旧往吉城的方向奔驰着，而同一时间，西京华美餐厅里面，柴韵和方毅坐在一起。

从姚美兰和马致远死后，柴韵就开始发烧，每次梦醒时分，她恍惚都能看到有人站在她床边，她不断和柴韵说："你还我腿，还我腿。我没有腿走不了，走不了啊。"

每次从噩梦中惊醒，柴韵都是一身的汗，时间长了，她为了不做梦，宁可不睡觉，为此她去看了心理医生，医生说她是因为婚前精神压力大才如此，但是只有柴韵自己明白，她是为什么。

接到方毅电话的时候，柴韵正和她妈妈从一家算命的店里出来，柴韵婚期将近，她出现这种情况，让她妈妈很不放心，所以带她来看。双目失明的算命先生当即预测，她婚姻不会太顺，她母亲恳求大师帮忙消除改运的时候，方毅打来电话，约柴韵晚点在华美餐厅见面。

华美餐厅是西京一家老式的俄式餐厅，这里的罐焖牛肉以前是她和方毅最喜欢的菜，可是有很长一段时间她不再吃这道菜，还是因为宋晓雅总在朋友圈晒这道菜。这原本是个很寻常的举动，但是柴韵明白，陪着宋晓雅吃那道菜的是方毅，因为只有方毅才会让厨师把所有的筋都去掉，只要纯的牛肉。

所以就像刘卓说的那样，没有一个女人是傻瓜，她装傻，只是想维持现有的一切罢了。

那天早早到了西餐厅的柴韵一直等着，其间一个男孩带着一个蛋糕来店里和经理说着什么，不一会儿又陆续来了一些客人，方毅来的时候已经快六点钟，下午自己来送蛋糕的男孩带着女友和方毅前后脚进了餐厅。

走到柴韵跟前，看着桌上的红酒，方毅道："等了很久了？"

"一会儿。"

照旧是方毅点单，点好之后方毅才发现，柴韵完全没看他这里。随着柴韵的视线看去，方毅道："怎么了？"

指着远处那对正卿卿我我的小情侣，柴韵道："那个男孩要求婚。"

又看了一眼，方毅道："你怎么知道？"

"他刚在你来之前送了蛋糕来。"

"也许是女朋友过生日。"

轻哼一声，柴韵道："方毅，我们打赌。如果我赢了，你答应我一件事儿，如果你赢了，我答应你一件事儿。"

柴韵还没等到方毅回答，餐厅里响起了小提琴的声音，两人随着埃尔加的那首《爱的礼赞》的声音看去，靠窗的座位上，情侣之中的男孩已经跪在地上，他将手里的戒指递到女孩跟前道："林林，嫁给我。"

女孩子被眼前的场面惊得瞠目结舌，好久才反应，他问男孩："你……你说什么？"

"嫁给我。我这一生除了你，再也不会喜欢别人了。"

随着男孩的深情告白，餐厅的气氛被吵到最高点，所有餐厅员工助威一般高喊起来："嫁给他，嫁给他。"

欢呼声中，激动得快哭出来的女孩子点头。一对情侣在众人的祝贺中相拥在一起。热闹过去，方毅回神看着眼前的柴韵道："你怎么知道他是来求婚的。"

"我是女人，我有第六感的。"

其实柴韵能感觉到，并非什么第六感，而是她曾经憧憬过有一天方毅也会像那男孩一样跟她求婚。

柴韵和方毅是那种没有太多爱情的情侣，他们因为彼此的家庭相当，又是适龄青年，身边没有更好的人，所以才选了对方。而方毅的求婚也十分简单，一年前的某一天，两人一起吃饭的时候，他突然问她：“你想不想跟我结婚？”

喧闹的烤串店，柴韵透过白色的烟火看着对面的男人道：“你这是向我求婚？”

“算是吧。”

“求婚连个求婚戒指都没有？”

那时候柴韵是开玩笑的口气，但她内心期待着他是藏了戒指的，即便没有戒指，也会学着偶像剧里面演的一样，也会随手递来一个拉环，可是方毅什么都没做，他只是说：“以后补给你。”

那时候，明明一切都不是柴韵想要的，求婚的场景，结婚的时间，以及眼前的这个男人，可她还是为了能过更好的生活，答应了他。想到那时候，再看方毅，柴韵只想这大概就是生活吧，不是每件事儿都能如人所愿。

菜陆续上桌，两人却难得一致，谁都没动。

“方毅。”

“柴韵。”

两人突然一起叫出彼此的名字，场面突然变得尴尬起来，还是知道方毅脾气的柴韵让步道：“你先说，把你想说的都说了，结了婚之后，我们家可是不许退货的。”

她故意想把气氛变得轻松一些，可是方毅的眸子还是冷的，好久，他才道：“我们分手吧。”

“嗯？”

切沙拉的柴韵突然停下，她反应了一会儿抬头看着方毅难以置信道：“你说什么？”

“我们分手吧。柴韵，这件事儿我考虑了很久，我觉得我们在一起，我会一直陷在这里面，我走不出来……”

“你说什么？”

“我知道这件事儿对不起你，结婚的那些东西都留给你，以后我也会尽我所能补偿你的。我只想我们分开。”

似乎听不到方毅的那些解释，柴韵始终机械地问他：“你说什么？”

柴韵怎么都没想到，她和方毅三年的感情，换来的却是一句分手。

“我也不想这样，但是我考虑了很久，我真的没办法面对我们婚后的生活，面对不了以后的孩子，我们之间永远都会有宋晓雅的影子在的。所以，还是分开吧。”

“不可能。”

“柴韵，你冷静点，你面对现实好不好。”

不再理会方毅，柴韵重新拿起刀叉将牛排切开，五分熟的肉的血水慢慢顺着钢刀流到盘子里。看着那种鲜红的色泽，柴韵道：“方毅，其实我比你想的冷静得多。”

“柴韵。”

并没抬头，将牛排切成一小块的柴韵道：“宋晓雅的事情，我参与了。”

“你说什么？”

西餐店的钢琴曲换成了贝多芬的《致爱丽丝》，柴韵曾在许多婚礼上听到过，而这段音乐本来也会出现在她婚礼上的，可是现在看来，或许不可能了。把事情说出来，反而释然了的柴韵道：“我说，宋晓雅的事情我参与了。她死的隔天，我上夜班的时候，在宿舍的柜子里发现了一个盒子。”

回想那天看到盒子的场景，看似淡然的柴韵，其实是心有余悸的。长靴鞋盒立着放在她鞋柜里。柴韵本以为是谁放错了，或者是谁的恶作剧，再不然是闺蜜送她的礼物，所以即便同事还在睡觉，她还是拿出手机照亮盒子，想看看里面到底是什么。可是打开盒子，最先出现的是一张贺卡一样的卡片，上面写着：并无恶意，请你看完做决定。

带着疑惑，柴韵将盒子里的东西取了出来，东西很沉，被白布包裹着，随着白布被一层层剥开，呈现在柴韵跟前的是两截米黄色的被血包裹的东西，那东西很沉，隐隐能透过包裹的保鲜膜看到皮肤上的汗毛。柴韵是护士，她看得出那是肢体，人的肢体，它们像是一双不同方向摆放的靴子一样被交错放置在盒子内。

看到那双小腿的柴韵整个人都呆住了，她回过神，下意识地将盒子撇到一旁，她难以置信地看着被自己丢弃的东西，她不敢相信那是一双腿。她再次鼓起勇气要二次查验的时候，她跌落在地上的手机，正照亮刚刚从盒子里跌出来的卡片，而卡片的背面还写着一句话：这是宋晓雅的。

“不……”

一声尖叫划破了医院宿舍楼的宁静，还在上铺睡觉同事被柴韵吵醒，探出头问她：“怎么了？”

连忙将手边的腿和白布还有贺卡塞进盒子里，柴韵结结巴巴道：“没……没事儿。”

那天柴韵连护士服都没换，就提着那个大盒子离开了医院，那一天的柴韵和第一次收到尸块的马致远和姚美兰一样，她无所适从，她想将尸块送到公安局，可是如果尸块真的是宋晓雅的，警察会相信有人故意将宋晓雅的残肢送到她宿舍里吗？为什么偏偏是送给她，而不是别人？她和这一切有什么关系？况且，她和宋晓雅之间有方毅出轨这件事儿，她还曾经策划诬陷宋晓雅怀孕，如果宋晓雅被杀，她有足够的嫌疑被当作凶手。她马上就要结婚，生活就要变好，她不能让一切功亏一篑。

想到这里，已经要司机往西京警察局开的柴韵换了目的地。那个雾气蒙蒙的早上，柴韵提着那双小腿回到自己租的屋子，从乡下赶来照顾她的母亲，见她面色苍白，问她怎么了。

将自己关在卧室里的柴韵道：“没事儿，我先睡了。”

那天，柴韵昏睡了整整一天，她以为睁开眼睛那双小腿就没了，可是她睁开眼睛，盒子还在。也是她收到宋晓雅尸块的下午，小学老师在家中被杀的报道被传得铺天盖地。

就在柴韵不知道怎么面对的时候，方毅打来电话问她怎么了。看着眼前的盒子，柴韵问方毅："有事儿吗？"

"你一天没接电话。"

"我下班刚醒，怎么了？"

方毅不是那种性子暖会关心女朋友什么时候下班的男人，他只在有需要的时候联系柴韵，而柴韵也不是傻瓜，宋晓雅死了，她是她闺密，方毅打来电话只能是为了宋晓雅的事情。柴韵已经想好要说的话，但是电话那边的方毅道："没事儿，就是一天没联系上你，有点担心，你好好休息吧。"

就在方毅要挂掉电话的时候，看着脚边的盒子，柴韵道："方毅。"

"嗯？"

"我刚做了一个梦，梦见你跟我说分手。"

电话那边的方毅没说话，柴韵能隐隐听到细微的喘息声，好久他才道："别胡思乱想，梦都是反的。"

方毅挂掉电话，柴韵看着眼前的残肢，她不知道是男友给了她力量，还是对未来的生活有了新的憧憬，她没那么害怕了。无论盒子里的腿是不是宋晓雅的，都和她无关，宋晓雅活着的时候威胁她，而现在她绝对不能被一个死人拿捏。

想明白这些，柴韵像往常一样起床，和母亲坐在桌子上吃饭。两人还会因为婚礼的细节吵几句。晚饭后，柴韵带着那个盒子出了门，在厨房刷碗的母亲看到她这么晚还出去，问她去哪里。

提着手里的袋子，柴韵道："把鞋子放到新房子。"

"以后和方毅结婚，可不能这么花钱了，一定要好好过日子。"

"知道了。"

柴韵离开家，那晚她并没回去，她本来想把这双腿处理掉，可是等到离开家才发现，她根本没想好怎么处理。拿着那双腿，她在街头徘徊到深夜，无处可去的她去了自己和方毅的新房，打开新房子的门，那里每一样家具都是新的，每一个细节都倾注了她的心血，可是她把宋晓雅的腿藏在了那里。柴韵本想等一等再将那个盒子处理掉，却没想到，尸块还没来得及处理，警察就找上了她。她不敢再轻举妄动，所以直至现在那双腿还在她新家的空调外机上放着。

柴韵话音落下，方毅的耳边没了一丝声响，他做梦也不会想到，柴韵参与了宋晓雅被杀的事情。

随着故事的讲述，柴韵已经吃完一块牛排，她抬起头看着方毅道："方毅，你知道我为什么要这样吗？"

方毅不说话，柴韵又道："我都是为了你。可是你呢，你现在要跟我分手。"

柴韵的声音很低，每一个字眼都透着深深的绝望，那种绝望感直接扎进方毅的心里。现在怎么办，他和宋晓雅之间有私情，柴韵藏匿了宋晓雅的尸块，他们这一生都无法再和她的死脱离关系了。彼此带着心里的介怀，就这样过一生？

什么都没说，无法面对这件事儿的方毅从椅子上站起来，他转身要走，柴韵道："你去哪儿？"

"我想静一静。"

"方毅，你记住，我这辈子都不会和你分手，无论是现在，还是以后。"

"随你吧。"

方毅不知道自己怎么出的餐厅，就记得那天风很大，街头的人被风吹得寸步难行。他走到路口的时候，隐隐看到远处的风雪中，那个穿着羽绒服戴着红围巾的女孩子在冲他招手。那场景，就像初见时，去单位找他的宋晓雅一样。失魂落魄的方毅因为对方的召唤，向路口走过去，直至鸣笛声响起，他侧头看去，就见一辆货车大灯的灯光已经到了他眼前。方毅下意识没逃，因为这时候对他来说，还不如死掉。可是就在他闭上眼睛的时候，突然有人从他身后推了他一把。方毅整个人被推远，等到他回过神的时候，才发现推他的正是跟他从餐厅走出来的柴韵。

回过神，方毅从地上爬起来，他抱起差点被卷入车轮下的柴韵。看着被车剐得浑身是伤的柴韵，方毅道："你有没有事儿？"

并没回答方毅，柴韵抬手碰碰方毅的脸道："还好你没事儿。"

见她这样，双眼通红的方毅突然大吼起来："我问你有没有事儿？"

"我没事儿。"

"你为什么这么傻？"

"其实我刚刚可以看着你死掉，但是心里就是有一个声音说，不能，所以就冲出去了。方毅，与其让我为你的死哭泣，我好像更愿意死的是自己。"

熙熙攘攘的街头，看着眼前的柴韵，方毅双眼通红，突然将她抱住，相比刚刚因为无法面对真相所流出的眼泪，这一刻抱着柴韵的他不断念着："还好你没事儿，还好你没事儿。"

那一刻，方毅无比庆幸，老天没有把柴韵带走，没让他继续错下去。

雪中，被方毅抱着的柴韵轻声问他："还分手吗？"

看着柴韵的脸，方毅第一次有种失而复得的幸福感，他笑着，擦净她脸上的土道："我去自首，你等不等我出来？"

第十章
枉叹此行成空

1

12 月 29 号凌晨，刘卓到达吉城，他步履未停，直接打车赶往边晟原户口所在地的派出所，李亦萧提前联系的警察已经在派出所等候。

深夜，街道派出所，老警员将一摞有关边家人信息的档案搬到刘卓跟前道：“这就是边家的档案，边晟爸爸叫边胜，早年靠做木材生意发了家，现在外销钢材，有些家底。”

看着厚厚的资料，刘卓道：“边胜今年已经五十岁了？”

“对，跟我一般大。”

“可是边晟才十七岁？”

“边胜身体不好，要孩子要得晚，他老婆还为生孩子大出血死了。”

“所以现在边晟的母亲是他继母？”

“应该是吧，我也好些年没见他们家的人了。他们户口虽然在这里，但是他家老早就搬到吉城市里面去了。都搬走十来年了，具体的我也不记得了，不然我给你联系一下市区的警察？你去了解了解情况。”

“不用了，我已经联系上了，一会儿就过去。您这里还有有关边家近期的资料吗？”

“都在这里，别的没有了。”

说着刘卓从档案中翻出一张照片，照片下角写着日期，是十二年前拍摄下来的，照片中，一个中年男人抱着一个小孩子和现在接待刘卓的警察站在一起。

刘卓举着照片问一旁的警察："这是边家父子的照片？"

接过照片查看，警察道："这照片在这儿，我前段还找了好一阵。对，抱着孩子的是边胜，怀里的就是边晟。那警察是我，我忘了为什么照这张照片了。好像那年边晟生病了，我给送医院去了，当时边胜带着孩子来给我送锦旗，感谢我，办公室里的小孩儿就拍了这么一张照片，还给洗出来了。"

看着照片上笑脸洋溢的小男孩，刘卓道："这些资料和照片，我能带走吗？"

"有用你就带走吧。"

刘卓在派出所看边家的档案，看到清晨，才打车前往吉城市区，接待他的是李亦萧帮忙联系的莫警官。这个莫警官刘卓也认识，两人曾经因为抓逃犯的案子在北都市做过搭档。

早上九点多，吉城的天还是暗的，吉城市公安局大门口，穿着大棉袄戴着毛帽子的警员迎上来："刘卓，可把你等来了。"

"等很久了吧？"

"就一会儿，去里面坐坐，茶都泡好了。"

"算了，赶时间，事情办完就得走。"

"那好，等我去开车，我现在就带你过去。"

刑警队的车上，警员老莫道："原来不是说去边晟家吗，怎么改去学校了。"

"想都去了解一下。"

"李亦萧说这案子和西京 12·3 案有关？"

"嗯。"

从后视镜看看坐在后座的刘卓，老莫知道他没心透露更多细节，也就没再问，两人驱车赶往边晟转学到西京之前所在的吉城一中。正是他们去学校的路上，李亦萧从西京打来电话。

彼时姚美兰母亲家楼上，李亦萧和陈然，以及冯思南师徒和法证一起取证。车祸之后，柴韵就和方毅一起自首了。柴韵说出拿到宋晓雅残尸的过程，并且向李亦萧提供了那张字条。

电话那边的李亦萧表示已经去做字条的笔迹鉴定：“你那边查得怎么样？”

看着手里拿到的边晟小时候的照片，刘卓道：“有些眉目了。”

“刘卓，两天之后你不回来，无论证据是不是充足，笔迹鉴定出来，如果是吻合的，我一定会抓他。”

看着车头前的吉城一中，刘卓道：“再等等，真相不远了。”

就在刘卓探寻边晟的曾经和有关他的一切的时侯，从进入网吧就没离开的边晟静静地守着眼前的电脑，为此高翔找来边晟妈妈劝他，边晟也不肯离开。从知道刘卓在吉城开始，边晟就没再和刘卓说过一句话，他们之间像是展开了最终的博弈，刘卓的所有反应对边晟来说都是他最后的机会，他说出真相，还是刘卓查出真相。可是刘卓所能查到的真相，就是整件事情的真相吗？还是这件事儿根本就没有真相，他们所看到的，所经历的一切都是假的。

吉城一中是所初高中连读的学校，周末补习的学生依旧很多。刘卓和莫警官找到曾经教过边晟的班主任，已经成为教导主任的周老师。听清他们的来意，周老师表示，边晟的确是她的学生，不过两人已经四年没见过。

“对他转学之前的事情，您了解多少？”

“我就教了他两年，他就转学了，所以了解得不多。”

“您知道他家庭状况吗？”

“家庭状况？知道是知道一些，他家里好像是再婚家庭，每次来开家长会都是他母亲来。”

皱了皱眉，刘卓道：“母亲？”

“边晟妈妈还挺漂亮的，所以这点我记忆很深刻。”

“边晟的学生档案您这里还有吗？他念过什么小学？”

老师想了想道：“这我还真不知道，不过我现在带的一个班上，好像有个孩子跟他是一个小学的，两人初中也是同班。”

“我们能见见那孩子吗？”

被老师叫出来的是个女孩，和林雅美一样的年纪，这姑娘小学和中学都是和边晟一起读的，所以对刘卓问的有关边晟的事情很多都能回答上来，比如边晟以前在初中时是什么样子，比如边晟不爱说话，比如他有时候会长时间请假，比如他小学是三年级转来的。

“他三年级以前在哪里上学？”

摇了摇头，小姑娘道：“不知道，我记得当时他转来的时候，老师说他之前生病，一直治病，后来才从外地转来我们学校。”

“他是从外地转过来的？不是本地转学？”

小女孩点了点头道：“嗯，不过我们也不是很熟，边晟挺不愿意跟我们接触的，前段时间我们小学同学聚会，邀请他，他都没来。不过边晟也挺惨的，听说他爸对他不好。”

“不好？”

小姑娘还要再说，老师从身后拉了小姑娘一下。

刘卓看向老师，老师道：“孩子小，瞎说的。”

“周老师，我们来是想要了解边晟的所有事情，所以希望您不要有隐瞒。”

周老师显得有些为难，看了看小女孩之后，示意刘卓和莫警官到一边说。随着老师的话，莫警官瞪大眼睛道：“这不禽兽不如吗？对亲儿子还这样？”

“也都是传闻，血浓于水，我觉得不是真的。”

老莫看向刘卓，刘卓仿佛并不在意这件事儿，他走回女孩身边将两张照片递给边晟道：“同学，你能不能辨认一下，这两张照片上哪个是边晟？”

刘卓递来的两张照片，一张是调查边晟的时候学校提供的他近期的单人照，一张是早上从边晟户口所在地拿到的三人合照。

女孩想都没想就选了前一张。

“这么肯定？”

“嗯，这张和边晟转学前差不多。”

“好，谢谢，你回去上课吧。”

女孩回了教室，刘卓和老莫跟周老师告别，走的时候两人带走了一份边晟初中的入学档案，而档案中写着他曾经小学的所在地，但是之前他所在的学校没有任何记录。

之后老莫又带着刘卓去了边晟在吉城市区生活的家，因为是独栋别墅，所以邻居们对边家的事情都不是很了解。

就在事情看似走到绝境，边晟身上似乎没有任何疑点的时候，老莫提出来，吉城小学十几年前就有政策，孩子上小学要从户口所在地的街道办事处开证明，学校是一定要有房产证、居住证明和户口本才允许孩子入学的，所以居委会应该能查到边晟最初的入学档案。

刘卓当即联系上午在边晟户口所在地见过的警察，对方给了刘卓一个电话，刘卓联系上街道办事处。工作人员谨慎地问了他的警官号和一系列证件之后，要刘卓半小时之后打来。

挂掉电话，时间正是中午，老莫道：“现在有时间了，我请你吃碗面。下午还得查，也不能空着肚子跑。”

“我请您。”

“我是当地人，你来了我得尽地主之谊。”

两人去的馆子也不大，老莫点了两碗面和几个小菜，刘卓也没强行结账，吃得差不多，老莫道：“要是12·3案破不了，西京警局可是丢大人了。”

“案子破不破不重要，重要的是查清楚。”

“真相这东西，旁观者迷，当局者清，要不是走投无路，谁也不会为非作歹。就拿我们现在一个案子说，好几个小姑娘失踪，找到之后都已经被扒光了奸杀，作案的都是一个人，你也不知道他为什么。”

“是西宁街连环杀人案？”

点了点头，老莫道：“这都半年了，从夏天到现在，凶手的人影都没找到，现场唯一找到点证据只能证明对方是个瘸子。”

“瘸子？”听到瘸子，刘卓眼前晃过火车上那瘸子的影子，刘卓道，“多大年纪。”

在面碗里面点着烟灰，老莫道：“确定不了，不过我们分析，怎么也得四五十了，抽的是老仁义，现场找到过一个疑似的烟盒，但是没指纹，是人是鬼都不知道。”

“那怎么能确定是瘸子？”

“也不能确定，但是我们这儿的法医查看现场，说两个现场出现的脚都是一轻一重，重的很重，轻的就是轻轻一压。但是吉城市的瘸子，能办这个案子的我们都查了，没一个符合的，但是这么频繁作案又不像是外地人，逃跑的路线贼熟，还不留痕迹。”

“查查周边的省市吧，就周边这些，应该能找到。”

两人正说着，刘卓手机响了起来，刘卓起身去外面的街上接电话，来电话的是黄毛。最近因为王攀的事情，他和刘卓一直有联系。

“哥，你什么时候回来？”

“明后天，有进展吗？”

“有，这货好像琢磨着要出去，正在买票，而且你上次让我查的那件事儿，我也查到了，和你想的差不多。我花钱找了个银行的人，资料都打出来了，你回来我给你。”

“我不在西京，你有什么事儿可以先联系李亦萧，就说我让你去找他。”

想到李亦萧那张脸，黄毛道：“我还是等你回来吧。”

“一定要小心。”

“放心。西京能抓着我的，还没出生呢。”

刘卓挂掉电话，老莫也从饭店里走出来道：“刚街道办给我打电话，说查到了，是晨阳小学。”

“距离这里远吗？”

“二十里地，这时候去，半小时就能到。”

刘卓跟着老莫上车，老莫又道：“我问那边要学生档案，她说没有，就有一份登记。原版得我们过去才能提供。”

“先去街道，再去小学吧。还有，刚你说的案子，有犯人侧写吗？”

“我们找了北京的专家，还没画出来，画出来第一时间给你一份。”

两人绕到街道办事处，拿到边晟的小学记录，十多年前拍摄的一寸照片上，小孩子的眼睛水灵灵的，他看着镜头笑得很开心，而那张脸和童年合影上的一模一样。之后，两人又去晨阳小学，到的时候是下午两点半，因为提前联系过，校方安排边晟曾经的班主任老师接待两人。

年过六旬的老师知道两个警察是为边晟来的，就开始感慨，边晟命不好，小小年纪得了肾病，还要换肾。

“后来呢？”

“还好病好了，那时候他爸真是四处为他看病，花的钱不计其数，当时学校还组织了捐款。病好之后，他就转学了。”

“后来您又见过他吗？”

摇了摇头，老师道：“后来就没见过了。”

“您还有边晟转走之前的照片吗？”

“我得想想，我每届学生都留照片，留个念想，但是他转学早，我不知道还有没有。”

“您看看这两张照片，还能看出哪张是边晟吗？”

似乎眼神不是很好，老师看了看边晟幼年时的照片和他长大之后的照片，摇了摇头道：“他长大了，我就没见过，我认不出来了。”

“没关系，还得麻烦您去找一趟照片，这对我们很重要。”

因为老师要找照片，刘卓和老莫驱车跟老师一同回家，只可惜在老师家，找了当年那批学生的毕业照片，里面并没有边晟。老师感慨道：“实在抱歉，他转学早，帮不上你们。”

就在刘卓和老莫都绝望了的时候，刘卓突然发现相册后夹着一张大照片，他将照片拿出来问老师：“这是什么照片？”

那张照片上有许多学生，得有一百多人，拿过照片的老师道：“这是学校五十周年校庆照片，都是十多年前的照片了。”

说到十多年前，老师像突然想起了什么，起身又从书架上拿出另外一本相册。他一直翻看，直至翻到相册最后道：“我就记得，还有这么张照片留着。你们看看，这是边晟转学之前拍的。”

将照片递给刘卓，老莫看着照片角落里的数字道：“这是十年前的照片？”

“对，就是五十年校庆的时候，摄影师试拍的，当时拍了我们班，后来洗照片的时候，就洗出来送我了。”指着照片角落里笑着的男孩子，老师道，“这就是边晟。”

看到照片上的边晟，老莫突然一愣，他抬头看向刘卓，刘卓却没看向他，他的视线仍旧盯在老师递给他的照片上，那张照片上的边晟和多年前合影中的边晟一样，可是和刘卓带来的边晟转入之后的小学，以及上初中，以及现在的边晟，是完全不一样的两张脸。

从老师家离开，老莫好奇问他：“难不成有两个边晟？”

“只有一个边晟。”

“那另一个是？”

“是呀，另一个是谁？”

之后，老莫带着刘卓去了一趟吉城市人民医院，拿到边晟之前的就诊记录之后，他将刘卓送上回西京的列车。走前刘卓再次提到西宁街案子，老莫表示有进展会请他帮忙。

火车上，因为没有买到座位，站在车窗处的刘卓望着这个距离西京上百公里的城市。那一刻，他没有疲倦，只有疑惑，他想不通边晟曾在这里经历过什么。想到边晟，刘卓拿出手机，向已经一天没有联系的边晟发去消息。

彼时，喧闹的网吧里，远处有男孩子因为游戏吵得不可开交，有人听着激昂的音乐。而边晟这里十分安静，他不眠不休地看着屏幕，等待着最终的博弈，而卓并没让他失望，在一天一夜之后为他发来消息。

“你是谁？”

曾经在聊天页面出现过无数次的三个字，对此时此刻的刘卓和边晟来说，意义全然不同了。

边晟原本看着屏幕，已经暗淡无光的眼睛突然变红，然后一点点渗出眼泪来，可是明明是悲伤的表情，他的嘴角却是上翘的。

2

入夜之后西京老城区的地下酒吧格外热闹，最大的迪厅九点门口，停着好几辆哈雷摩托。黄毛到的时候，一个男孩正跨在一辆摩托上假装比画，还和身边人扯皮，说自己有钱也买一辆。

正在吹牛的男孩看到黄毛来，立刻从车上下来道：“哥，来了？”

“人呢？”

指了指迪厅入口，男孩道：“刚进去没一会儿。”

“几个人？”

“就他一个人，之前总跟他在一起的女人，昨天跟他吵了一架，就没再出现过了。”

看了一眼迪厅大门，两个穿着兔子服的女招待正在揽客，黄毛从口袋里掏出钱包，拿了二百块钱给男孩道：“你回去吧，”

拿了钱男孩欢快地离开，黄毛则坐在迪厅门口被遗弃的破沙发上等着，不一会儿，他脚下就聚满了烟蒂。

大晚上，人无聊，虽然有从酒吧出来的醉醺醺的姑娘往他身上扑，但是因为有正事儿在身，黄毛还是选择无视。实在无聊，他咬下手上戴着的皮手套，拨通一个电话。

“喂。”

电话那边传来的不是别人的声音，正是李亦萧的：“谁？”

“你猜我是谁。”

陈明诚这边进展不顺，也找不出更多有利线索，刘卓又迟迟不归，正在气头上的李亦萧道：“你说不说。”

“真没意思，猜猜不行？我，彭彭。”

“不认识。”

李亦萧要挂电话，黄毛急忙道：“别啊，怎么就不认识啊，就那黄毛，之前偷刘卓警官证那个。”

想到是那个贼眉鼠眼的小偷，李亦萧：“有事儿吗？”

“刘哥出门之前把你电话给我了，说有事儿联系你。”

“说事儿。”

入夜，天气太冷，黄毛哈了哈拿着手机的手：“怎么这么大气，没事儿还不能联络联络感情了，不是都说警民一家亲。”

“警民一家亲，你来警局，我让你住几天，跟你好好联络联络。”

听出李亦萧不爽，黄毛道：“你这就没意思了，刘哥呢，回来了吗？”

“没有。”

“什么时候回来？”

“不知道。”

黄毛还要再说什么，忽然看到王攀从迪厅走出来。他连忙和李亦萧道：“得了，我还不跟你说了。”

黄毛要挂掉电话跟上对方，李亦萧下意识在电话那边问了一句：“你在哪儿呢？”

黄毛这种人是你越给他脸他越不接的，李亦萧主动问他，他反而故意甩腔：“你管呢，你不是不愿意跟我说话吗？”

直接挂了电话，黄毛戴好帽衫的帽子，跟上王攀，往离开酒吧街的方向走去。这已经是黄毛跟王攀的第四天，他出入哪里，干了什么，和谁有联系，他都看在眼里。跟着王攀走到路口，王攀突然停住，黄毛立刻闪到贴着治疗各种病症的广告的电线杆后面。黄毛再探出头的时候，王攀突然不见了。

暗骂一声，黄毛向对方可能消失的方向找去，酒吧街的尽头是大路，而通往大路有好几条纵横的小巷子。黄毛钻进的巷子正是距王攀消失的地方最近的一条，因为经济不好，附近这些巷子的路灯就是个摆设，他就着月光往前走，前面的路越来越黑，就在他要拿出手机照路的时候。突然一个人影从他身后闪过，照着他的后脑勺就是重重一棒子。

被袭击的黄毛并没晕倒，他扶住墙，转身朝后看去，还抓在手里的手机灯光直接打在对方的脸上，举着棒子要挥第二下的，正是发现他的王攀。

彼此对视，不同以往像个老实人一样的王攀，恶狠狠道：“你跟踪我。”

“呸，这条路这么宽，谁跟踪你。”

因为警方调查，变得十分紧张的王攀根本不听，手里的棍子再度挥下来，黄毛一躲，整个人撞在墙上。似乎这一撞他清醒了不少，他看着眼前的王攀喝道：“你疯了吧！”

王攀不管黄毛的斥责，继续挥舞木棒袭击黄毛，黄毛见状从地上爬起来，顺着两人宽的小巷子往外跑。王攀举着木棍追着他，脑后的伤太重，黄毛一边跑，一边大叫救命。可是就像那时候的林雅美一样，根本没人救他。黄毛就沿途捡东西丢王攀，好不容易快跑上大路，失血过多的他，脚下一个踉跄，整个人摔倒在地上。而追来的王攀直接向他扑来。眼看小命不保了，黄毛从地上抓起一把脏雪朝着王攀的脸扔去。

王攀被突如其来的雪扔得猝不及防，手胡乱地擦着脸上的泥水，黄毛见状从地上爬起来，继续往路口跑。

眼看快要跑到路口的时候，他突然停住脚步回头看王攀。王攀没追上来。月光下，黄毛看了看别在自己腰间的皮手套，又看看王攀，他突然想到什么，他不再逃命，而是转过身体，就着身后的灯影向王攀走了回去。

那天黄毛是本着和王攀同归于尽去的，可就在受伤的他把王攀压在身下的时候，不知何时出现在身后的人，捡起王攀失落的木棒，狠狠地打在黄毛的后脑上。二度被袭击，可是生命力极度顽强的黄毛并没倒下，他在晕倒之前回过头，漆黑的夜里，黄毛没看清对方的长相，却在那人的腰间看到一抹淡淡的银色。手伸出去想要抓住对方，可最终还是划过对方的衣角垂了下去。

李亦萧接到城西的电话，已经是晚上九点多。火车站里，刘卓的车还有三分钟就到站了。

来电话的还是刚刚黄毛的号码，李亦萧接通道："你有完没完。"

"酒吧街。"

留下三个字，黄毛那边再没了半点声响。似乎听出电话那边不是黄毛的声音，李亦萧连忙把电话打了过去，可是电话已经没人接，而小巷子里，满脸是血的黄毛晕倒在角落里，他手上的手机上显示着"衙门头"三个字。

一连打了四个，感觉到黄毛出了意外的李亦萧立即联系陈然，让陈然定位黄毛的手机地址，赶快派人过去查看是否发生了什么，而他依旧留在车站等刘卓。

刘卓的火车距离西京越来越近，乘务员在车厢内播报："车辆即将到达西京，将停靠三分钟，请下车的旅客做好准备。"

马上就要踏入西京的土地，等了一下午，都没等到边晟回答的刘卓道："是要我自己查出你是谁？还是你自己告诉我。"

网吧里，页面蹦出刘卓的话，边晟呆滞一会儿才伸出已经快冻僵的手打字回复。

“还记得我和你说过，我住的地方有一条江，江边有个小狮子和别的地方都不一样吗，它一直看着太阳升起的地方。明天，我会在那里等你，希望你在见我前，能找到真相。”

按了回车键，边晟从椅子上站起来，已经几天不吃不喝的他，整个身体都是晃悠的。可是即将和刘卓见面的这一刻，反而是这十几年来，他最轻松的时候。

边晟要离开，因为不放心他，高翔把自己的手机递给他道：“你电话卡我帮你补了，你先用我的手机。边晟，有什么事儿你一定要联系我，知不知道？林雅美也不希望看到你这样的。”

抱了抱高翔，什么都没说的边晟打车回了瑞雪春堂的家，晚上十二点，听到开门声的边母第一时间从卧室出来，穿着睡衣的她看着消瘦的边晟道：“晟晟，你回来了，你知不知道，我都快急死了。你吃饭没有？要不要吃点什么，妈妈去给你做。”

客厅里，茶几虽然已经换成了新的，但是仰起头，天花板还是一样的模样。所以对边晟来说，他的人生还是没变，从始至终都是碎裂的。

边晟没有回答，边母又道：“晟晟。”

被母亲叫着回过神，边晟道：“不用了，明早再说吧。”

离开客厅，虚弱的边晟回到卧室。他一头扎在床上，这是高烧之后他第一次有想要睡的感觉。那种强烈的渴望很奇怪，就好像这一觉之后，他苦难的人生，他所经历的一切，都将在这个寒冬终结。

3

大雪纷飞的火车站，绿皮火车的汽笛冒着白烟，刘卓从火车上下来，环视四周的场景，让李亦萧恍然回到多年前，在北都的时候，刘卓去火车站接他的场景。那年他十九岁，因为是自作主张跑去念警校，他爸气疯了，他寒假回家，父子俩又吵了一架，他直接离家出走，买了最快回学校的车票，坐了四十八个小时的火车，车快到北都的时候，他联系学校留门，学校说男生宿舍装修不能住人。他们宿舍就刘卓一个人在北都生活，他直接联系刘卓。那天也是深夜，刘卓来火车站接他回去。李亦萧去找刘卓住的那年，余一还在，但是他们不住在一起，余一每周都来。那段日子，在刘卓北都的小三室一厅里，他们每天除了吃就是睡。大晚上睡不着，就沿着后海走，深夜还去滑野冰，过得别提多快活了。想到那时候，再看现在，他们彼此都已经不是青葱少年，而他们所经历的事儿，也越来越让人难以捉摸。

下车的刘卓走到车站广场，他看着远处拥抱着远归的亲人与孩子的亲属们，各种贩卖热食的摊位冒着浓浓的白雾，恍惚间，刘卓像是又看见了那个瘸腿的男人。刘卓不知道那人到底是干吗的，但是从见过他之后，他的幻觉中更多都是他的影子。

见刘卓看着远处发呆，李亦萧道："怎么了？"

回过神，刘卓道："没事儿，走吧。"

两人一起上了车，刘卓问李亦萧："笔迹鉴定出来了吗？是谁的？陈明诚那边什么进展？"

呼出一口气，笔迹鉴定不在自己意料之中的李亦萧道："鉴定结果是陈明诚的。"

"你没抓他？"

摇了摇头，李亦萧道："我本来想抓他回来，可是越想越觉得，这事情的点不在陈明诚身上。"

"我要你帮忙找的资料找到了吗？"

将车后座上的一份拿过来，资料递给刘卓，李亦萧道："这是档案。"

刘卓要李亦萧找的档案是边晟妈妈的，随着刘卓开始翻阅，李亦萧道："边晟母亲叫王凤伊，十八年前结过一次婚，有过一个孩子，十二年前，王凤伊的户口被改回未婚。同年同一个户口本上一个叫辛瑞的男孩，也就是王凤伊的儿子户口被死亡注销。十年前，王凤伊以未婚的状态和现在边晟的父亲边胜再婚，之后一直和边胜父子在吉城生活，三年前才搬回西京。”

见刘卓不说话，李亦萧：“你那边什么进展？”

“李亦萧，我想我们得去一次王凤伊的老家。”

“这时候去？”

“没时间了。”

刘卓是那种做了决定就不会轻易反悔的人，李亦萧知道劝他也没用，当下绕过车站前的路往资料中的小镇开。

两人前往小镇的时候，陈然找到黄毛手机定位的地方，赶到的时候，现场只有黄毛一个人躺在巷子里，拍了拍重伤的黄毛的脸，他恢复了一点意识。

陈然道：“王攀呢？”

“东边……他往东跑了。这东西给刘哥。”勉强说出这几个字，黄毛将一个U盘交给陈然就晕了过去。而他另一只手攥成拳头，像是藏着什么。

陈然让救护车带走黄毛之后，立即派人排查周边，大家跟着血迹跑到江边，七八辆警车大灯打过去，江面却空无一人，只有一条延伸到远处的血痕。陈然立即让大家下冰面找王攀的下落。六七个警察跟着陈然，沿着江面找了两个多小时，才找到血迹尽头，那是一个西京人冬天捕鱼的冰窟窿，像是砸了没多久之后被二次冻上的，因为是二次冰冻，所以冰面很薄，此时冰面是破裂的，透过还算清澈的江水，可以清楚地看到，冰下立着一个人，那人正是王攀。

因为雪大，刘卓和李亦萧到达资料中的小镇时已经凌晨一点多。敲响村长家的门，说明来意，睡意蒙胧的老头将两人让进屋子。

破旧的门房内，女人还在床上睡觉，满脸胡楂的村长点了旱烟道：“辛家啊？建国死了之后，他媳妇带着孩子改嫁了，后来就没见过。”

“改嫁之前，他们一家一直住在这里？”

“孩子是，女人和男人都长期在外面打工。建国出车祸死了之后，因为错在他，对方也没赔偿，辛家的媳妇回来办完丧事就走了。”

“那孩子呢？”

“孩子当时就五六岁，自己在村里过，后来辛家的媳妇回来，把孩子带走了，之后就没回来过。”

李亦萧道：“孩子离开的时候是死了，还是没死？”

“我也记不清楚了。”

“户口上写的是死亡注销。”

敲了敲烟袋，村长道：“我们这儿就这样，要是谁家再想要孩子，就把大孩子的户口注销成了死人，再生老二，不稀奇。”

李亦萧道：“那到底死没死？”

“应该没死，我记得有一年，说是那孩子和继父不和，离家出走，他妈妈还回来找过，说担心跑回老家来。”

“找到了吗？”

摇了摇头，老头道：“没有，找了得有半天，几个人就走了。”

从档案夹里面拿出另一张照片，刘卓道：“那当时这几个人之中有人在这里吗？”

翻阅刘卓递来的12·3案所有涉案人的照片，端详片刻的村长，拿出其中边潇潇的照片道：“这是村头吴老师家的外甥女啊。她在这里，而且前两天还回来了。”

“就她一个人？”

“俩，还有个男孩，得有个十七八岁的样子。”

“是这个人吗？”

刘卓第二次递来的照片是边晟的，老头看了看道：“雪大，我也没看清楚，不过像是。”

“您说的辛家的男孩和边潇潇认识吗？”

老头换了烟草道："辛家人都是在外打工的，孩子是自己长大的，潇潇是在我们这里念完初中走的，而且两家离得特别近，应该认识。这两个孩子怎么了？"

"没什么，您知道辛建国是怎么死的吗？"

"听说是车祸，还是建国的责任。"

"具体信息您知道吗？"

摇了摇头，村长道："不知道，不过那时候好像让村里出过什么证明。"

"证明还在吗？"

"会计家应该有，我这就打电话，你们过去看看。"

刘卓和李亦萧一行人往村长说的会计家去，坐落在村西头的小院子里，两人进去的时候，一股浓郁的香气飘了出来。

会计家的门厅里摆着披着红斗篷的神像，神像下是元宝和纸钱，还有一层层的贡品。看到这一幕，刘卓和李亦萧对视一眼，谁都没说话。已经接了村长电话，知道两人是为了辛建国的事儿来的会计，让两人进了东屋。就在两人等待的时候，西屋时不时传来铃铛的声响，似乎还有人在那边念念有词说着什么。随着对方念出像是咒语一样的话，一声女孩的惨叫从隔壁传来，李亦萧想要起来去看看是什么情况，却被刘卓拉住。

刘卓冲着李亦萧摇了摇头，就在这时候，会计拿着那份证明掀开帘子进来了。

查看那张字迹已经不清楚的证明，刘卓道："这证明还有谁看过吗？"

摇了摇头，会计道："没了，上回有人看，还是三年前，辛家人回来把房子卖掉的时候。"

"当时都有谁在？"

"只有原来辛家的媳妇，不过后来又来了一个男孩，说是她继子，怕他妈签错字，把一套手续又看了一遍。"

谢过会计，刘卓和李亦萧一起离开，和两人一起出门的，还有西屋出来的问卜的一对母女。从对方掀开帘子的缝隙往里看，西屋的柜子上，犹如门厅供奉的神像一样，供奉着一个神，只是不同门外的神像是假的，门内的披着红斗篷，编着细碎的小辫子，满是沟壑的脸上涂着油彩，赫然是个真人。她在刘卓和李亦萧从缝隙看向她的瞬间，睁开了眼睛，不同两个正常人的双眼黑白分明，屋子里的那个人，眼睛全都是黑色的。

那天上了车，回市区的路上，李亦萧才问刘卓："你为什么拉我？"

"是萨满语，那女孩之所以痛苦，应该是在送魂，你进去对谁都没好处。"

"你怎么知道？"

"之前办案的时候打过一个诈骗的团伙，就是靠这个骗人的。"

"你知道是诈骗，你还拦我。"

望着车窗外的小院子，刘卓道："不一样，有的是假的，有的是真的。"

刘卓还记得多年前，他带队去抄北都市郊的小院子的时候，被抓的骗子首领一直在强辩，自己没罪，可是因为她所谓的送魂仪式，已经有三人丧命。就在刘卓让人将这一群人带走的时候，有手下说在小院子的后院，发现一个烧火的老人。刘卓带人过去的时候，老人正在烧稻草人。草人身上缝着许多细密的线，她一边往火堆里扔，一边念念有词，跟来的懂萨满语的人说，她是在说"快快走"。

也是那天刘卓让人带那老人离开的时候，她看着刘卓也说了句话，刘卓问身边的人她说的是什么，身边的人面有难色道："她瞎说的。"

"她说的是什么？"

因为刘卓强硬的态度，翻译才道："我也听不太清楚，大概是你什么至亲之人将永别。"

"胡说八道。"

可是正是那案子办完后没多久，就发生了余一的事情，那事情震惊了整个北都市。刘卓在事发之后很久才缓过来，再回警局上班的时候，他遇到上次和他办案一起的人，想起了那个萨满老人的话。那时候他已经彻底慌了，他所求无门，他找出档案去联系之后处理那个案子的警察，可是发回的信息却显示被抓的人中，根本没有那么一个人存在。

想到那时候，再看漆黑的村庄里灯不灭的小院子，刘卓只想，这世界真的太大了，有太多的东西对他们来说都是谜。即便身为警察，身为正义的使者，他们也不能查出所有的事情。

当天回去的路上，李亦萧和刘卓都是沉默的，李亦萧不说话是因为那张辛建国交通事故的处理单上，签字人之一赫然就是陈明诚，而刘卓的沉默在于，他越来越无法确定，边晟到底在干什么。

车开到市区，已经是这一年的最后一天了。也是那一天，城南的陈明诚家变得异常安静，家里再没了早上的呻吟声，也没有痛苦的咳嗽声。陈明诚早早起来为妻子准备药，帮她洗漱的时候，才发现妻子的身体已经凉了。

陈明诚久病的妻子没有等来新一年的到来，就沉睡在了旧年的夜里。陈明诚并没悲伤，他为妻子换好衣服，打了火葬场的电话，然后换了一身西服之后，就离开了家。走前他去二楼看了小舒，已经被饿得瘦骨嶙峋的小舒仍旧在哀求陈明诚放了他，陈明诚道："你马上就能自由了。"

已经快被关疯了的小舒以为陈明诚要杀他，突然大声咒骂起来。陈明诚的表情并没波动，他轻轻关上门，离开了。

那天下楼的陈明诚打了一辆车，而他的目的地正是西京警局。

李亦萧接到陈然电话的时候，他和刘卓刚回到西京市，电话那边的陈然看着眼前的陈明诚对李亦萧说："李队，陈明诚来警局了，要找您。"

"找我？干吗？"

"说是自首。"

"自首？"听到自首两个字，李亦萧转头看一旁的刘卓，刘卓并没说话，李亦萧道，"把人给我看好了，我马上就回去。"

西京警局，因为陈明诚的突然到来，整个重案组都被惊动了，知道他是为12·3案来的孟局要李亦萧带人组成临时的审问小组。之后便带着刘卓，站在另一间屋子的单向玻璃后，观察陈明诚的一举一动。

漆黑的审讯室里，来自首的陈明诚表情十分放松。

拿着笔掌握问询节奏的李亦萧先开口道："值得陈大律师这么早来自首的，不是小案子吧。"

"李队长，西京12·3案小吗？"

眯起眼睛，李亦萧道："您有线索？"

抬起头，陈明诚眼神平静，口气也十分淡然："我来自首，12·3案的凶手就是我。"

陈明诚说出自己是凶手，李亦萧并没显得惊讶，他敲着桌子的手微微一顿，但只是一顿而已，之后又有节奏地敲了起来。

并没质疑陈明诚证词的真实性，李亦萧道："那先说说，你的犯案过程。"

"这事情说来话长，能先给我一支烟吗？"

李亦萧向陈然示意，陈然将一支烟递给陈明诚，陈明诚点着烟，说起了自己和这件事儿的干系。

陈明诚说，他是因为在儿子的忌日与偶遇的宋晓雅发生了不快，冲动之下才将其杀死的。

李亦萧道："分尸也是冲动？"

点了点头，陈明诚道："我家里还有重病的妻子，我不能让人发现。"

"那为什么要牵扯上那些人？"

"没有什么为什么，走到我这一步，原本功成名就，什么都有，可是随着儿子的死一切都坍塌了。到了那时候，你也不知道为什么要这么做，但是内心似乎有一个声音说，一定要这么做。"

"陈律师，你是做刑事律师出身，你比我懂法，这样判不了你。"

微微一笑，陈明诚道："我承认所有罪行，也知道犯案过程，法律上会判我有罪的。"

"法律也是要讲证据的。您说你杀了宋晓雅，她余下的尸体呢，你杀人的动机呢？”

“我可以给你证据，要什么证据都可以给你。”

“先说说，你能给我什么证据？”

“西京大学失踪的男孩就在我家楼下，是我绑架的他，目的也是一样，他知道了我杀人的事情，所以我要杀了他，可是还没来得及。”

“不够。”

看着李亦萧，陈明诚笑了起来，他道：“真没办法，李队长，我还想被少判几年。”

“陈律师，杀人分尸，绑架他人，对你来说，最好也是个无期了，所以你不用顾虑这么多。”

“李警官，你怎么才能确定我就是12·3案的犯人？”

将手里的笔放在桌上，李亦萧道：“我说了，凡事讲证据。”

“那12·3案分尸工具，算不算证据？那个大型的分割机，就在我家楼后的仓库里。”

听到陈明诚交代分尸的工具，和孟局站在一起的刘卓眯起眼睛，他像是在琢磨什么，而站在刘卓身边的孟副局联系已经赶往陈明诚家调查的警员，去查看陈明诚证词中的仓库。

挂断电话的孟副局指挥李亦萧：“李亦萧，你稳住他，我已经派人去解救被绑架人员和找寻犯案工具。务必要他交代出一切，问出……”

孟局长没说完，屋子里的李亦萧就摘下了耳机，他并没遵从上级吩咐，而是看着眼前的陈明诚道：“陈律师，逗我们有意思吗？”

“李警官，你这是哪里话。”

“你一个肺癌晚期病人，别说在大冬天杀人分尸了，你连行凶的能力都没有。”

“我有。”

“陈明诚，真正的犯人是谁？”

灯光下，陈明诚双眼平静且坚毅，他道：“是我。”

“陈明诚，我再说一遍，包庇真正的犯人，对你没有好处。”

“没有好处？但是起码也没坏处，杀人的就是我，李队长，按照法律程序，你可以对我进行扣押调查了。如果之前的两个证据还不够，那个护士拿到的尸块也是我遗弃的，这还不够吗？”

如果是以前遇到这种事儿，李亦萧早就火了，但是今天，似乎知道刘卓就站在一旁的玻璃后面，他沉了沉气道：“不够。”

不再理会陈明诚，李亦萧吩咐站在一边的陈然：“陈然，既然陈律师这么想留在这儿，就给他办手续吧。你留下专门陪着他，他什么时候交代清楚，我们什么时候申请逮捕。”

李亦萧起身离开，走到门口的时候，他回头看着陈明诚道：“陈律师，我虽然不是学法律出身，但是我也知道，代表法律的忒密斯虽然被蒙住双眼，却仍旧手持利刃与天平，这就代表法律无论在什么情况下都是不容亵渎且公平正义的。没人能够伪造真相，同时，也没人能够隐瞒真相。”

话说完，李亦萧离开审讯室，刚出门，他就被孟局劈头盖脸骂了一通，根本不在乎被骂的李亦萧反问：“刘卓呢？”

孟副局见他如此大喝：“刘卓，刘卓，这案子今天要是还没结果，你们俩都给我滚蛋。”

“局长，到时候不用您说，我也滚蛋，行吗？”

李亦萧死猪不怕开水烫的样子，气得孟副局一句话都说不出，他转身离开，李亦萧又问站在审讯室外面的冯思南：“刘卓呢？”

来给李亦萧送林雅美伤情报告，就看见他被上级痛骂的冯思南道：“我来的时候，他刚走，说是去个地方。”

“去哪儿？”

耸了耸肩，冯思南道：“不知道，不过你现在也是豁出去了。”

知道冯思南是什么意思，李亦萧道：“都走到这步了，不豁出去怎么办。你这时候来干吗？”

将伤情报告递给李亦萧，冯思南道：“林雅美的伤情报告。”

接过资料翻看之后，李亦萧道：“刘卓看过了？”

“嗯，证物都直接带走了。我在门口遇见他的时候是问了他一句去哪儿，他说你知道。现在嫌疑人来自首，这么关键的时候，他去哪儿了？”

看着报告，李亦萧道：“他应该是去找边潇潇了。”

4

西京小学，刘卓再见边潇潇，依旧是她值班的早上，犹如一个月前的初次见面一样。刘卓早早来到小学，看门的大爷还是一个月前的那位，见到他来，大爷道：“又来查宋老师的案子？”

“是。”

“案子什么时候结？”

“快了。”

从传达室伸脖子看着外面，大爷道：“还要去看看办公室吗？”

“需要。”

“那你还得等着值班的老师来。”

那天，边潇潇和往常一样出门上班，可是她这一路都是不安的，她接连打出去的几个电话都没人接，因为离开西京的事情，边潇潇和王攀吵了一架，王攀担心自己被抓，执意要离开，而边潇潇因为父母都在西京，她放不下。

从前天吵架之后，边潇潇就再没联系上王攀，她内心隐隐有些不安。不得已，她把电话打到王攀家里。

接电话的是王母，边潇潇小心翼翼向王母表示找王攀。

电话那边的王母道：“攀攀出事儿了。”

听到王母说王攀出事儿了，边潇潇整个人都惊呆了，她下意识攥住车厢的把手道：“出事儿了？可是他前天还联系我。”

“是昨天夜里的事情，警察说他喝多了掉进了浑河的冰窟窿里面。”

电话那边的王母声音很淡，不像是在说自己儿子的事情，而是在说别人的事情。

车厢内，边潇潇望着车窗外，窗外车行驶过的就是浑河大桥，而远处的冰面上似乎有许多人围着什么，边潇潇下意识觉得那就是王攀死的地方，可是他怎么会死？他不是说要永远和她在一起吗？她为他做了那么多，到头来，他却死了。

电话那边的王母听不到声音，问道："你是谁？"

王攀的死讯打破了边潇潇的节奏，根本不知道说什么的她要挂掉电话，突然就听电话那边的王攀妈妈道："你是潇潇吧。"

没想到王攀妈妈还能听出自己的声音，拥挤的公交内，抓着栏杆的边潇潇没说话，还是王母道："潇潇，阿姨知道你和王攀又在一起了，你是个好女孩，是攀攀对不起你……"

即便已经被对方认出，依然无法面对，最终边潇潇还是挂掉了电话。那天车到达西京小学的时候，边潇潇的心仍旧久久无法平静，她甚至忘了下车，还是相识的老师叫她："边老师，下车了。"边潇潇才反应过来。

那一天，西京的雪下得特别大，去学校值班的路上，边潇潇耳边始终都是王母的话："王攀死了……"

那天，因为王攀的死讯，边潇潇已经不打算值班，她只想去学校签个到就离开，可是刚走进学校，门卫再度叫住她。一个月后，犹如轮回一般，边潇潇回过头，刘卓像一个月前一样，向她走来。

"边老师……"

不同于一个月前的释然，在得知王攀意外身亡的这个早上，边潇潇错愕地看着刘卓道："嗯？"

"我们聊聊。"

一起往教学楼去的路上，跟在边潇潇身后的刘卓看着漫天大雪道："时间过的真快，我上次见你还是一个月前。"

"嗯。"

“王攀的事情知道了吗？”

听到王攀两个字，上楼的边潇潇脚步明显一顿，但是她还是极好地掩饰住了自己，背对刘卓的她道：“我早和王攀分手了，他的事儿与我无关。你今天要是为他的事情来找我，我无话可说。”

依旧是阴风阵阵的楼道，两人沿着楼梯往上走。不等边潇潇说完，刘卓就道：“你们是什么时候复合的？”

“我不知道你在说什么。”

“边潇潇，虽然在这一个月里，你和王攀所呈现在人前的状态还是前男女朋友的状态，其实你们早已复合了，不是吗？因为重新复合，所以王攀家没了一点宋晓雅的影子；因为复合，你不遗余力地帮王攀解决宋晓雅，最终杀了她。”

刘卓说完那句话的时候，两人正上到三楼，他们没有继续前行，开阔的楼道里，刘卓用双手支着窗台，望着外面落着的大雪和学校花园中那棵渐渐被雪覆盖的松树。

等不到边潇潇辩解的刘卓，回过头，看着她道：“边潇潇，其实我第一次在这里见你的时候，就知道你和这件事儿有关，但是你表现得太淡定，让我觉得是我自己多心，而不是你的问题。后来经过了这么多事情之后，我才明白，是我把你想得太简单，我没有想过，或许我来找你，我问你的话，在我之前就有人跟你预演过。”

回头看向边潇潇，刘卓道：“是他帮的你吗？”

那一刻，一股穿堂风随着刘卓的声音从走廊吹过，穿着羽绒服的边潇潇只感觉到一阵刺骨的冷意，她强忍着内心极度的不安，像是那天边晟教她说的一样，不断重复着：“我不知道你在说什么。”

回头看着边潇潇，刘卓问她：“12 月 3 号当天发生了什么？”

他没有问 12 月 1 号宋晓雅死的那天，发生了什么，而是问了 12 月 3 号。

“我不知道。”

“那我来帮你回忆一下，12 月 3 号案发当天的早上，你去教育局参加去山区老师的人员分配，你离开教育局的时候是中午。我找过你父亲，虽然他一直强调12月1号晚上，你一直在家，但当我问他你3号去了哪里，是什么时候回的家，他却说忘记了，只记得很晚。那个下午，你去了哪里？”

“我去了舞蹈中心，因为调班，我临时去了剧院。”

“是去看话剧吗，西京大剧院12月3号下午上演的京剧《乌盆记》，对吗？”

抬起头瞪大眼睛看着刘卓，边潇潇想说什么，但是所有的辩解像是卡在嗓子眼里，她什么都说不出。

边潇潇不说话，刘卓又道：“我根据你回家的时间，推测你当天下午去了哪里，而在那个时间段，是你们最有可能见面，并且由他帮你演练，如果案发之后警方调查，如何应对询问。我本以为你们会在电影院里面见面，但是我去了最近一家电影院，发现电影院四处都是监控摄像头。摄像头是商场统一管理的，如果我是他，我也不会选择这样一个地方。所以我把电影院排除掉，沿着你回家的路，找到了西京大剧院。西京大剧院建造多年，已经十分老旧，配套设施极其不全，而且前后两个门都可以离开。我查了12月3号上演的节目，下午一点半有一场《乌盆记》。而当天下午售出的票只有七张，售票处的人还记得。这七张之中除了五位老人，另外两张票分别被一个中年女人和一个青年女孩买走，而那个青年女孩就是你。”

想到当时边晟约她去西京大剧院的时候，边潇潇还问他为什么要去那里，那时候的边晟什么都没说，只道：“你只要过去就好。”她从没想过这件事儿的背后，他做了如此细致的安排。

边潇潇不说话，刘卓又问了一遍：“是你吗？”

“我就不能去看戏吗？”

“你可以去看戏呀，边潇潇，也许你觉得案发后的12月3号，剧院的售票员只记住你，我并不知道与你见面的人是谁，也无法推测出那天你到底干了什么，所以你能躲开这一切，那你就错了。一件事儿的发生有太多不确定的因素，这也是一种变量，即便计算机那么强大也无法计算出所有变量，人脑更是不能靠逻辑分析，将所有的可能性都排列出来。就像宋晓雅案牵扯出的那些有问题的涉案人，他们虽然卷进了一件案子，但是处理的手段各不相同。就像，虽然那天售票员记得买票的另一个人是一个中年妇女，但是剧院的清洁工清楚记得，和那个年轻的女观众坐在一起的是个男孩。大概十几岁的样子，很安静，很乖巧，走的时候，一并将垃圾带走，而那个慌乱的女孩则一直追问男孩：可以吗？我如果应对不好怎么办？

随着刘卓的话，边潇潇仿佛回到了那个下午，昏暗的剧院演出厅里面，戏台上提着乌盆的主角张别古感觉到身后有人跟随，回头看却不见人影的时候，她似乎也感觉到身边的阴冷，她想回头看，可是坐在她身旁的边晟一把抓住她的手道：“别回头。”

“边晟，怎么办，你不是说你来解决，你到底打算怎么解决她的尸体呢，已经烧掉了吗？还是埋掉了？你赶快处理掉，我真的好害怕。”

并没看她，边晟的视线一直在戏台上，张别古听到刘世昌的魂魄在乌盆里说话被吓得晕倒在地上，据说这出戏民国期间在北京城上演的时候，曾经不止一次吓死过人。后来因为太过恐怖曾被禁演，直至八十年代初才被解禁。那是边晟第一次看那出戏，让他感兴趣的并非鬼神，而是夜审阴阳的包拯。刘世昌蒙冤受死之后，托张别古找到包拯，让冤情大白于天下。而他所做的事情，是否也会有一天，会遇见一个与他旗鼓相当的对手，到时候又会是谁输谁赢呢？

故事里包拯拍下惊堂木，故事外，边晟道：“你相信我。”

“现在的事情已经变成这样，一大早新闻和报纸都在报道，你要我怎么相信你。”

“他们查不到你。”

“如果他们能查到呢？”

剧院的灯光下，少年的表情十分平静，他双眼被灯光晃得亮起光芒，像是有星星一样。边潇潇恍然想起小时候，那双眼睛透过铁栅栏看她的场景，那时候的他也是纯净善良的，他伸出手，小心翼翼地叫她姐姐。而那时候的她也没想过，他们努力活着，费尽心思走到现在，却是这么个下场。

剧场拉上黑幕，碎锣鼓声像是雨声，预示着下一场高潮戏的到来。边晟在这个间隙从戏台上收回视线看向边潇潇道："你放心，没有这样的如果。"

想到那时候边晟的表情，再看眼前的刘卓，刹那间，边潇潇突然有种感觉，他们很像，看似很平静，但是他们眼中的光像是洞悉了一切一样。

沉了沉气，边潇潇道："我不知道你在说什么。"

"边潇潇，王攀已经死了，你何必再牺牲他？你不能再错下去了。"

"我没有。"

"你有，你回到西京之后和王攀复合，但是当时王攀并没和宋晓雅分手，所以你们只能秘密交往。因为某些原因，宋晓雅知道了你们的地下情，为了留住王攀，她不惜威胁王攀。我让人调查了王攀的账户，从两年前，也就是你们分手后开始，他的账户就开始有大笔现金的交易，其中有从建材市场挪用的公款，也有他的积蓄，还有他父亲所在钢厂的钱，这些钱无一例外都流向了赌场，而这也成了王攀被宋晓雅抓住的软肋。宋晓雅应该扬言过，如果王攀和她分手，她就将一切举报出去。正因为如此，想要重新在一起的你和王攀决定杀了她。因为你觉得王攀赌博，走到这一步，全是因为你。"

边潇潇并没反驳，她静静听着，仿佛往昔的一切都浮现在了她眼前一样。

"但是王攀胆小，他不敢下手，所以下手的一直都是你。从电热毯，到杀人，到林雅美，王攀和你的路走得越来越畸形。"

随着刘卓的话，边潇潇觉得自己眼前的一切都变得模糊了，整个世界开始扭曲，而刘卓的脸赫然变成了一张血盆大口，她勉强抓住窗台才没让自己倒下去。

“我不知道你在说什么。”

“边潇潇，其实我来见你，也没想从你口中知道这件事儿的全部真相。因为我来见你之前，这件事儿的来龙去脉，我已经明白得差不多了，我只想知道，从边晟知道这件事儿，到他帮你解决这件事儿，用了多长时间。”

天空中，轻盈的雪片落下，渐渐在树梢堆成厚厚的雪堆，厚雪将松树的树梢压得弯到极限，随着剧烈的抖动，大片的雪从树梢跌落，砸在地上。那是一种无声的力量，那力量像是刘卓的，也像是站在边潇潇身后为她博弈的边晟的。想到边晟，已经快被刘卓击溃的边潇潇不断在心里和自己说：“不能乱，不能乱，无论发生什么，还有边晟在，还有他在。”

边潇潇深呼一口气，冷气顺着鼻腔钻入她的肺里，她被刺激得双眼通红，可是她回答刘卓的还是那句话：“我不知道你在说什么。”

似乎早已想到这个结局，刘卓自嘲一笑，他转头看向边潇潇道：“你比我想的坚强，既然你不想说，那就算了。”

那天，并没有继续逼问边潇潇，刘卓离开，就在他从边潇潇身边过去，边潇潇松了一口气的时候，刘卓突然停住脚步道：“对了。”

“嗯？”

“我们在林雅美的头发里面，发现了一块甲片，应该是她和凶手争扯时留下的。”

刘卓如此说，边潇潇整个人都僵住了。她下意识地想将自己的手往后缩一缩，可是她就在刘卓跟前，无处可藏。

“说真的，边潇潇，我很好奇，你们当初为什么没杀掉林雅美，而是留下了她？是尚存人性，还是有别的可能？”

刘卓并没等边潇潇回答就转身离开了，看着他的背影消失在楼道里的边潇潇，像是没了一点力气，她滑坐在地上，耳边始终回想着刘卓刚刚的话，为什么留下林雅美？他们不是尚存人性，而是要杀死林雅美的时候，从来不出现人的小路上出现了一个人，他们不敢再下手，才让那女孩活了下来。而重新和王攀见面，重燃七年的感情，为了杀了宋晓雅，重新在一起，他们早就没了人性。他们不断牺牲别人，以为这么无所顾忌下去，最终的结局会是好的。可是谁都没想到，最终的结果却是王攀的死。回头再看发生的一切，如果她不和王攀分手，王攀不会染上赌瘾，宋晓雅也就不会威胁王攀。所以究其源头，她怪不了别人，都是她，都是因为她。可是到头来，她走到这一步，牺牲边晟，牺牲一切又得到了什么。

“一场空，哈哈哈，一场空，哈哈哈哈……”

走到楼下的刘卓听到楼上边潇潇凄惨的笑声，他一边离开学校去赴那个最终约定的同时，一边联系李亦萧派人来学校带走边潇潇。

癫狂过后，边潇潇突然怕了，在这个明天就是新一年的清晨，再一次与刘卓相见之后，她觉得她完了。她平静许久，才像是想起什么，她翻出包里的手机，为那个熟记于心却没有署名的号码发去一句话。按下发送键的瞬间，边潇潇无力地瘫坐在地上，那一刻，她知道，最终能救她的只剩他了。

第十一章 始终会远行

1

这个清晨仍旧没有阳光，没有光就没有希望，从床上爬起来的边晟望着窗外，大片的雪打在窗户上，这是这一年的最后一天，而这一天既是这一年的结束，也是这一切的结束。早上八点，边晟走出卧室，而卧室外的客厅里，一直在等他的边母睁开眼睛，从昨晚边晟回来，就一直守在客厅彻夜未眠的边母迎上来道：“晟晟，你起来了？快来吃点东西，我给你做了面。”

从走廊到餐厅，餐桌上摆了几碟小菜和一大碗面。仍旧在忙的边母见他不动，拉着他坐下道：“坐啊，妈做的都是你爱吃的。”

边晟不知道这顿饭他妈妈做了多久，但是她的手很冷，像是冰一样凉，可是他没有一点感动。迟疑之间，她给他夹了一大碗面，推到他跟前道：“吃呀，晟晟，吃啊。”

看着眼前被拌好的面条，边晟仍旧一动不动，有些着急的边母抓起他的手，恨不得喂给他。

“晟晟，你别让妈妈担心好不好，妈妈求你，就吃一口，就一口。今天是……”

不等母亲说完。边晟顺从地拿起筷子，他攥着筷子的手很瘦，指节分明，手背还带着满城寻找林雅美时候受的伤。他始终没说一句话，也没有只吃一口就放下，他大口地吃起那碗面，他吃得很急很快，最终整个人因为吞咽不了那么多面，剧烈地咳了起来。

即便是咳，边晟也没停，他强忍着眼睛里的泪水，继续痛苦地吃着。见他如此，边母突然道：“别吃了。”

可是边晟并没停，边母将面碗夺过来，狠狠摔在地上。面将羊毛地毯弄脏，那场景犹如这对母子这十二年的生活，看似光鲜，实则狼狈不堪。

黑色的面碗被摔碎的那一刻，边晟仿佛回到了十多年前，那个大雪纷飞的冬天，他披着麻，戴着孝，被众人推到灵车队前面。有人给他一个盆子跟他说，等有人叫了起灵，就把盆摔了，摔得声音越大，盆子裂得多，你爸爸就能去个好地方。

看着手里乌黑的瓦盆，不过五六岁的边晟问一旁哭得已经没眼泪的母亲：“妈，爸不回来了吗。”

彼时还是个年轻女人的边母低头看着儿子，那时候的她眼睛也和现在一样红，她蹲下来，用手擦净边晟眉眼上的霜雪道：“你记住，你爸永远不会回来了？”

永远。小时候，边晟不懂什么是永远，等他真正懂得的时候才明白，永远既是无尽的延续，也是永久的终结。

一样是哭，可是十二年前母亲的眼泪和现在远远不同，那时候她不知未来如何，所以哭得彷徨无措，而现在她更害怕的是失去，所以她要守住边晟，因为现在的一切正是牺牲了边晟才换来的。

面对哭泣的母亲，边晟并没拉起她的手，说些安慰人的话，因为已经十七岁马上就要十八岁的年纪，他早已明白，谎话说出来，都是骗人的。

他什么都没说，自己又盛了一碗面，然后慢慢吃完才道：“我吃完了。”

边晟说完起身离开椅子往门厅走，看他要离开家，边母道：“你去哪儿？”

“我也不知道。”

那一刻，崩溃的边母看着儿子的背影道：“晟晟，我是你妈妈啊，你怎么能这么对我？你怎么能？当年我没有选择，如果有选择，我也希望你比任何人都好，没有一个妈妈愿意看着自己的孩子过得痛苦。我想让你快乐的。”

开门的手僵在门把手上，边晟的唇角微微上翘，那是一抹苦涩的笑容。他静了一会儿才道：“可是，你知道吗，这十几年对我来说，从来没有过快乐。”

“可是我生下了你啊，十八年前的今天，下着大雪的冬天，是我生下了你。我养了你十八年。”

始终没有回头，背对母亲的边晟，看着自己的手脚道：“妈，如果可以，真的可以，我宁愿，从没来过这世上。”

留下那句话，边晟开门离开家，他关上门的瞬间，屋子里传来边母崩溃的哭声。那是这三年来边晟第一次叫她妈妈，可是不知道为什么边母没有一点激动，她突然很害怕，她怕这是边晟最后一次叫她。

边母不知道，离开家的边晟并没走远，他靠在门上静静听着门里的哭声。就连他自己都没察觉的时候，一滴眼泪顺着他的眼角流了下来。泪水滑过他的脸颊落在地上，那一刻，边晟笑了，原来他以为他和他妈妈之间早已没了感情，原来所谓的心如止水，心如死灰，都是骗人的。他们血脉相连，他有多恨他妈妈，其实就有多爱她。

那天，离开家的边晟走进电梯，就在他已经选择去接受命运安排的时候，那个陌生的号码给这部新手机，发来第一条短信，只有四个字。不是久违的生日快乐，也不是你还好吗？而是：我不想死。

这世上每个人活着都是为了自己活着，十年前的他母亲是这样，十年后的边潇潇也是这样，而他呢，终结一切之后，能否为他自己活一次？

2

从西京小学回来，刘卓没有直接回警局，他打车去了小天鹅舞蹈中心，才来西京没多久的他对这个城市的印象还不是很深，但是他记得那里应该有一家西点店。

等着店主准备蛋糕的时候，刘卓打电话给李亦萧，彼时还在局里的李亦萧看着陈明诚的审讯记录思量着。就在刘卓去找边潇潇的时候，李亦萧根据陈明诚的话，找到了被绑架的小舒和切割机。联系之前的笔迹，一切证据都证明，陈明诚就是12·3案的真凶。

电话里，刘卓和李亦萧说了彼此的情况之后，得知刘卓要去见边晟的李亦萧道："一起开始？"

"一起。"

那一天，西京的降雪量再度达到当年的顶峰，刘卓询问了西京的许多老人，才找到有着面朝东的狮子像的桥，那桥在西京一条已经被废弃的长晏河上。刘卓打车过去的路上，出租司机看着窗外的大雪感慨，这场大雪过去，西京应该不会有更大的雪了，可是漫长的冬天要到四月才能结束。

抱着手里的小盒子，刘卓什么都没说，他静静地望着窗外。不知道为什么，在这个马上就要真相大白的日子里，他的心并不轻松。

西京的长晏河原本是一条主河道，随着钢厂没落，河水改道，整条河堤都荒废了。刘卓顺着长路找到面冲东的小狮子时，狮子的头已经被砸烂，可是它的头始终凝望着东方。

将盒子打开，刘卓点了一支蜡烛就开始静静等待，不知过了多久，他身后才传来脚步声。

刘卓回过头的时候，荒野之中，野河边上，穿着黑色羽绒服，戴着红色围巾的男孩子从白雪中走了过来。病了这么多天，边晟看上去越来越瘦，但是他整个人给人的感觉还是十分干净，和刘卓对视的瞬间也没慌乱，眼神始终平静得仿佛一汪水一样。

而再次见到刘卓的这个上午，边晟的目光不是落在刘卓身上，他第一眼看到的是刘卓身后的小蛋糕。不知道已经等了多久，蛋糕上的蜡烛已经灭了，刘卓换了一支又一支，已经有大片融化的蜡将上面祝福的字迹盖住，蛋糕上面只剩下快乐两个字。

没说话，边晟走到刘卓身边，与他一起站在白玉栏杆前。两人望着破旧河道的对岸，岸的尽头是被城市淘汰的炼钢厂的巨大烟筒，刘卓不懂这些烟筒对于西京人的意义，但是对边晟和他上一辈的人来说，那是这个城市曾经辉煌的见证。

并没有以“你为什么这么做”“这么做有什么意义”为开场，刘卓问边晟：“累吗？”

搓着被冻红的手，边晟道：“原本我以为自己能坚持下去的，可是我高估了自己。”

“毕竟，你只有十七岁。”

“你是怎么发现我的？”

“说实话吗？”

“嗯。”

“我从你最初在群里试探地问大家找凶手的事情，就觉得你或许知道什么，但是那时候我觉得你充其量只是个好奇心重的家伙。之后你一直在似有似无地与我聊天，还向群主打听我的消息。我不知道你的身份，但是你一定知道我的身份，我是个警察，如果在案发之后，你要找证据证明你是无辜的，我作为一个警察，是你人证的最好人选。可是这世上变数太多，你想到我是警察，却没想到，我是12·3案的警察，原本在你已经设计好洗脱罪名的这一环中，由于身份的转变，我不再作为你的证人，而是变成了你需要面对的对手。这时候，你有些不知如何是好了，原本你还想要与我进行拉锯战，可是你没想到我会再去找边潇潇，为了保护她，你决定放弃更为保险的让两个人都活下来的计划，而是将你自己送到我跟前。你主动约我见面，将你知道的事情透露给我。边晟，如果你面对的是别的警察，你或许不会这么做，可是你面对的是我，你了解我不会让一个案子不明不白地过去，所以你暴露了你最不该暴露的缺点，自己拿出一个只有你才能证明它是真实的证据。其实如果没有那个U

盘，我或许也不会这么早找到你。”

双臂架在白玉栏杆上，望着远处的边晟显得十分轻松，他道：“原来是这样。”

天气太冷，刘卓拿出那天在火车上瘸子给他的酒，他喝了一口，然后将酒递给边晟。

“我记得很久之前，我们在群里聊过卡夫卡，你说过你很喜欢《变形记》，能告诉我为什么吗？”

一口饮尽瓶子里的酒，辛辣的液体穿过边晟的身体，在酒精的作用下，他将玻璃酒瓶扔到远处的冰面上，看着玻璃在冰面上碎成玻璃碴。边晟回头看着刘卓道：“你明白什么是人吗？”

“嗯？”

“人是活着就必须要活得有意义的生物，人不能轻而易举成为别人的累赘，哪怕对方是你的家人，无论你曾经为你的家庭、你所拥有的世界付出过什么，但是一旦成为废人就会受到废人的待遇。这世上没有长久的包容和无限的爱，所有的东西都是要付出代价的。而这世上最可怕的事情，也不是你需要什么却得不到的时候，而是你不被任何人需要的时候。无论是为家庭努力拼搏，最后变成甲虫后被家人遗弃的萨姆沙，还是现在的我，都是这样的。”

“边晟，你喜欢过她吗？”

“谁？”

“边潇潇。”

“不是喜欢过，是一直都很喜欢。”

“能给我讲讲你的故事吗？”

像是两个久未谋面的老朋友一样，边晟问刘卓：“你知道多少了？”

“很多。”

看着刘卓，边晟的眼神依旧很干净，他像是玩笑一般道：“那你讲给我听吧。我这一生，到底发生过什么。”

刘卓不喜欢讲故事，因为故事大多都是以悲伤结尾，而那些大团圆结尾，也是在无数坎坷波折的衬托下，才显得弥足珍贵。可是想到让边晟自己说出来那些往事，无疑像是在他久久不愈的伤口上再撒了一层盐。

“十二年前，这城市发生过一起案子，犯案的是个二十岁的年轻男人，他和刚下夜班的钢厂员工起了冲突，争执之间失手杀了对方，还在杀人之后将现场伪造成车祸。可是因为凶手的父亲是律师，当时天黑又没有监控，所以对方只承认与死者发生了口角，并没发生肢体冲突，车祸也不是由他造成的。凶手因此逃避了法律责任，死者的家属没有得到任何赔偿。而这也成了死者的儿子，一个不过六岁的小男孩不幸的开始。我说得对吗？”

用手将栏杆上的雪拢到自己跟前，边晟将雪捏成雪球道：“对了百分之八十。不过剩下的那些并不重要，之后呢？”

“之后，男孩的母亲需要打工，他们分别一年，这一年一直是个姐姐照顾他。一年后他随着母亲与他后来的继父组成新的家庭，初入那个家庭，继父对他很好，他还有一个弟弟，他以为一切的不幸将就此终结，却不知道那是他另一段噩梦的开始。”

将手里的雪球扔出去，边晟仿佛回到了他童年的时候，边家吉城的别墅里，他和一个年纪相仿的孩子在打雪仗。眼前的场景犹如倒带一般一晃而过。耳边似乎还响着那个男孩的笑声，可是边晟没让自己沉浸在其中，也并没悲伤，他像是没感情一样机械地对刘卓说：“然后呢？”

“男孩是继父的儿子，患有很严重的肾病，继父需要一个年龄相当的孩子为自己的孩子换肾，所以才有了那个临时的再婚家庭，才有了继子。可以说，就连他妈妈得到的一切，也源于他的那颗肾，他甚至不知道，为了担心之后发生不幸的事情，在来到这个家之前，他的亲生母亲已经将他的一切以死亡的名义注销。他什么都不知道，傻傻地活在那个虚假的世界里。可是冥冥中男孩已死的父亲像是在保佑他，就在两个孩子即将接受肾移植手术前，继父的孩子因为突发肾衰竭去世，那年继父的孩子七岁，那男孩也是七岁。男孩的继父在自己儿子死后，彻底暴露了本性。

他不甘心自己晚年才得到的儿子就这么死了，他看到再婚妻子的儿子十分生气，他恨他没有早早把肾脏换给自己的儿子。从此以后，那孩子像是活在了地狱里，每天承受着无尽的打骂。就这样过去几个月，在继父孩子去世的七七时，喝多的继父看着在家里出没的他，突然做了一个疯狂的决定。他要这个原本是为他儿子而活的男孩，从此以他儿子的身份活着。他妄想用这种方式延续自己儿子的生命，而男孩的妈妈因为各种各样的原因，竟然答应了这个疯狂的决定。”

说到这里，刘卓看看边晟，他面无表情，就像是在听别人的故事一样。刘卓没有问他当时的感受，继续道：“即便继父用这种方式将男孩留在了那个家里，可不是就是不是。没有血脉相连的家庭关系无比脆弱，继父对男孩的态度时好时坏。就在男孩十岁那年，一次意外，他差点被继父打死。从疼痛中苏醒过来，不过十岁的孩子，逃出了那个家。也是个冬天，逃跑的他无处可去，徘徊在街头的时候，只想回到他以前的家。他不顾风雪，一路搭车回到了他长大的地方，那时候他以为他会死在家里，他没想到，因为母亲的寻找，那个已经搬走，从小陪他长大的姐姐，会在他最绝望的时候救了他。”

刘卓的讲述，让边晟仿佛回到了他昏暗的童年，随着刘卓口中那个姐姐的出现，那个黑暗的世界里才有了那么一点点的光。

陷在回忆里的边晟什么都没说，刘卓继续道：“那姐姐照顾男孩到他痊愈，然后男孩又回到了原本的家中，可是他和女孩的关系再没断开。”

突然边晟打断刘卓的话，望着远处的他道：“不对，到这里就不对了，剩下的，我讲给你吧。男孩在姐姐的照顾下病愈，可是病好之后，他没想过回去，那个姐姐也劝他不要回去了，是他自己一定要回去拿回他爸爸的东西，才回了那个让他受尽磨难的家。他本来是偷偷回去的，他不想见那家里的任何人，包括他妈妈。可是拿着东西离开的时候，他妈妈突然回来了。那个在他父亲在的时候，总是打扮得精致漂亮的女人，浑身是伤出现在他跟前。她看着偷偷回家的儿子，她别过头，尽量不让儿子看到她满脸的伤痕。那天，面对失踪近乎一个月的儿子，妈妈没问他去了哪里，反而问他还走不走。那时候不过十岁的男孩坚定地说走。她又问他，找好住的地方没有。他说找好了。然后他妈妈从包里拿出一沓钱，一边往他身后的书包里塞，一边说，走吧，别再回来了。

那天，站在玄关，他和母亲争执，他不肯要那些钱。以为已经对这个家死心的他，反而问母亲：我走了你怎么办？他妈妈说，她有她的办法，那个男人也只是喝多才会打她而已。她一边说一边用力将他往门外推。明明一步之外就是门口，明明迈出那一步他整个人生都会不同，可是他的心底似乎总有一个声音在说，你不能走。所以……"

说到这里，边晟回头看着刘卓笑了起来，十七岁的少年，在大雪之中笑得特别阳光，刘卓在他的脸上仿佛看到了自己十七岁时的样子。可明明是最美好的年华，他却要经历这么多的坎坷。

"所以呢？"

"所以他留下了。其实想想，他现在所经历的一切苦难都是活该，因为这是他自己选的路，他谁都不怨。"

"我并不觉得这是一条错的路，或许他走了，这一生都会是不安的。"

把手里新捏的雪球丢了出去，雪球像刚刚的玻璃瓶一样在冰面碎裂，一如他之前支离破碎的人生一样。

边晟跳到白玉栏杆上坐着，他背靠着这条小时候他亲生父亲总带他来的河对刘卓说："其实那时候我也是这么想的，可是谁知道我妈妈那时候是不是也是这么想的呢？她一直说不想我遭受苦难，可是每一次我被打被侵犯的时候，她都会默默地离开家。为了保住她现有的一切，她把没有看到的事情，当作没发生的事情。其实这些年，我一直抱着希望，一直在等，她放弃一切带我离开，哪怕是过最普通的日子，可是她没有。在为了她真正牺牲一切之后，她还只是口口声声说是为了我。刘卓，你说，她真的是为了我吗？"

看着笑着的边晟，刘卓不知道这些年，他要多绝望才会说出这样的话，但是他所能回答边晟的只有一句：“我不知道。”

“剩下的，你继续吧，我还是喜欢听别人讲故事。”

雪依旧下着，就连远方仿佛山峦一样耸立入云的烟筒都渐渐变得模糊起来，刘卓再度开口：“男孩十四岁那年举家搬回这个城市，这个家庭看似很正常，家境优渥，可是男孩子还是时不时会被虐打，甚至侵犯，但是已经过了六年这样的日子，他已经习惯了，就这么默默地活着，他想着有一天离开这里就好了。可就在回到西京不久之后，他和女孩再见了，彼时长她八岁的女孩已经有了交往的男朋友。他们互相留了电话，从此以后他们有了联系。”

摇了摇头，边晟再度打断刘卓道：“他们没联系，他们的确是互相留了电话，但都是骄傲的人，他们谁都没联系对方，他们的联系始终都是断的。他们再联系上已经是两年后了。那年，男孩十六岁，而女孩从北京回到西京老家，因为被前男友抛弃，她过得十分颓废。那是一个她喝醉的晚上，酒保见她不省人事，联系她家人，酒保先联系了她父母，电话没人接，酒保看到了弟弟两个字，就打给了他。其实少年时的那次拯救，他就对她产生了懵懂的爱意，所以两年前再见，有了她的电话，他再没换过号码，他二十四小时开机，只想有一天，她或许会打来。哪怕是一不小心的拨错也好。他时刻等待着那一天，而那一天，就这么到来了，接了电话的他赶去酒吧，她已经喝醉。他像六年前她从地窖将他背到卫生所一样，将她背去酒店，他一夜未眠，静静地守在她的床边。看着她沉睡的样子，他曾伸出自己的手想要摸摸她的脸，却在触碰的瞬间又将手收了回来。他连碰都不敢碰她，就好像那时候他所经历所面对的是一场昙花一现的梦一样。那天，他守了她一整夜，清早她睁开眼睛的时候，他就躺在她身边，四目对视，朦胧的阳光下，她的脸纯净漂亮。那一刻，他知道，她终究只能是他心头要他追寻一生的白月光。”

“从此，他和她之间，再也没断了联系，对吗？”

“对，可是再见之后，她始终当他是个小孩子，可是他不是小孩子，这些年经历的一切，承受的苦难，让他比她对这个世界还失望，而他看到的远比她所能想象的更肮脏。他看似温柔内向，却有着自己的心思，他从不在学校里出风头，但是没人敢动他一下。他就像一只冰冷的蝎子那样，安安静静，却带着毒刺活着。而她的出现和到来，成了他唯一的软肋。”

“那之后呢？”

“那之后，他一直跟着她，在她失恋的时候陪她看电影，去很远的地方给她买她爱吃的送到她楼下，他小心翼翼地对她好，但她对他始终像是对弟弟一样。即便如此，他也从无怨言，这一切直至她和她男友复合。那时候他也没有任何不甘，他只想她过得好，只是突然有一天，他发现，那个男人并没有和他现在的女朋友分手。他第一时间找到她告诉她这个真相，她却跟他说，她知道，从始至终都知道。她说她理解他，说他很为难，她不怪他。一个男人不和现任分手，就和她在一起，她还谅解他，所以那个女人真的太蠢了。那段时间，不想她被骗，他一直想让他们分手，彻底地分开，为此他不惜袭击那个男人，不惜将他和现在女友的照片发给她看。他没有任何非分之想，他只想他们分手。最终他所做的一切都被她知道了。可她并无感激，她狠狠地骂了他，要他滚，这辈子都不想见他。他是一个敏感的人，他很怕被人嫌弃，对他来说，存在感就是他活着的意义。他很久没再出现在她面前，他回到了他原本的生活中，可是这个城市太小了，他们还是遇见了。这一年的初冬，这个城市落下第一场雪的时候，他们在街头重逢了。尽管那之前，他总去她教舞蹈的中心偷偷看她跳舞，总是在深夜她下班的时候，跟在她身后送她回家，可是他再没打扰过她。而再见那天来得猝不及防，就连他自己都没准备。”

边晟的话停在这里，他回想着再见边潇潇时的场景。寒风中，穿着黑大衣的她匆匆从街头走过，她神色慌张，他叫住她的时候，她才回过神。那天街边小咖啡店，他把慌乱的边潇潇拉进店里，他将自己的羽绒服脱给她穿。抱着热咖啡的她终于缓过神来，她哭着跟他说，她犯了错。

“什么错？”

“我杀人了。”

虽然经常看悬疑小说，但是边晟听到那个消息还是震惊的，他叫她冷静下来，问她到底发生了什么。她才结结巴巴说出，王攀的前女友不肯跟王攀分手，还托关系陷害她，她知道王攀要给那女孩送电热毯，她想到新闻里说电热毯如果漏电人会被电死，她不想情敌再活在这世上，所以她冲动之下在电热毯上做了手脚。可是真正做了之后，她却慌了。她从王攀办公室跑了出来，不敢告诉王攀真相，也不敢再回去。那个下午，她一直问他：“边晟，怎么办，怎么办？

小时候，都是她救他，十年之后，他成了她的依靠。

看着她慌乱无措的双眼，他说：“交给我。”

“所以，那天你假装偷东西，进了财务室？你找到边潇潇说的毛毯，然后将插头毁掉，你让原本该死于两个月之前的宋晓雅，躲过一劫，可你自己呢？”

边晟的档案中虽然没有就诊记录，也没有对他盗窃的记载，但是那一天的隔天，边晟的学校记录里面多了一张病假条。边晟几乎每个月都会请假，而两个月前的病假正是最长的那次。

“我已经不在乎了，我的人生早就毁掉了，我只希望她好好的。所以我一直守着她，可是结局这东西，真的不到最后一刻，你永远不知道是怎样的。”

随着两人的谈话，郊外的雪已经越来越大，刘卓道：“边晟，真正杀死宋晓雅的是边潇潇，对不对？”

刘卓做警察这么多年，参与过许多案子，有很多案子走到最后结局是猜不透的，这之中有离奇诡谲的案子，也有惨到让你反思值不值得。每一宗案子，刘卓都能在过程中洞悉真相，他以为这次面对边晟也是一样，他查清了他所有的隐衷，揭开了他所有的秘密，他是带着答案来的。

可是再度面对边晟的这一刻，听他讲到现在，他才发现，他错了，边晟不是走投无路，也并非因为发生了太多的他始料未及的事情才慌乱地想要和他见面。而是这个十七岁的男孩早已算到了今天的局面，在所有事情还未发生，在一个月前刘卓还在前往西京的路上，他就已经做了最坏的打算。

“刘卓，你知道我为什么来见你吗？”

刘卓没说话，边晟自己从白玉栏杆上跳下来，轻描淡写地道：“因为，杀人的根本不是边潇潇，而是我。”

3

静，远处是山野的风，风将雪卷四下乱舞，这个仿佛只剩下他们两个人的世界里，已经没了所谓的真相和救赎，两个人更像是惺惺相惜，却在陌路才相识的老友一样，字里行间都透着对彼此的惋惜。

已经不在乎自己所推测的是否正确的刘卓道：“所以，陈明诚的事情，你也是早就知道的？”

“我爸死的那年，我什么都没记住，唯一记住了一个在他出殡前一天赶来我家里的人，他头发花白，背着一个电脑包。他在门口徘徊了很久，然后从包里掏出一把玩具枪递给我。那把枪是我和我爸去西京玩的时候看中的，他说发了工资就给我买，可是就在他发工资的当天，他从百货大楼回来的路上，发生了那件事儿。那时候不过六岁的我似乎知道那就是我爸要给我买的手枪，我抓住那个要走的人，问他我爸呢。他努力挣脱我的手，告诉我，我爸爸一会儿就回来。那时候看着那个人的眼睛，我厉声骂：你骗我，你这个骗子，他们都说我爸爸不会回来了。那天我哭了，抱着枪蹲在他脚边哭得泣不成声。然后那个明明急于离开的男人突然停下，他看了看我，然后蹲在我跟前，把我抱在怀里说：孩子，你记住这世界是灰色的，所以他们才是骗你的，你爸爸会回来的。因为家里有人出来，他匆匆离开。

他走之后，我在他刚刚站过的地方捡起了一张名片，名片上清楚地写着他的名字：陈明诚。我十四岁搬回西京之后，跟着我妈回家卖老宅的时候，知道了撞死我父亲的就是陈明诚的儿子。刘卓，我发誓我从没想过报复谁？所以我从没去找他，可是他却在半年前找到了我。”

刑警队，原本审讯陈明诚的李亦萧安排陈然去陈明诚家解救出舒艺之后，对陈明诚进行二次审讯。但是就在这个过程中，陈明诚因为癌症突然复发陷入昏迷。李亦萧等人将他送到医院，抢救之后，医生表示陈明诚的身体不适合审讯，但是陈明诚坚持接受完审讯之后再做治疗。

飘着消毒水味道的医院里，李亦萧也问出了曾经那段往事。他继续上午审讯时没有结束的话题，问陈明诚："你为什么要去找边晟？"

"因为那句谎话吧，我儿子杀了辛建国之后，处理事故的交警在事故完结之后，给了我一把玩具枪，说是我儿子的遗物。可是我知道那不是我儿子的，但是这东西在现场，不是我儿子的，就只能是死者的。我也是个爸爸，我知道那样的玩具枪一定是买给孩子的，所以拿到枪的下午，本来发誓除了财务赔偿永远不接触死者一家的我，开车去了辛建国的家。那天，我在那座土房门口看到一个等爸爸回家的小男孩。我把枪给他之后就要走，他却突然拉住我问他爸爸的事情。我担心小孩子伤心，所以告诉他，所有人说的话都是假的，只有我说的是真的。后来，虽然处理完了那起交通事故，但是这件事儿成了我的一个心结。我儿子因为吸毒，刺激之下杀了辛建国，我作为父亲为了他的前程帮他隐瞒了真相，可是我的溺爱并没带来我儿子的觉醒，他一直没有戒掉毒瘾。为了帮我儿子戒毒，我妻子绝望之下把他绑在家里，最后导致我儿子因为毒瘾发作暴毙。我儿子死后，我妻子一夜病倒。我从不信命，可是那一刻我觉得，这或许就是我的报应。我儿子死后，我总能想起那个孩子，想起他瞪着眼睛问我：我爸爸呢？那就像是我儿子小时候，在家门口等待我回去时一样，我因为年轻时工作繁忙忽视了对儿子的教育，所以让他走到了这一步。

那一刻我问自己，那个没了爸爸的孩子后来活得怎么样了？我告诉他这世界是灰色的，他相信了吗？因为执念，我放弃在外打拼的一切回西京找他，我动用了所有的关系，得到了各种各样的信息，有人说他已经死了，有人说他去了别的城市生活。我不相信他会死，所以一直找，直到半年前，一个私家侦探给了我一个地址。说那个叫边晟的孩子可能就是当年辛家的孩子。可是就在我去找他的那一天，我的医生给我打来电话，告诉我，我的肺病确诊为肺癌晚期。我拒绝治疗，第一时间去找他，可是他同学告诉我，他生病住院了。时隔十二年后，医院天台上，我第一次看到了长大的他。”

随着讲述，陈明诚一直在咳嗽，一口口的血被他吐到白毛巾上，可是他没停歇，似乎为那男孩子顶罪，已经是他活在这世上唯一的动力。

“再见边晟，你是什么感受？”

“第一眼看到他的时候，明明那么漂亮的一个男孩子，给我的感觉却是阴郁冰冷的感觉。我不了解他成长的环境，但是我很后悔，告诉他这世界是灰色的。”

陈明诚话音落下，谁都没说话，陈然看了看一旁的李亦萧，他一边思量一边有节奏地敲着手里的笔。

李亦萧审讯的时候一直有一个习惯，就是手里一定要拿一支笔，陈然曾经问过他为什么要这样，李亦萧解释只是习惯，没别的理由。只有刘卓知道那支笔对于李亦萧的意义。李亦萧刚当警察的时候，一次和他师傅一起审讯，他是个新人，稍微有点道行的嫌疑人动动手脚，他完全察觉不到，出事儿那次，他们审的是个入室抢劫强奸的惯犯。李亦萧的师傅让他去上手铐，怎么开怎么扣，他全都照办了。在警校练过上万遍的操作，在那天却出了差错。强奸犯趁他不注意，动了手脚，手铐没铐住。审讯中途，知道警方证据确凿，自己无法脱罪的强奸犯直接掀开椅子，直奔李亦萧的枪而来。那天，就在大家都没反应过来，强奸犯已经拔出枪的时候，他师傅眼疾手快，将手里的钢笔尖狠狠戳进嫌疑人的肩头。

慌乱之下，犯人已经对准李亦萧的枪口转变方向，子弹打中他师傅的膝盖。那场事故造成李亦萧的师傅终身残疾，他却侥幸活了下来。从那之后，李亦萧再也没有犯过那么低级的错误，而无论什么时候他都会带一支笔，而那支笔已经成了他对自己的警示。

想到那时候的自己，再看一旁的陈然，李亦萧放下笔问陈明诚："之后呢？"

"之后，我一直想帮他，可是他不缺钱，他缺的是爱。他很聪明，成绩也不错，我甚至想为他申请国外的大学。只要他拿着他的成绩和我的推荐信，他就可以离开这里，偏偏只剩下这半年的时候，发生了那件事儿。"

"宋晓雅到底是谁杀的？"

"我……"

面对宋晓雅被杀的问题，边晟和陈明诚给出了一样的答案。不同的时空，不同的人，却一起承认他们杀死了同一个人，这个人的死是他们独立完成，与对方无关，这本身就是矛盾的，所以这两人之中注定有一个说了谎。

长晏河边，看着刘卓，边晟道："那是十二月的第一天，西京没有下雪，边潇潇上次差点伤害宋晓雅之后，我一直担心她再做错事儿，可是我不敢跟着她，所以就一直跟着宋晓雅。我和她不相识，所以跟了近两个月，她都没察觉。也是那两个月，我知道这个看上去甜美可爱的女孩，并不简单。我在跟踪她的过程中陆续发现一些情况，知道她曾经骗过那个出租车司机马致远，也在邻居们的议论中知道，她的失误造成姚美兰的儿子眼睛失明，知道她不止一次抢了闺密的男朋友。人活着，自己过什么样的日子都是自己选择的，我无权干涉，她的整个人生唯一与我有关的只有边潇潇。她抢了边潇潇的男朋友，我只要保证边潇潇不做错事儿就好。可是我最不想看到的事情，还是发生了。12 月 1 号的晚上，因为等不到宋晓雅主动分手，边潇潇再次找到了宋晓雅，她们最初谈的地方是正阳路的酒吧，两人并没谈拢，宋晓雅提前离开了。宋晓雅离开，边潇潇也离开了，我本来也打算离开，可就在上车的时候，我发现边潇潇乘坐的出租车去的方向并不是她家的方向。”

“所以，你跟了上去？”

“如果那天，我没有慢一步，我将所有的一切都安排得恰到好处，或许不会有意外发生。”

边晟是个很严谨的人，在与刘卓聊天的过程中，他多次提到意外，而不是有目的这样的词语，他不想把刘卓引到故意杀人上，他所铺设的一切要证明的都是宋晓雅是被误杀的。

“我坐的出租车开得很慢，到宋晓雅家楼下的时候，她厨房的灯还亮着。我以最快的速度赶上楼，推开连关都没来得及关的防盗门，我就看到……”

边晟的话在这一刻戛然而止，刘卓追问道：“你看到了什么？”

那天，突然出现的边晟僵在宋晓雅家的玄关门口，他难以置信地看着眼前的一幕，屋里听到声音的边潇潇回过头，她穿着她父亲的羽绒服，戴着鸭舌帽，小小的脸上，一双眼中满是惊恐。而边晟第一眼看到的不是这些，是她手上拿着的刀。那柄刀的刀尖上还滴着血，他连想都没想，下意识就将手伸给边潇潇：“给我。”

边潇潇茫然地愣在那里，边晟脱下自己的校服将那把刀从她手里夺了过来。昏黄的灯光下，宋晓雅还躺在地上，他却无视她是生是死，上前将边潇潇带血的外套脱了下来，他将外套翻过来，为她穿好才道：“走。”

边潇潇被他推到门口，才反应过来：“你怎么办？”

“我会处理好的。”

“边晟……我不是有意杀她的，我真的不是有意的。”她的声音带着哭腔，她在他跟前第一次像个小女孩那么可怜。

在那一刻，那个仿佛命运分水岭的晚上，边晟捂住她的嘴道：“走。”

边潇潇是被边晟推出门的，他冷静吩咐她走小路，无论发生什么，都不要再出现在这附近。也是那一天，走到厨房看着边潇潇的身影匆忙消失在宋家楼下，边晟才回客厅去看地上的宋晓雅，明明和边潇潇一样的年纪，要面对的却是一个生一个死。那一刻，边晟看了看手里的刀，又看了看宋晓雅家客厅镜子中的他自己，他没做任何措施，赤手将那把刀拿了起来。

边晟沉浸在往事中，刘卓追问："你看到了什么？"

回过神，看着自己被冻得通红的手，边晟道："我看到她拿着一把刀站在宋晓雅跟前。"

"然后呢？"

"我将刀从她手里夺了过来，让她走了。"

"所以杀人的还是边潇潇。"

天越来越冷，边晟的脸色也越来越白，他道："不，我说了杀人的是我，因为边潇潇那一刀没杀死宋晓雅，她只是昏迷了，真正将宋晓雅杀死在家中的是我。"

万万没想到他会这么说，刘卓道："边晟……你知不知道你在说什么？"

微微一笑，边晟道："我知道，杀死宋晓雅的那把刀就在我卧室的床板下，你可以带人去查。分尸的工具是我继父钢厂的切割机，不过那台机器好像被陈明诚买走了。"

"边晟……"

打断刘卓要说出的话，边晟道："刘卓，我知道你想说什么，你想让我明白说出这些话的后果，你也知道事情背后真正的真相。我明白后果，而我所说出来的也就是真相。即便我所说的不是真相，你也无从查证，因为当时现场只有我和宋晓雅。宋晓雅已经死了，杀她的到底是我还是边潇潇，只有我知道。"

"边晟你这样会害死你自己！"

"我不在乎，刘卓，你还记得吗？我们群刚建立的时候，说到一个案子，一对母子杀人，现场的一切证据都指向母亲，但是你坚信杀人的是儿子，你找了诸多证据，仍旧无法颠覆犯罪现场的证据，最终你攻破了儿子的心理防线，才将那案子真相大白。可是即便儿子已经认罪，母亲仍旧坚持称杀人的是她，她崩溃疯癫的样子让人很难相信杀人的不是她。为此有人质疑你的判断，质疑你是否是错的。那时候你在群里说过一句话，我至今都记得，你说这世上最完美的谎言就是连自己都相信的谎言，而这世上最好掩藏真相的方式就是忘记真相。孩子的妈妈为救儿子执着地选择忘记，就连记忆也被她自己篡改成了杀人的就是她。这件事儿给了我启发，所以刘卓，在我的记忆里，杀死宋晓雅的就是我。”

看着少年释然的神色，刘卓突然笑了起来。他看着边晟笑得格外夸张，他说：“边晟，其实从始至终我都是错的，对不对？你从没想过隐瞒真相，你不惜将宋晓雅分尸，将她的尸体交给那么多人处理，在所有人看来你这个举动都是在混淆警方的视线，以此逃避法律的罪责。其实你根本没在乎过是否会被抓到，这从来都不是你最初考虑的问题，你一直在考虑的是，边潇潇能不能逃过这一劫，你甚至想这件事儿早点暴露，然后让我们将你抓捕。这样，这件事儿就永远不会对边潇潇产生影响，这才是你要的。”

大雪中，少年的唇角微微挑起，他像个撒了谎又被识破的小孩子一样道：“刘卓，你知不知道，你这样很讨厌，你明明可以不说出来的，为什么要戳穿我。”

“边晟。”

“其实想一想，这一切真的很荒唐。我费尽心机走到这一步，到头来，这世上最了解我的竟然是你。”

“边晟，即便你可以忘记真相，那些因为你掩藏了真相而死掉的人呢？姚美兰，马致远，他们凭什么为你的爱情陪葬。”

“刘卓，没人为我的爱情陪葬，他们的路都是他们自己选的，他们每个人都有杀了宋晓雅的想法，我只是帮他们做了。虽然我把尸体交给他们处理，但是他们完全可以去报警，可以找警察抓我，可是他们都没有做。这是为什么，是因为他们心里有愧，他们害怕这个人的死会算在他们身上，他们是自私的，他们内心怀着恶意，所以想的都是最坏的，他们从始至终没有当宋晓雅是个无辜被杀的女孩子，他们藏起一切，正因为在他们的内心宋晓雅罪该万死。”

“那林雅美呢？”

刘卓提到林雅美，边晟的眼神一瞬就变了，一层薄薄的水汽蒙在他的眼睛上，他眼前似乎再度出现那个女孩的样子。她在河面上奔跑，在白雪下招手叫他，她像是这寒冷冬日里唯一的一抹阳光，照亮了他最为阴暗的心底。

事已至此，已经没什么不能和刘卓说。边晟道：“这一系列的事情，唯一在我意料之外的只有林雅美，在我犹如飞蛾扑火一样，追逐着边潇潇的时候，她一样追逐着我。刘卓，我相信因果报应，我也明白欠下的债是要还的。林雅美为我变成这样，追寻着我的她，感受到扑火那一瞬间的快乐，所以现在轮到了我。”

深深叹了口气，刘卓道：“边晟，为了一个并不爱你的人，真的值得吗？”

“值得吧，没有她，我八年前就死了。有时候我也会抱怨，会问苍天为什么我要经历这么多。要放弃原本的自己，以别人的名义活着，要面对如此一个变态的家庭。可是时间久了，我不再问了，因为问也不会有任何改变。我曾妄想离开这个家就会好，可是这个名字，这个身份是我这一生的烙印。所以如果说死，其实从变成边晟开始，我就已经死了。”

说到这里，边晟转过身，靠在白玉栏杆上，表情十分轻松地问他：“刘卓，你说人生到底是什么？”

“人生是只要你活着，就会有希望的。”

“不，人生是一条满怀希望走下去却越走越绝望的路，每个人都会在那条路上遇到劫难，而你的劫难是你妹妹，我的劫难是边潇潇。我们逃不掉的因缘宿命，你我皆是如此。”

4

李亦萧接到刘卓的电话，他们对于陈明诚的审讯已经接近尾声。

陈明诚依旧表示，人是他杀的，即便李亦萧说出边晟已经承认自己所有的罪行，他依旧坚持，但是在陈明诚的陈述中，意识模糊的他提到了一句话。边晟开始跟踪那些人的时候，陈明诚就有所察觉，他也因此知道了姚美兰的存在。而 12 月 2 号，他在医院再见边晟的时候，他就看出了边晟的变化，他问边晟怎么了。那时候还在处理尸体的边晟坦白地告诉陈明诚，他杀人了。

说到这里，已经意识模糊的陈明诚像边晟一样道：“我知道他杀人后第一时间帮他去解决，当时人没死，是我又杀了她。”

陈明诚的强调和他后面的陈述虽然是相悖的，但是李亦萧和刘卓已经通过两个人的话，大概拼出了事情全貌。陈明诚得知边晟杀人之后，不想边晟人生就这么毁了，所以他用自己的方式将姚美兰引到他身边，从姚美兰口中知道边晟杀人分尸，并且将这些尸块分给所有涉案人的事情。陈明诚第一时间将分尸的机器找到，并且藏了起来，而陈明诚的这一举动，被小舒意外得知。那时候西京的电视台四处都在播报寻找大型分割机的消息，小舒在威胁了姚美兰之后，又以此威胁陈明诚，陈明诚担心事情败露，才将小舒关了起来。陈明诚试图将警方的注意力通过姚美兰转到他身上，但是这一局中，边晟比他策划得更紧密。因为边晟真正做到了放手一搏，人一旦什么都不顾及是最可怕的。

陈明诚从始至终只想将边晟从痛苦中解救出来，所以在事情越来越无法控制之后来警局自首，他只想在这个寒冷的冬天，将十二年前从那孩子身上抢走的人生还给他。可是时间是无法逆转的，人生也没办法重来。边晟的一切早已注定。

陈述完一切的陈明诚，陷入重度昏迷，检查的医生说，他或许连这一夜都过不了。知道陈明诚命不久矣，打来电话的刘卓说了他来电的目的，他要放了边晟。

“就半天，他晚上会回警局自首。”

“不行。现在这件事儿到什么地步了你又不是不知道，你必须把他给我带回来。”李亦萧在电话那边吼。

长晏河边，看着自己空荡荡的身边，刘卓道：“我已经把他放了。”

“刘卓，你知不知道你在干吗？”

“李亦萧，你我都明白，这半天或许是他看这世界最后的半天了。”

“如果他跑了呢？”

抬起手，细碎的雪花从刘卓指尖穿过，仿佛那些抓不住的岁月和流光，刘卓道：“他不会，对一个已经没了一丁点儿希望的人来说，走到这一步已经是他最好的归宿。”

挂掉电话，看着一旁那个一口没动的蛋糕，他从兜里掏出一根新的蜡烛插在蛋糕上面，然后将蜡烛点燃又吹灭，对着空荡荡的野河说了一声：生日快乐。

终章
他比烟花更寂寞

边母得到边晟有杀人嫌疑的消息是警方拿到刘卓的问话笔录之后。边母并没惊愕地大声反驳警察。在家里，抱着边晟校服的边母，小心抚摸着绣在校服胸口的边晟的名字道："我知道了。"

似乎没见过这么淡定的父母，负责通知的陈然道："我们需要家属进行配合调查。"

"知道了，我会过去的。"

边晟母亲挂掉电话，她拉开抽屉，拿出针线盒，用小剪子将校服胸口绣着的边晟两个字，一点点地剪开，然后穿好线，在他胸口的位置绣上另一个名字。她已经很多年没有做过针线活，针扎入她的指尖，指血洇湿校服的胸口，留下红色的印记。犹如不久之前，保姆给她打电话，要她回家时，她看到的那件校服一样。

她一直都记得，那是十二月初的一天，她匆匆赶回家，站在边晟卧室的保姆拿着那件校服道："平常边晟的衣服都是他自己扔到洗衣机里洗，洗干净了我来晾干。但是今天家里早上停水，我过来时洗衣机没启动，衣服也没洗，我本来想给他手洗，可是您看？"

保姆递来的衣服上是大片的血迹，她小心地看看边晟的母亲，边母什么都没说，将衣服接过来，从钱包里拿出一沓钱递给保姆道："王阿姨，这些钱你拿着，衣服我给晟晟洗。你在我们家做了这么多年，我不想断掉和你的关系。"

看着手里的钱，保姆道：“明白，那我去忙别的。”

那天，公司有一笔大单等她签，可她根本不着急回去，她接了一盆清水，小心翼翼地将那件校服泡进水里，一点点洗干净，然后将它烘干熨好，放进边晟的房间里。

那是这么多年她第一次给边晟洗衣服，那时候作为一个母亲，她没问边晟发生了什么，她本能想要将事情隐瞒下来。也许在边晟看来，她不够爱他。可是她也不过是个女人，在边晟还那样小的时候，没有更好的办法去平衡这两件事儿，边晟说，这十二年从未有过快乐，她又何尝不是呢？可她不是一个坚强的女人，不是一个好妈妈，她在无数次可以选择放弃的时候，全都逃避了。如果可以，她宁愿那件带血的衣服是她穿回来的，她宁愿涉嫌杀人的是自己。

这个压抑又冰冷的城市里，从高楼向外望去，整个城市被掩藏在雪中，隐隐能看到还有小小的飞鸟穿梭在风雪中，没人知道它们是否能活过这个冰冷的冬天，就像边晟的妈妈不知道，事情发展下去会走到什么地步。绣好那件衣服之后，边母看了看身后的家，她迈步走上窗台，打开窗户，寒风吹起她披散的头发。

午后西京街头，长路上熙熙攘攘，商场的展示窗前，有过客驻足观看着电视里播放的节目，日间新闻的主持人正在播报：警方透露针对12·3案的侦破进展，已锁定凶手。具体案件信息，将在今晚通报。

“你们说弄了这么一个大案的会是谁？”

“听说是个学生？”

“真的假的？学生就敢杀人？”

“别说杀人了，现在的学生什么不敢干，前段时间不是有个求爱不成泼女孩硫酸的，还有个把小姑娘杀了的。”

一旁的人热议着，而他们身边站着的男孩从始至终一动没动。新闻从12·3案转到西京近期破获地下赌场案，涉案金额达三千多万，其中二钢负责人王某和王某之子也是涉案人之一。王某之子已于昨日死于意外，而王某前女友正是12·3案的死者，12·3案和赌场案是否有关，警方还需调查取证。

随着新闻的结束，一声“嘿”在边晟身后响起。

边晟回过头，接到他电话赶来的高翔龇着一口白牙冲着他笑道：“等多久了？”

“也没多久。”

“都怪我妈，知道你找我，死活不让我出来。边晟你到底怎么了，班主任给家长打电话，说你和什么案子有关，让知道你消息的直接报警，你真的和那案子有关？”

“真的。”边晟如此说，高翔一愣，边晟又道，“要是真的，你还跟我玩吗？”

想了想，高翔道：“跟啊，你是我兄弟，如果人真的是你杀的话，肯定是有原因的。”

彼此挎着对方离开，边晟道：“这么相信我，不是想要我的宝箱吧。”

“你也给啊？”

“你怎么知道我不给。”边晟将一张纸条递给高翔道，“这是我的大号，送你了。”

拿着那张纸，高翔兴奋道：“真的假的？就这么给我了，你怎么办。”

“我不想玩了。”

“你不玩，也可以卖了啊，你这号少说也得值两万。”

边晟没说话，高翔又道：“也是，你也不缺这点钱，那就给我吧。不过你今天找我出来干吗？”

“让你跟我一起去个地方。”

“去哪儿？

“到了你就知道了。”

两人从橱窗前离开，橱窗上出现即时插播的新闻，西京瑞雪春堂小区，半小时前发生坠楼事故，居住在十三楼的女子坠楼，由于事发时家中无人，事发原因还在调查中。但是伤者的邻居表示，该女子坠楼很可能与其子卷入12·3杀人分尸案有关。

坠楼的是边晟的妈妈，那一天，她将那件洗干净的校服挂在窗台上，最终一跃而下。她没办法看着边晟受到任何刑罚，也没办法拯救边晟，她注定是个无能的母亲，面对她所不能面对的局面，她只能先一步离开。如果让她重新选，或许那个下着雪的冬天，她不会用那孩子的一生换来现在的一切吧，可是这样的顿悟来得太迟了。

从长晏河离开之后，刘卓就接到电话，听说了边晟母亲的事情。他赶去西京医院的时候，李亦萧正在和陈明诚委托的律师谈论遗嘱问题，陈明诚一手栽培出的律师道："陈律师的遗嘱是把他所有的物产和现金赠予边晟先生。"

"大概有多少？"

"固定资产是两套别墅，以及西京的几处住宅，现金资产有一千万。"

看着文件上的数字和几套房产的登记信息，李亦萧道："如果边晟不接受这笔钱，这笔钱将会怎么处理。"

"捐给慈善机构。"

"那就捐了吧。"

律师一愣道："这些都要边晟亲自处理。"

"他现在有案子在身，没办法处理，他监护人现在也生死未卜，捐了吧。"

律师还要说什么，李亦萧根本不给他机会，将文件递给对方，就问刘卓："他说什么时候回来？"

"今晚之前。"

"如果他跑了呢？"

"他不会，他跑了，这个责任我来承担。"

"刘卓……"李亦萧话说了一半停下，他看向律师，律师连忙收拾好文件道："那我先走了，有事儿的话，我们再联系。"

律师离开，屋子里只剩下李亦萧和刘卓，他才继续道："你知不知道边晟妈妈自杀了。"

"来的时候接到了电话。"

似乎被刘卓平静的态度气到了，李亦萧道："这案子本来很简单的。你坚持单独见他，现在还放了他，他如果一走了之，这烂摊子谁收拾。"

"李亦萧，如果十二年前西京的警察没有和陈明诚私下接触，隐瞒车祸的真相，那么这一切都不会发生。她们母子拿到赔偿之后，会过上正常人的日子，边晟也会像个普通男孩一样念高中念大学。他不会遇到如此变态的继父，不对边潇潇产生那么深沉的爱。而被纵容的陈明诚的儿子，也不用因为被强制戒毒暴毙而死，这一切的一切都不会发生。正是因为十二年前作为警察的我们做出了无法改变的错误判断，才有了现在的局面。所以十二年后，我们还要错下去吗？

"我不是这个意思。"

"李亦萧，成为警察的第一天，带我们的老师就告诉我们，警察要做的就是查清真相，还原真相，无论这样的代价是什么。我们怜惜一个犯人，可能带来的后果是一系列的伤害，我们要先对那些弱者负责。宋晓雅、马致远、姚美兰、边晟妈妈和躺在病床上的林雅美，这些人都是弱者。可是这一次不一样，所有人中，受伤害最大的是边晟。所以，我没办法用对待凶手的态度去对待他。"

看着眼前的刘卓，冷静下来的李亦萧道："刘卓，如果八年前的案子，死的不是你妹妹，你还会那么执着去追下去吗？"

转身离开，只留下背影给李亦萧的刘卓道："会。因为她不是我的妹妹，也会是别人的女儿，别人的妹妹。"

彼时，郊外工厂门口，将一箱箱货物搬上车之后，边晟和高翔两人靠在车边休息。边晟望着远处熄灭了锅炉的钢厂，递给高翔一瓶水道："你还记得小时候在钢厂的生活吗？”

“怎么不记得，那时候钢厂的生活可好了，什么都有。我每天放学就去钢厂找我爸，我爸带我吃食堂，学游泳。可惜，现在都没了。”

夕阳下，下了一天的雪停了，天边的乌云退去，露出火红的光彩。雪季似乎还很漫长，下一场雪会比这一场还大，无尽的大雪结束，冬天结束，这个城市的春天就不远了。

拍了拍身后小货车的门，边晟道：“回去你来开吧。”

高翔瞪大眼睛看着边晟道：“真的。”

“你不是一直想开车？司机我都打发了，你要不想开，我来开。”

高翔激动之下抱住边晟大叫：“开开，边晟你太好了，咱们这辈子都要做兄弟，永不分离那种。”

“快上车吧。就你这技术，开到市区估计要明天了。”

那一天，西京郊外空旷的长路上，蓝色的小货车奔驰在白雪之中，它七扭八歪地在路上前行，车内时不时传出尖叫和笑声。边晟看着驾驶室里笑得十分开心高翔，坐在副驾驶的他将车窗打开，望着窗外的景色。

虽然眼前的景色是寒冬，是白雪，是没有颜色的荒凉，四周一片空旷，但是在边晟的眼中，那些白色渐渐被绿色取代，空地上像是冒出了草，天空中多了许多鸟，而远处空旷的平地上，一只鹿与他遥遥相望。

那是未来的景色吗？那是将要进入春天的这个城市的样子吗？为什么像是第一次看到一样？

车继续奔驰在路上，而边晟眼前的景色从春天变成夏天，沿途的柳枝被风吹起，耳边响起远处的溪流声，再向远看，山林之上雪还没有融化的高山上，是白皑皑的一片雪顶。

随着车速，边晟像是看到了西京的春夏秋冬，而那些已经看了十八年的景色，在这个日暮再看，却是另一番风光。

高翔的车越开越稳，回市区的长路上，他问边晟：“你以后想做什么？”

望着窗外的飞鸟，小小的麻雀在寒冷的冬日依旧坚强地活着，边晟道："想当飞行员。你呢？"

"我，我长大了要去北都市工作，赚很多很多的钱，到时候你要没钱，我借给你。"

"好。"

扭头看向边晟，开车的高翔道："边晟……"

高翔欲言又止，边晟道："别支支吾吾，今天，我们有什么就说什么。"

"你说的。如果，我是说如果，十年之后又或者二十年之后，林雅美醒了，我真的比你有钱，你又真的不喜欢林雅美，你能不能把她让给我。我发誓，我会一辈子对她好的。"

坐在副驾驶的边晟突然笑了起来，他道："高翔，你喜欢林雅美，不用顾虑我。"

将挡位挂到七挡，高翔用力踩下油门，车速越来越快，拉着一车货的小货车像是追风一般，奔驰起来。那个粗糙的少年一边追求着风度，一边抱怨："要不是林雅美喜欢你，你以为我想问你意见。"

听高翔如此说，边晟轻轻笑了起来，他笑得很温柔，曾几何时和好朋友说起边晟的笑容，林雅美总说：他笑得像是春日的阳光一样温柔，而他的眼睛像星星一样。可是春光会有退去的一天，星星会有陨灭的时候，这世上，注定没什么是长久的。

小货车穿过西京的大街小巷，最终停在西京医院门口，从后院送货的通道开进去。高翔和边晟将纸箱搬进电梯，送上顶层，他们搬完，西京的天已经彻底黑了。

气喘吁吁的高翔靠在那些箱子上才想起问边晟："这些都是什么啊？"

"烟花。"

"烟花？"

"嗯。"

"你弄这么多烟花干什么？"

"放啊。这不过新年吗？"

高翔还想再说什么，边晟催促他把货车还回去，再回来和他一起放烟花，高翔一直都很听边晟的话，他拿了钥匙转身就走，就在高翔开门离开的时候，边晟突然回头叫住他："高翔，你真的喜欢林雅美吗？"

"是呀。"

"答应我，好好对她。"

即便心大，高翔也在这一刻感觉到了丝丝的不同，他道："边晟，你今天怎么了，怎么总是说奇怪的话？"

"没事儿，想起来就说了。快去吧，快去快回。"

"那你等着我。"

高翔离开天台，边晟对着空旷的门口说了句再见。那一刻，只有边晟自己知道，十七岁迈向十八岁的冬天，他将在这个新年夜即将结束的时候和这个世界永别。

那一天，西京医院的病人们看到烟花的时候是晚上九点。那时候，刘卓和李亦萧也在医院里，他们守在抢救室外，等待边晟母亲的抢救结果。

随着身边人的议论，刘卓和李亦萧也看向窗外，住院部对面的诊疗楼顶，有人在放烟花，最初还是小小的两三朵，后来烟花越来越大，一个个在天空中炸开花。所有人都在议论烟花是谁放的，有人说起今天是新年夜，应该是医院放给病人的。有人说是有人在医院求婚，所以才放的。他们不知道，这些烟花是边晟放给林雅美的。

边晟一直都记得，认识林雅美之后的一个圣诞节，他和高翔一起陪她过节，那天看着郊外教堂绽放的烟花，林雅美许下愿望，高翔好奇地问她的愿望是什么，林雅美指着身后的烟火道："在我十八岁之前，有人能给我一个人放一场绚烂的烟花。"

"那也不能白放啊，要是真有人给你放，你怎么办？"

高翔故意开玩笑，林雅美却不在乎，她道："我就嫁给他。"

彼时的玩笑像是就在耳边，边晟笑了起来，那时候即便说了嫁人这样的话，高翔依旧嘲笑林雅美做梦，怎么会有人为她放一场烟花，那个不切实际的愿望，在边晟十八岁这一天，帮她实现了。在把一切苦闷说出，在走向人生尽头的这一刻，边晟才发觉，这世上并没什么不切实际的愿望，一切只看你敢不敢去做。

送车回来的高翔在回医院的路上想到边晟一直没吃东西，沿途给他买了很多吃的，可是在快走到医院的时候，他才发现医院顶楼绽放的烟花。他一边骂边晟不讲信用，一边往楼顶跑，可是他跑到楼顶才发现，门已经被反锁了。那一刻，想到边晟的种种举动，高翔有点慌，他跑下楼找人求救。

在医院的李亦萧和刘卓听广播里说，烟花不是医院放的，让所有病人不要接近诊疗楼时，就察觉到了事情的严重性。当他们看到在医院大堂求救的高翔，刘卓就知道这场烟花一定和边晟有关。

李亦萧担心边晟伤害医院的人，立刻让人疏散所有病人，自己则带人赶到楼顶，但是顶楼的铁门被反锁得结结实实。

门打不开，刘卓跑到距离天台最近的窗前看着远处天台的景象。那时候，已经放了一会儿烟花的边晟正张着双臂，犹如鸟儿一样，踩着天台的边缘，一步步地向前走着，他的身体因为失衡不断摇晃着，仿佛下一刻就会跌下楼一样。

拉开窗户，近乎要窜出去，却被李亦萧拉住的刘卓，隔着十几米的距离冲着边晟喊：“边晟，你不能做傻事儿，知不知道，边晟。”

可是天台上的男孩子仿佛什么都听不到一样，他沉浸在自己的世界里，学着雏鸟张开翅膀。

那天，距离边晟最近的窗前，无论刘卓还是高翔说话，他都没回复，而通往天台唯一的门口，李亦萧带人强拆，用了半小时的时间，门才稍稍松动，看着门松动了却打不开，李亦萧道：“都起来。”

众人退去，李亦萧带着陈然开始撞门，几下之后，铁门被撞开一人宽的缝隙。似乎听到撞门的声音，站在天台边际，已经将自己的身上挂满烟花的边晟轻轻一滑，火柴瞬间在他指尖冒出火光来。楼顶的风很烈，风吹着幼小的火苗在空气中颤抖着，似乎下一秒就将熄灭，一如走到生命尽头的他。

边晟曾经在自己的QQ上更新过一条消息，那是他最喜欢的男演员张国荣在《阿飞正传》里说过的一句话，一直寻找母亲，寻找慰藉，寻找自己的阿飞说：我听别人说这世界上有一种鸟是没有脚的，它只能够一直地飞呀飞呀，飞累了就在风里面睡觉。这种鸟一辈子只能下地一次，那一次就是它死亡的时候。

哥哥最终以高空一跃结束生命，而写下那句话的时候，边晟从没想过，他也会以一样的方式终结他这一生。

那一夜，远处是一弯明月，星辰下，雪花缓缓而落。边晟抬起手，接到一枚落下的雪花，雪迅速在他指尖融化了。

那一刻，边晟扭头看向不远处的刘卓，对他说："抱歉，我没办法回去，所以注定对你食言了。"

话音落下，他在李亦萧带人冲进来之前，点燃了身上的火捻，然后张开双臂，在全医院的人都凑到窗前，翘首以盼更绚烂的烟花的时候，张开臂膀，先李亦萧和刘卓一步，跃下天台。随着他一跃而下，天台上所有的烟花全部绽放到天际。留给刘卓和李亦萧的，只有眼前重重的烟雾。

黑暗中，坠落的边晟随着烟花的绽放变成一团冒着光彩的火，那一刻，刘卓耳边响起边晟离开前说过的一句话。他说，人是不能没有用的，没有用就会被遗忘，我不想被遗忘，也不想被憎恨，我更没有勇气接受那些审视的目光，所以如果我犯了什么错误，如果我要逃避，不要救我，因为那是我最后的退路。

天上的烟花正盛，住院部里，跟踪王攀被人袭击，差点挂了的黄毛站在窗前，他一边偷偷吸烟，一边看着眼花感慨道："真美。"

就在黄毛感慨的时候，为了看烟花，从病房偷偷跑出来的马小军，站在医院走廊，看着在窗前吸烟的怪叔叔道："医院不许吸烟。"

回头看着这个正义的小男孩，黄毛抬手就将他的嘴巴捂住，然后将他抱起来，指着远处的烟火道：“你管得到挺多，咱俩做交易，我抱着你看烟花，你别举报我。”

想了想，马小军点了点头，而看到那像是人影一样的烟花从天台落下的时候，黄毛忙道：“快，许个愿。”

小孩子很听话地合上手掌对着烟火许下愿望，见他这么虔诚，黄毛问他：“许了什么愿望。”

“希望我爸爸妈妈快来接我回家。”

并不知道马小军为什么这么说，粗线条的黄毛道：“还是幼稚，你等到我这么大，巴不得一年半载见不到爹妈。”

也是那个晚上，一旁的住院部，来接柴韵下班的方毅也看到了烟花，他第一次有了那么一点点冲动，他在柴韵叫他一起离开的时候，单膝跪在窗前，将曾经柴韵所憧憬的求婚在这个新年夜的晚上给了她。

也是那个晚上，因为重伤躺在七楼病床上的林雅美似乎感觉到了窗外绚烂的光彩，她的睫毛微微动了动，然后一滴眼泪滑过她的眼角。她感受到了边晟的牺牲，感受到了他在人生的最后一刻钟，将他的爱情留给了她。

也是那个晚上，就好像边晟在死的这一刻，将生命还给他妈妈一样，重伤的边母被抢救过来，

那个夜晚，像是所有人都活了过来，只有那个少年，他化身为火，又被火淬成烟尘，消失在了这个落雪的冬日里。

边晟坠楼而死，李亦萧带人去处理一系列后续的事情，而看热闹的黄毛把困倦的马小军送回病房的时候，看到刘卓一个人站在医院的小花园里，将马小军送回去，黄毛跑去见刘卓。

医院的小花园里，两人站在一起吸着冰冷的空气，说着话。

明显感觉到刘卓的情绪不对的黄毛指着不远处边晟坠楼的地方道：“你认识的人？真敢玩，绑着一身烟火跳楼自杀？追求死得极致也没这么追求的。”

刘卓看向黄毛，黄毛道：“呸呸呸，你看我说的，死者为大。不过他到底是谁啊。”

“你见过。”

“你这么说，应该是我们都认识的人，警察局的？还是拘留所的？”黄毛突然恍然大悟一拍脑袋道：“不是他吧，在建材市场的那个男孩，他叫什么来着？”

不想继续谈下去，刘卓转身离开，背对小黄毛的他道：“他叫辛瑞。”

那天黄毛追上刘卓，死皮赖脸，让刘卓给他受伤要个说法：“见义勇为好市民，新时代雷锋，我都行。”

“我不行。”

黄毛不依不饶拉着刘卓：“那你说什么行。”

“什么都不行。”

两人争执的时候，黄毛手机响起，他拿出来接通。打算趁机走的刘卓转身的瞬间，看到了黄毛手机上挂着的一个小小的银袋子。怎么都没想过会在这里再次看到那个银袋子，刘卓直接将小黄毛的手机夺了过来。

“你干吗？”

不理黄毛的质问，刘卓小心翼翼将银袋子打开，那个贝壳扣一样的袋子里面放着一颗牙齿。

没想到这东西还能打开，黄毛道：“还挺高级，我捣鼓了好久都不知道有这功能。这里面这白的是什么？”

“是牙。”

“牙？”

抓住黄毛，刘卓厉声问他：“这是哪儿来的？”

看着刘卓激动的样子，黄毛顿时变得紧张起来：“捡的。”

“在哪儿捡的？”

“也不算捡的，是我顺的。那天我不是跟踪王攀吗，后来不是让人打了吗？那时候我以为我要死了，想着要是死了也得找个证据，让警察能抓到真凶给我报仇，所以晕菜之前，从打我的人身上扯了这个。这是什么？不是什么杀人犯的标志性物件吧？”

刘卓不说话，黄毛自己脑补道：“我就说，王攀肯定不是自己掉冰窟窿里面的，肯定是让人杀了，这人跟打我那个绝对是一个人。”

似乎听不到黄毛的那些分析，刘卓抓着他道：“你还记得他长什么样子吗？”

“什么样子？当时天太黑，我也没看清楚，但是看影子个子不高，挺瘦的，说了句话，好像不是西京口音。”

“他说什么？”

“好像是什么风什么雨，口音是吉东那边的。这到底是什么啊？”

月光下，看着自己手上的银袋子，刘卓道：“这是我妹妹的护身符。我继父亲手打给她的，全世界就这一个。”

“你妹妹的？你不是说你妹妹……”黄毛突然一愣，没敢往下说，而处理完边晟尸体事情的李亦萧走到两人身边，见刘卓发呆，李亦萧问黄毛：“他怎么了？”

不等黄毛说什么，从看到这个银袋子就变得痴痴的刘卓将银袋子递给李亦萧道：“他在西京。”

“谁？”

“这是余一的，她走之后我找了八年，李亦萧，杀她的人就在西京。”

——完——

23